长 征 纪 实 小 说
《千回百折》丛书

第一步
五岭逶迤

陈伙成 著

江苏人民出版社

图书在版编目(CIP)数据

第一步：五岭逶迤 / 陈伙成著. --南京：江苏人民出版社，2019.8

（长征纪实小说《千回百折》丛书）

ISBN 978 - 7 - 214 - 21145 - 3

Ⅰ. ①第… Ⅱ. ①陈… Ⅲ. ①中国工农红军长征－史料 Ⅳ. ①K264.406

中国版本图书馆 CIP 数据核字(2017)第 187106 号

书　　　名	第一步——五岭逶迤
著　　　者	陈伙成
责 任 编 辑	汪意云　魏　冉
装 帧 设 计	刘葶葶
责 任 监 制	王列丹
出 版 发 行	江苏人民出版社
出版社地址	南京市湖南路 1 号 A 楼，邮编：210009
出版社网址	http://www.jspph.com
照　　　排	江苏凤凰制版有限公司
印　　　刷	江苏苏中印刷有限公司
开　　　本	718 毫米×1000 毫米　1/16
印　　　张	22.25　插页 4
字　　　数	300 千字
版　　　次	2019 年 9 月第 1 版　2019 年 9 月第 1 次印刷
标 准 书 号	ISBN 978 - 7 - 214 - 21145 - 3
定　　　价	78.00 元（精装）

（江苏人民出版社图书凡印装错误可向承印厂调换）

题　记

　　万里长征,千回百折,顺利少于困难不知有多少倍,心情是沉郁的。过了岷山,豁然开朗,转化到了反面,柳暗花明又一村了。

——出自《毛泽东诗词集》注释

前　言

　　我把红军万里长征历史编为相对完整的故事,写成四卷本纪实小说,纯属是被感觉激发,被激情推动。

　　3 年前纪念长征胜利 80 周年时,若干影视制作者找到我,我接受采访背书,看剧本当顾问,甚至帮助修改剧本补戏。秉持成全好事的愿望,我尽可能地满足了。但坦率地说,就感受而言,我以为编剧对相关历史的了解和认识太肤浅了,于是,我萌生动笔把我了解和认识的长征历史写出来的冲动。我曾为一部电视剧相关人员说历史、补戏,备有书面意见,就以此为提纲,写了反映三大主力红军会师这一段历史的《最后一步——尽开颜》。成书后江苏人民出版社一口答应出版。这下可好,下不来了,有最后一步,那第一步呢? 走出第一步还有此后各步。这不,又再接再厉写了反映中共中央和中央红军长征初期的《第一步——五岭逶迤》;反映遵义会议四渡赤水这一段的《而今迈步——从头越》;反映从川西北上到陕北这一段的《昂首阔步——到长城》。从 2015 年 9 月一直到 2018 年 9 月,写作整整历时 3 年。

　　红军长征,的确不仅仅是中共中央和中央红军这一路,还有六军团揭开长征序幕,二十五军、四方面军和二、六军团长征。但红军长征又的确以中共中央和中央红军长征为主体。这个主体的行动,又有不同时段不同的内容侧重。所以,我把它划为四段,以四步单独成书。虽说是以先写的《最后一步——尽开颜》框定的,但也出于中共中央和中央红军长征过程的实际。这样划分,一方面主线突出又兼及同一时段其他部队长征路的相关情况和相互关联,使头绪更清晰;另一方面容量大了,能相对详细反映、深刻揭示历史,而四卷衔接起来,又基本构成反映全史。

长征，是中华民族这个天将降大任于中国共产党和红军，对中国共产党和红军的考验炼狱；是中国共产党走向成熟，中国红军走向集中的历史性转变。长征期间，蒋介石国民党力图乘机解决内部的地方势力割据，以实现中央集权；中国由国共两党内战、国民党内部斗争转向抗日救国战争的前夜。这些背景和内容的综合叠加，构成了长征问题的复杂、艰难和险恶，又包含着实践与原理、认知与智慧、欲制与反制、内动与互动、意志与体能、环境局限和主观需求等等矛盾。我的创作动机就是有感于以往对这些问题的反映，或过于简单，或偏颇，或遗漏，或不够准确，甚至有误。当然，我的认识也仅仅是一家之言，自然不会都被人们苟同，但我毕竟提出了问题，算是抛砖引玉。

史学界朋友都知道我是红军历史研究者，而不是作家。我所以跨界把历史写成纪实小说，实在是受电视剧的影响，出于对历史普及的考虑。我认为历史是当事人的实践经历，原本是形象的、活生生的。史著必须激活历史形象，才能更有可读性，而由此才能更加普及。所以，我采取纪实小说体裁，以实事求是为原则，以我的形象思维看待和表现历史，力图还原历史形象。所以，我自认为书中的历史部分是靠谱的，甚至大部分取自历史资料，至于文学性当说有先天不足。

谨以本书，献给历经长征洗礼的伟大的中国共产党和人民军队！

作　者

2018 年 10 月 1 日

目　录

杨尚昆："你都年过三十了，怎么还不找个媳妇？"

彭德怀："我们不是不支持，更不是反对共产国际派人来领导，而是你得有能力领导！"

3

5

苏政委:"好,我这就去布置在全团开展后卫精神教育。"

彭德怀:"敌人对我们的包围很快就会形成、紧缩!"

张闻天:"这不又是与虎谋皮的事!"

战士:"他嘴上硬,底下怕是早尿裤子了!"

程翠林:"这局部,就是棋局中的卒子。"

苏红:"记住以前的我……"

家富:"眼下,活一天,战斗一天!"

白崇禧:"'共匪'送上门来,让我们有一鸣惊人的'剿匪'业绩!"

周恩来:"严重的问题是四面的敌人上来了。"

李德:"你们的部队不能实现我的意图……我指挥不了。"

刘伯承:"记住,我在湘江西岸迎接你们!"

李德:"你到底想说什么?"

朱德:"拜托了,老彭!"

张闻天:"蒋委员长只讲实际,要高价买朱毛的人头。"

家富:"这里是永安关,你就在这里永远安息吧。"

杨尚昆:"十团打得很惨烈,这一天就牺牲了两任团长!"

彭德怀:"我们应当不惜牺牲,掩护全军过江。"

朱德:"不管我们的伤亡多大,都必须顶住,确保渡口……"

周恩来:"像一个个烈士斥问我们,为什么会弄成这样?!"

何键："把这个'共匪'师长的头割下来,挂在长沙城门上,示众!"

　　朱德:"可这种矛盾已到了无法掩盖的地步了。"
　　周恩来:"已容不得我们再走错一步!"
　　李宗仁:"权当给老蒋出个难题吧!"
　　毛泽东:"我希望这一步成为我们走出危难的起点。"

引　子

　　长征人毛泽东,把夺取全国胜利喻为只是万里长征走完了第一步,足见历史上的万里长征第一步之艰苦卓绝,也激起我们去追寻个中往事的冲动。

　　万里长征第一步同万里长征一样,是泛指。但究其具体,大凡历经万里长征的各路红军都有第一步,都艰苦卓绝,可歌可泣。然而相对而言,首先具有代表性的,当数中共中央率领的中央红军万里长征的第一步。

　　所谓第一步,其实是个过程。中央红军万里长征的第一步,也就是史著上所谓的中央红军长征初期。毛泽东以诗人的浪漫主义情怀,把这一步描绘为"五岭逶迤腾细浪",但历史中的这一步,则是中央战略指导错误浊浪排空,强敌围追堵截恶浪汹涌,物质困难巨浪翻腾。中央红军在这些组合的惊涛骇浪中,悲壮惨烈地搏击。

　　我们的故事,就出在这亦悲亦壮的第一步。

第一章　已是残阳如血

10月初的九江,通常天气不错。这一天,晴空万里。

长江上,永绥舰在粼粼波光拍打下,显得格外耀眼。

码头上欢送的人们,已经依照官次列队站成一排。最前头的是北路军总司令顾祝同,紧随的是委员长南昌行营办公室主任熊式辉,再跟着的是委员长南昌行营参谋长贺国光,再往下是江西的党政地方官。

顾祝同是昨天下午才从位于抚州北路军总指挥部赶到九江的,有些不明底细。他低声问一旁的贺国光:"委座怎么选在这个节骨眼上,突然下庐山要经汉口,北上巡视北方和西北?"

贺国光一笑:"这不是有你全盘支撑,他放心么!"

"元靖,你老弟也打官腔?!"顾祝同笑笑。

"不敢。"贺国光说,"你问我,我总不好问委座吧!"略停又说:"我也纳闷,眼看就要对中央'匪区'发起总攻了,委座怎么丢下摊子就走了?"

熊式辉:"委座的高明,就在于他超出常理!"

蒋介石的座车飞驰到了欢送人们的列队前。蒋介石和宋美龄下车,走到欢送的人们跟前。

"墨三,前线'剿匪'的事就全拜托你啦。"蒋介石说。

顾祝同立正,毕恭毕敬地说:"委座放心,祝同不敢有丝毫懈怠!"

蒋介石:"告诉辞修,别忘了去年4次'围剿'时,让'共匪'吃掉2个师的耻辱!"

顾祝同:"陈诚表示过了,他若不能立马打下'匪首'府瑞金城,再不配做党国的军人!"

"这就好,党国的军人就应当有这种气概!"他转而对熊式辉说,"你要做好协调工作。兵马未动,粮草先行,前线的总攻,就等着粮食的储备……不能误了总攻大事!"

"委座放心!"熊式辉回应。

蒋介石:"好,好。"他转向贺国光:"告诉薛岳,他的六路军要加快筑堡推进,协同周浑元第八纵队,尽快拿下兴国,保障陈诚的三路军推进瑞金、宁都。"他又转向顾祝同、熊式辉:"你们都要明白,消灭'共匪'主力,就在此一举,党国军人,都必须用命!"

贺国光:"只怕是广东的陈济棠南路军,还是无所作为。"

顾祝同:"那我们就把当面的这10万'共匪'军,压入广东,看他陈济棠再坐山观虎斗!"

晏道刚过来:"委座,该登舰了。"

蒋介石向众人挥手:"我还是那个方针:攘外必先安内,抗日必先'剿匪'!你们务必牢记。拜托啦!"

在广昌的北路军前敌总指挥陈诚,正在与在吉安的六路军总指挥薛岳通电话。

薛岳一听是陈诚的声音故作惊讶:"怎么,你没去南昌给委座送行?"

"贺参谋长来电话,说委座有顾长官代表关照就行了,我这里远,就别去了。"陈诚有些尴尬。

薛岳自嘲似的:"那我的路就更远了。"又问:"委座怎么选在这个时机去巡视北方和西北?"

陈诚:"我也弄不明白。"略停又说:"他不坐镇南昌,我们的责任更大……"

"那是,那是。"薛岳说,"往后的粮食补给和弹药补充找谁?!"

陈诚:"自然是找南昌行营的熊主任……"

"他? 他调动得了各方?"薛岳说。

陈诚:"那是他的事。兵家有道,兵马未动,粮草先行,他要是不能组织保障供给,误了总攻是他的事!"

薛岳:"辞修,这话可是你说的,总攻命令也在你们手上。丑话说在前头,我数万大军每天得有近十万斤粮,不储备半个月,我怎么行动!"

"那我呢?我们这个方向的部队,每天得有40万斤粮……"陈诚有意转移话题:"最近身体怎样?"

薛岳:"还成……"

陈诚:"我听说泰和是乌鸡的原产地,最正宗、最地道,你经常吃点补补身子!"

"老兄,没搞错吧?!"薛岳说,"我又不会坐月子,吃它干什么!你要是想要,我管你够!"

"我也不会坐月子!"陈诚大笑。

薛岳:"那就给夫人吃。怎么样,嫂夫人又有喜了吧?!"

陈诚:"去你的!"

永绥舰上,蒋介石和宋美龄在改装的客厅舱里。

侍从室主任晏道刚把《第五次围剿六路围攻态势图》展示在桌上,退出。

这图是晏道刚按蒋介石旨意,让南昌行营的绘图员专门绘画的。绘图员也用尽心思,设计了6个威猛的箭头,插入红色基线标示的"匪区"兴国、宁都、石城、长汀、会昌境内,向心对向标有红色镰刀铁锤的瑞金城。

蒋介石凝视着桌上的图,久久不语。

还是一旁的宋美龄先开口:"达令的'剿匪'大业就要功成名就了。"

这话蒋介石爱听,也引起蒋介石感慨:"7年了,7年'剿匪',殚精竭虑,终于要毕其功于一役了!"

宋美龄:"上帝和我们同在。是达令的殚精竭虑,感动了上帝!"

蒋介石倒轻轻一叹:"只是未必感动得了我们同党的各路诸侯!"说罢,落坐在沙发上。

宋美龄也跟着坐在另一只沙发上。

侍从送来宋美龄的香茶和蒋介石的开水,退出。

蒋介石感慨:"当今中国,与我们争天下的不独是共产党,还有我们党内的各方势力。政治势力倒未必成气候,军事势力会发展成为'藩镇割据',中国的历朝历代都严防藩镇割据,一旦发现苗头,皇帝就削藩。我们也不能不防,不能不把握机会削除他们!"

宋美龄呡了一口茶:"你冯大哥冯玉祥,不是已经成了没牙的老虎了?你二弟广西的李德紧邻李宗仁,也被压回他的广西老家了;广东的陈济棠成不了气候的;西北和西南的那些土著,莫过于占一方土地自当皇上而已,没有一个有与你争天下的志气和能力的,达令倒也未必太过忧虑。"

蒋介石并不完全赞同他的女人的妇人之见,他说:"但地方势力不除不防,有可能形成藩镇割据。清康熙年间,西南的吴三桂就成了势力最大的藩镇割据,以致康熙痛下决心削藩。况且,西北和西南毕竟是国之大半的河山!"

"所以,达令想到华北、西北一行,看看这些地方势力走到什么地步?"宋美龄想起他们此行目的。

蒋介石:"是这个意思。从北伐胜利、定都南京以来,前几年忙于党内派系纷争,巩固中央地位;这几年又倾尽身心和力量于'剿灭共匪',一直抽不出身来巡视北方和西北。这回,最大的'匪区'就要铲除了,接下来是'共匪'战争必定崩盘,这是我能脱身的空档,乘这个机会到北方和西北走走,了解一下实际情况,也好做到心中有数。"

宋美龄:"可要是被困在江西的'共匪'跑了呢?"

蒋介石一笑:"跑了,'匪区'就不复存在了;跑了,他们也就成不了我的心病啦;跑了,他们也只能往穷山恶水的西部去,我们刚好可以乘机追击,将其聚歼,并且顺便解决西南的地方势力问题。"

宋美龄面露敬佩之色:"原来,达令是胸有成竹!"

蒋介石也自豪地一笑。

许久,蒋介石又说:"要说能有当下的'剿匪'得势,还应当感谢苏俄呢!"

聪明的宋美龄接上:"达令是说苏俄扶植了那个像懵懵懂懂的孩子的博古在中共上台……"

"是的,"蒋介石说,"还有,派来的顾问李德……那个洋顾问,根本就不懂得中国'共匪'是靠游击战起家的,那由游击战上升起来的运动战,我们还真不好对付。那个洋顾问也不懂得'共匪'不善正规战,更没有力量打正规战。他把这些给废了,硬是让'共匪'与我们国军打正规战,这不刚好迎合了我们的需要……也把朱毛积蓄起来的兵力给严重消耗了,也让'匪区'的人力物力资源枯竭了。"

聪明的宋美龄又接上:"所以,在客观上帮我们'剿匪'得手了。"

蒋介石:"所以,我真想给他们发一个大大的勋章!"说着大笑。

也在这时,瑞金云石山松林下一小块平地上,毛泽东在贺子珍陪伴下,对着远山落日。

毛泽东也拄着棍子,当然不是蒋介石手上的那种名贵的手杖,他也不像蒋介石用以装派头。毛泽东手上是根木棍,用于支撑病体的行走和站立。

周恩来在张闻天陪同下,走出云石山小庙的后门,沿着上山小路而上。

走在后头的周恩来感慨:"你们这里倒是清静!"

张闻天:"寺庙嘛,可不都图个远离尘世……我和老毛常常自嘲,我们两个中央政治局委员,搬进这座小庙,虽然不是泥菩萨,但远离尘世了!"

周恩来何尝听不懂张闻天的话中有话。

毛泽东打从前年10月宁都会议上被前王明中央派来的代表团搞下台后,虽然还挂着苏维埃中央政府主席的名义,许多人还称他毛主席,但实际上赋闲了。就是这样,去年春博古中央从上海迁到中央苏区首府瑞金后,还是不放过他。博古借口让他这个山沟里出来的没有马列主义的土包子,到莫斯科中山大学补上马列主义课,把他支出国,彻底断了朱毛红军的主心骨。但更富有政治斗争经验的斯大林不这样认为,他知道中央红军和中央苏区是以毛泽东为核心的领导打出来的,毛泽东有许多崇拜者,一旦把他彻底搞掉了,万一引起他的崇拜者的反对,会造成中国共产党和红军分裂的。斯大林不但否定博古的损招,而且让博古给毛泽东以安抚,要增补他为中央政治局委员。这才有了今年2月的中共六届五中全会给了毛泽东一个中央政治局委员的头衔,继续让他赋闲。毛泽东倒也识相,干脆搬进这小庙,以示与世无争。

张闻天虽是中共六届五中全会的中央政治局委员、中央书记处书记,但打从中央成立以博古为核心,包括周恩来和李德的"三人团"全权处理党的政治、军事大政后,实际上也赋闲了。他干脆搬进云石山小庙,与毛泽东为邻居。

张闻天似不经意的牢骚话,让周恩来一时无言以对。两人也一时无话,只顾上山。好在这山也只是土丘,没几步就登顶了。

距毛泽东还有数十步远,张闻天喊着:"老毛,恩来来看我们了!"

毛泽东和贺子珍这才回过身来。毛泽东显然是一副病态,而清瘦的贺子珍,则能隐隐看出怀有身孕。

毛泽东露出欢颜:"都这个时候了,你还有空过来看我们……"

周恩来关切地:"怎么样?好些了吧!"

毛泽东:"老毛病,疟疾。发病时冷一阵热一阵,弄得死去活来的;不发病时倒也无妨,只是身子乏力。"

周恩来问贺子珍:"孩子安置好啦?"他知道,他们有个两岁多的小男孩,叫毛毛。

贺子珍:"让我妹妹贺怡托给一家老表……"说着,潸然泪下,掩脸下山去。

"怪我,都怪我戳到她的伤心处了。"周恩来自责。

张闻天:"母子连心,能不痛吗?"

毛泽东:"孩子刚送走,总会难过一阵子的。"又一叹:"孩子才两岁多,带着他,我们受罪,他也受罪,只能留下,托给老表。"

张闻天:"连个不懂事的孩子,都要陪着我们生离死别……"

毛泽东:"不说这些伤感的事!"

周恩来响应。他对着远山落日:"夕阳无限好,只可惜这里看不到王勃笔下的'落霞与孤鹜齐飞,秋水共长天一色'。"

张闻天："那是得打下蒋委员长的南昌,站在滕王阁上才看得到。我们眼下,却是将被蒋委员长撵出江西,沦落到形同马致远笔下的'古道西风瘦马,夕阳西下,断肠人在天涯'!"

毛泽东："也太悲怆了。依我看,我们的前景,就像远处,苍山如海,残阳如血。"

张闻天见旁边有倒地的断树杆,指了指:"坐下说吧!"

毛泽东、周恩来附和,各自坐下。

周恩来对毛泽东说:"考虑到你的疟疾病常常复发,我让李维汉同志给你准备一副担架。稼祥伤还没好,骑不了马,也得坐担架,你们一起……"

"我和稼祥一起走好。"毛泽东说。

张闻天："干脆,我也和你们一起……免得途中寂寞。"

周恩来："你本来就编在中央纵队。"

张闻天："转移的时间定下了吗?"

周恩来："就这两天。"

毛泽东："既然已经不可能在苏区内线打破敌人的'围剿',当然应当转移到外线,以保存力量,开创新局面。但也没有必要走得这么仓促。走,得有周密的准备,留,得有具体的安排,还得给苏区人民有个交代。"

周恩来："李德判断敌人就要总攻了,我们再不走,就走不掉了。"

毛泽东不以为然:"李德的判断,有几次是正确的?"

周恩来："这几天天气不错,过于都河时又是上弦月,行动方便。"

张闻天："但愿天助我也!"

毛泽东："倘若是天将降大任于我们党和红军,恐怕这罪还没受够!"

张闻天："你是说我们的前面还有一番磨难?!"

毛泽东："岂止是磨难,甚至可能是劫难。我们是被人家撵走的,形同流寇。此去万水千山不说,蒋介石势必重兵围追堵截,我们只要一着不慎,就会满盘皆输。"

张闻天："我们还输得起吗?"

毛泽东："也许,是要来一个置之死地而后生!"

也是落日时分,博古离开办公室往家走去。也不知怎么回事,这两天他一改往日的精神,有些沉闷。

从办公室走到家并不远,博古随着前后警卫员本能地走着,不觉到了家。

"怎么啦,这两天的情绪很不对劲!"博古的妻子刘群先说着亲自到门外打洗脸水。

博古一屁股坐在外屋的木沙发上:"没什么!"

刘群先把洗脸水放在脸盆架上:"洗把脸吧!"

博古顺从地擦着脸。不经意从洗脸镜前看到了自己的憔悴,不由地吃了一惊。

博古原名秦邦宪,江苏无锡人,这一年27岁,准确说是27周岁零3个半月。5年的莫斯科学习和工作生涯,3年的主持中共中央工作磨炼,他本是很新潮很阳光又老练的青年才俊,这几天却突然地像老了许多。

"你到底怎么啦?"刘群先用俄文说。他俩在家中,常常用俄文说话,以唤起在莫斯科的共同时光。

刘群先与博古同龄,二人同在莫斯科中山大学学习,相识并结为伉俪,1930年回国。刘群先时任中华全国工会女工部部长、苏维埃中央政府执行委员。

博古用中文反问:"你说我们这么大的队伍,能顺利地到达湘西,与在那里的贺龙、任弼时的红军会合吗?!"

刘群先:"任弼时率领的湘赣军区的红军,不到一万人都走得很顺利。他们能走通,我们数万人的大军应当走得通。"

"理论上是这样。"博古说。

刘群先:"那你又何必还没行动,就为前途发愁!"

博古:"我毕竟担负着党和红军全局命运的重担……"

刘群先:"不是还有李德、周恩来辅佐吗?!"

博古:"可我负主要责任。"又一叹:"我们这一走,中央苏区也很可能丢了。这么大的一片红色根据地在我的手中丢了,共产国际会怎样看我?将来的历史会怎样评说?"

刘群先："可要是不走,万一连中央红军也打光了,就更不好向共产国际交代,向历史交代!"

"难呀,决策真难!"博古感叹。

刘群先："走是中央政治局早已决定的……现在已经是箭在弦上,不得不发!"

"是呀,不得不发!"博古又一叹。

刘群先也坐了下来,用俄语说:"亲爱的,不想烦恼的事好吗?"

博古回以俄文:"可总不宜来一段华尔兹……"说着勉强一笑:"行李都准备好啦?"

"我们都是无产者,没什么家当。几件衣服,你的归你,我的归我,各带各的。"刘群先说,"中央纵队李维汉司令员,把我们30多个女的,和董老、谢老、徐老等几个老同志编在卫生部休养连,行动开始后,我们各走各的。"

博古："应当理解为这是对你们的重点保护!"

"也避免在这不适宜的时候,造出个革命的接班人吧!"刘群先笑后又感叹:"从革命理论上说,男女平等;从工作战斗上说,许多方面还真难以平等;从生物繁衍上说,女人担负生育使命,这很不平等,但又不可改变它……"

"怎么突然联想到这些……"博古笑笑。

刘群先说:"我突然想到贺子珍。"

博古："她怎么啦?"

刘群先："她可惨了。两岁的孩子丢下不说,自己还挺着大肚子跟着队伍走,这不活受罪?"

博古："所以,我是主张贺子珍留下的。"

刘群先："她不还是要跟着走?"

博古："没办法……在这件事上,张闻天替毛泽东打抱不平。张闻天说我专制、霸道、没人性,自己带着老婆走,让毛泽东的老婆留下,逼得我没话说……"

刘群先一笑:"我们身为女人,嫁鸡随鸡……"

第二章 如是临别赠言

这几天,中革军委机关异常紧张,时不时有快马送来报告,几个"大参谋"几乎是整天关在屋里,非常忙碌。

所谓中革军委,即当时所谓的中华苏维埃共和国革命军事委员会简称,有时也更简单称军委。但这个军委对军事并没有实际上的领导权和指挥权。大约1个月前,中央政治局内定启动中央率中央红军战略转移实施程序,决定由中央政治局书记处总书记博古,中央政治局委员、中革军委副主席、红军总政治委员周恩来,共产国际派来的军事顾问李德,组成为"三人团",负责全权决策。而这"三人团"中,本应以博古为重,但博古不懂军事,全听李德的,实际上是李德一人说了算,不仅是军委的训令由他说了算,甚至连作战上具体的事也由他一人说了算。所以,当时背后人们称他为"太上皇"。周恩来只起协调和组织落实作用,中革军委实际上名不符实。朱德虽是中革军委主席、红军总司令,也不过是被用于下达命令的橡皮图章而已,而他本人也就是个"大参谋"。军委总参谋部一点权力也没有,是地地道道的具体办事机关,总参谋长刘伯承已被罢官,发配五军团当参谋长,副总参谋长叶剑英、作战局长郭化若,都在"大参谋"之列。

这天,周恩来、朱德、叶剑英、郭化若又关在屋里忙碌。李德没来,说是病了。但他壮得像牛一样,能有什么大病?很可能只是重感冒罢了。李德不来,博古就更不会来。反正眼下这几人作出的具体计划,最终都得报给李德批准。

今天是汇总参加战略转移各部的相关数字,制定转移撤出的具体组织计划。

会议先由郭化若汇报。这几天,郭化若日夜加班,把各部报来的数字汇总。今天,他有备而来。

郭化若说:"5 个军团和军委第一、第二纵队,参加战略转移的人数、装备的具体数字都报来了,我也作了汇总列表。"

叶剑英插话解释:"表中的军委第二纵队,以李维汉同志为司令员。李维汉同志又名罗迈,所以称罗迈纵队。要说名副其实,应当称中央纵队。"

"命令中就称军委二纵,别再称罗迈纵队。"周恩来说,"就说总数吧!"

郭化若:"参加这次战略转移的中央红军 5 个军团和党政军机关编成的军委一、二纵队,总人数差 141 人为 87000 人。

朱德:"我原想象的要比这多多了。"

"你那是一年前的老皇历。"叶剑英说,"这还是加上半个月前突击征兵补员 9700 人,否则还不到 8 万人呢!"

周恩来:"接着说。"

郭化若:"全部的马匹 338 匹;步枪和马枪共 29153 支;各种型号手枪 3141 支;重机枪 357 挺;轻机枪和自动步枪,各部报来有的分开算,有的没分开算,我们把它们合在一起算,332 支(挺);冲锋枪 271 支,迫击炮 38 门。此外,还有军委炮兵营的几门山炮,通讯器材没具体数字。"

朱德:"这就是我们当下的全部家当?"又说:"我们的一至四次反'围剿'缴枪的总量就达约 6 万支,弄到现在,5 个军团加中央机关警卫部队,全部的步马枪还不到 3 万支!"他没再说下去,只是轻轻一叹。

周恩来没吭声。

郭化若继续汇报:"弹药的总量为步马枪弹 1418200 发,手枪弹 72891 发,手榴弹 76526 枚,重机枪弹 151509 发,轻机枪和自动步枪弹 71321 发,冲锋枪弹 67709 发,迫击炮弹 2473 发。"

朱德:"如果我没记错,仅我们的第三次反'围剿'缴获的子弹就达 280 万发!"

叶剑英:"我把这些数字作了个全军平均,我们的每支步马枪带弹不过48发,手枪不到24发,重机枪不到425发,轻机枪自动步枪是215发,冲锋枪是250发,迫击炮65发,手榴弹每人不到1枚……"

朱德:"这一年来,打的都是消耗战,没有缴获,把历次缴获的库存子弹都打光了,就现在的这个数字中,步枪弹几乎全是我们兵工厂翻制的,发射药质量差,自制的弹不标准,不仅打不远打不准,还经常卡壳……"

周恩来没有言语。

叶剑英说:"从总供给部和各部报来的数字看,要带走的盐一共是348担,钱164万元。还不清楚这164万元全是银元,还是带有苏币,苏币是苏维埃政府自行发行的货币,白区又不流通,带它何用?还有药品714担。8万多套的冬装倒也好办,每人发一套各自带就是了。"

周恩来:"我们预定转移是要到另一地区创造新的中央苏区,带走苏币,等有了新苏区就可以使用,所以是必需的。已经印好的苏币要带走,连现在的印钞机也得带走,医院里的X光机、发电机、变压装置、兵工厂里的各种机器,都得搬走。"

郭化若:"我明白了,所以军委机关和中央机关才有那么多人。报上来两机关总人数是14546人,其中担任挑夫和搬运工的,得超过万人吧!"

朱德:"我听说,军委教导师的行李担子,就多达300来担!"

周恩来:"何止300来担……"

"你刚才说的要到另一地区建立中央苏区,应当是指湘西吧!"叶剑英说,"3个月前,中央让湘赣军团六军团西征到湘西会合贺龙的红军,不就是去探路做准备吗?可六军团走的是沿湖南、广东、广西边界的五岭西去,他们没有这么多辎重,能走得动、走得通,我们带着这么笨重的家当,能走得动、走得通吗?!"

朱德:"你们刚才说的全部人数是86000多人,减去军委和中央机关的14500多人,5个军团加在一起才72000多人。这72000多人,步枪不到3万支,就把轻重机枪手、冲锋枪手,持战斗手枪的基层军官、有无线人员和机关参谋干事,都算成战斗兵,也只不过占总人数的一半,而另一半,也是非战斗兵。机关这么大,行动起来可是累赘呀!"

周恩来："已经是这样了，也只好面对现实。"又说："这么大个家，这么复杂的结构，走的计划可要周密。"

叶剑英："按博古、李德的意思，是10月10日晚开始行动。我们的计划从10日晚做起，先做10天，到本月20日。以5个军团加军委2个纵队为大单位，具体区分和划分各大单位每天的行动路线和宿营地。"

周恩来："对，这样才不会造成抢道路、争宿营地的混乱。"

郭化若："因为2个庞大的机关必须保护，这就不得不依据各军团的战斗力，把5个军团大体分成前卫、侧卫和后卫。一、三军团为前卫，八、九军团为侧卫。五军团后卫，负责断后！"

周恩来："过贡水，也就是南渡于都河的安排？"

叶剑英："我们作了一些调查；具体还要靠各部当面弄清楚。计划是船渡、桥渡和徒涉三种形式。麻烦的是白天有空袭，只能夜间过渡。现在计划的是从16号晚上开始，军委第一纵队第一梯队过河，到新陂开设指挥所。17日晚，一、三军团和军委第一纵队其他梯队南渡于都河；18日晚，八、九军团和中央纵队南渡于都河；后卫五军团集结地离河边较远，计划20日晚南渡于都河。各渡点渡河器材和架桥问题，会计划好指定前后交接。"

周恩来："突破敌人的第一道封锁线是怎样组织的？"

叶剑英："敌人的第一道碉堡封锁线正面很宽。它大体是北起赣县贡水与桃江的交汇处，沿桃江东岸经信丰县到安远境内。我们计划选自赣县王母渡以下至信丰安西镇这一段通过。以一军团为左前卫，九军团跟进为左侧卫；三军团为右前卫，八军团跟进为右侧卫；军委和中央两纵队居中，五军团为后卫断后，自21日开始突破。"

朱德："这完全是大搬家的队伍。好在国民党军广东的陈济棠答应让路，否则一出中央苏区，我们就给堵住了……就得打呀！"

周恩来："这道封锁线上也有陈济棠粤军据点。陈济棠虽然和我们达成放行默契，但这种高层交易的事不可能透给基层，所以，过第一道封锁线时，也少不了有些小战斗。你们让主力军团一、三军团在前方开道，也是合适的。"

叶剑英:"已经是大搬家的架势,我们只能根据这种状况作计划。"

朱德:"过了第一道封锁线后,就转向赣西南了……"

"是的,"叶剑英说,"那是下一步,我们没考虑那么远。"

周恩来:"行,就先计划到这里。"又说:"按博古同志的意见,你们的这些计划,要书面报告给李德审批!"

叶剑英:"我们只能是中文报告……"

"可以,"周恩来说,"李德要想深入了解,就让伍修权给他当面口译!"

这天下午,项英来看博古。

项英与博古的关系很微妙。项英与周恩来同龄,比博古大 9 岁,党龄也比博古早 3 年,党内的职务也一直比博古高多了。1931 年 1 月中共六届四中全会,项英当选为中央政治局委员,博古只是共青团中央宣传部长,稍后任共青团中央书记。但博古不仅有很硬的共产国际背景,而且是王明政治上的"铁哥们"。也正因为有这个背景和关系,1931 年 9 月王明离开中央,去共产国际主持中共驻共产国际代表团工作时,博古被共产国际指定为中央政治局委员,主持中央工作;1934 年 1 月,被中共六届五中全会推举为中央政治局书记处总书记。项英是 1931 年春王明中央派到中央苏区的中央代表团主要成员,使命在于贯彻王明路线。在这一点上,他们有合拍的政治基础,而 1933 年春博古中央由上海过到中央苏区后,博古也很器重项英。他把原来的中革军委主席朱德支到前线,以项英代理中革军委主席,主持军委工作。这些让项英颇为感动。这次,中央要率中央红军战略转移,博古又力主让项英担任中央苏区中央分局书记,留下来领导中央苏区坚持斗争。在当时,人们都认为随着中央率领的中央红军撤走后,中央苏区势必转危为安,而作为这样一个大局面的第一把手,总比留在中央机关又没有实际权力强多了。张国焘在中央机关多少年,也还是个一般政治局委员,只是到了鄂豫皖苏区当一把手后,才又打开一个川陕苏区新局面,成为川陕苏区和红四方面军之主。所以,这也是项英求之不得的,他也更把博古当成体己。

这阵子,项英到中央机关办完交接,转而来看望博古,也算给博古送行。

两人坐定,博古先入为主:"我反复权衡,才决定由你担任苏区中央分局书记,留下来领导中央苏区斗争。我相信,我们这一走,也把敌人的重兵带走了,你就可以乘机恢复中央苏区,到时候,我们在湖南西部,你在江西南部福建西部,我们相互呼应!"

项英:"那是我们理想的前景,但眼下,毕竟是我们要分别了。也不知道就此一别,何时再相会,所以过来看你,也算是给你送行。"

博古:"不能只是送行,还有临别赠言。"

项英:"如果一定要有临别赠言,作为老大哥,我提醒你注意老毛。毛泽东可不是等闲之辈。"

博古:"毛泽东的确才智过人。这支中央红军,这块中央苏区,可以说是以他为主要领导而创建的。"

项英:"可是,我们这些中央乃至共产国际指定来的人,夺了他的军权和地盘,坏了他设计的星火燎原的远景,让他在台下当观众!"

博古:"我们秉承共产国际和王明同志的旨意,要的是一省数省的首先胜利,而不是他那右倾的星火燎原。路子不同,只好让他赋闲。"

项英:"可是,他赋闲并不等闲。"

博古:"我知道,他的信条是枪杆子里面出政权。如果我们放任他,我相信他还会拉起一支红军队伍,打下一片天地。但那不符合共产国际和王明同志既定的路子。"

项英:"在这一点上,我们想到一起了。我认为枪杆子里面固然出政权,但也会出军阀。我们党也要防止有人拥兵自重。正为了贯彻共产国际和王明同志的一省数省的首先胜利路线,为了防止他拥兵自重不执行这一路线,我们才在你到中央苏区之前,在 1932 年 10 月宁都会议上,解除了他的兵权!"

"就是你们不解除他的兵权,我们中央迁来后,我也会解除他的兵权!"博古说。

项英:"是的,兵权是执行党的路线的根本保证。"

博古："老毛在中央红军中根基很深,他的老搭档朱德,老部属彭德怀、林彪等,都敬奉他为领袖!"

项英："所以,你到中央苏区后,把朱德支到前方,让他的中革军委主席有名无实,又免去了彭德怀的中革军委副主席之职,最终把中央红军的指挥权托给了李德,都在于防止毛泽东染指军权!"

博古："这也是为了我们这些从莫斯科回来的同志能站得住脚,坚决地执行共产国际和王明同志路线,必须采取的组织措施。"

项英："这就是我们的共识!"

"没有共识,何以共事?"博古站了起来,给项英的茶杯续水。

项英："说到用人问题,我倒想起周恩来的一个观点。恩来说,蒋介石好于使用奴才。我倒不这样认为。我认为奴才固然好用,但没有用;唯有奴才加人才,既好用,又有用。老蒋也明白这个道理。我们当面敌人蒋介石的战将顾祝同、陈诚、蒋鼎文、薛岳等等,能说他们是纯奴才?!"

博古："你说得对。但关键和前提是必须为我所用。不被所用的奴才即使拆台,也不可怕,他没才就没有对抗力;人才可不同,不被所用,他要是拆起台来,还真是够对付的。"

"是这个道理。"项英说。

博古："恩来总是说,毛泽东是中央政治局委员,又会打仗,得尊重他的意见。可恩来就不明白毛泽东并不为我所用。毛泽东既不甘人下,又过于坚持他的山沟里的那一套。如果山沟里有马列主义,我们又何必到莫斯科东方大学和中山大学学习深造?共产国际又何必要我们这些受过马列主义科班教育的同志主政?"

项英："我注意到,打从党的六届四中全会后,我们党实质上是由从莫斯科回来的同志当家,并且主政了中央苏区和鄂豫皖、湘鄂西这三大苏区。我们这些'外来户',全面地夺了国内这些拉军队打地盘的同志的权;他们虽然组织上服从了,但并不心悦诚服。恩来不明此理,每每想调和,硬是要把这两股力量拧在一起!"

博古："恩来既不是从莫斯科来的,又不出于国内的拉军队打地盘行列,采取调和主义是可以理解的。可是,张闻天、王稼祥是从莫斯科来的,是受过马列主义科班教育的,现在对共产国际和王明同志的路线,似乎也产生了怀疑,很是不可思议。"

项英:"张闻天和王稼祥的能量不大……他们有些时候唱反调,也不过是觉得手中的权力小了些……人闲心事多。但恩来的能量很大,你得紧紧地争取他对你的支持!"

"你觉得恩来对共产国际和王明同志路线的态度怎样?"博古问。

项英:"既然你问到这个问题,我也直言相告。应当说,恩来是尊重共产国际和王明同志的,但恩来这个人主义坚定,爱憎分明。"

博古:"你的这个评价,是从他对蒋介石的态度中提取的? 是的,从一定意义上说,恩来是辅佐过蒋介石,在国民党政治舞台上崛起;而在蒋介石露出反共反革命真面目时,他坚决地与他分道扬镳,决不与之为伍!"

"我说的只是他的表现,"项英说,"他骨子里追求的是他信仰的事业的成功。他没有领袖欲,却有促成他信仰的事业成功的强烈使命感!"

博古:"我没有很听明白你的意思……"

"好吧,那就说得明白些。"项英说,"你要是领导党的事业成功,他会全力支持你;否则……就另外一回事!"

博古默然了好一阵子问:"你认为我主持中央工作以来,我们党的事业成功吗?"

"你给我出了难题了。"项英笑笑,"这还是你自己来回答……也让时间和结果来回答! 不过老大哥我忠告你,你们的这次转移一定得成功!"

17

第三章　李德给博古打气

落日时分，李德到办公室找博古。

博古虽然把军事决策权给了李德，但李德也算聪明，知道离开博古他就什么都不是，什么都做不成，他没有忘乎所以到一切都可以不告诉博古，不与博古通气。李德又出身于军人，请示报告与时间观念都较强，这不，他赶在博古下班之前到博古办公室，要告诉博古，红军总部作出的转移行动组织计划，他通过伍修权的翻译知道了，也同意了，已经退回红军总部，让他们按计划命令各部执行。

博古听完李德的话，关切地问："你的身体怎样，要不要通知有关部门，给你准备一副担架。"

李德说只是这几天有些不舒服，没劲而已，不碍大事，马还是骑得了的。他从伏龙芝军事学校毕业后到苏军任职，也只有马骑。他习惯于骑马，也认为一个军人躺在担架上，意味着已失去战斗力，是万不得已的。他谢绝了博古要给他准备担架的好意。

博古听完李德的汇报，倒也放心了。他转移话题说："我们是不是走得仓促了？！"

"已经下决心要立即走了，你又犹豫啦？"李德有些不高兴。他又说："等到敌人的六路合围总攻开始了，我们再走怕就为时太晚，弄不好也就走不成了。"他又开起玩笑："难道想你我都让国民党军给抓住。"

这话，着实把博古镇住了，他一时无话。

李德又说："军事指挥上，最怕的是犹豫不决，错过了最佳时机。我是伏龙芝军事学院毕业的，可是受过世界上最好的军事教育，你应当相信我。"

博古:"我要是不相信你,怎么会让你全权指挥我们红军?"又说:"好吧,下决心,立即走,照你批准的组织计划执行,10月10日走!"

李德:"我倒想知道,你怎么会突然犹豫了,提出是不是走得仓促了的问题?"

"我在想,我们这么多的部队,这么大的机关要迁徙,应当有足够的准备时间……再说,部队也没动员,地方上也没说明,我担心一旦开始行动,部队会混乱,地方上会恐慌……"博古有些吞吞吐吐。

李德:"谁向你提这些意见? 是朱德和总部的人,还是周恩来?"

"不,不是!"博古有些支支吾吾的。

"是毛泽东提出的?!"李德又说,"毛总是通过周恩来和我们唱反调。周恩来又总是说毛是中央政治局委员,又会打仗,我们得多听他的意见!"

"恩来说的也不是没道理。"博古说,"这中央苏区毕竟是毛泽东为主要领导时打下的,他的确率领中央红军打胜仗!"

李德:"博古同志,你太年轻了……毛泽东的确让红军打了许多胜仗,建立了这么个中央苏区,但毛的指导思想是星火燎原,等一把火烧掉一片大草原。可一把火要烧掉一片大草原,那草原上的草应当是枯了,而且得有大风的助力。可你们中国这个大草原的现在,草还没枯,也没有可借助的大风,不可能有星火燎原。"

博古不语。

李德:"王明同志的指导思想是要一省数省的首先胜利。而他的这种指导思想,又是来自共产国际对你们党和你们中国革命的指导原则,你应当不折不扣地接受! 毫不动摇地执行!"

"我从没有动摇过对共产国际和王明同志路线的执行决心。"博古说。

李德仍按他的思路说:"从军事上说,只有进攻、决战,才能决出战争的胜负。你们要实现一省数省的首先胜利,就必须是进攻,敢于与敌决战。而毛泽东的那一套,是游击战争,小打小闹;后来虽把游击战提高到他发明的、在世界上哪一本教科书上都找不到的所谓运动战,但也不过是钻敌人空子,乘机消灭敌人1个旅、1个师而已,那是不能从根本上解决战争问题的。"

"可他领导红军打破了敌人历次'围剿',而我们接手后,却不能打破敌人的第五次'围剿'……反而是弄得自己出走……"博古嘀咕。

"你是说我的指挥错了!"

"不,不!"博古忙说,"我从没认为你的指挥是错的。"

李德:"我们这次没能打破敌人的'围剿',但我们坚持了一年之久,消灭了敌人大量的有生力量。之所以还不能打败敌人,是因为你们的红军力量太弱了,而敌人的力量太强大了!"

博古:"可毛泽东也提出,正因为我们的力量弱小,才不能立即与强大的敌人作战略决战;正因为我们红军的装备和技术、战术不足,才不能打苏联红军式的正规战,打国民党军式的正规战……我们的正规战,只能是提高了的游击战!"

李德:"他这是为自己的能力不足和落后开脱,也是以我们没有能打破当前敌人的'围剿'这一现象,否定我们的政治路线和军事战略的正确性。"

博古又让李德似是而非的话给弄晕了。

李德:"根本的问题,是共产国际让你们这些从苏联学习回来的同志,全面代替了他们这些从山沟里出来的同志的领导……他们不服气,找说词。"

在这个问题上,博古倒清醒,但他没反驳李德,只说自己的观点:"我认为我们党内还是团结的,不存在苏联学习回来的与从山沟里出来的派别之争。就算是你说的我们这些从苏联学习回来的同志,取代了他们这些从山沟里出来同志的领导权,他们也还是从大局出发,服从我们的领导,听从我们的指挥……我们没有发现党内和红军内部有派别活动!"

李德:"我承认你说的事实,但我们必须防止。博古同志,你应当明白,共产国际是对你寄予希望的……"

"可我们这一撤出,中央苏区有没有丢了的可能?如果万一丢了,可是在我们的手中丢掉的!"博古说。

"如果万一丢了,那也是因为敌人力量太强大,而你们红军的力量太弱小,打不过敌人。"李德说,"所以,我们才应当抢在敌人总攻之前,赶快撤离。我们能在这样困难的战争形势下带走红军就是成绩,可以说是了不起的胜利!"

博古又让李德绕得一时无语。

李德打气:"记得5个月前,我们讨论战局形势时,不是已经取得了共识? 那时,你们就提出过,几年前,张国焘带着四方面军15000人马,从鄂豫皖苏区转移到川陕地区,不仅原来的鄂豫皖苏区得到了保存,而且又开创了川陕苏区新局面,红军人数比原来增加了好几倍;我们把这近十万人的红军带到湘西去,能造成的局面会比现在好得多,而且现在的苏区也能得到保存。你们的中央政治局不就是本着这样着想,才决定中央红军要撤出中央苏区,实行战略转移的?!"

"是这样考虑的,也是因为受国焘把四方面军转移到川陕地区的胜利启发,我们才决心转移的。"博古说,"但得保证我们的转移是顺利的、胜利的……"

"还没走,你怎么会认为可能会不顺利,会不成功?"李德说,"能不能走得顺利,还得看你的红军能不能坚决地执行我的旨令,能不能确实实现我的意图!"

博古又无语。

李德又说:"就算万一不顺利,也有共产国际和王明同志的支持……"

广州,李济深公馆。

明亮的灯光下,李济深在藤沙发上闭目养神,他身边的茶几上放着《广州民国日报》。

副官进来:"李公,陈济棠总司令拜访。"

"快请。"李济深弹了起来。

着便装的陈济棠进来:"我估计你还没睡!"

"我睡得晚。"李济深说。

陈济棠不请自坐在李济深一侧的藤沙发上,说:"老长官还保持军中睡觉晚的习惯。"

陈济棠称李济深老长官倒也不是客套。9年前,即1925年8月,广州国民政府把挂靠于他的各方军队统编为国民革命军时,李济深率领的粤军编为第四军,陈济棠是四军下属第十一师师长。这个军还有陈铭枢十师,张发奎第十二师,徐景唐第十三师,另有1个独立团,就是叶挺独立团。后来,第十、第十二师和叶挺独立团参加北伐战争,分离出第四军;陈济棠和徐景唐师留守广东,发展编为第八路军,李济深任总司令。但不久,李济深参与了李宗仁、冯玉祥等势力的反对蒋介石斗争。李济深是广西梧州人,并不是广东人,所以成为粤军盟主,是在原粤军首脑许崇智因牵涉到刺杀廖仲恺案而失落的时机造成的。在介入反蒋派别斗争的屡战屡败情况下,李济深被迫淡出国民党军政界,粤军和广东地盘都落在陈济棠手中。但李济深仍与两广的陈济棠、李宗仁有着密切的联系,并有一定的影响力。

陈济棠坐定,注意到茶几上的《广州民国日报》。待侍女供茶退出和副官退出掩门后,指了指报纸:"看报了?"

李济深似自嘲:"委员长的行踪能不关注?"

陈济棠:"我就是为这事来讨教老长官的。"

"在琢磨老蒋的葫芦里卖的是什么药?"李济深笑笑。

陈济棠:"可不?江西的战事已到了决战关头,他倒从庐山下来,带着老婆到北方视察去了。这北方的问题,会比他热衷的'剿匪'事大?"

李济深:"你意下如何?怎么看的?"

陈济棠:"他莫不是意在一走了之,让顾祝同和陈诚放手把江西的红军压进我们广东?!"

李济深:"这是显而易见的图谋,但我以为,他此举不仅仅是这个目的,还有一个目的。"

陈济棠:"还有什么鬼把戏?"

李济深:"玩他的以退求进的老把戏。他很清楚,共产党中央不会傻到坐以待毙,必然会带着他们的十几万人马突围。而一旦从赣西南突围,他毫无办法,所以,他一走了之。一旦共产党红军突围走了,他可以推说他不坐镇南昌时,手下人无能,让共产党红军跑了。"

陈济棠:"他既然判断到共产党红军会向赣西南突围而去,何不作预先防患?"

李济深:"他不是在赣南构筑了第一道封锁线,又在湘南汝城、郴州构筑了第二、第三道封锁线了吗?"

陈济棠:"光构筑了碉堡封锁线有个屁用!我是说他为什么不调重兵把守?"

李济深:"老蒋不是不想作为,而是力不从心。赣南这道防线归你管,你会竭力去守吗?湘南的两道防线由湖南何键管,何键会把重兵放在湘南这两道防线上?你担心把重兵西调守第一道防线,共产党红军从赣南直下广东;何键也会担心把重兵往湘东南放,共产党红军从江西西部直入湖南中部,戳到他的长沙的痛处。再看看老蒋,他敢从北路军中抽出一二十万人马到赣西南和湘南吗?如若那样,共产党红军乘机北上,威胁他的南昌行营,他可就乱套了,丢大脸了,贻笑大方!这虽是一盘残棋,但子力优势一方并不稳操胜算。"

陈济棠:"这样说,他是既想把红军压入我们广东,又无奈于红军可能突围西去!"

李济深:"老蒋做梦都想把共产党红军压入我们广东,让我们粤军和红军作鹬蚌相争,他好坐收渔人之利。但他也心知肚明,你会放红军西去。"

陈济棠:"数他老蒋识相,我还真的要放红军西去,进入湖南。不瞒老长官,我已授权驻赣南会昌境内的黄延桢师长和朱德派来的代表谈判,只要红军不进入广东,我就让开大庾岭通路,让他们进入湖南。"

李济深:"好,这就对了。让湖南的何键去为老蒋卖命。他何键不是心甘情愿当老蒋的狗?"他站了起来,愤愤地说:"这些年来,大凡我们两广与老蒋有冲突,何键都是站在老蒋一边,陈兵两广边界,摆出一副要为老蒋而战的急先锋样子。这回,就把这十几万红军放入湖南,借红军的力量帮我们出出这口恶气!"

陈济棠也站了起来:"我就担心给广西的德邻、健生添乱子。"

李济深:"这你大可放心。李宗仁是明白人,白崇禧是'小诸葛',他们自有玩法。在要心眼上,他何键玩不过德邻和健生的。"他又话锋一转:"你倒应当注意余汉谋,他可是身在曹营心在汉。"

陈济棠:"我知道,他早就暗中向蒋介石打我的报告……那有什么,蒋介石知道我与红军有来往,不也拿我没办法吗?他余汉谋要是不识相,那他就与当面的红军打呀!我不会有一兵一卒增援他,他要是把部队打残了,我刚好收拾他!老规矩,谁把兵打光了,谁也把自己的官打掉了!"

这阵子,赣南寻邬的一座警卫森严的屋里,中共的代表正与国民党粤军代表进行一场级别不高又很高的会谈。

说级别不高,是指中共方面派出的是红军总政治部地方工作部长潘健行,陪同的是中革军委直属教导师政委何长工;粤军代表是驻寻邬的第三军第七师师长黄延桢。说级别又很高,是指中共代表名义上是红军总司令朱德派出,实际上此君是博古的至友;而黄延桢到会则是粤军总司令陈济棠的授权。

因为会谈是双方高层约好的,主题也明确,故双方寒暄后,直接进入主题。

黄师长是地主,自然先入:"兄弟我是赞成我们陈司令的方略,坚持与你们红军建立实质上的不战默契!"

潘健行笑笑:"陈司令是我们当今中国的精英,当然不会不明白我们中国的鹬蚌相争、渔人得利的典故。事实上,我们的中央苏区也是你们粤军与蒋介石中央军的战略缓冲地带,协同蒋介石中央军'围剿'我们中央红军,不仅对你们军事上没有丝毫的好处,反而有害;再者,也没了生意可做,经济上也受损失。"

黄师长也笑着说:"可你们要是一走,我们的北边就没了战略缓冲带,也失去了从赣南收购矿产出口这条财路了。"

　　潘健行："不瞒黄将军,我们顶了一年之久,人力物力消耗很大,怕是早晚得走!"

　　黄延桢："兄弟我也是玩枪杆子的,看得出! 不过,你们的10万红军,能顶住北路的陈诚中央军30万重兵进攻达1年之久,兄弟我已经很佩服了。兄弟我也不瞒你们说,要是陈诚的30万中央军压入我们广东,我们虽有十几万人的粤军,怕是连3个月都支撑不了!"

　　"你们的一军军长余汉谋恐怕第一个就倒戈!"何长工插话。

　　黄延桢把这话叉开:"不说他,说老蒋,他不是不想铲平我们广东这个山头,而是找不到借口。所以,我们的陈司令划出的底线,是你们红军绝对不能进入广东,把蒋介石的中央军引进我们广东!"

　　潘健行："我们明白。我们一旦进入广东,不但直接占了你们的地盘,还会给蒋介石找到派中央军进入广东的借口!"

　　黄延桢："看来你们门清。你们保证不越过我们的底线,我们答应给你们让路!"

　　何长工："包括你们一军控制的赣西南进入湖南的通道?"

　　黄延桢："离开这条路,你们还会走哪条路? 还能走哪条路?"

　　潘健行："黄将军也门清。可那里是余汉谋的防地……"

　　黄延桢："放心。我们的陈司令既然答应让路,就会言必信,办到! 再说余汉谋一军是分散驻防,形成不了攻击力,挡不住你们,也不敢赔本挡你们。"

　　潘健行："那好,我们一言为定。还需要签字吗?"

　　黄延桢："不必了。这么些年来,我们的交往靠的都是诚信,没有诚信,会有你我今天的会谈?!"

　　潘健行大笑:"你们不担心我们违约?"

　　黄延桢也大笑:"你们会有人愚蠢到自找我们粤军和中央军两面夹击的死路?!"

　　潘健行："但有一点必须说明,省与省的边界并不明显,有时行动中难免会无意入界,但我们绝对不会借荆州占荆州的。"

　　黄延桢："那一看就明白了,不会误会的。我也有一点必须说明,你们通过我们防区时,我们也会打的,但不是真打!"

潘健行:"明白,是打给老蒋看的,你们弹药多,尽管对天上打!"

黄师长:"但是你们也得快走。还有,我们两家的密约不可能传达到团以下,也有可能发生团以下单位真打的现象。"

潘健行:"这无妨大局。"

黄师长:"那好吧,你我都可以交差了,祝你们一路顺利!"

潘健行:"谢谢!

第四章　哥俩下馆子

这阵子,中央红军三军团军团长彭德怀和政委杨尚昆,正在司令部一间小屋里等参谋长邓萍。

已经等了一阵子了,杨尚昆有些不耐烦:"还真够费劲……"他嘀咕着。

"部队的事,有些急,有时急;有些急不得,有时急不得。"彭德怀说,"你得学会有耐心!"

杨尚昆:"你让邓参谋长弄什么?"

"小伙子,又急了!"彭德怀笑笑。

彭德怀在这种私底下场合称杨尚昆为小伙子,非但不是对他的搭档政委的不尊重,反而是亲切。杨尚昆这时年仅27岁,用今天的话说,是标准的"海归"。他1926年底进莫斯科中山大学,1931年回国。他与博古同龄,在中山大学虽不同届,但是校友。正因为有这等背景,回国后不久他就担任中共中央宣传部长,1933年春到中央苏区,先被委以一方面军政治部主任,继而升任总政治部副主任。1934年1月,博古中央挤走原三军团政委滕代远,他被下派到三军团当政委。你可别以为他这是降职了,按当时的苏联红军的规矩,政治委员有一票否决权。博古中央委以他为三军团政委,是让他来监督彭德怀行使军权,执行其中央的指令的。但杨尚昆倒很谦虚,按周恩来的交代,把彭德怀当兄长、老师。彭德怀为兄长和师长,也不是浪得虚名。彭德怀比杨尚昆大9岁,他领导平江起义组成红五军,并把红五军发展为三军团,他也由国民党军的一名团长,成了共产党红军的军团长,并且在博古中央到中央苏区前,他是中革军委副主席。三军团是中央红军主力军团之一,彭德怀是毛泽东常用的战役指挥员,在中央红军中赫赫有名。也正因为杨尚昆到三军团后虚心好学,尊重同级、下级,彭德怀私底下拿杨尚昆当小弟、当学生,在公开场合,维护他的领导威信。

彭德怀忽然想起似的,但又像很随便地问:"你在莫斯科入党的?"

"不,我先加入共青团,第二年,也就是 1926 年转为共产党员……"杨尚昆回答。

彭德怀笑着:"好么,党龄比我还长!"

杨尚昆:"那年夏天,我考入上海大学。年底,党派我到苏联学习。我的大学实际上是在莫斯科上的,中山大学。"

"看来,你是富家子弟么!"彭德怀说。

杨尚昆:"算不上富家子弟,但我们家族有上学的家风。当然,家境也还支持得了。"又笑笑:"因为这样的家境,有些同学说我投身于共产主义革命,是背叛了我的家庭出身!"

"可我的革命是家庭出身种下的根。"彭德怀说,"我是当了湖南国民党军团长时,才造国民党的反……"

"国民党军团长的薪金可不低呀!"杨尚昆说。

"同样是团长,我们湘军比中央军月薪少 20 块大洋。"彭德怀说,"那时,我月薪 240 块大洋!"

杨尚昆:"年薪是 2880 块大洋……了不得,大地主也赶不上你。"

"是吧!"彭德怀说,"可我 10 岁那一年的大年初一,当叫花子……叫花子是什么你懂吗?"

"要饭的,乞丐。"杨尚昆回答。

"那是过大年呀,有钱人家的孩子欢天喜地,我们一家祖孙三代为活命,去讨饭……"彭德怀顿时陷于悲伤和感慨。

杨尚昆:"我也是看到人世间的这种悲惨,才接受共产主义宣传,投身为旧世界的掘墓人!"

彭德怀仍沉湎于痛苦的回忆:"11 岁开始,给人放牛,当煤窑工,打短工,推脚车,砍柴,捉鱼卖钱……什么活都干过……17 岁那年当兵吃粮。湘军二等兵,每月薪金 5 元 5 角,交 1 元 8 角至 2 元伙食费,剩下 3

元到 3 元 5 角寄回家,养活我祖母,有病的父亲和年幼的小弟……就这样当了 6 年兵。"

杨尚昆问:"后来升官了?"

"不,"彭德怀说,"23 岁那一年,回家种田。但不久,我的战友和老长官让我去考湖南军官讲武堂,还考上了……这恐怕和我老长官拉我一把有关。小时候我读过 2 年私塾,这次进讲武堂不到 1 年,把文化课补了,也学了些基础的军事知识。毕业后回原部队当连长。"

"这之后就平步青云了?!"杨尚昆说。

"这之后,我的老长官看我打仗不怕死,又会带兵,升任我为营长。后来北伐战争打响了,我们部队设政治部,秘书长段德昌是共产党员,我开始受他的影响。1927 年国民党叛变孙中山的国民革命,我很愤慨。这年秋末,我升任团长,但我已决心不为国民党反动派干了,秘密加入了中国共产党。"

杨尚昆肃然起敬:"我党龄虽然比你早一年,可我是在大革命高潮时入党的;而你是在大革命失败,党和革命陷于严重危机时入党的,而且也可以说是处于高官厚禄地位时加入中国共产党的……"

"你以为,就你们从莫斯科回来的人才是共产主义者?!"是邓萍的声音,显然,他在门外就听到他俩的谈话。邓萍进门又说:"彭老总还是在红军产生初始最困难时,率领我们团官兵平江起义,加入到红军行列的!"

彭德怀有些不乐意:"我说邓萍,往后你对杨政委尊重些……他很尊重我们,我们要以诚相待!"

"开个玩笑嘛!"邓萍卸下腰上的皮带和手枪,"这不,骗来了!"

"骗来了?什么意思?!"彭德怀问。

"我要说是搞给杨政委的,洪超会舍得把他的这个宝贝给人?这把勃朗宁可是洪超从敌人旅长身上缴来的……我说是你要,他才忍痛割爱!"邓萍说。

杨尚昆:"给我?我不是有手枪……这不成了夺人所爱!"

"我还真的实话实说。"邓萍说,"我要说是给你弄的,他真不会给。

你们这些人,说什么山沟里没马列主义的话,可伤了不少人……"

"是,这种不自量力的话,的确太伤人……人家出生入死,拉起红军,打下一片苏区,又让出给我们来领导,还口口声声说人家是山沟里出来,没马列主义,既不符合事实,又不利于团结……真不知道他们怎么会这样!"杨尚昆说。

"他说他的去呗,谁在意?!"彭德怀又说,"好啦,不讲这些不痛快的事。"

杨尚昆抓起邓萍拿来的手枪:"这可是名贵手枪,但它的唯一用处在于结束自己的生命。如果到了该用它的时候,我会不辱红军第三军团的声誉的!"

"如果到了该用枪结束自己时,你原来的佩枪就不管用呀!"彭德怀说,"弄过来送你,不是让你结束自己用!是我们代表三军团接受你!我们三军团打了那么许多胜仗,缴获过多少名枪,我不能让我的政委用一把老左轮手枪……"

邓萍:"杨政委刚才的话让我感动。"又拍了杨尚昆的肩:"行!小杨政委和我们一条心!"

彭德怀站了起来,对邓萍说:"你留下看家,我和政委出去走走!"

于都城主街并不长,两旁商家无非是杂货店、山货店和铁匠铺等生活和生产用品商店,也有几家菜馆,就是小饭店。

这是午后四五点钟了,集市在正午基本就散去了,这阵子的街上行人几乎都是住在城里的居民。而红军有纪律管着,这个点不会有人到街上的。

彭德怀他们的军团部虽在城外,但距城里不远,一溜达也就到城里。这阵子,他俩已在街上边走边聊。他们没带警卫员,甚至连手枪都没带,这就显得没了首长的派头,可以更加随便。

走出一段后,彭德怀不经意地问:"莫斯科街道怎样,好玩吗?"

"不瞒你说,我们也只是节假日偶尔去过……街道很宽,建筑宏伟。"杨尚昆说,"不过冬天太冷了,街上没几个人……"

彭德怀："还是我们中国人多,有人气。"

"可我们太穷了。"杨尚昆信口回答。

彭德怀："所以才要革命嘛! 要解放人民,让人民富起来!"

杨尚昆:"他们不也是因为穷,所以才革命。"又说:"不过,革命都十几年啦,也没看出有多富裕……好在他们要求也不高,有土豆烧牛肉吃,就算共产主义生活了。"

"那标准也太低了。"彭德怀忽然看见路边的菜馆,说,"我请你,我们吃一餐比共产主义生活标准更高的共产主义饭去!"

"你请我?"杨尚昆笑笑,"还要比苏联标准更高的共产主义饭?"

彭德怀前头走进馆子:"你不信?!"

杨尚昆:"我可没带钱……"

"那吃完了结不了账,你在这里当人质,我回去取钱来赎你。"彭德怀向窗口的空桌走去。

杨尚昆跟上:"那可就成了典型了!"

店小二过来:"二位同志吃什么?"

彭德怀从兜里摸出一个发黑的银元,放在桌上:"你看这够吃什么?"

店小二:"一块大洋能吃到的东西多了……我这店随你二位吃。"

彭德怀:"有鱼吗?"

店小二:"算你俩有口福,从于都河刚打上来的鲤鱼……"

"来两条鱼,一壶酒……够吗?"彭德怀问。

店小二:"够,足够了。请二位上楼上雅座……那里清静。"

彭德怀:"好,上楼。"二人随着店小二上了楼,也挑了间面南临窗的小间。

店小二:"这鱼是红烧还是清蒸?"

"清蒸。清蒸才能吃出鱼腥味!"彭德怀说。

小二:"不能,不能有鱼腥味。"又说:"这鱼得倒腾一阵子……你们稍等!"走了。

彭德怀透过窗口,看窗外的于都河,感慨道:"这是我第二次进于都城……"

杨尚昆:"你都到赣南5年了,才第二次进于都城?"

"第一次是5年前,就是1929年春,从井冈山跑到这里来找朱毛主力;到桥头,敌人偷袭我,我就悄悄把队伍拉出来,端了他们的老窝。那一仗可发财了,缴了400多支枪,抓了他们600多人。我翻盘了……不过不敢久留,马上就撤了。"彭德怀大笑,"都没看清于都城是个什么样!"

杨尚昆:"我说呢,今天不仅要逛一下,看清它是什么样,还得吃上一餐!"

彭德怀感慨:"过去我总批评那些兵油子,每当大战在即,都会下馆子把身上的钱吃光了,没出息……没想到这回也学了他们!"又说:"是呀,留着钱干什么用? 当然,钱对你有用,总得给你家小李,李伯钊买点什么礼品……"

"我俩也是彻底的无产者……不讲那些。"杨尚昆突然问,"军团长,你都年过30了,怎么还不找个媳妇?"

彭德怀:"有人会跟我?"大笑。

杨尚昆:"有的。改天,我让李伯钊在她们剧社给你介绍一个……最漂亮的。"

"我可不想害了人家姑娘!"彭德怀一叹,"你没看出什么?"

杨尚昆:"这架势像是要全军转移……"

"这架势是要把中央苏区丢了!"彭德怀说,"我们这些年好不容易打下这块地盘,就叫他们丢了……崽卖爷田心不痛!"

杨尚昆知道,这话是5个月前彭德怀当着博古的面骂李德的话。当然也明白他骂的"他们",是博古、李德。"是,是把一个好好的局面,搞得一团糟……"他是去年春天到中央苏区的,多少知道5次反"围剿"前的盛况。

彭德怀:"弄成现在这个局面是什么原因?"

"他们不是说,是红军力量太小,是苏区人力物力枯竭了……"杨尚昆说。

彭德怀问:"你也这样认为?"

杨尚昆:"红军力量太小不是理由……敌强我弱是基本特点,红军过去不都是以弱取胜的……"

彭德怀："算你清醒明白！是呀，消耗到现在，苏区中心区域的人力物力是枯竭了，是没法再待下去了……所以，我并不反对走。但问题是，一年前并没有完全枯竭，而且也计划着扩大苏区甚至发展新苏区……他们硬是不动窝，与敌人拼消耗，哪能不把苏区取得的人力物力资源耗光呢！"

杨尚昆："你说的是这么个道理。"

彭德怀："红军的生存发展，当然得有一定的人力物力支持。所以，苏区如果不扩大甚至更换地区，当然会出现人物资源枯竭问题，会没法再在苏区内打败敌人……所以，这既要有个领导者未雨绸缪问题，还有个怎样打破敌人'围剿'问题……他们不但没认识到这些，还认为自己本事大着，什么话都听不进去！"

杨尚昆："看来，由共产国际派人来领导，不是个办法……"

"你是这样认为的?!"彭德怀又说，"我们不是不支持，更不是反对共产国际派人来领导……而是你得有能力领导！"

杨尚昆转了个话题："你是怎么和朱老总、毛主席认识的?"

"我们是土生土长混在一起的，用你们的话说，都是山沟里出来的！"彭德怀笑笑。

杨尚昆："那是王明、博古他们这些自认为受过马列主义科班教育的人说的，我不认为从山沟里出来的同志没有马列主义！"

彭德怀："那好，我就给你说实话。"

店家送来了鱼和酒。

杨尚昆给彭德怀倒上酒。

彭德怀没先喝酒而是先吃鱼："已经好几个月没闻过鱼腥味了……小时候，摸鱼是卖钱换米，有时我祖母看我馋也会给我做……可惜，她老人家走了……"

杨尚昆端上酒杯："来，老大哥，不说伤心事！"

彭德怀喝了口酒，又吃鱼。看得出，他并不好酒，而是意在吃鱼。"你刚才问我怎么认识朱毛，我告诉你，那是 6 年前，我们平江起义后，我真不懂得下一步该怎么走,没过3个月,把队伍折腾得只剩下不足千人。好在听说朱毛在井冈山搞得很红火,我抱着取经去的心态,让黄公略带二纵队200多人留在湘鄂赣坚持斗争,我和滕代远还有邓萍带一、三纵队约700人到井冈山来找朱毛。这才知道红军得有个家,就是根据地,也就是所谓苏区;和敌人打仗,得从自己的力量实际出发,打得赢就打,打不赢就走,千万不能与敌人硬拼。就这样,朱毛成了我们的老师。按他们这一套干,也就是一年多,我由不足千人的队伍,发展成红三军团万把人。我更服他们。"

杨尚昆:"听说,1930年中央曾有个计划,要你的三军团发展为第三方面军!"

彭德怀:"图那个虚名管什么用? 吓敌人?"又吃了一大口鱼,"那年7月底,我脑袋一热,抓住何键唱空城计,一个反攻打进了长沙城。结果不出一个星期,让何键给打了出来。"

杨尚昆:"何键的兵力强你10倍以上,再说长沙又在交通要道上,哪能占得了?"

彭德怀:"就在我们被何键赶出城、撵着跑时,朱毛率一军团来了,把何键追我们的南边的1个旅给灭了。我们这才决心把队伍交给老毛指挥,和一军团一起编成红一方面军,由老毛当家,我只管在前方领兵打仗。我们连着打败了敌人的3次'围剿',搞出个这么大的中央苏区。"

杨尚昆:"毛主席是怎么给弄下台的?"

"还不是你们这些从莫斯科来的人弄的?"彭德怀说,"当然,老毛那个人也很有个性,认准他的一套,就不吃这些人的一套。这不,在1932年10月的宁都会议上,给弄了下去……朱老总是不和他们争,他们也就把朱老总供着;我是因为他们没法找到能带得动三军团的人,也才没动成。"

杨尚昆:"可博古到了中央苏区,还是把你的中革军委副主席给抹了……"

"徒有虚名,我无所谓。"彭德怀指了指鱼,"吃呀,这清蒸鱼凉了不好吃!"

杨尚昆:"你也吃。"又说:"你很佩服老毛?!"

彭德怀:"老毛是很有个性,一般人很难亲近他,他像我一样,有臭脾气。但金无足赤,人无完人,关键得看他的本事,对吧!? 他有能耐,不是一般能耐,而是文武全能,我服他!"

杨尚昆似自语:"好像你们这些老一方面军的同志,都很服他……"

"能让人不服吗?"彭德怀说,"我相信,如果第五次反'围剿'让他来指挥,不会落得这么个结果! 我还相信,让他再带一支红军,他还能再打出一片天地!"

第五章　两个战友一样忧心

村口的大榕树当有数百岁了,繁茂的枝叶能覆盖住半亩地面,隆凸地面的大根,像数不清的春情驱动下的巨蟒的绞盘,那一条条的须根,则如进入榕林大厦的垂帘。

这阵子,红军第五军团第三十四师的师长陈树湘和一百团团长韩伟,就坐在这大榕树下隆凸的树根上,看着不远处他们的队伍疲惫地走过。

陈树湘和韩伟都参加过毛泽东领导的湘赣边界秋收起义和井冈山斗争;随朱毛红军转战到赣南、闽西后,又被派到闽西组建红军。后来,陈树湘任闽西红军十九军五十六师师长,韩伟任十九军五十五师师长。此后,十九军缩编为三十四师,陈树湘任师长,韩任该师一百团团长。他俩是老战友,又长期在一个部队工作,交情非同一般。

一年来的节节败退,直接影响到士气;当下又是烈日当空,闷热异常,又使官兵们不仅疲惫,而且沮丧。

也不知是什么感触,陈树湘收起远眺的目光,狠狠地扔出手上的枯枝:"十三师在兴国北部的阻击战十分惨烈。昨天,打退了敌人5次冲击,才制止住敌人的推进,昨晚也撤下来了。"

"又是人员和弹药的巨大消耗?!"韩团长说,"可想而知,这种阵地阻击战的结果,也只是以惨痛的消耗,仅仅换来迟滞敌人的推进速度而已。"

陈树湘:"你我有经验之谈可想而知,但坐在瑞金军委作战室里的那位洋顾问,可没有这种经历,他可想不到也不知道这种用鲜血和生命换来的认识。"

韩团长的思绪却在跳跃:"大约3年前的现在……准确说是再早两

个月,我率一百团从前线撤下来,代表闽西红军到瑞金受阅。那时,我们红军捷报频传,苏区日益兴旺,军心民心激奋。现今,我也率一百团从前线撤下来,却是整个红军在节节败退,苏区日益萎缩,军民沮丧……"

"今非昔比,不堪回首!"陈树湘说,"可此主政者非彼主政者也。帅换了,路数变了,局面也变了。"

韩伟:"想起来真痛心呀……"

"是呀,一个拥有8万多平方公里,450万人口的中央苏区,叫他们折腾得快丢了……可有什么办法?"陈树湘一叹。

两人一时陷于无语。

许久,韩团长说:"你说,我们师的下一步会担负什么任务?"

陈树湘没有直接回答,而是反问:"你看我们师在中央红军野战师里,处于什么位置?"

韩伟:"我们师既不出自井冈山斗争的朱毛红军老底子,也不出自湘鄂赣边斗争的彭德怀红军的老部队;虽然在红五军团序列中,却又不是来自宁都起义的老部队,自然数不上是战斗力一流的部队。但我们师又不是刚从地方红军升格的师;你、我,还有程翠林政委、蔡中主任等师团主官,又都是出自朱毛红军老部队,基层官兵又都来自闽西,闽西子弟有闽西客家人战天斗地的犟劲。所以,我们师的战斗力也不弱。在中央红军中,算是仅次于主力师的位置。如果把中央红军的各师,依战斗力划成3个档次,我们师当属第二档……二流的。"

"二流子?!"陈树湘大笑,"我这个'二流子'师长,赞成你给我们师的二流定位。这就决定了我们师的现在,不是被用于防御在前,就是被用于退却在后。"

韩团长:"可现在是从最后一道防御线退下来了,还能往哪里退?"

"你说呢?"陈树湘没等对方回答,"在中央苏区的范围内,已退无可退了;如果再退,就只有撤出中央苏区!"

韩伟:"这就是说,我们师的退却在后任务升级了,将为中央红军撤出中央苏区战略转移充当后卫,断后!"

陈树湘站了起来:"老战友……我们师的下一步任务重了!"

韩伟也站了起来:"也更加艰难、险恶了!"

村庄谷场上,家富连队在开晚饭。

战士李冬嘟囔着:"又是稀饭,没炒菜……"

司务长傅有余:"同志,我也想让大家天天都有闽西八大干吃。可惜没钱,就是有钱也买不到。"

低头喝稀饭的王二喜:"废话!"

电话员过来找家富:"连长,苏政委来电话。"

家富端着碗走了。

一个新战士问延明:"班长,什么叫闽西八大干?"

延明:"这你不懂?"

新战士:"我们连城地瓜干算不算?"

"算。"延明说,"就是我们汀州府属8个县各县的土特产,除了你们连城的地瓜干外,还有上杭的萝卜干,长汀豆腐干,永定腌菜干,武平猪胆干,宁化老鼠干,清流辣椒干,归化肉脯干。"

新战士:"是这呀!"

延宗:"要不,司务长怎么说想让我们天天吃八大干。"

"八大干又没有几样是好东西。"李冬自语,"不打仗了,老表也不慰问我们,没有猪肉吃。"

朱大贵:"瞧你那点出息?!"

一战士:"李冬,你在白军里偷猪肉吃,挨了你们连长的军棍,还不长记性!"

李冬的确是两个月前从国民党军跑过来的。之所以跑到红军,据李冬自己说,也的确是因偷吃了伙房留给连长下酒的酱肉,被发现后挨了顿军棍。那么他因何认定红军有猪肉吃呢?是这样,两三个月前,红白两军在广昌南部对峙时,红军有苏区人民慰问的猪肉,但没有盐;白军因后方供给跟不上,一线连队连菜都吃不上,更不用说有猪肉。于是,两军的官兵便在阵地前做起交易,红军用猪肉与白军换盐;也就是白军用盐与红军换猪肉。李冬就是认为当红军有猪肉吃,而当白军偷一块肉吃白挨军棍,这才跑到红军这里来的。

朱大贵说李冬没出息,李冬有些不服气,说:"你当我只是为吃猪肉跑来当红军?我懂,当红军是为打倒反动派,建立苏维埃,分田又分地,自由谈恋爱……"他倒还记住红军连长家富对他的教育。

朱大贵又取笑:"对,你当红军的动机还得加上一条,是为了找个老婆……"

"你们不是宣传说苏区妹子最爱嫁给当红军的哥?!"李冬对朱大贵说,"你是饱汉不知饿汉饥,你有老婆还有女儿,我和你一样大,也25岁了,还打着光棍……"

傅有余:"你怎么不向我看齐,我比你大10岁呢,还打着光棍!"

李冬:"才不学你要革命不要老婆。我不想被打死了,还没闻过女人的味道……"

朱大贵:"可惜这是连队,只能天天闻和尚味道!"

李冬倒逗乐,用筷子敲着碗,唱起顺口溜:"打倒反动派,建立苏维埃;分田又分地,自由谈恋爱!哪天回家讨老婆,我天天抱住闻个够!"

众人大笑。

祠堂东厢房,韩伟对着马灯发愣。

苏政委进来:"和你挤一晚。"

韩团长:"家富走了?"

苏政委:"我这个当哥哥的能那么不通人情,把他赶走了?!"

韩团长:"是你牵的线,把你妹妹说给家富?"

苏政委:"纯自由恋爱。去年,家富负伤住院,两人就好上了。"

"这小子行呀!"团长说。

苏政委转为神秘地说:"你当我小妹是专门来看家富的?"

"不是吗?"韩团长。

"跟他们医院院长一起,送我们军团能出院的轻伤员归队。"苏政委说,"我小妹透露,他们医院要转移,男的医护人员跟着走,女的看护人员遣散回家……我小妹得回老家了。"

韩团长顿时在意："你说什么？我们军团的野战医院要转移？"又似悟到，"走了！是要走了……"

"我们已经退无可退了，可不就剩下突围转移一条路了。"苏政委说。

韩团长："你看出来了？"

苏政委："我要看不出来，岂不是麻木不仁？"

"我正要和你商量，这一撤出突围，怕是得远走高飞。而部队长途长时间行军，最重要的是必须轻便。我们的团机关得立即精简，能下连队的，都下连队去，把连队缺位的干部补齐。"韩团长说。

苏政委："我俩今晚就把这事敲定！"

上午。

家富带着连队从村外训练完正往回村驻地走。

村口树下，有拨人在等着。一是团长韩伟和他的警卫员，还有一个带背包的战士；一是一个少妇带着一个四五岁的小女孩。

家富看见韩团长，立即跑步迎上去。

队列中的朱大贵，忙把肩上的轻机枪给了助手，出列到二喜跟前，低声说："我老婆孩子找来了。"

二喜："去吧，接到连部大屋。"

队列中的李冬盯住朱大贵媳妇，不由步子慢了，让他后头的战士踩住了他的脚后跟，差点摔倒。

队列一时乱了，战士们哄堂大笑。

李冬身边战士嘟囔："瞧你！够出息！"

这边小女孩看见朱大贵过来，跑上前去叫着："爹！"

朱大贵抱起女儿："怎么想起来队……"

少妇："孩子吵着要找你……"

另一边。

韩团长对家富说："就不进你们连部了。长话短说，你们连的指导员、副连长伤重，一时出不了医院，就是出院了也不适合回连队啦。团里决定,你兼连指导员,王二喜进晋为副连长,刘延明接任排长!"

"你们还是给派个指导员吧!"家富说。

"要我,还是苏政委给你当指导员?!"韩团长说,"要是派得出来,还让你又当连长又当指导员!"说着,指着跟他来的小战士:"认识他吧? 他说你们是同乡。"

家富:"是同一个村的,李山春……"

韩团长:"这是团部刚从新兵队挑来的知识分子,原本是让他当文书,但团机关精简,先让他下连队。他说认识你,就分给你们连。你可给我带好,稳定下来后,我找你要人。"

家富:"是!"

韩团长:"这几天,抓紧对新兵进行行军知识教育。组织好,有行动时,一个也不许掉队!"

家富:"是!"

韩团长:"好啦,忙你的去吧! 我走啦!"

班里。刘延明和刘延宗帮着李山春放下背包。

延明有些迫不急待:"说说村里的情况……对了,我们村这回又出来几个?"

山春:"4个。"

延明:"从第五次反'围剿'以来,5次征兵,我们村一共走了20人,村里怕是再也没有适龄青年应征了。"

"连我这个小学教师都走了,还有人?"李山春说。

延宗:"村里人可好?"

延明:"想你家新媳妇春花啦?"

"想怎么啦,犯纪律啦。"延宗说,"你不想你家秋红?"

山春:"乡亲们都好。对了,延明哥,秋红嫂子怀孕了。"

延宗:"你的准头行呀……上次来建宁探亲住了一晚,就命中了。"

延明按捺着窃喜:"她来信说了……年底,我就当爸爸啦!"

"看把你美的!"延宗说。

延明冲着延宗："你也想当爸爸是吧？那就让你家春花来队……要不，我教你！"

延宗："去你的！"

家富进来。

山春："家富哥！"

"得称连长。"延明说。

家富对山春说："走，我们到外面转转。"

说着，两人出了大屋，沿出村的路走去。

"要不是秋月的支持，我还真不可能来当红军。"出村口，山春说。

家富："你和秋月从小一起，还是小学的同桌，很好！"

山春："我很感激她……我走时，我们结婚，她只要我送她一面小圆镜子，可惜的是走得急，我没办到。"

家富："这有什么难的。"

山春："我们老家买不到圆的镜子。"

家富："为什么一定要圆的镜子？"

山春："她叫秋月，希望一切都像中秋望月一样，圆圆满满的。"

家富："是的，秋月也读到小学毕业，算半个文化人。"又说："这好办，哪天司务长到城里办事，让他给你带一个。"

山春："家富哥，你想家吗？"

家富："想。想我爸我妈，我弟弟妹妹……可我们不能光想自家，我们是红军，首先得想大家，想国家。"

村里住满了红军，房子紧。朱大贵媳妇来队，只好借住在房东的谷仓里，她把风车和谷桶垒起来，腾出一角，搭上几块木板对付着。

这阵子，朱大贵正抱着已经入睡的小女儿，轻轻地拍着。他的媳妇则在桐油灯下，抓紧给他补衣服。农村的女人，总是那样悉心照料丈夫，这一到，她就把朱大贵的衣服、被子全洗了，现今又抓紧缝补。

"你怎么知道找到这里来？"朱大贵说。

"村里的几家'红属'能来的，都来了。互相一问，还能找不到……你们都是一个师的。"朱大贵媳妇没抬头,淡淡地说。

朱大贵:"怎么在这个节骨眼上,都找来?"

"亏你在还在队伍上,你们的队伍可能有大行动,村里都传开了……"

朱大贵:"村里人怎么知道的?"

朱大贵媳妇把补好的衣服叠起来:"瑞金这边传来的……说是城里山货店里连绳子都买不到了,全让你们的队伍包了……"

朱大贵:"这能说明什么? 就算红军买走了所有的绳子,干嘛用……"

"捆包,挑担子,不得用绳子呀!"朱大贵的媳妇回话。

朱大贵:"又不是大搬家……"

"可没准!"媳妇说,"知道不,这回连三叔也走了……"

"三叔都四十好几的人,到队伍里能干什么?"朱大贵说。

"说是挑个担子总行吧!"媳妇说,"爹要不是五十好几了,又常闹老寒腿,也保不齐得出民工!"

"还真有这事。"朱大贵惊诧,"我说我们连长一定要我动员你明天回去!"

"我们来回得走6天,就住一夜?!"

"我也不愿意这样,可队伍里留不住你们。"朱大贵无可奈何。

"知道,知道,没怪你。"媳妇说,"现在的村里,连个男壮劳力都没了……剩下的男人,要不是瘸子、瞎子、病秧子,就是像爹那样的五六七十岁的老头子,要不就是十三四岁以下的孩子!"

朱大贵:"是呀,种地全靠你们妇女啦……要不怎么说妇女是咱苏区的半边天!"

媳妇:"这日子什么时候才是个头。当时,他们宣传说苏维埃很快地会胜利,这都过去四五年了,还没个讯……虽说现在收成都归自己了,但公粮和征收支前粮就去掉一半……"

朱大贵:"村里人吃饭没问题吧?!"

"红薯、芋头、稀饭,还能管饱。"媳妇说,"家里那点谷子,爹看得可严呢……说是留给明年抱孙子用的……这次也是爹催着来的。"

"真是。"朱大贵笑了,"哪能有个准头!"

"可不。三婶这回又生个女儿……气得三叔都不给她杀鸡吃!"媳妇也笑了。

朱大贵:"也真不争气,都生 5 个女儿啦!"

媳妇:"三婶也骂,说怎么儿子都跑到别人家……还不怪你们朱家风水不济……看你们叔伯兄弟几家,家家是女多男少……"

朱大贵:"她还信这个?!"

"连妇女主任都信。她还背地里烧香,求观音娘娘赐给她个儿子……"媳妇说。

朱大贵:"你也信?!"

"看这回……要是再怀不上,我也去烧香。"媳妇说。

朱大贵:"生女儿也好,可陪着母亲待在村里……"

"你就站着说话不腰痛。村里的几个大姑娘都愁死啦……找不到婆家。"媳妇说。

朱大贵:"出来当红军的总是要回去……"

媳妇:"这几年回去几个? 就回去的一个还是只剩一条腿……"

朱大贵:"可不保卫苏区也不行!"

"不就是这个指望!"媳妇说,"要不,谁愿意把丈夫、儿子送来当红军!"

"……"

许久,媳妇又说:"你们这回可别走远了不回来……你们不回来,白军来了,我们可就糟殃了,这些党员、苏维埃干部、红军家属,可都得没命!"

"不会的,"朱大贵说,"不保卫我们的苏区,我们也不干!"

媳妇:"我说也是……"

"睡觉吧……你不是想要儿子吗?"朱大贵把怀里的女儿,轻轻地放在床上靠墙的一边。

媳妇低头一笑:"你不想要儿子!"

第六章　心底的那份情

这天下午,苏家兄妹大吵一场。

前面说过,苏红是苏政委的小妹。那时,闽西农村不是大户人家的千金,尤其是乡下的女孩,一般是不上学的。闽西成了苏区后,立即开始扫盲,村村办识字班,大村还办小学。已经 15 岁的苏红先经过一年扫盲,继而是直接上小学五年级,毕业后按苏政委的意见,到县中学上初中。可一个 18 岁大姑娘上初中一年级,与城里的同学一比,实在难为情。无奈之下,苏政委把她带到红军,送进看护学校,也是当下所谓的护士学校,毕业后,她分配到五军团医院当看护,就是今天所说的护士。姑娘聪明好学,很快成为一把好手。

去年冬,家富作战负伤,在军团医院住院治疗,与苏红好上了。

对此,苏政委非但没有阻止,反而支持。这事,让苏红和家富都非常感激苏政委。

这不,红军要战略转移了,苏红碰到了抉择的大问题,大麻烦。

下午,苏红从军团医院赶到苏政委的团部,告诉苏政委,医院已宣布遣散她们几个女看护,并且要求立即离队,她来告诉苏政委,要按苏政委的意见,三两天内返回老家去。可是,她提出走之前要和家富结婚,让苏政委当晚就给他们举行婚礼。

苏政委一听,顿时又可笑又可气:"结婚是儿戏?说结婚,今天晚上就结婚,也不管人家同意不同意!你一个人说了算?"

苏红振振有词:"我是自由恋爱的,自己决定要结婚;家富同意不同意,你把他叫来,我当面和他谈!"

"你这才几岁,要嫁人,要结婚?你知道结婚意味着什么?"苏政委问,"你做好准备了?"

苏红:"我 21 岁了,村里像我这么大的姐妹,有二三个孩子了,我为什么不能结婚? 结婚要什么准备? 彩礼、嫁妆? 我都不要!"又说:"我学护士,我能不知道,女同志结婚,意味着会当妈妈,有小孩子,我就是要为家富生孩子,才决定马上和他结婚!"

苏政委:"你要为家富生孩子,所以要马上结婚?!"

"是这个意思!"苏红很坚定地说。

"我倒真应当替家富谢谢你!"苏政委说,"也为我们家有这么个有情有义的小妹而高兴!"

"这样说你同意了?"苏红急切地问。

苏政委:"不同意。你是红军,必须遵守红军的纪律!"

苏红:"红军不要我了,我不再是红军,我现在是村里的姑娘,红军的纪律管不着我!"

苏政委:"可家富是红军……"

"他是红军为什么不可以结婚?"苏红说,"在村里动员当红军时,可没有不许结婚这一条!"

苏政委:"他现在是红军,红军有规定,他的级别不够结婚规定……"

"那不平等,应当反对!"苏红说,"红军讲平等,为什么大官可以结婚,小官就不可以结婚? 这不合理,应当废除!"

苏政委:"那是上面制定的,我管不着。"

"可家富归你管,你有权批准!"苏红说。

苏政委:"我没有这个批准权力!"

苏红:"那我找团长去……"

"找师长也没用,谁都不会批准!"苏政委说。

苏红耍起小妹的娇:"哥,从小到大你最关心我,你必须给我做主……"

"这事不行!"苏政委说,"我们是转移,又不是不回来了!"

"你别骗我!"苏红说,"转移,要回来? 就普通的转移,还要回来,为什么医院要跟着走? 为什么把所有的女的都留下来?"

苏政委："就算是走远一些,要一段时间才回来,这不刚好可以考验家富喜欢你的程度!"

"我们用不着考验,就现在办结婚!"苏红说。

苏政委："给你说了,不行!"

"那我找他去……"苏红要走。

苏政委："回来! 找他去? 弄得整个连里、营里,甚至全团人都知道,你存心不让他干了,还让不让你哥干了……"

苏红："我又不是去非法同居……"

"可你这一闹,影响好吗?"苏政委说,"你明知道部队要出发了,现在是结婚的时机?"

苏红倒给说住了。

苏政委："光自己想怎么干就怎么干,都几岁了,受红军教育 3 年了,还那么任性?"

苏红哭了。

苏政委去打洗脸水,又拧了毛巾让苏红洗脸。

等她平静了,苏政委说:"回去,明天就回家去。我这里有几块钱一起带回去……替我好好照顾爸妈……"

这一年的阳历 10 月中旬,是阴历的 9 月上旬。赣南的金秋已经过去,清晨颇有几分寒意。

朱大贵给女儿又穿上一件外衣,抱着她,对妻子说:"走吧!"

妻子提上小布包,跟着。

村里很热闹了,连队的同志已整装待发。

"你们一会儿也走?"妻子问。

朱大贵:"是呀,这种事能哄你。昨晚都给你说了,今天全团往南去……你们一起来的几个家属,今天都得回去,说好了,待会在大路口会齐,一起走。"

转过几间屋子,他们到了村口的老树下,朱大贵停下脚步:"只能送你们到这儿……"

妻子问:"你们这是去哪里……得走多远?"

"我哪能知道?"朱大贵说,"这几年都在苏区内转,最远的一次,也不过到东边的永安一带,再转到闽北的邵武、光泽回苏区,反正不会出苏区的!"

妻子不言语。

朱大贵又说:"还是那句话,等我们忙过这一阵子,我请假去看你们……要是回不去,我写信叫你们再来。"又想起什么:"往后,得等我的信再来!"

"给我。"妻子要接过朱大贵怀抱的小女儿。

小女儿叫着:"不嘛,我要和爹在一起!"

朱大贵:"听话,你跟妈回去……爹得保卫咱们的苏维埃,不能和你在一起!"

"孩子懂得什么叫保卫苏维埃!"妻子似有些哀怨。

朱大贵:"她不懂,你总懂吧? 那一年,不是你让我来当红军的……"

"我哪能知道你这一走,就没个期……"妻子显得委屈。

朱大贵放下女儿:"乖,跟妈妈回去……路上不能老是让妈妈背着!"

小女儿哭了:"不,我跟爹在一起!"

妻子过来牵上小女儿:"爹不能和我们一起!"

"那就一起回去!"小女儿还是不依。

朱大贵:"走吧……"

妻子默默地拉着小女儿走。

小女儿挣扎着,大声地哭叫:"不,不,我跟爹在一起……"

朱大贵像下了决心一样,掩脸而去。

妻子拉着小女儿也走了。

小女儿一步三回头,哭叫着:"爹,我要爹,我要爹……"

那哭声有些撕心裂肺。

太阳快落西了。

陈树湘和韩团长并行在团部村口的小路上。

韩团长:"你今天跑到我这里来,就让我陪你逛小路?"

"我有这个闲心?"陈树湘反问。

韩团长:"我说也是。"

"你知道今天是什么日子?"陈树湘问。

韩团长:"我管它什么日子?"又问:"什么日子?"

"重阳节!"

"还顾得上什么节?"韩团长又笑笑,"你找我爬山去,登高望远呀!"

陈树湘:"还是留点劲吧,往后怕是天天得爬山。"

"要踏遍青山?"韩团长突然转了个话题,"还记得5年前的重阳节?"

陈树湘:"我们打广东梅县……"

"真是人生易老天难老!"韩团长感叹,"那一年我23岁,这一晃5年过去了!"

陈树湘忽然想起:"你说是毛主席那年在上杭写的词吧? 是的,是你抄给我的。人生易老天难老,岁岁重阳,今又重阳!"

韩团长:"那年,我们朱毛红军3000人马入闽西,红旗跃过汀江,直下龙岸上杭,分田分地真忙……"

"可是,这一仗一仗打出来的偌大的中央苏区,就要放弃了……丢了!"陈树湘有些沉痛。

韩团长:"真的要走啦?"

"你知道吗? 就在今天晚上,军委纵队和一、三军团,要南渡于都河……"

"果真走了!"韩团长并非惊奇,只是感伤。

"6天前,他们就开始撤出了。"陈树湘说,"也就是10月10日晚,军委和中央机关就已经撤出瑞金,其他的部队也向于都河边运动……历期一年的第五次反'围剿'失败了,我们中央红军不得不撤出中央苏区,转移了!"

韩团长:"为保存党中央和中央红军,开创发展新局面,不得不走。可我们这一走,这个包括赣南闽西两区的中央苏区,不仅要回到从前,还得陷于敌人的屠刀下……我们无颜面对苏区人民……"

他们无语地、沉重地走着。

许久,韩团长说:"前头的已经走了 6 天啦,我们军团才接近于都河边……看来,我们是断后的!"

"从野战军司令部下发的渡过于都河计划表看,我们军团最后过于都河,我们师又是我们军团最后过河!"陈树湘说。

韩团长:"你想说,我们团又是我们师最后过河?!"

陈树湘:"你的意见?"

韩团长:"好,后卫! 为党中央和中央红军的战略转移断后!"

这天晚上,五军团要过于都河走了。

黄昏,苏红赶到于都河边送别的人群中。

苏红在桥头送别了哥哥苏政委后,才知道家富的连队是最后过河的连队。

终于,家富的连队走过来了,她隐在人群中寻找着家富。原来,家富走在最后,显然,家富也在寻找她。

苏红终于看见家富,她冲出人群,跑到家富跟前。两人四目相对,竟一时无语。

家富先开口:"你几时走?"

"明天……"

家富:"往后怕是没法给你写信了……"

苏红忽然想起似的,从随身的挂包中取出一个本子:"就写在这上头,等你回来时,我们一起看。"

家富接过本子:"我们一定回来……等着!"他掩脸转身上了桥,追他的连队去了。

直到这时,苏红才泪如泉涌。

告别了苏红,过了于都河后,家富仍一直走在连队的后头。他所以把领队任务交给二喜,而在连队的最后跟着走,是因为苏红的影子还一直萦绕在他的脑海中,挥之不去。

那是这年的元宵节,苏红陪着她们医院的副院长到病房看望伤员。那是一间毛竹搭成的棚子,里头住着8个伤员,家富是其中之一。伤员知道她是闽西客家女,起哄让苏红唱山歌,副院长也让她给大伙儿唱支山歌。

闽西客家女没有不会唱山歌的。但山歌基本是情歌,得男女对唱。苏红要闽西老乡家富和她对歌。家富也算山歌老手,当即接受苏红挑战。他唱的是闽西客家山歌中最大众化的向爱慕姑娘示爱的那一首。

家富遵照老词唱着:"山歌又好声又靓,崖问老妹么个名? 老妹住在哪只屋? 等崖上下好来行。"这里的崖和行,是闽西客家话的我和走。歌词意思是,姑娘若是有意,告诉我你的名字和住在哪个村哪座房,我会来找你。

苏红也接老歌作了回答:"远唔远来近唔近,不同城镇同水边。哥持长弓妹戴笠,共上南山摘彩云。"

曲罢,苏红按对歌老规矩,挑战:"现编词,我先唱。"随即,唱道:"山路弯弯山路弯,妹对山路盼哪般? 哥当红军走天涯,留给妹妹日夜盼。日盼哥哥胜敌顽,夜盼哥哥身平安。举目鸿雁携人意,妹盼哥哥早日还。"

家富也不含糊,立即对上:"山路弯弯山路弯,哥对山路盼哪般;身虽随军走天涯,眼对天涯欲望穿。日思妹妹站前川,夜念妹妹形影单;山若有情解人意,哥把思念托千山。"

家富曲终,同病房的七床喜叫起来:"张连长,你唱到妹子啦!"

苏红一听,红着脸跑了。

有人问:"你怎么知道他唱到妹子啦?"

七床也是山歌老手,他说:"原歌的女声应当是:'远唔远来近唔近,共个墟场各个村。一把长弓系崖姓,名字安做五彩云'。妹子是告诉小伙子,她与小伙子同一集镇不同村,她姓张,名叫虹。"

副院长回味:"我们的小苏把它改成了'哥持长弓妹戴笠,共上南山摘彩云'! 有意思,是有意思!"

七床:"张连长,追呀!"

这一点破,再加苏红红着脸跑了,张家富可真唱到苏红妹,就此,他俩恋爱了。

可是,战争就这样把有情人分开了。

家富虽然不知道这次战略转移的真正意图,但他是连长,他能从整个行动中判断出这不是一般的作战上部队的转移,而是整个的苏维埃中央政府搬迁。而迁出方向是向南,家富判断向南出苏区就不可能停在江西,而必然经赣西南进入湖南。他知道这一去远了,绝不是短时间内能返回的。他与苏红不知道有没有相见的可能,若有,也不知是何时。

都说男儿有泪不轻弹,家富泪水只能流在心中。

许久,家富往队伍的前头走去。走到山春的位置时,只听山春一声赞叹:"月亮好圆呀!"

家富与山春并行。"今天是十五,农历九月十五。"他也抬头看着天上的望月,这才记起今夕是何时。

跟在山春身后的延宗说:"想秋月啦!"

"顾不上啦!"山春言不由衷地按了一按上衣口袋里的小圆镜。

家富看到了山春的举动,笑笑:"口袋里是托司务长在于都城里买到的小圆镜吧?!"

山春只好承认:"是的,离开村里当红军时,秋月要我记得买一面圆圆的小镜子送给她!"

家富:"秋月生在中秋节,所以对圆圆的镜子情有独钟!"

山春是独子,家中只有寡母和小妹,他本人是村里的小学教员,有理由可以不应征当红军。可两个月前突击征兵时,村里的名额不满,秋月动员他当红军,并且从此以媳妇身份,照顾山春的母亲和小妹。

家富已点出秋月因何恋着小圆镜,山春也不好不直说:"是的,我认为秋月是让我见到或是想到这小圆镜时,就想到她,记住她!"山春是初中生,有知识青年的浪漫情怀。

"是的,我们不论走到哪里,都应当记住她们……常常想到她们!"家富说。

他们又默默地走了许久。

山春问:"连长,我们这是往哪里去?"

许久,家富回答:"你自己判断!"又说:"我们的前面是敌人的第一道封锁线,过了这道封锁线后,怕是得往西南方向去……"

山春:"出江西,进入湖南……这可走远了!"又自语:"可我没想走远……"

"可我们是红军。是红军的人,就得跟着红军走!"家富说:"山春兄弟,从你走进红军开始,已经没了自己!"

第七章　悲伤人百感交集

西安咸阳的周陵,军警林立。

蒋介石在宋美龄挽着下,走出陵道。

杨虎城、马鸿逵等军政要员随后陪同着。

周陵已有2800年历史了,年久失修,实在也没什么好看的。蒋介石参观周陵,不过是慕周武王之名特来拜会,也向西北的这些"诸侯"传递信息,他要做当代的周武王,一统天下。

前面要下几级台阶,马鸿逵往前一跃,在另一侧拥着蒋介石。

走下台阶,蒋介石对马鸿逵说:"好啊,西北的四马,都出自甘肃河州,想必河州也是尚武之地!"

马鸿逵受宠若惊地附和:"是的,宁夏的我和家兄马鸿宾,河西走廊和青海的马步青、马步芳两兄弟,都是河州出来的;我们手下的旅长、团长,也大部分来自河州。"

杨虎城:"我们西北,称马步青、马步芳两兄弟为'青马'。"又指了指马鸿逵:"他们哥俩,人称'宁马'……西北几乎是马家军的天下。"

马鸿逵听出杨虎城话中有话,说:"杨长官,这不都是替党国戍边……西北很穷,我们的军队基本也是屯垦性质……替党国分担!"

蒋介石:"青马有多少人马?"

马鸿逵回答:"在河西走廊的马步青部,有1万人左右;青海的马步芳部稍多些,也不过15000人马;我们宁夏小地方,总人口不过120万人,我们兄弟俩的队伍加在一起,也仅仅与马步芳的差不多。宁夏更贫穷,养不了多少兵。"

"别担心,我不会共你们的产的。"蒋介石笑笑说,"兵不在多,而在于精。把你们的人马好好训练,也会是一支劲旅的。"

"委座说的极是。我们一定好好训练,把我们的军队练成党国的一支劲旅,为委员长效命!"马鸿逵说。

蒋介石似不在乎马鸿逵的表态。他知道,你这回问他有多少人马,他会少说的,而当他找你要编制时,他会夸大他们的人马数,这些人的话信不得。他沿着他的思路说:"在周文王和周武王两代帝王里,我更崇尚周武王。他有魄力,有治国的担当。刚才,你们介绍过,说周武王先后讨伐了 99 国,有 652 国向他表示臣服……当然,那时的国很小,有的怕还没有我们现在的县大。但唯其如此他的一统才更可贵。想想,国家不统一,地方各自为政,何以发展?周武王把它一统了,这正是君王的责任。我们都得向周武王学习,为国家的一统大业负责任!"

杨虎城没言语。

马鸿逵虽听出话中有话,却也奉承着:"那是,那是,委座言之极是。委座是我们当代的周武王,一统我们的中华民国。我们都应当效命委座,维护国家的一统。"

蒋介石似不在乎马鸿逵的口是心非,说:"你们要多关心党国大业,抽空多看些书。除了古代的《孙子兵法》,近代的曾国藩、胡林翼的兵书外,还要读各朝各代的史书,其中有许多治国安邦的教益,可以史资政。"

杨虎城附和:"一定,一定铭记委座教诲!"

蒋介石又说:"比如,历史上,只要有藩镇割据,又不能削藩时,国就内乱,外敌就乘机入侵,弄得国之不国。而只要是一统天下,就会出现盛世……这些都是极宝贵的历史经验。"

"委座指教极是。"马鸿逵应道。

蒋介石:"我也时常读书,从历史中吸取启示。昨天,我给你们讲过,我们当下的国策,是'攘外必先安内,抗日必先剿匪'。这里的攘外必先安内,就是明代大学士张居正提出的。古人况且懂得必先安定内部,方可抵御外侮,我们更应当以此为鉴,我也是把他的这个灼见运用到当下的治国上,才提出抗日必先剿匪!"

"所以,眼下最紧要问题,是'剿匪'、平内乱!"杨虎城似问,又似逼蒋介石说明。

"很对。"蒋介石随口肯定,"抗日的事由政府决策,你们现如今的头等大事,就是要致力于消灭'共匪'。要见一个杀一个,绝不能让他们蔓延、惑众。你们西北有个刘志丹'股匪'。我让人查了查,他是黄埔军校四期的,可他不学好,偏偏学李自成造反,听说闹得很猖獗,你俩得齐心协力,扑灭他。不要分'股匪'是犯陕西还是犯宁夏,还是犯甘肃,反正在你们西北。不把这股野火灭了,哪天把你们西北烧了,你们不也没处生存……何况,他对党国也是一大祸害。"

马鸿逵应承:"委座教诲极是,卑职一定效命。"

蒋介石:"对西北的'剿匪'问题,政府还会加派力量的,但你们首先要动起来!"

杨虎城:"委座放心,等我军费一筹足,马上布置'围剿'!"

与蒋介石的"皇威"风光对照,这时的中共中央政治局委员毛泽东等人很是落寞,甚至是落魄。

他们是前夜南渡于都河的,这阵子继续往南赶路。这阵子,毛泽东拄着一根木棍,走在队伍中间。他有马,但没骑,他认为路远着呢,免不了得动到双腿,现在就得开始动腿适应。受毛泽东的"蛊惑",张闻天也跟着走。张闻天越来越认为毛泽东有经验、有主见。而王稼祥骑不了马,更走不动路,也就只好让担架抬着走。他们三人当下跟一般人员没什么两样,任务是就是跟着走,跟着吃饭,到时睡觉,队上怎么安排,就怎么着。

前头又走不动了。

警卫战士跑步过来说,是辎重队的一个大捆包散架了,得捆好再走。

是的,这一路上常常这样,要不是绳子断了,要不是杠子折了。而一旦出现这事,部队把所有的担子都放下,乘机休息,一停就是大半小时,谁也不急。

毛泽东知道只能等。他找了块干净的地方坐下,掏出烟,静静地抽着。

王稼祥从担架上坐了起来,看着天上已经快圆了的明月,颇有些伤感地说:"不知天上宫阙,今夕是何年?"

"天上是哪一天不晓得,人间的今天是重阳过了两天。"毛泽东说。

"重阳节过去两天啦?"张闻天说,"那就补过吧。老毛,再来首《采桑子·重阳》……不过,不能又是'但见黄花不用伤'!"

毛泽东:"是呀,'但见黄花不用伤'是低沉了,应当改成'战地黄花分外香'! 昂扬些……"

"改它干什么?"王稼祥说,"改了就不符合当时的心境了。记得你说过,你填这首词时,落寞,又在病中,颇有伤感。"

张闻天:"是巧了,我们现在的心境不正是这样,我们都落寞,老毛的病没痊愈,你王稼祥躺在担架上……"

"不错,是巧合。"王稼祥说,"此时此刻,我既伤又悲。让战士们抬着走,什么事都做不了不说,还成了队伍的累赘!"

张闻天打趣:"记者要是知道你是被抬着走的,准得大做文章。"

王稼祥自嘲:"标题我自拟:共党败军重阳夜仓皇出走,王匪稼祥坐担架抬着亡命?!"

"革命乐观主义!"毛泽东又续上一支烟,"只是浪漫不起来……"

张闻天:"老毛,你再来一首《采桑子·重阳》……但不能'贡水西流人有伤'!"

"你来吧,我没那个诗兴。"许久,毛泽东又说,"谁让我们把偌大的苏区丢了,落到这般地步!"

这话显然引得张闻天、王稼祥回到了现实,陷于沉重。

许久,毛泽东沉痛地说:"5 年前,我和朱老总 3000 人转战到赣南、闽西……是赣南、闽西人民把我们托起来的……"

"不走不行,可这一走真是对不起苏区人民!"张闻天感叹。

"你知道吗? 敌人再回来时,苏区人民会是怎样……"毛泽东狠狠地灭了烟蒂。

毛泽东:"我觉得我愧对苏区人民……"又感慨,"如果我有幸活到我们胜利的那一天,我都不好意思回来,面对苏区的人民!"

张闻天:"可这不是没办法……"

"可这是人为的错误造成……"毛泽东欲说还休。

王稼祥愤愤地说:"都怪李德瞎指挥!"

"怪我们自己吧!是我们请人家瞎指挥,听人家瞎指挥!"毛泽东说。

张闻天:"这不是博古不懂军事嘛?!"

毛泽东:"我们党和红军就没人懂军事?"

王稼祥:"是不能强调客观原因……"又似自语:"当下的革命就是战争,党的领袖不懂战争,何以统帅?"

月光下,博古和李德骑着马,并行着。

李德:"这要是在苏联的平原上,我会放马驰奔,那该多么的畅快……可惜,这是你们中国南方,在苏区除乡间小路还是小路,出了苏区除了山还是山,没法扬鞭奔驰……"

"想起了哥萨克骑兵?!"博古笑笑,"可马也不行。中国南方的马都是驮马,不是跑马,跑不起来的!"

李德:"就像你们的红军一样,不能正规战……不能正规战,是不能取得战争最后胜利的!"

博古语塞了。

又走出一段,李德说:"今天晚上的月色不错!"

博古来了感慨:"是呀,月光和晴天帮了我们大忙了。前两天,顺利地过了于都河;下一步,也指望顺利通过敌人的第一道封锁线。"

李德也来了感想:"你不是说有人主张再等等,再准备,准备更充分些?……什么叫充分准备?等你充分准备了,敌人也准备好了,你们走得了?军队么,就得是叫走就走,叫打就能打!"

"当然,"博古接上说,"可毕竟乱了些,苏区的老百姓怕很快会陷于恐慌……"

李德:"再准备一段时间,就不乱呀?老百姓就不恐慌?军事指挥必须果断,不能受任何人的干扰!"

"可我总担心,我们这么一走,中央苏区就丢了?!"博古似自语。

李德："不走会丢得更多！"

"也是，"博古又忧心忡忡，"中央苏区要是丢了，账会算到我的头上的……"

李德："你们的红军守不住苏区的……这种依托苏区的战争，注定苏区是保不住的，最终要失败的！"

博古不语。

"那就只能解释为你赶上了！"李德又说："我也赶上了！"

他们又陷于沉寂。

许久，李德说："你们三军团行动迟缓的事，必须给予严肃的批评！"

"是呀，他们总是气不顺……"博古嘀咕。

李德："你罢了他的军委副主席的官，他的气能顺吗？"又气涌心头："他连我都敢骂！骂我是儿子卖掉了父亲的田地，心里不痛……这是对我人格的侮辱！"

博古："可我们现在还需要他带兵……"

"可他不对我负责……"李德愤愤地说。

博古："我们已经撤了一个总参谋长的职，总不能再撤一个主力军团长的职？！"

李德："不能坚决执行命令的指挥官，就应当撤职！"

博古为难地说："撤了他，万一引起哗变……"

李德："那是你们的事……出了问题，就不能把责任推到我的头上！"

博古："我从来也没把责任推到你头上……你在为我负责，为我们党辛苦，我很感谢你！"

月光下，彭德怀和杨尚昆跟着马夫牵着马走。按彭德怀的说法，是月光下走走，心里会舒坦些。

是的，这时他俩的心里都不舒坦。

杨尚昆还在想着被军委批评的事："我们军团战略转移以来，开脚的第一步就慢了半拍，没能在规定时间内全部过于都河，也不可能按规定时间到达指定的地方，使整个野战军行动计划的执行推迟一天……"

彭德怀："你不是一直跟着部队行动吗？是我们军团有意不执行计划？"

"当然不是！"杨尚昆说。

彭德怀："机关作计划容易,部队执行起来会遇到许多不确定因素……这是军事行动中常常会遇到的,不以人们意志为转移的事。"

"可他们并不这样认为,他们还是把我们看成是拖了后腿。"杨尚昆说。

彭德怀："第五次反'围剿'以来,多少的不顺利,他们从来不以为是他们的计划不当造成的！"

杨尚昆："可我担心……"

"担心我会被罢官？！"彭德怀大笑,"放心吧,不会的。"走出几步,又说:"广昌战役失败后我当面顶撞博古,骂了李德,他们要是敢撤我的职,不早撤了……"

"你认为我们这次撤出中央苏区战略转移,是什么原因造成的？"杨尚昆换了个话题。

"有人说,不能归咎于第五次反'围剿'失败是吗？"彭德怀说,"我知道,他们会归咎于中央苏区人力物力资源枯竭了,而第五次反'围剿'失败,则是因为敌人的力量太强大了。总之,不是他们主观指导错误造成的,而是客观原因造成的。"

杨尚昆："你怎么看？"

彭德怀："就说最关键的人力资源吧。总参谋部的战友告诉我,第五次反'围剿'以来加这次临走的突击征兵,6次征兵总量是13万余人。5次反'围剿'前,中央红军和地方红军总量约为13万人,而这次要转移的人数不到9万人,留下的红军是2万余人,你算一下,第五次反'围剿'的红军人员消耗量是多少？"

杨尚昆倒也来得快:"近15万人。"

彭德怀："这是不是可以说第五次反'围剿'把中央苏区主要一些县,最后的用于战争动员的人力资源消耗殆尽了？"

杨尚昆："中央苏区主要一些县？"

彭德怀："对,大体是赣南的兴国、宁都、石城、瑞金、于都、会昌和闽西的长汀、连城、上杭等这些县的人力资源消耗殆尽了;其他的十余县还有一定的潜力。但第五次反'围剿'节节败退,苏区日渐缩小,其他的十余县都丢了,有潜力也用不上。"

杨尚昆："但战争总是要消耗的!"

"不错,"彭德怀说,"但打法不同,消耗和补充也不同。我们过去打的都是歼灭战,从俘虏兵中吸收过来的人员数量,也远远超过我们作战伤亡消耗数;而武器、弹药的缴获数,则远远大于我们的作战消耗数,并且积蓄了大量库存。而第五次反'围剿'呢? 打的全是消耗战。人员消耗前面说了,弹药消耗不仅把从前库存的打光了,还把苏区内能用于翻制子弹的铜铁锡铅也用光了。"

"你这一说,还真说明第五次反'围剿'消极防御一年之久,把中央苏区能用的人力物力资源消耗光了。"杨尚昆说。

彭德怀："有人说,敌人的第五次'围剿'采取的是堡垒主义新战略,我们只能以阵地防御战节节抵御。我认为这个观点不对,笨! 毛泽东同志早已总结过,红军与敌人的作战,应当是你打你的,我打我的。第五次反'围剿'初期,毛泽东和我都建议过,应当以主力向外线出击,把战争引向敌战区的广大无堡垒地带,并从敌战区获取战争的人力物力资源。可是他们不听,硬是在苏区内线顶了一年之久,把苏区内的人力物力资源消耗光了。"

杨尚昆："的确,他们的战略方针错了。"

彭德怀："至于他们从敌强我弱方面找原因,那就更是无稽之谈。敌强我弱是红军战争的基本特点……从红军战争的生成,到我们过去历次的反'围剿'胜利,不都是在敌强我弱条件下进行的、取得的。过去能在敌强我弱条件下取得胜利,使红军的战争不断继续发展,到了他们的手中为什么就不行了? 那是不是他们主观上的原因?!"

杨尚昆："我赞成你的看法。"略停,又吞吞吐吐地说:"能不能问你一个很私密的问题?"

"为什么不讨老婆是吧?"彭德怀大笑,又说,"问吧,什么问题都可以问。"

"不问你讨老婆的事,是别的大事。"杨尚昆低声地说,"你不赞成博古的一套,反对李德指挥,谁都知道,可你为什么还执行他们的命令,叫打就打,叫走就走?"

"小伙子,你不简单呀!"彭德怀笑笑,"你心里在问我,为什么没造他们的反?!"

杨尚昆不语。

彭德怀:"坦率地说,我只要串联几个战将,拱出老毛,毛泽东当家,我们能在三两年内,再造一个大局面!"

"那你为什么不仅没这样做,反而还在执行博、李德的命令?"杨尚昆问。

"问得好,"彭德怀说,"因为我们是共产党人,因为我们手中的红军是党的红军。共产党人要讲党性原则,讲全局观念,讲组织观念,讲党的纪律;红军是党的红军,必须听党指挥。利用自己手中的部队,造中央的反,那是分裂党、分裂红军,是党的组织原则绝不许可的……"

杨尚昆:"那就眼巴巴地看着他们继续着错误的指导,甚至给党的事业造成更大的危害?!"

彭德怀:"这有两方面问题。这几年来,党中央在路线上一而再地犯错误,有共产国际的原因;另一方面是我们党还不成熟,唯共产国际之命是从。但我们又应看到,我们的党有自我纠错的能力,自我修复的能力,会一步步走向成熟的。现在的这些错误,一定会纠正的。一是他们自己认识到错误,自我纠正;还有一种情况是,到一定时候,党内的纠错力量会纠正他们的错误,修复被损坏的肌体。"

杨尚昆:"彭大哥,你给我上了真正的马列主义的一课!"

彭德怀笑着又开个玩笑:"这样说,我把博古派来监督我的政治委员给策反了,站到我一边!"

第八章　朱德顶李德

中共中央率领中央党政军机关和中央红军 5 个军团战略转移初始，统称为野战军，红军总参谋部（红军总部）也就成了野战军司令部。队伍出发时，野战军司令部编在第一野战纵队第一梯队，这第一野战纵队又称军委纵队。这种称谓上的随意性，一如李德常常抱怨的红军不正规的无伤大雅的表现。

从军队的正规性要求上说，李德抱怨我们的红军不正规不无道理。但中国红军是由游击性上升为正规性，毛泽东也承认这种正规性是低级的，将来必须向高级发展。但这种低级的正规性正是这时中国红军的特点，虽说不好，却是难免的，还得尊重它，否则不仅对红军无益，还可能有害。

战略转移后，博古、李德、周恩来、朱德，就随第一野战军纵队第一梯队行动。

这几天，据说李德生病了。也是，他并不天天都到野战军司令部盯着，但博古赋予李德指挥的全权，野战军司令部的命令，还必须李德同意方可下达。

这一天，周恩来和朱德感到原定的突破敌人的第一道封锁线时间必须推延，可他俩又不能决定，于是报告给博古。博古说等李德来决定。

这回，野战军司令部里，周恩来在等待着，朱德和叶剑英则在看着桌上的地图，研究地形。

叶剑英直起腰来，颇为感慨："赣南的地形，还不能完全照着地图，更不可以凭空想当然。过了于都河后，才感到越走山越高，许多山非常突兀，用诗的语言说，层峦叠嶂。"

"这就明白了我们手头上的国民党军的地图为什么不准,甚至误差很大！原因在于他们的测绘人员很难对实地作精确的测量,许多地方根本就没走到,也根本走不到。"朱德说,"我在江西待了不少年头,对江西的地形总体上有些了解。大趋势是东边、西边和南边环山。我们中央苏区腹地,也是北部、东部和南部高,西濒赣水,我们过去的斗争,很得益于这种地形。"

叶剑英:"所以,广东的国民党粤军,即便是跟蒋介石积极地'围剿'我们,地形也对他们的进攻不利……"

周恩来回过头来插话:"所以,你们朱毛红军当年下井冈山转进到赣南后,就不走了……应当佩服你们的战略眼光。"

朱德却不由一叹:"可没想到今天出赣南苏区,麻烦大了。山间小道,难于走蜀道。都说蜀道难,难于上青天。我们现在走的路,远比一般的蜀道难多了。"

博古和李德终于来了。

博古一进门就发表感言:"李德对我们帮助的精神,很让我感动。这些天,他身体不适……可是躺不下,这不,又来给我们部署攻击敌人的第一道封锁线。"

李德接上:"你把指挥的问题托给我,我当然得尽职。过敌人的第一道封锁线,是我们这次转移行动的第一仗,我能不亲自来部署?"说着,他走到桌前看地图。

这地图的许多主要地名,早已由伍修权音译成俄文,用钢笔标了出来。

李德拿起红蓝铅笔,对着地图说:"对敌第一道封锁线攻击的时间,定在20日黄昏。你们记一下。一军团,以1个师攻击石背圩、安西,主力于当晚进到石背圩、安西一带,拂晓攻击金鸡、新田;三军团以1个师攻占坪石,威胁信丰,主力于当晚进到古陂、大桥头;八军团二十三师进到王母渡地域,向信丰警戒,二十一师当晚进到大树下,拂晓佯攻韩坊之敌;九军团二十二师进到曾村等地域,监视重石、板石之敌,三师指向龙布,相机消灭该地之敌;军委纵队和中央纵队明天就地休息一天;五军抓紧南渡于都河。"又强调："各部都应遵照这一部署,按指定位置,按时对当面之敌发起攻击!"

朱德:"我们的整个行动区域,在赣南南部山地,许多山的海拔超过1000米,山间只有羊肠小道,有的根本无路,植被又十分繁茂,区间溪流、小河纵横,我们在图上给各部划出行动路线和攻击方向,并且规定死集结地域和攻击时间,怕是有些部队未必赶得到,未必能按我们规定时间发起攻击!"

李德:"总司令,你这是什么意思? 如果我决心定下的部署,你们红军没法达到我的要求,我怎么指挥作战……作战不能达到目的,是我这个指挥员的责任?"

"我现在讲的不是事后的责任问题,而事前我们的部署计划,必须把各种因素考虑进去!"朱德说。

博古:"总司令,李德同志学过大部队作战知识……我们的问题,是让我们的部队按他的要求执行,达到他的要求!"

朱德:"可他现在在地图上一条线划过去,我们的红军能逢山翻山,逢水过水?!"

"总司令,你不会没学过图上作业吧?! 在地图上,不论是进攻、行动还是防御,不都是一条线一个箭头划过去? 部队在具体执行中,当然要找路、找桥走过去,沿攻击线或防御线规定的位置,按实地地形展开攻击,或构筑防御工事!"

朱德也不客气:"你说的这些,我 25 年前在云南讲武堂就学过了……那时,你还是个娃娃吧!"

"你们的云南讲武堂是耍大刀的吧!"李德说。

朱德:"李德同志,我多次说过,你要尊重我们!"

博古:"问题是我们要尊重共产国际给我们派来的军事顾问!"又说:"按李德同志制定的部署执行!"又对李德说:"你回去休息吧!"

李德走了。博古也陪着走了。

朱德看了一言不发的周恩来一眼:"我要不是出于对党和红军的责任……"

"不说气话！"周恩来劝着。

叶剑英："怎么办？"

"照他的部署下命令呗。"周恩来说，"但愿能实现！"

夜。在借用的老乡的住房里。

昏暗的茶油灯下，贺子珍躺在床上，泪水涟涟。

邓颖超和康克清进来，刘英端着饭跟在后头。

贺子珍忙抹去泪水，坐了起来，她一副病态样子。

邓颖超急忙上前："躺着，别起来！"她坐到贺子珍床前。

康克清："吃饭吧！不吃没劲怎么行军呀？"

贺子珍见刘英递过饭来："放在桌上……嘴苦，不想吃……"

"菜有辣椒……多少吃点！"刘英把饭放在桌上。

贺子珍突然抱住邓颖超，大哭："我昨晚又梦见我的小毛……"

邓颖超、康克清、刘英一时无语安慰。

"他才两岁多一点，我把他丢下……"贺子珍哭诉。

邓颖超："这不是没办法嘛！……天下父母，谁舍得丢下孩子……"

康克清："小毛托给你妹妹，你大可放心……再说，要是带着他走，岂不是他也受罪！"

邓颖超："是呀，你妹妹会常去看他的……"

……

康克清："还是要照顾好你自己，你都怀孕五六个月了，可不能有闪失！"

邓颖超："要不，让毛主席从他的身边抽个人来，路上好照顾你。"

"他的老毛病经常复发，我不能照顾他，哪能让他抽人照顾我！"贺子珍说。

邓颖超："你得吃饭……强迫自己吃下去。我们每天都得走几十里地，你又有身孕，不吃饭哪成？大人孩子都会拖垮的。"

刘英："饭可能凉了，我给你热一热。"她端着饭走了。

贺子珍叹息："这才刚出苏区……"

密林间狭窄的山路上。

行进中的三军团司令部的队伍停住了。

彭德怀下马："又堵住了?!"

"警卫连,去个人看看!"杨尚昆跟着下马,说,"万把人的队伍,挤在这么条山间小路上,又带着辎重,能走得动吗?"

邓萍也下马,边在路边撒尿,边说:"这样下去,根本没法按规定时间到达指定的地方!"

"作计划的人,根本就不知道这一带的路况!"彭德怀说。

邓萍:"从这里到湘南,差不多都是这样的路……有得挤呢。"

杨尚昆:"你们走过?"

"5年前,我们从井冈山上下来到赣南找朱毛,走过这一带。"邓萍又说,"当时是单兵,也就几百人……好走。"

警卫连里去看情况的人回来,报告说前头过条小溪,小木桥踩坏了,工兵连在修桥呢,得等一阵子。

彭德怀:"告诉工兵连长,让他派一个排走前头,凡是有木头和毛竹架的桥,都加固一下,或者另架一座桥!"

"好啊,边架桥,边走! 猴年马月才能走到湘南!"邓萍说。

杨尚昆若有所思:"要不要给上头报告下路况……"

彭德怀:"报告?"

杨尚昆:"要不,不能按时到达规定的地域,他们不得怪罪!"

"让他怪去呗,"彭德怀说,"他们自己不走这种路,就想不到!"

野战军司令部里。

李德狠狠地丢下手上的红蓝铅笔,吼着:"三军团为什么不能按命令上规定的时间到位?! 20日全军向敌人的第一道封锁线发起攻击的计划,全给耽误了!"

"可能是因为意料外的什么事耽误了。"周恩来说,"这么多的部队同时南去,难免会有矛盾。先了解下……"

李德:"你们的部队就是这样,总是不能按命令执行……"

"怎么个总是不按命令执行?"朱德说。

李德:"执行了,怎么不能按时到达? 这才刚开始……这怎么了得!"

朱德:"不按命令执行和不能按规定时间到达是两回事,李德同志!在你看来,我们的红军是不像你见过的苏联红军那么正规,但我们的红军在执行命令上不含糊。"

"知道,知道,我的总司令,你又要说他们打过很多胜仗。"李德说。

朱德:"你不这样认为? 如果不是我们的红军打过许多的胜仗,会有那么大的一片中央苏区? 能让你们来了后,在瑞金可以放心地睡觉、吃饭?"

博古:"不争论好吗? 朱总司令,你不要太计较李德同志的话……"

"我已经很不计较了,但他不可以无端指斥我们红军!"朱德说,"你得告诉他,作为一个指挥员,考虑要周到。该考虑的问题考虑不到,部队没法执行,计划没法实现!"

博古告诉伍修权:"这话不要翻译!"

"为什么不翻译?"朱德说,"你不能这样由着他……这是党和红军的事,不是哪个人的事,也不是私人关系!"

"这样吧,把通过敌人封锁线的时间推迟一天。"周恩来说。

李德:"周,你说什么? 整个计划推迟一天?"

周恩来:"那你的意见?"

"游击习气,严重的游击习气!"李德说,"你们的红军,怎么就改不了游击习气……可见,从游击队上升为红军,不是个好办法……"

朱德:"我们也想一夜之间,党就有一支强大的,像苏联红军那样的正规军,但这可能吗?"

"总司令,你总是强调你们的特点,这样下去,你们的红军怎么能发展成为强大的正规军!"李德说。

朱德:"不强调我们的特点,不尊重我们的特点,连现在的如你所说有严重游击习气、不正规的我们红军,怕是都会给弄丢了,没了……"

博古:"总司令,红军由我们'三人团'指挥,可是中央决定的……"

"我没有不尊重中央的决定!"朱德说,"博古同志,请你注意到,我

1922 年 11 月就加入中国共产党了,组织性不比你差!"

博古:"知道,知道,你是我们党的老同志。这不,大家都是为了革命事业。"

周恩来:"把突破敌人第一道封锁线的时间,改在 21 日晚上至 22 日晨……"

"周,你们司令部的游击性也得改改。"李德说。

朱德:"又来了……"

周恩来:"让他说,听他怎么说!"

李德:"总攻时间必须精确,几时几分开始,是统一的。你提出的总攻时间,是 21 日晚,这 21 日晚是几时几分,怎么还宽泛到 22 日晨!"

周恩来:"好吧,我说我的道理。按对被包围的敌军实施总攻聚歼的要求说,是必须精确到几时几分,以便各部同时攻击。可我们这是过敌人分散守备的封锁线,又是从许多地段通过,各部的情况不完全一样,所以只规定这个大概时间就可以了,这叫因不同情况而决定,不能说是游击性、不正规!"

朱德:"还几时几分,我们的各部队长连个马蹄钟都不全有,有的还不准,还能做到几时几分同时开始? 有可能、有必要吗?"

李德一听火了,扭头就走。

"李德同志现在还病着,是带着病来帮助我们指挥作战的,我们要体谅些!"博古说,"就照恩来的意见,下命令执行吧……但这一次别再延误了。"说后,也走了。

博古走后,周恩来对朱德说:"老总,为了大局,你忍着点!"

朱德:"我忍够了。"又愤愤地说:"这中央红军是我们 7 年来的心血,十指连心,他放肆地戳我们红军,我心痛!"

国民党军防止中央红军突围的第一道封锁线是预设的,以土木结构的碉堡加外河构成为防御支撑点组成的,大体设在赣西南,重点地段在自赣县贡江与桃江交汇处,沿桃江东岸至信丰中部,再沿桃江支流东岸到安远板石、重石一线。

中央红军突破敌人的第一道封锁线,位置选自赣县王母渡至信丰新田地段。三军团的任务,是攻克中心地段敌主要支撑点古陂。

彭德怀把攻克古陂的任务交给洪超、黄克诚率领的红四师。

这是战略转移以来的第一仗,又事关突破敌人第一道封锁线全局,加上前天部队行动迟缓,未能按时到达指定地域,致使全军突破敌人第一道封锁线计划延迟一天执行,彭德怀格外注重这一仗。黄昏时,他亲临洪超、黄克诚四师指挥所,与他们一起部署战斗。

入夜,战斗按计划打响。

但进入战斗后,他们才发现战斗比预想的棘手。守卫古陂的敌军,是粤军第一军第一师第一团,并且配属有当地反动武装"铲共团"。这"铲共团",是从中央苏区逃亡的土豪劣绅子弟组成的,对共产党和红军怀有刻骨仇恨,都是一群亡命之徒。加上敌人有碉堡的火力支撑点,预先构筑的防御工事。敌正规军和地方反武装一时负隅顽抗,以致彭德怀不得不又动用军团迫击炮连,加强火力的压制,这才把守敌击溃。

但这一仗,也使红四师付出了沉重的代价,25岁的师长洪超被流弹击中,当场牺牲。

洪超是黄埔军校第六期入伍生,参加过广州起义和井冈山斗争,曾任朱德警卫员,1929年调到彭德怀红五军,后成为红三军团的战将。他的不幸出师未捷身先死,让彭德怀痛心不已。

古陂战斗后,红三军团为整个转移队伍的中路,推向坪石、大塘阜,西渡信丰河。

第九章　难以实话实说

家富站在叉路口,看着他的连队通过。

延宗班过来,家富跟着走。

山春问:"连长,我们这是朝西去,要翻过大庾岭进入湖南?"

"我们到底要去哪里?"延宗问。

家富:"听命令,上级要我们去哪里,我们就去哪里!"

朱大贵:"你这是二喜出口——废话!"

二喜听到,跟上来:"你才是废话。"又很不高兴地说:"部队的行动计划连里能知道? 亏你还是个老兵。"

家富:"不瞒你说,我问了团长、政委,他们也不知道!"

朱大贵一时无语。

傅有余追了上来:"连长,筹粮问题严重了……"

李冬刚好听到:"这可不行,没饭吃怎么行军打仗……兵不都跑完了!"

"那是国民党兵才跑呢!"二喜瞪了李冬一眼,"废话,饿死你啦!"又对傅有余说:"你想办法得把同志们的米袋子装满呀!"

"废话!"傅有余说,"要是能办得到,我还向你报告?"

二喜:"废话! 那是你司务长的事!"

傅有余:"说实话,你能就地停一两天,我到远处买去……"

"废话!"二喜说,"部队行动计划,是我们能说了算吗?"

傅有余:"是,是废话。"又叹了口气:"我真想把我这个司务长撤了,到班里扛大枪去!"

二喜:"你先把你的共产党员撤了!"

傅有余："这可不行……"

二喜："知道不行就好。你这个人呀,就这个毛病,好叫困难。其实,你对工作还是挺认真负责的。"

家富："打听下,我们这一路的两侧有没有散户。能找到三五户人家,每家筹个几十斤,也够我们连顶上一两天!"

傅有余："我人手不够……"

家富："这两天纯是行军,一班归你使唤,配合你筹粮!"

傅有余："我说找连长会有办法的。"他高兴地走了。

"废话。"二喜说,"瞧你个拍马屁劲!"

朱大贵又凑了过来："连长,我们离家越来越远了,谁来保卫苏区,保卫我们的家?"

家富随口："上级会有安排!"

朱大贵："得,等于没说……"

二喜："废话!"

家富："别废话啦,天就要亮了,就地宿营吧!"

二喜让宿营的命令往下传。战士们纷纷找地方,放下随身行装,抱着枪或躺下或靠在树干上,闭目入睡。

家富坐在树下,若有所思。

朱大贵凑了过来："连长,我可是为了保卫苏区才来当红军的;我也给我老婆孩子保证过,要保卫苏区。要是我们的队伍再往西走,和保卫苏区沾不上边,我可不干……"

朱大贵："不是不革命,而是回闽西去,保卫我们的闽西苏区。"

家富："革命是什么? 是为了苏维埃在全中国的胜利,不光是为我们闽西。我们是主力红军,就要为全中国的胜利而奋斗。"

朱大贵："我不管这些大道理……"

"你是老同志,不能不讲理!"家富说。

朱大贵："那家乡呢? 我老婆孩子呢? 谁来保护?"

"家乡里还有党,还有红军。"

"得了,"朱大贵说,"我们主力红军都不管,留下的地方红军保卫得了?!"

家富:"你回去就保卫得了?"

"多一个人,多一份力量么!"

"对呀!"家富说,"可组织上现在是要求你留在主力红军,留在连里,贡献你的一份力量!"

朱大贵:"可你并没有说清楚怎样保卫我们的闽西苏区……"

"我说了,"家富说,"那就再说一次:苏区还有党的组织,还有留下的红军!"

"你这是哄人。"朱大贵嘟囔着,"当时,动员我当红军时,说好是为保卫苏区……可你们说话不算数!"他快快地走了。

家富有些生气,站了起来。可能是又一想朱大贵的话,其实也是事实,再争下去,自己也未必说服他,他又坐了下来,像是迫使自己冷静。

许久,他掏出挂包里苏红送给他的本子,写着:"苏红:我们越走越远了,有战士问我谁来保卫苏区,我还真是说不清……"

已经是晌午了,村路上除了苏红外,没有其他人,而且连树上的蝉都不叫,苏红都能听到自己匆匆的脚步声。

苏红是昨晚到瑞金东村的,好心的房东告诉她,长汀怕是过不去了。从东边来的人说,前天,国民党军已进占长汀城了。但她有些不信敌军会这么快占领整个长汀县,她还是想绕道长汀城南部,抄近路回到她老家。不过,她还是小心的,用一块银元让房东帮她弄到现在这一身行头,一副瑞金长汀边界的少妇打扮。这天大早,她就辞别房东,沿着瑞金通往长汀西村的山路而去。一个上午了,她连一口水也没喝,现在有些饿了,只想快快赶到西村,找个地方吃午饭,再赶路。

就在这时,响起了几声七九步枪声。那枪声很近,冷不丁地把苏红吓了一跳,她本能地遁入路边草丛中。静待了一阵子,确认没人追她,这才借着草丛,向一边的山包而去。山包不及 50 米高,她很快到了顶上,借着深草的掩护,她看清了前方不及 200 米外的场景。

那是祠堂外的谷场上,国民党兵把全村的男女老小都集中在一起,似乎在逼着村民交出共产党员和苏维埃干部;一边已倒下若干具男人和女人的尸体,刚才的枪声,分明是国民党兵杀了这些人。

这时,又有几个国民党兵从人群中拖出几个男女,听不清的一阵叫喊后,又是开枪杀人,被拖出的几个男女,应枪声倒下。

突然,人群中冲出一个四五岁的小女孩,扑在一位妇女的尸体上。撕心裂肺地哭叫着:"妈妈……爹呀,快来救妈妈!"

苏红并不认识眼前被杀的妇女和趴在妇女尸体上哭叫妈妈的小女孩,她们就是半个月前去探亲的朱大贵的妻子和女儿。

眼前的惨景,让苏红不由地从后腰上拔出一枚手榴弹。这枚手榴弹,是苏红最后一次去找她哥哥苏政委时苏政委给她的,也是现在她唯一的防身武器。然而,她到底又冷静了,把手榴弹插回后腰,抹去脸上的泪水,沿着山包的另一侧下了山,往回的方向走去!

山路旁树林下,家富连队在休息。

坐在朱大贵一旁的李冬,突然把步枪往一边放下,接着躺倒在地上。"妈的,饿得慌……"

"长途行军,又是喝稀饭,能不饿吗?!"朱大贵信口。

有个战士忽然想起似的:"这里不是叫大庾岭吗? 大庾岭有梅岭之称,这里有青梅么?"

山春学过地理,见识广些:"梅岭在去广东方向,得往南走;我们现在是往西走进入湖南汝城,方位差90度呢!"

坐在一边一直没吭声的延宗:"就是有梅树,这个季节还有梅子吗?"

山春苦笑:"连望梅止渴都不行。"

就在这时,一个骨瘦如柴的中年汉子出现在家富连队过来的路上。那汉子艰难地挪着步子,在接近战士们休息地方不到50米处倒地了。

家富看到,忙站了起来,向那汉子走去。延明、山春也跟着走去。

汉子终于挣扎着坐在地上,哀求着:"红军兄弟,救救我们……"汉子又说:"前几天,你们前头的队伍一来,我们的工头就走了,说是给我们送粮食来,让我们在矿上等着他。谁知道他一去不复返,丢下我们跑了。

我们已经断粮 3 天了,想走,也没劲,走不出这座山……"

"你们是附近锡矿上的工人?"家富问。

汉子:"是……我们那里还有 30 多号人……"又哀求:"红军兄弟,你们行行好,给点米吧,让我们能走出这座山……求一条活路。"

跟过来的二喜:"我们的米也只够三餐稀饭,我们得靠着它走出这座大山!"

家富回头喊着:"司务长,过来!"

"我知道大家饿,可我有什么办法?"傅有余误认为家富要批评他没筹足粮食,嘟囔着过来。

家富听到了:"你先别叫唤没办法。我问你,我们还有多少粮食?"

傅有余:"不到 100 斤,只够喝三餐稀饭……"

家富:"分出三分之一,给这位老工人……"

汉子听了,立马跪在地上:"好人呀……谢谢了……救命的好人!"

延明和山春忙上前把汉子扶了起来。

家富:"别这样。我们是红军……有难同当!"

傅有余:"给了他们……就剩下两餐!"

家富:"总不能眼看他们饿死吧!"

傅有余:"那也不能让我们的人饿死……"

家富:"就是饿死我们自己,也得救人。这是我们红军的责任,我们客家人的美德,懂吗?"

傅有余嘟囔:"就你懂……为了这点粮食,我腿都快跑断了……"

"知道,知道你辛苦。"家富说,"还有一天就出山了……只要够让大家吃上一餐饭,就能走出去……下了山,总能找到粮!"

"那可没准。前头的几万人,早把一路上的粮食吃光了!"傅有余说。

家富:"先救人再说!"

二喜捅了一下傅有余:"别废话,听连长的,给吧!"

傅有余转身走了,但嘴里还是嘟囔:"没得吃的,我又该挨骂……"

"骂我!"家富说,"骂我好了!"

二喜对着汉子:"问问你们的人,有没有愿意跟我们走的……当红军!"

延明:"是呀,你们在这里等着饿死,还不如跟我们当红军!"

汉子:"我回去问问……兴许会有的。"又说:"我不行,老了,身体也不好;再说家里还有老婆孩子,盼着我拿回工钱买米……"

二喜:"你跟我们走,我们也不要……你的身体吃不了我们这碗饭!"

"说些什么!"家富瞪了二喜一眼。

太阳快落山了。

大妈和她的女儿在庭院内收拾稻谷。

村外一声枪响,黑狗冲出门外狂叫。

苏红慌忙进院,黑狗跟进来要咬苏红。

大妈的女儿呵斥:"黑子,外面去!"

大妈问苏红:"姑娘,你这是……"

苏红:"大妈,白狗子在追捕我,快让我藏起来……"

"是同志呀!"大妈忙去关大门。

苏红见院里没法躲藏,忙冲进屋里。

大妈的女儿跟着进屋。她样子有十五六岁,但瘦弱,显然还没长成。

苏红见屋里也难以隐藏,冲进后间厨房,见有后门,一看通茅房,立即出后门。

这时,黑狗在门外狂叫着。突然又一声枪响,黑狗的叫声戛然而止,接着是几个荷枪的国民党兵冲进院子。

敌班长命令着:"二子和我留下,你们几个到各家搜去,别让她跑了。"

其他的兵转身出院。

敌班长凶神恶煞般地对着大妈:"老婆子,那个女'共匪'藏哪儿,说!"

大妈:"没……没人进来!"

二子提着枪进屋:"在这呢……"

敌班长冲进屋里,接着骂开了:"妈的,什么眼神?这是刚才那个女

'共匪'吗?"

大妈跟着进屋:"老总,这是我女儿……"

敌班长转到后屋,出门看了看又回屋:"妈的,一溜烟工夫就不见了!"又见大妈女儿吓得缩在墙角,过去托起大妈女儿的下巴:"就拿她顶个数……"

二子:"带回去?"

"带你个头!"敌班长命令着,"把这个老婆子拖出去!"

二子从命,硬是拖着大妈往外院子去。

大妈奋力挣扎,要扑向屋里:"老总,你们行行好,她是我女儿……她还是个孩子!"

二子拖不住大妈,一怒之下,挥起枪托,砸在大妈背上,大妈无声地倒地。

屋里传来大妈女儿撕心裂肺的惨叫。

二子进屋去,见敌班长正在扒已经吓晕过去了的大妈女儿的衣服,愣住了。

敌班长:"没见过,先撒把尿去,等我完事你再进来见识见识!"

二子扭头转到后屋门外,进了茅房……

茅房底下的粪桶里,苏红躲在一边,只剩下脑袋露出粪水。突然,一股热流洒在她的头上,她强忍着。

黄昏。

家富连队在开晚饭。战士们从行军锅里往自己的大搪瓷缸里打饭。

李冬嚷着:"怎么都是竹简,见不到米呀!"

一战士:"米不是让连长给了矿工啦……"

李冬:"他倒好……"

"他怎么啦?"炊事班长又说:"他不是和你们一样吃这锅饭?!"

家富过来:"同志们克服一下,明天出山就好了……"

李冬嘟囔:"断后,断后,断后挨饿!"

二喜:"行了,受不了你再回你的国民党军去!"

"你说的!"李冬嬉皮笑脸的。

二喜:"你敢! 你敢逃了,抓回来……"

"抓回来怎么着!"李冬说,"红军不兴枪毙逃兵,我懂!"

延明:"吃你的饭! 越说越不像话!"

家富盛了饭,蹲在一旁吃。

傅有余过来:"看这样子要下雨了……下雨可就操蛋了!"

二喜:"下雨有什么办法? 下雨你也得想办法筹粮!"

傅有余:"你就会动嘴!"

"废话!"二喜说,"分工不同!"

果真下雨了。

家富和他的战士任凭雨淋着,继续行军。

突然,李冬出列往路边一蹲,不走了。

班长过来:"怎么啦?"

李冬:"饿,走不动!"

战士:"走不动也得走,不出这片林子到哪里弄吃的?"

李冬:"你们走,我不走了。"他干脆把步枪放在地上,抱着头。

班长捡起李冬的枪:"你不走就在这里等死吧! 就不怕后面有敌人追上来!"

家富过来:"病啦?"

班长:"脑袋有病!"

战士:"说是饿的,走不动!"

家富扶起李冬:"我扶着你,我们一起走!"

李冬:"扶我也不走!"

战士:"过分了,李冬! 难道让连长背着你走?"

班长火了:"李冬,你要是在国民党军里,你不走还不让你长官一枪崩了你!"

战士:"要是在国民党军里,他敢这样耍赖?"

李冬站了起来,一把夺过班长提着的他的步枪,怏怏地跟着走。

秋雨濛濛。

韩团长和苏政委策马相伴而行。

韩团长:"好在这雨是等到我们出了大庾岭才下,要是在这之前下,我们可就遭罪了,连个干净的宿营地方都没有……如果是那样,饿加淋雨,得有多少病号!"

苏政委:"大庾岭过去了,也出了广东,下一步很可能不会是只赶路了,怕是要开始与围追堵截的敌人纠缠了!"

韩团长:"你说的总趋势是这样,形势会一步步紧张起来,但最近几天,大概还是相对平衡。何键的湘军,还在等从江西战场上追过来的中央军,中央军没进入湖南前,他何键的湘军不敢单独追击。"

苏政委:"是这个道理,但还是得让各连尽量地筹粮,吃饱饭,积蓄体力!"

韩团长:"是呀,粮食是当前头等大事!"

又走出一段,苏政委说:"最近,我可听到下面有些怪话;说断后,断后,断后挨饿;后卫,后卫,后卫受罪;西去,西去,丢了苏区;反攻,反攻,却不向东!"

韩团长:"你别说,这牢骚怪话编得还有点水平,既顺口,又还有道理!"

苏政委:"可我们的上头,全不了解部队的实际情绪。最近总政治部下发的《对目前行动的政治工作训令》,还在做官样文章,说'要以坚决进攻的战斗,在运动战中消灭迎面的敌人,争取粉碎五次'围剿'中的反攻全部胜利……更大开展苏维埃运动到全中国!"

韩团长:"他们也难呀……不能不与中央的决策对口……"

苏政委:"我知道。可我们下面的,直接面对的是基层干部和士兵。我们现在明明就是放弃中央苏区在退却,而且傻子也能看出我们一直向西去,你对他们大谈保卫苏维埃,大谈反攻,甚至进攻……能起作用?"许久,又说:"这样的政治鼓动,会适得其反的……"

第十章　貌似挚友也使诈

守备中央苏区第一道封锁线的国民党粤军第一军,是陈济棠的老底子。8年前,李济琛带着粤军编为广州国民政府军第四军时,陈济棠是四军下属第十二师师长;现任一军军长的余汉谋,是十二师三十一团团长;现任一军一师师长的李振球是三十三团团长。陈济棠派一军守第一道封锁线,当说是对蒋介石交差的良苦用心。

第一军的防御范围,东起赣南安远,北至赣州,西迄南康,南到大庚和广东南雄。余汉谋把李振球一师放在封锁线最正面,又把他的军部和独二旅放在最靠前的安远城,也算是对陈济棠交差的良苦用心。

但安远城是赣南的一个小小山城,当时交通闭塞,少有现代文明的设施和生活,实属是苦了余汉谋和他的官兵。

这天晚上大约9点钟,无聊之极的余汉谋,接到李振球从古陂打来的电话。

这阵子,余汉谋正与李振球通话。

李振球报告罢,余汉谋说:"'共匪'主力出击封锁线,可以证实前几天的情报,肯定是'共匪'要突围,他们为夺路求生,会不达目的不罢休的。我们军兵力分散,你们师当然不能硬顶,打一阵后向西撤往安西,再不行退入安远版石,保存兵力为要。'剿匪'是蒋委员长的事,兵是我们的,犯不着与'共匪'拼命。"

余汉谋放下电话,站了起来,在屋里转着,嘴里喃喃:"'共匪'要走了!走了也好,我们就可以结束这苦差事了……过几天,可以把军部迁到韶关!"

"那敢情好。"参谋处长按捺不住喜悦,"韶关可比这个穷地方好多了,起码是回广州方便!"

"那是下一步的事,当务之急,是给南昌发个报,你记一下。"余汉谋回到竹椅上躺下,"南昌委员长行营:赣匪主力伪一、三、五军团企图西窜。本日发现于赣县、信丰之东北地区,计有伪一军团一、二师及三、五军团全部,其先头部队现在信丰属安西等处,与我守备部队激战中。余汉谋养亥。"又说:"今天是 22 日,现在是晚 9 点多,养亥没错。同时发广州总司令部。"

晚饭后,何键在似侍女又似小妾的陪同下,似散步又似游园,在他别致的庭前园中漫步。这正是南方桂花盛开的时节,满园花香袭人。

刘建绪和参谋处长匆匆而来。

何键指了园中小亭:"那边说。"

他们一同走到亭下坐定,小妾走了。

刘建绪:"前方报告,江西'共匪'向赣南出击!"

"全部?"何健问。

参谋处长:"情况还在进一步核实,但起码是大部,是主力!"

何键问刘建绪:"你判断他们的意图是什么?"

"会不会是突围?"刘建绪说。

何键:"如果是突围,那就是说要经大庾岭,进入我们湖南南部?!"

侍女端来茶水,退出。

刘建绪见侍女走远了:"还有一种可能,战略反攻!"

何键:"向广东吗?"

"不,"刘建绪接着说,"经赣西,进入我们湘东,在我们湖南中部广大无碉堡地带流窜,甚至威逼我们长沙,扰乱我们整个战局!"

"如果是这样,问题就严重了。"何键有些慌了。

刘建绪:"问题还不仅仅是扰乱战局,而是造成国共两党战争的主战场,移到我们湖南来……我们湘军不仅会被推到'剿匪'的一线,也有可能……起码是得与老蒋的关系陷得更深了。"

何键:"那可要不得,绝对要不得。"

刘建绪:"总司令刚才说的'共匪'直接从大庾岭进入湘南,也不能排除他们乘我兵力来不及收拢之际,向我湘中流窜,达到同样的效果!"

"广东的陈济棠、余汉谋就不阻挡?"何键有些拿不准。

刘建绪:"总司令,这些年来,我们跟老蒋走得近,每当两广与老蒋有冲突,我们都站在老蒋的一边,把他们得罪了。况且,广东的陈济棠与'共匪'有来往……"

"你是说陈济棠会放'共匪'进入我们湘南?!"何键说。

"绝对放行。"刘建绪接着说,"陈济棠不会傻到拿他的十几万军队,与'共匪'的十几万军队拼命的……两广这些人,都是人精,巴不得'共匪'在湖南给我们添乱!"

何键不语。

刘建绪:"在'剿匪'这个问题上,两广从来不出力,更不花一分钱。这些年,他们埋头把钱花在他们的军队上……看着吧,两广总有一天还会向老蒋闹事的,可老蒋拿他们毫无办法!"

这些话,让何键心中很不舒服,但又都是大实话。他一时无言以对,只好借喝茶掩饰。

刘建绪似乎也意识到他的话戳痛了何键,转而说:"我的意思是,'共匪'很可能由赣西南突进我们湘南,而从现在得到的情报看,也很可能是这样,但湘南仍然不是我们防御的主要方向,我们必须重点防御的是湘东,那里距长沙近!"

何键:"对,你分析得对。我们不能不防'共匪'有打湘东的主意。"又说:"传我的命令,让我们在赣西的部队严密监视遂川、永新一线,严防'共匪'向湘东突进。"

参谋处长:"是。"

何键:"立即拟一份电文,发西路军各部并报南昌委员长行营。电文要强调我们西路军为拒止江西'共匪'西窜,拟以主力协同粤、桂两军,坚守赣江上游两岸及湘东南路各碉堡线。"

参谋处长:"协同广东和广西的军队……"

"没听明白?发南昌委员长行营的电文,当然要把粤桂两军挂上,把话说到前头,如果'共匪'真的窜入我们湖南,不独是我们湘军的事,两广也得协剿!"刘建绪说。

参谋处长:"我明白了!"

这个时候,北上巡视北方和西北的蒋介石在兰州。

这阵子,蒋介石和宋美龄正在用早饭,侍从室主任晏道刚进来,站在一旁候着。

蒋介石看了晏道刚一眼,推开半杯牛奶,用餐巾擦了擦嘴,起身走进隔间小客厅。

晏道刚跟了进去,掩上门。

蒋介石问:"什么情况?"

晏道刚:"南昌行营贺参谋长来电,报告'共匪'开始突围,前锋已过了设在赣西南的第一道封锁线。"

蒋介石似一点也不意外,更没有发火骂人:"还说什么?"

晏道刚:"安远的余汉谋报告,他的守备部队正与'匪'激战中……"

"是么?"蒋介石冷冷一笑。

晏道刚不语。

蒋介石又说:"你以我的名义,让熊主任、贺参谋长,立即组织'追剿'军!"又像忽然想到,回过身来:"就让陈诚带他的第三路军从瑞金方向追上去!"

晏道刚:"我这就去办?"

蒋介石:"去吧!"

"今天的巡视安排?"晏道刚问。

蒋介石:"按计划进行!"

南昌行营,熊式辉和贺国光并坐在小客厅沙发上,不时地看着门,有些不安。

沉默了好一阵子,熊式辉先开口:"你说委员长会不会大发……"

"怪谁?!"贺国光说,"北边有统兵的顾祝同,大将陈诚、薛岳;西边有何键，南边有陈济棠，东边有蒋鼎文，他们一而再地推迟总攻时间，让'共匪'突围了，怪得到你我头上?!"

熊式辉："何键、陈济棠、蒋鼎文的保障，与我们无关，可北边的顾祝同大军，归我们保障。他们一再要求筹足1个月用粮……我们至今也没办到。"

"这事在委员长走之前，不是向他报告过？他也答应要亲自统筹安排解决。他都没法在短期内办到，你我又不能给地方下命令，有什么办法?"贺国光说，"仅就北路军，1个月的用粮就超过100万担，得采购、加工、运输，谈何容易……"

门推开了，参谋处长喊了声报告，闯了进来："委座来电了!"

熊式辉接过电看了一眼，电文很简单，他一目了然，又递给贺国光。

贺国光看完自语："让陈诚带队去追?"

熊式辉："这不，委员长第一个就想到他，委以重任了……"

"是重任，却未必是建功立业之任!"贺国光狡黠地一笑。

熊式辉："你向辞修传达吧!"

贺国光立即操起电话机："接北路军前敌总指挥部陈总指挥!"

不久，听筒传来陈诚的声音："贺参谋长，我是辞修。"

贺国光："委座从兰州来电，让你带第三路军从瑞金追下去……"

陈诚："委座是命令我率部杀向瑞金，还是再往南把'共匪'压入广东?"

贺国光："我理解为不仅仅是杀向瑞金，是让你率领你们的第三路军'追剿'!"

陈诚："我的部队已进入石城、宁都一线，正与'共匪'的阻击部队激战中，一时收拢不起来，不可能在短期内转入'追剿'；再说，广东是陈济棠的'独立王国'，向来拒我们中央军于门外，由我率部追入广东不适合，陈济棠会误认为我要乘机吃了他，不仅不可能和我精诚合作，还可能引起冲突!"

贺国光："这倒值得考虑……可是，委座点名是让你率部'追剿'!"

陈诚："你就说我的意见还是让薛岳去合适。薛岳是广东人，他手下的大将吴奇伟不但是广东人,还是从粤军出来的,让广东人带兵追入广东最合适……陈济棠也没得话说。"

贺国光:"你说的也有道理。不过,你最好先和薛岳沟通一下,如果他愿意,我这就向委座建议。要不,总不好让委座看出你们推来推去的。"

陈诚:"可以,我立即和他商量。"

贺国光:"那我等你电话!"说着,放下电话。

熊式辉笑而不语。

贺国光也笑而不语。

北路军前敌指挥。

陈诚放下电话,喝茶。

一直听着通话的第三路军副总指挥罗卓英说:"总指挥的这个建议高明。"

陈诚没有言语。

罗卓英:"我们已苦战一年,眼看就要攻下'匪首'府瑞金了,怎么可以让东路军的蒋鼎文去抢这个头彩?再说,'追剿'军是得跟着'共匪'翻山越岭的,苦不堪言不说,何时是个头不说,还要担待让'共匪'杀回马枪的风险,这个吃力不讨好的差事,我们不干!"

陈诚:"我们得命令一线部队立即指向瑞金。告诉他们,'共匪'的主力走了,让他们别怕遭到'共匪'大部队的伏击,放开推进,务必赶在东路军之前抢占瑞金城!"

罗卓英:"好,我这就下命令!"

罗卓英退出后,陈诚拿起电话机:"要南昌行营总机……南昌行营总机,我是陈诚,你给我转六路军薛总指挥。"

这边,薛岳正与吴奇伟聊战局。薛岳是这时的第六路军总指挥,吴奇伟为副指挥兼所属第七纵队指挥官。而这时的第六路军下属只有第七纵队4个师外加第一支队。他俩的确都是广东人,而且都是蒋介石在保定军校的校友。薛岳原名薛仰岳,字伯俊,广东乐昌人,是年37岁,9年前是蒋介石一军十一师第三团团长;吴奇伟字晴云,广东大埔人,是年45岁,9年前是粤军第四军第十二师参谋长。官场上的事说不清道不明,年纪比薛岳大8岁,职务原比薛岳高一职的吴奇伟,9年后屈居薛岳副职。

吴奇伟虽然不老,却也有点老骥伏枥、志在千里,他已经在算计中央红军撤走后,将引起他们营垒中各大将的盘算。他以旁观心态说:"这回有好戏看啦……"

"怎么讲?"薛岳问。

吴奇伟:"'共匪'主力突围撤走了,陈诚与蒋鼎文怕是得争谁先占瑞金了!"

薛岳:"那应当是蒋鼎文更来劲,可用以雪洗两个月前他的东路军温坊一战失利之耻!"

"我倒认为陈诚会更来劲。"吴奇伟说,"他若先占了瑞金,也可多少洗去4次'围剿'时让'共匪'吃掉2个师的耻辱!"

薛岳笑笑:"不管是谁先得瑞金,也不管是谁的部队走更快些,都是走出来的,不是打出来的!"

吴奇伟:"但不战而屈人之兵,却是上策!"

薛岳大笑:"牵强,牵强附会!"

电话铃响了。

薛岳拿起电话,听出声言,有些喜出望外:"辞修呀,怎么想起了我?"

话筒传来陈诚的声音:"我们当面的'共匪'败走了,委座初拟让我带兵追入广东,我向委座推荐你去更合适。"

薛岳打起官腔:"这副重担只有你老兄担当得了,我不合适……"

陈诚:"你先听我说。'共匪'一退入广东,人称南粤王的陈济棠非拼命不可,我们中央军再从北面压下去,逼'共匪'非与陈济棠拼命。你想,结果会是怎样?"

薛岳:"可'共匪'走的是赣西南,不像是进入广东……"

"现在的突围方向的确是赣西南,但你想呀,余汉谋一个军堵在大庾岭,'共匪'过得去吗?"

薛岳:"也是。我是粤北乐昌人,那一带我知道,只要堵住大庾岭通湘南的路，'共匪'的大军还真是插翅难飞！"

陈诚："所以，'共匪'即使不谋广东，也得从广东腹地迂回！这也就迫使陈济棠与他们玩命！也就迫使我们乘机而入！陈济棠与'共匪'厮杀必然两败俱伤，到那个时候，广东也就不得不姓蒋了……你想呀，委座对地方的政策，历来是以当地人治当地，还能不让你这个粤人治粤，你等着回广东去接陈济棠的'南粤王'吧！"

薛岳动心了，又按捺着内心的窃喜："不，不，还是你老兄干吧！"

陈诚："可惜我不是广东人……老弟呀，到时候我要是到广东一游，你这个'南粤王'可要尽地主之谊呀！好了，你等着命令吧！"

薛岳放下电话。

在一旁听着的吴奇伟说："陈诚在老蒋面前是最吃得开的，我看这事十拿九稳。"

薛岳："如果余汉谋堵住大庾岭，从我们北路军抽出追击部队，倒也只有我们六路军还有在泰和方向的周浑元第八纵队最便捷……"

吴奇伟："就是么，老蒋非点你去不可！"

薛岳："怕就怕粤军放'共匪'西去……"

吴奇伟："未必。就算陈济棠有这个意思，余汉谋会从命吗？余汉谋早有心投靠于老蒋。况且，湖南的何键也绝不甘于'共匪'进入他的地盘，必然全力堵住湘南。地形的极端不利，重兵的阻击，非逼得'共匪'从广东腹地迂回不可！"

薛岳："可我们要是带着中央军进入广东，岂不得罪了广东的朋友……"

"老弟，自古以来，官场上都是六亲不认的，更何况是老蒋派的差！"吴奇伟说，"广东的朋友要怪，也只能怪天不成全他们。"

第十一章　怎么就走不动

这阵子,周恩来、朱德在野战司令部指挥所内研究军情。

朱德指着桌上的地图自言自语:"粤军余汉谋第一军仍然很分散,第一师已收缩在安西;第二师在信丰城;第四师在赣州、南康;第三师在南雄;独立旅和军部还在安远。显然,还是个防御态势。"

周恩来:"不管这与陈济棠给我们让路的承诺有没有关系,余汉谋还是不敢与我们拼命的。"

叶剑英:"只是我们的行动够呛,一天走不到三五十里地……"

"路况不好,辎重又多,能走得快吗?!"朱德说。

李德和博古进来。李德今天的精神头好了许多。要说一个外国人,跑到这里来跟我们受罪,还这么敬业,也是令人感动的。

李德来,博古必然跟着来。而他俩一起来,翻译伍修权和他们的警卫人员也必然跟着。一时,野战军司令部的里里外外又热闹起来。

李德一进来,当然首先是关注战局。他问道:"情况怎样?你们没有报告,想必是第一道封锁线过得还顺利。"

周恩来:"和守备封锁线的敌军还是有接触,但除三军团攻打古陂费点事外,其他的都是小战斗!"

叶剑英进一步报告:"按今天2时野战军司令部的命令,一军团主力应当进到桃江东岸的铁石镇;三军团应进占桃江东岸大塘埠;八军团应当过桃江到达大龙坳地域;九军团应当到达石背圩接替一军团后卫师防卫,军委纵队应到达古陂;中央纵队应到达大桥头;五军团的2个师应分别到达古陂和大桥头外围,保护军委与中央纵队。"

"我不是要你重复我下达的命令,"李德有些不耐烦,"我要知道的是各部队进展情况。"

叶剑英:"除了一军团报告外,其他各部都还没来报告。判断他们都还在路上。"

"一军团报告些什么?"李德问。

叶剑英:"说他们的前卫一师,与从重石、版石撤向安西的敌人遭遇;二师还在南进路上,十五师刚出石背圩向前运动。他们要求让右前卫的三军团派出一部,协同他们的一师攻击安西之敌!"

"这就是说,如果他们不要求增援,也不会向司令部发报报告?!"李德说,"你们红军的报告制度还没有很好地建立!"

周恩来:"他们还没有到达,让他们报告么!"

李德又不爱听:"为什么还没到达? 为什么过第一道封锁线基本是顺利的、迅速的;而过桃江,反而就迟缓了……"

朱德:"因为路况很不好,因为我们的部队从撤出苏区开始,已经连续行军 12 天了,疲劳……"

"这才开始,就因疲劳走不动了,往后呢? 路远着呢!"博古说。

朱德:"是的,往后的路远着,但部队得有适应连续行军的一个过程。要知道,最近一年来,我们红军还没有哪一支部队连续行军十几天。再说,路况、辎重都是影响行军速度的因素。我们也很急,但这不是急就可以解决的问题!"

李德见说不过朱德,转了个话题:"一军团的要求处理了吗?"

周恩来:"我们的意见,不主张进攻安西之敌,派一部监视就行,各部还是抓紧过桃江。"

李德:"这不行吧!? 敌军 1 个师聚集在安西,直接威胁到我们军委和中央纵队,必须打! 消灭他,起码要赶走他!"

朱德:"我们与陈济棠有不战密约……"

"你能保证他的一师不袭击我们?"李德说,"命令三军团派出 1 个师并带上迫击炮连,协同一军团一师,攻击安西之敌!"

周恩来:"这不妥……"

"执行吧! 照李德同志的意图,给三军团下命令!"博古说。

　　李德似忽然想到："为什么这几天没有彭德怀三军团的报告？是不是我们批评他 20 日没按时到位，耽误了全军 20 日过第一道封锁线的时间，他不满意，有抵触情绪！"又说："我早说过，他对你们撤销他的军委副主席不满……他总是常常和我们唱反调！"

　　周恩来："李德同志，你这样说是很伤人的！他这几天是很少来电，但他并没有漏报告什么？昨天，他们军团在古陂战斗中受了一些损失，他的四师师长洪超牺牲了，想必他非常痛心……我们要体谅他！"

　　"反正，及时地请示报告是正规军队的一个重要制度。博古同志，恩来同志，我提请你们能注意到……不能因为他个人心情不好，我们就原谅他不报告的错误。我请你们严肃批评他！"李德说着，又走了。他常常这样，一旦没道理就走人。

　　博古也默然跟着走了。

　　朱德："这是咋说……怎么这么霸道？这么难以合作！"

　　周恩来没吭声，一脸为难。

　　清晨，三军团到达宿营地。

　　早饭后，彭德怀正要睡觉，邓萍和杨尚昆进来。

　　邓萍："野战军总部 3 时 30 分发给我们军团的，我们的电台没开机……"

　　"军团部在行军中，没开机也没什么不妥！"彭德怀不在意。

　　"可漏收了野战军总部给我们的命令。"邓萍把电报给了彭德怀，"刚才电台开机时，才收到野战军又发的一份！"

　　彭德怀看着电报，不禁读出声："二师来电，敌第一师的部队仍在安西及以南占领阵地；已令一军团于 13 日晨以前消灭该处之敌；三军团应立即抽出 1 个师并附迫击炮，由石门迳向安西之敌辅助进攻！"又说："下这个命令的不是没动脑子，就是干脆没脑袋。都已令一军团于 23 日晨以前发起进攻之敌，还在 23 日 3 时 30 分发电报，让我们军团派 1 个师带上迫击炮连，由石门迳向安西之敌助攻？他也不算算，我们接到电报，派出部队，部队立即行动，到石门迳发起助攻，一军团的部队早已打完了,我们辅攻什么,打谁? 还有,既然粤军让路了,我们去打人家合适吗? 还有,人家预先构筑了防御阵地,我们的进攻部队能在 23 日晨之前打下来?!"

邓萍:"是不合逻辑……可怎么办?"

"凉办!"彭德怀说,"都过去 3 小时了,还派什么部队!"

杨尚昆:"彭总,我们一走,电台就关机……你又不主动向他们报告,这怕会造成误解的……"

邓萍:"我也觉得,意见归意见……请示报告不能免了!"

彭德怀:"我心中有数,该请示报告时我会请示报告的!"

译电员进来:"彭总,刚收到的。"

杨尚昆一把抓过电报,看一眼:"说什么来什么,果然批评……"

彭德怀:"念!"他转而在译电员递来的签收本子上签名。

杨尚昆:"(甲)因为你们过早停止追击及西进粤敌第一师遂能于安西占领阵地,不顾野战司令部电台的通知,你们将电台撤了,以致不能适时受领命令,使部队分散。(乙)现粤敌第一师全部已在安西占领阵地,而独二旅将经冈头寨向安西增援。(丙)现决定放弃一军团单独进攻占领工事之敌,并绕过安西前出到信丰河地域……(丁)今后应严密注意与友军的协同动作,并保证与野战军司令部适时地通信联络。"

彭德怀:"完啦?"

杨尚昆:"可不,你还想要?"

"睡觉!"彭德怀说,"晚饭后还得走呢!"

邓萍:"怎么办?"

彭德怀:"你还想怎么办? 我还给他写个检讨?"

"不是……我们不作解释,总得有个态度?!"杨尚昆说。

彭德怀:"放心吧,我不会拿全局赌气的! 该关心时我会关心的……得往大事方面想,往中央红军的前途命运大局上想!"

宿营地。

刘伯承在洗脚。董振堂过来。

"让警卫员到伙房打点热水泡一泡吧!"董振堂说。

刘伯承:"是呀,长途走路后用热水泡脚最好,但伙房赶着做饭都忙不过来,还能烧水给大家泡脚? 既然大家都没条件,我也不好搞特殊……"

董振堂:"可是在我们军团,你年纪最大,从这个意义上说你是特殊人。特殊人来点特殊是在理的。如果我们军团还有人像你这个年纪,我也特批他每天都可以到伙房打热水泡脚!"

刘伯承:"你这叫牵强附会,或者说叫因人设事。行了,我的军团长,谢谢你啦!"

董振堂:"你呀,配给你的马经常不骑……都几岁了,还要和小伙子们一起走路……你比得了他们!"

"和中央纵队的五老比起来,我比他们小 10 岁,他们走得,我也走得。"刘伯承边擦脚边说,"放心吧,我掌握着……"

董振堂:"我拿你当主心骨,当老师呢! 你可不能病倒了……"

"你拿我当老师? 好,我这个老师教你条军人的基本知识——不能婆婆妈妈的。你对我可有点婆婆妈妈了!"刘伯承笑着说。

"好,不婆婆妈妈!"董振堂说,"从野战军总部制定的行动总体计划和野战军总部给军团单独的命令上看,我们军团的 2 个师,1 个师跟在军委纵队后头,1 个师跟在中央纵队后头。我们的任务,就是给军委和中央机关保驾!"

刘伯承笑笑:"这是你这个军团长的光荣,也是我们五军团的光荣!"

"怎么讲?"董振堂一时没领会。

刘伯承:"前头开路的是着力的差事,只能是中央红军的老底子,编制最齐、战斗力最强的一、三军团;后头断后的也不能含糊,八、九军团使不上,只能用你董振堂五军团……他们还算知人善任,看得起你董振堂,看得起我们五军团!"

"好像也是受重用了。"董振堂笑笑,"给排在老三……按一、三、五、八、九军团顺序,五军团也是老三!"

刘伯承:"如果让你来组织这次行动编组,你也会是这样安排的吗?!"

董振堂:"你说的是实情,可问题是2个机关纵队太重了,走不动,我也跟着走不动!"

刘伯承:"也是实情。"他又一叹:"如果把5个军团拆开,各自单独走,我看会走得更利落……最终的损失会更小……可惜这不实际。"

"要是那样,得把中国的南方搅得天下大乱,蒋委员长也就顾不上跑到北方去溜达了!"董振堂也一叹,"把你这尊大佛给弄到我这个小庙来……怎么说?"

"你不就是想说我旁观者清吗?!"刘伯承一笑,"我看到你这个小庙好。我要还是在总参那个大庙里,怕是得忙得连洗脚的时间都没有,还得受气……"

董振堂:"这样说,你还得感谢博古总书记罢了你的官?!"

"也可以这样说吧!"刘伯承端起洗脚水,倒进天井的排水沟。

今天宿营,毛泽东、张闻天、王稼祥仨还是住一座屋子。

打从撤离瑞金开始,管理员给他们仨安排住房的标准,就是有可能时,每人住一间,没可能时,光杆的张闻天和王稼祥两人一间,有家属的毛泽东住单间。其实,转移行动开始后,不论是博古、周恩来、李德、朱德或者是毛泽东的家属,都编在中央纵队总卫生部休养连,集体行动,除过"星期六"外,他们并不住一起。但管理员号房时,又都给他们单间。

今天宿营地的这座房子,只腾出天井两边的左右厢房,毛泽东住左厢房,张闻天、王稼祥合住右厢房。吃过早饭后,可以睡觉了。但张闻天还没形成倒下就能睡的习惯,闲得没事,出了厢房,无意中发现房东收藏在前门厅下的扬稻谷风车,竟走上前去,摇起风车来。这风车是收稻谷时才用的,几个月没用了,积满灰尘,叫张闻天一摇,积存的灰尘和原来就有的尘土,全扬了出来,一时,把张闻天弄得灰头土脸的。张闻天本能地拍打起来。

这可惊动了左右两厢内的毛泽东和王稼祥。

王稼祥拄着棍子露出右厢门,信口而言:"不睡觉大顽童弄风车——

自娱自乐!"

毛泽东也露出左厢门,随口对上:"难忍受无聊人抖尘土——自作自受!"

张闻天自嘲:"横批——自讨没趣!"

三人哈哈大笑。

毛泽东:"看来,你的精神头很足呀?!"

"刚吃饱饭就睡呀?!"张闻天说。

毛泽东:"不睡你就再玩……"

"他个上海人没见过南方农村的农具。"王稼祥说,"再给你介绍一下,风车一旁那个大木桶是打谷桶,别拿它当洗澡桶!"

张闻天:"你们当我真的没见过……我到赣南3年啦,没参加过收稻谷,还没见过收稻谷?"

毛泽东:"那你去鼓捣它干什么? 闲得没事?"

"是闲得没事,把你俩鼓捣出来陪我说话!"张闻天说。

"你管我烟抽,我就陪你说话。"毛泽东笑笑。

张闻天:"我又不抽烟……"

"你不抽烟可以买烟。"王稼祥拄着木棍出门到厅堂坐下。

张闻天:"好,哪天见了小店里卖烟,给你买一包!"他也跨过天井,到厅堂里。

"一包就把我打发了,也太廉价了吧?"毛泽东也出房门到厅堂。

张闻天:"这样吧,你教我写诗填词,我给你买一条烟!"

"我看可以成交……我也旁听!"王稼祥说。

毛泽东坐了下来,掏出烟点上:"旁听生也得交学费!"

王稼祥:"太黑了吧!"

"我看合理,"张闻天说,"但得包教会!"

"什么叫包教会?"毛泽东说,"那可没标准!"

张闻天:"起码得达到懂格律吧!"

毛泽东:"你们上小学、中学时,老师没教过?"

王稼祥:"老师没深讲……只知道有平仄押韵而已。"

张闻天："有些老师自己都没弄通……"

毛泽东："还是怪你学生自己没上心……"

张闻天："所以么,才拜你为师。"

毛泽东："我也仅仅是一知半解……还没入门,词要稍懂一点。"

"谦虚,大家风范。"张闻天说。

"你觉得我是谦虚?"又说,"好吧,那就不谦虚。古典诗词讲平仄押韵是基本的,这些也有规律,叫格律,是死规定,得严格遵守,不然就叫非律诗。律诗无非是平起平落、平起仄落,仄起仄落,仄起平落这4种格律;其中还有一三五不论,二四六分明,还有不得犯孤平……这是最基本的。找几首唐诗一分析就能明白。主要是作起来很难。词么,有词牌,词牌是固定的,平仄、押韵、行数、字数都是规定死的,宋词都是很规范的,随便找一首,就可以分析出它的词牌,照词牌规定填就是了。但问题也是真正填起来很难。"

张闻天："我看过你这几年填的词,最喜欢的是《采桑子·重阳》……"

"这些都是一时感发,在马背上哼成的,文采不佳。"毛泽东说,"诗词强调形象思维,运用比、兴、赋手法;宋人的词分婉约、豪放两派,还有二者兼之的。各有取向,随作者读者各之所好,很难说谁比谁更好……"

这里正说着,管理员进来说："各位首长,野战军总部计划规定,我们今天晚上过信丰河,大体出发时间预定在敌机可能空袭的时间过后,你们也抓紧时间休息。"

毛泽东："好,睡觉,养精蓄锐好又过一水!"

第十二章　抬轿子、叫花子、飞蝗

　　这一天,战略转移的大军走进了江西崇义、大庾地域,彭德怀的三军团走在最前头。

　　这里,当数是真正的赣西南,与湖南的汝城、桂东和广东的仁化、南雄接壤。这两县又以大庾著名,它是古代安南郡府地,也是古时江西通广东驿道的最后一站,出城南 10 余里过梅关便下广东。大庾城也算历史名城,除著名的梅关外,据说是明代戏曲临川派领军人物汤显祖《牡丹亭》故事原型发生地,郡主千金杜丽娘与考生柳梦梅,一见钟情和再见人鬼情,就发生在这个地方。但这两县同处罗霄山脉南段,地理位置偏僻,当时的人口都仅数万人,相当贫困,虽说粤军占据这个地区,但并没在大庾城驻有重兵,更没深入到崇义。

　　这天天阴,没有防空顾虑,彭德怀、杨尚昆、邓萍倒也走得从容。

　　也许是为打破寂寞,邓萍问:"彭兄,此地重来,面对此情此景有什么感慨?"

　　"这些地方你们来过?"杨尚昆问。

　　"岂止来过,而且不止一回。"邓萍说,"1929 年春从井冈山下来匆匆路过不说,那年夏天,为反'围剿',我们又沿着这片地区转了一圈,记得在广东仁化城口,还歼灭了当地民团,缴了两三百条枪和一批物资;1932 年转入进攻作战,赣州战役失利后,一军团东下闽南打漳州,我们三军团在南雄水口与广东的粤军大战一场……"

　　彭德怀:"别提南雄、水口那得不偿失的事!"

　　邓萍:"我们不是把粤军击溃了……这次战役后,粤军再也没敢和我们大规模交战,此后还有秘密来往……"

"老话说得好,不打不相识!"杨尚昆笑对。

彭德怀苦笑:"也不都是不打不相识。我们和蒋介石打了7年啦,相识吗?!"

"看从什么意义上讲。"邓萍说,"我们拿他练运动战,弄清了他的弱点,总结形成了我们的战略方针和作战原则,也算是我们认识了他吧!"

彭德怀:"可现在呢？把运动战也丢了,积极防御方针和打歼灭战等原则,全丢了……认识,光我们认识有什么用?!"

许久,杨尚昆说:"彭总,你们可真真正正是从山沟里出来的,打出来的……"

"没马列主义,"彭德怀说,"被你们这些马列主义科班生笑为没有马列主义的,也让共产国际老爷们认为我们没学问,不够资格领导中国革命……"

"那是他们这样看,我可没有这样看。"杨尚昆说,"这段时间,我也常常躺在床上想,说人家没有马列主义,可人家老打胜仗,局面越来越大;我们自认为有马列主义,一接手就接连打败仗,把个大局面也丢了……到底马列主义是什么？谁才真正有马列主义……"

"行,"邓萍开玩笑,"得跟董老反映一下,往后少放李伯钊回来过星期六,让我们的杨政委躺在床上多想些革命的大事!"

"别胡说八道。"杨尚昆说。

彭德怀:"不说这事！但政委同志,我们鼓励你真的多想点我们现在做的实实在在的事。想明白了,真正明白了,就能做好革命的事业,不辜负党对你们的期望。"

同时,中央纵队也在赶路。

夹在队伍中的毛泽东与张闻天走路,陪着躺在担架上的王稼祥。

王稼祥突然想到:"老毛,得感谢老天爷,让我们今天走得这么平静。"

"阴天,没了敌机凑热闹,你反倒感到寂寞了。"毛泽东指了左边的山,"你看这山,它叫云山,翻过去就快到大庾城了。这山,海拔一千多米,敌机飞低了,可能撞山,飞高了什么也看不到,就不是阴天,他也不会飞来陪你解闷。放心吧,我们不出湘南,敌机都不会来的。"

张闻天:"你昨晚查过地图?"

"我有地图? 上哪查地图?"毛泽东说,"不过,5 年前我查过,但不是纸上的图,而是地上的图。那是 1929 年 1 月和朱老总下井冈山,率领红四军主力转战赣南、闽西,从崇义过来,就翻过这座山,到南边的大庾城。"

王稼祥一笑:"所以,说你们是从山沟里出来的也是事实!"

"我没说那不是事实。"毛泽东说。

张闻天:"可悲呀,说人家是从山沟里出来的,自认为是满腹马列主义学问者,这回倒得走进山沟里……"

"补课么!"王稼祥自嘲,"你我不走进山沟里,怎么会认识从山沟里出来的老毛,满肚子里是学问。"

张闻天:"可老毛这回又陪着我们回到山沟里去了!"

王稼祥:"这回,你这个从山沟里出来的当老师,我们这些进山沟补课的当学生。"

毛泽东大笑:"你们抬举我了。陪同么,愿不愿意都得跟着走;老师么,不敢当。就当向导吧!"

张闻天倒苦笑:"真滑稽,这回是让我们的敌人蒋介石给逼进山沟里这座大学校补课的……更不知道哪天才能毕业!"

毛泽东反倒郑重地说:"要我说,补山沟里的课很重要。中国革命注定得钻山沟,不补山沟里的课,哪搞得了中国革命……从这个意义上说,倒得感谢老蒋,把我们共产党集体撵回山沟里去补这绝对必要的基础知识课!"

王稼祥:"有意思,太有意思了……"

张闻天:"又怎么着?"

"我们刚才这么一侃,我倒忽然想到另一个问题。"王稼祥说。

张闻天:"什么问题?"

"我们党的领导干部来源问题。"王稼祥说,"归结为两大来源。一是外国洋学堂科班出身的;一是国内土学堂土生土长的。国外洋学堂是莫斯科东方大学和中山大学;国内的土学堂是山沟大学。"

张闻天:"这得接下去说。从 1931 年开始,国外洋学堂回来的科班生,逐步取替了中央苏区和中央红军的领导权与指挥权,结果搞砸了,不仅把党中央和中央红军搞回山沟里去,连自己也给弄到山沟里去了!"

毛泽东:"如果问题的后果仅仅到此也罢了……"

"什么意思?"张闻天问,"你是说我们的战略转移现象,可能蔓延到全党全军?"

"从理论上说是完全可能的,"毛泽东说,"这是全局与局部的原理支配的。"

"逻辑学理论?!"王稼祥说。

毛泽东答非所问:"我们红军战争全局,是不是由若干的由红军和苏区构成的战略区组成的?"

"不错,"张闻天说,"以第五次反'围剿'前的态势说,应当是 8 个战略区格局,也就是党中央所在的中央区,邻近的湘赣区、湘鄂赣区、闽浙赣区,江南还有黔东区;江北的鄂豫皖区、川陕区,还有这两年上来的西北一小块。"

毛泽东:"这 8 个战略区中,每一个区在全局中的作用地位都一样吗?"

张闻天:"当然是有起决定作用的,有起一般的组成作用的。其中,中央红军和中央苏区构成的中央战略区,当属对全局起决定意义的……"

"对,"王稼祥说,"所以,我们中央区第五次反'围剿'失败,湘鄂赣、湘赣两区也失败了;闽浙赣区现在遭到严重挫折……最终怕也保不住。还有,长江北岸的鄂豫皖区也不行了……"

毛泽东:"我们这么一走,中央苏区必然丧失了,支撑着红军战争全局的支柱暂且不存在了,如果我们中央红军不能很快地恢复稳定,再支撑红军战争这座大厦,整个红军战争局面会是怎样?"

"崩盘!"张闻天像大吃一惊。

王稼祥："如果崩盘了,全部的主力红军最终都得走……都会先后战略转移!"

毛泽东："那是不是全局都得回到山沟里去?!"

张闻天、王稼祥被点得一时陷于默然了。

许久,张闻天说："检讨,得深刻检讨。得认识到我们这一转移,给全局带来的问题。我们如果不能很快地恢复稳定,也就是落脚建立新苏区,不仅影响到党中央和中央红军的前途命运,还影响到全党全军……"

过了信丰河后,陈树湘的三十四师走在最后,为全军断后的任务性质就很明显了。

这时,三十四师正由大庾横江圩向崇义的新溪方向运动,也就是在中央纵队后的二三十里地。

刘伯承还跟着三十四师师长陈树湘、政委程翠林行军。

前面要过一座3根原木搭成的小桥,他们都下马。

过了小桥,程翠林问刘伯承:"刘总长,我们这是去哪儿?"

"又忘了,我现在是你们军团的参谋长。再说一句,往后叫我老刘;要是称我职务,得把那个总字去掉。"刘伯承说,"他们的意图秘而不宣,我们军团领导和你们一样,也不知道。"

程翠林称刘伯承为总长,刘伯承的更正都没错。刘伯承是1932年12月从红军大学校长调任红军总参谋长的,可就在2个月前,因为不满于李德羞辱总参谋部参谋,与李德争辩了几句,被博古贬到五军团任参谋长。但五军团的领导和师团长们仍然对他十分尊重。

陈树湘知道刘伯承说的是实话,但又问:"你判断呢?"

刘伯承:"从行动方向上说,我们无疑是向湘南去。再想想今年8月湘赣军区六军团的行动,应当能明白,他们意在让我们沿五岭西去,折转到湘西,与贺龙、任弼时的二、六军团会合!"

"有道理。"程翠林说。

马夫过来:"首长,上马吧!"

刘伯承："走一段吧,让马也歇歇。"又说："你们必须有充分的思想准备,我提醒你们,现在转移组织隐藏着严重的问题,而问题与你们这个走在全军最后的师有着生死攸关的联系。"

陈树湘、程翠林静候着刘伯承的下文。

刘伯承："这可以用3个很不好听,但又是形象通俗易懂的比喻来说明。第一,我们现在的转移行动编组,好像是抬着老爷的轿子出游!"

程翠林："的确形象。轿子是军委和中央纵队;抬前头杠子的一、三军团,抬后头杠子的是我们五军的2个师;左右两旁护驾的是八、九军团。"

陈树湘："后面这一杠子,现在全部落在我们三十四师的肩上。"

刘伯承："你们必须有准备,只要你们还有力气,这后一杠都将会是由你们抬着。"

程翠林："第二个比喻呢?"

刘伯承："我们整个的转移队伍,好比是飞蝗。你们没见过北方闹蝗虫灾时,遮天蔽日的蝗虫飞过来,地面上的庄稼顿时成为光杆。你们师是飞在最后的那一群蝗虫,只能啃前面的飞蝗吃剩下的庄稼杆子。"

陈树湘："明白了。你是说我近九万人马的大军,走同一个方向甚至同一条路,走到哪里吃到哪里,走的又是穷山僻壤,能提供的粮食会让前面的部队吃了,我们师走在最后,得准备挨饿!"

程翠林："可不? 全军每天得用约10万斤粮,这可不把沿途的粮食都扫光了……"

陈树湘："我还真没想到过,我们面对的将会是这么个要命的难题……"

刘伯承："这第三个比喻,我们现在好比是让狗撵着走的甚至追的叫花子。按叫花子的经验,应当是一边打狗一边走。也许我们现在还没体会到,那是因为陈济棠的粤军和我们有默契,给我们让路。但等进入湖南后,国民党'追剿'军就会像一群狗一样追了上来,不打是走不掉的!"

程翠林："真是这样……"

"而我们师是走在最后的那个叫花子,不打就可能让狗咬住!"陈树湘领悟到,说,"我明白了,我们师一是抬重扛;二是净挨饿,三是得打狗。"

刘伯承:"一和三实质上是同一件事。所以你们师的前途,一是得挨饿,二是得打狗!"又说:"我还得提醒你们,我们五军团只有2个师,得保持一定的战斗力,所以军团首长是不会采取2个师轮流走最后的。"

陈树湘:"这就是我们师现在和下一步在全局中的处境和作用;这既是对我们师的力量检验,可能也决定我们师的命运!"

刘伯承:"你俩是师长、政委,所以我才给你们打招呼。如果全军走得顺利,你们师可能吃的苦多一些,损失大一些,但整体问题还不大;但如果全军走得不顺利,遭到敌人的严重围追堵截,你们的命运就难说了。"

许久,陈树湘感叹:"没想到这战略转移的第一步,我们师就得准备牺牲自己,保存全局!"

前头,一骑兵传令兵飞驰而来,到刘伯承他们的面前翻身下马:"参谋长,军委刚发来的命令电,军团长让你向三十四师传达。"

刘伯承接过电报看看,说:"昨晚,大庾的粤军一军教导团向青龙圩出击,已被我九军团击退,但今天,这股敌人还缠着我们,并且又有2个团前出笔架山。从南康前出追我之粤军一部,已转向上犹。"

"这就是说我们师的下一步,还得警惕大庾和上犹两方面的粤军。"陈树湘自语。

刘伯承:"我军前卫一、三军团已进到崇义、关田、聂都圩一线;左、右侧卫九、八军团在跟进中;军委和中央纵队,进至崇义铅厂、稳下地域。"

程翠林:"再有两三天,我们就要过敌人的第二道封锁线了。"

"应当是这样。"刘伯承说,"军委命令我们军团:军团部、后方部和十三师,由现地进至杨梅村地域;你们师为右翼队,经杨眉寺、新溪背,进到横段地域。到达上述地域后休息一天……"

"有这等好事?!"陈树湘接着说,"又是走不动。"

刘伯承:"现在,就是走得动,每天也不过才走六七十里地。到敌人的第二道封锁线还有200里以上,等到你们过第二道封锁线时,得5天以后。"

"我们整个的行军长径，前后最少相差 4 天。"陈树湘说。

刘伯承："这种情况在无重大敌情下无所谓，在严重敌情下，就很危险。我们改变不了现状，但得有最坏的、与敌苦战的思想准备。"

家富连队进入急行军，向指定地域赶去。

战士们默然走着，显然情绪不高。家富不得不一会儿在前头，一会儿在后头督促和鼓励着。

延明带着一个班走最后，与本队拉开上百米距离，遇有开阔地，他们会停下隐蔽起来，向后观察，确定在三两里地内没有发现敌人追上来，这才又去追本队。他们实际上走走停停，走就得小跑步。

这阵子，家富停在路上，迎着延明他们追上来。

延明走在最后一名，家富跟上与他并行。

"战士们的情绪越来越低了。"延明说，"过了信丰河后，我们转向正西而去，战士们看得出，都在问，我们要去哪里？"

家富："归根结底还是保卫苏区问题？"

"是的，"延明说，"如果在这个问题上，不能给大家一个可以接受的回答，士气还会再低下去，甚至会出现离队现象！"

家富："知道……我也头痛呀！"

"连他们也说不清。"家富说，"就是判断对了，他们也不说。"

延明："你怎么看的？"

"兄弟……给你掏心窝，看这架势，是要远离家乡了……"家富说，"可这没法对战士实话实说……"

许久，延明为难地说："只好哄着走……"

家富："把班里的党员发动起来……"

延明："问题是连党员都要求说明白……"

"没法说明白，"家富说，"只好用组织的名义要求他们服从……我们对战士不能强制，对党员可以用党性原则强制！"

延明没再说什么。

家富："这是非常时期，只好用非常手段！"

第十三章　的确不像话

昨天,已经前出到大庾的陈济棠粤军第一军独三师,以 1 个团向青龙圩出击,企图袭击西行的红军队伍的左侧,被红九军团击退。今天,红九军团过后,这 1 个团敌军进占龙青圩;另有 2 个团前出笔架山,威逼红军西行左侧。这可能是陈济棠有意做给蒋介石看的,也可能是陈济棠手下的"将在外军令有所不受"。但问题的要害不在于大庾地区粤军找麻烦,而在于湖南何键湘军回头赶来,他在赣江西岸参加"围剿"红军的部队,已向赣西收拢,而先头的六十二师则企图经桂东直插汝城,阻挠红军通过他们设在自广东仁化城口到湖南桂东沙田的第二道封锁线。这引起了中共中央"三人团"的重视,他们一致认为应当赶在敌湘军大部队赶到之前,抢先通过敌人第二道封锁线。

部队马上要通过敌人第二道封锁线,野战军司令部必须前移。这天黎明前,周恩来、朱德率领前方指挥部由新溪圩出发,中午到达江西与湖南边界的密溪,赶上了前卫三军团后梯队。

眼前的情况让周恩来、朱德火大了。

原来是三军团后梯队在休息。这一松下来,2000 余人的队伍拉开有 20 里地,有东歪西倒躺着的;有东一个西一个坐在田埂上的;挑夫的担子横七竖八堵在路上;炊事班在田边地头埋锅造饭。更离谱的是炮兵营战士,把迫击炮弹随便用绳子一绑,吊着挑走,这回又随便往地上一放。整个队伍全没防空意识,不隐蔽不说,人员也没作伪装,全不当这是战斗背景下的行军。

更让朱德不能容忍的是,他们也不给野战军司令部让路。

朱德火了,让人叫来这些人的部队长,斥令他们立即改正。

"老彭这是怎么啦？怎么把队伍弄成这样！"叶剑英嘀咕着。

周恩来也像嘀咕一样："知道，知道他心里不痛快……知道洪超师长牺牲了，他很悲伤……"

"那也不能不管部队！"朱德回来了，"一码归一码！这要是遇上空袭呢？遭到敌军的袭击呢？得受多大损失！要严肃批评他们！"

周恩来："是该给他们严肃批评了。上一回，部队要过第一道封锁线时，他们迟到一天；从横江到崇义又迟到一天……这是事关全局的问题，不能姑息迁就！"又说："他现在的思想与李德拧住，不能让他认为是李德抓他的问题，那样效果不好。"

朱德："你说得对，就用我还有你和稼祥名义给他发个报，他能理解到是我们批评他，他会接受的！"

周恩来："对，这样效果会更好！"

五军团宿营地，军团长董振堂正与政委李卓然犯难。

"他妈的，这就像老牛身上落下牛虻，咬不死你，吸你的血，还让你难受！"董振堂似自语。

李卓然："大部队还不好对付！"

刘伯承进来，见董振堂、李卓然明显犯难，问："怎么啦？"

李卓然："又接到报告，发现敌人派出小股武装袭击我们！"

原来，这几天他们碰到了新情况。敌军化整为零，以连、排为单位，或者在我前进要路及山头打冷枪；或者在我行军的一侧与我并行，找准机会袭击我行进队伍的中部或尾部；或者在我军宿营时，扰乱甚至袭击。显然，敌人的目的不在于与我军决战，而在于造成我军恐慌休息不好，达到迟滞目的。"

董振堂："真他妈挖空心思……正规军队，干这种偷鸡摸狗的勾当！"

刘伯承："军团长，你太正规军人……太君子了。"他笑着。

李卓然："是没见过……打就打嘛，搞小偷小摸！"

刘伯承又笑："你在苏联哪能学到？回国到红军工作又都是政治工作，军事的问题考虑得少。我来告诉你，这叫袭击，是游击战的主要手段……没准是有人给他点破了!"

"现在是我们怎么对付他?"董振堂说。

刘伯承:"你别急,我们军团可有这方面的高手,会对付他们的。"

"谁?"李卓然来了劲。

刘伯承:"陈树湘、韩伟,三十四师的有些基层干部也行。他们是从朱毛红军出来的,朱毛红军是从游击战起家的,他们的官兵也曾用这一手对付过敌人的正规军大部队,能没办法对付这种新手?"

"是呀,我怎么把这忘了!"董振堂乐了,"红军才是游击战的行家里手,敌人和我们红军玩游击战小把戏,这不是班门弄斧!"

刘伯承:"我这就去三十四师,让他们组织下,来个以袭击反袭击……让他们看看玩这一手,谁比谁更在行!"

"对,得弄得敌人偷鸡不着蚀把米,"李卓然说,"弄得他自己受不了,罢休!"

刘伯承:"我建议你们向野战司令部报告一下,让全军都引起警惕。"

三军团司令部宿营地,彭德怀、杨尚昆、邓萍也遇到不顺心的事。

邓萍一拳砸在桌上,开骂:"这后方部长是干什么吃? 炮兵营长简直是混混,连起码的事都不管!"

"这回可是前所未有的,以军委主席、副主席名义,来电批评!"杨尚昆说。

"而且直接批评军团领导……还算老账。"邓萍拿起桌上的电报,念着其中的一段:"由于军团指挥上如此不善组织与计划,致使在军委整个作战计划上,三军团两次贻误任务。一在古陂以北晚到一天,一在横江附近晚到崇义一天,因此都不得不使军委作战计划每次都推延一天。这种混乱与无组织现象,军团领导如再不采取具体步骤确实消灭,必继续影响整个军团的作战与行动,而且影响整个野战军的行动。"读罢,又加上一句:"看来火大了……让博古、李德抓住……"

"抓住什么?"彭德怀转过身来,"我的参谋长,你说,这电报上的批评是不是事实? 我们的问题严重不严重?!"

邓萍没了话。

彭德怀:"的确不像话……"

"我查了,的确不像话。"政治部主任袁国平进来,"是稀稀拉拉的,不伪装,不隐蔽,才走了 30 里地就停下来埋锅做饭……把路堵了,还不给人让路!"

彭德怀:"后方部没人管,让其人员自由;一个保卫分局竟然有 10 担以上的行李,炮兵营荒唐到把迫击炮弹吊起来挑着走! 丢人呢!"

邓萍、袁国平自觉这些问题有他们的责任,不言语。

彭德怀:"就是博古、李德的批评也是正确的、应当的。"又说:"可这不是他们的批评,是朱老总和恩来在提醒我。"他坐了下来。"是我的问题……我该清醒了。我总愤愤于他们造成了当前的我们像逃难一样的狼狈相……可当下我们军团的这副样子,的确是一副狼狈相! 而这种狼狈相谁造成的? 我,我这个军团长的不尽责造成的!"

"我也有责任,"邓萍说,"这摊子几乎都是我管的……我放任了……失职!"

"不管谁的责任,当务之急是改正!"彭德怀说,"你们听着四师由我抓;杨政委抓六师;袁主任你抓五师;邓参谋长抓你管的这摊子……好好整顿,再发现这种现象,就撤他领导的职,找个负责任的人管!"

译电员送来电报。

邓萍签收。他看了一眼:"是命令我们四师立即占领汝城……要抓紧过敌人的第二道封锁线……"

"念一下要点!"彭德怀说。

邓萍读电报:"(一)敌六十二师之王旅及钟团,31 日抵资兴未继续前进,而其钟旅同日星夜赶赴汝城外尚未抵达,现汝城守军仅胡凤璋部总数不过两团。(二)四师之任务为利用敌六十二师及其钟旅部队未到前汝城防务空虚时,迅速接近汝城,乘机占领并巩固之,以待主力抵达。(三)……主力不管攻击得手与否,则应向汝城迅速前进,得手时依大道前进,不得手时经小路……"

杨尚昆:"敌人的第二道封锁线在什么位置?"

邓萍:"自广东北部仁化城口至湖南东南部桂东沙田,也是碉堡串联的封锁线。从命令上看,我军选择由广东仁化城口至湘东南汝城地段通过。南边城口方向由一军团负责,我们军团负责北边的汝城方向。"

彭德怀:"过这道封锁线地段选择是正确的,但要在短时内夺取汝城是不容易的。别看汝城只有胡凤璋部,他可是当地土匪出身的,六七年前我们在井冈山和湘南斗争时,多次要打他却无奈于他。他在汝城有严密的防御工事,一看情况不对,就缩回汝城固守,没有强大的炮火难以摧毁他的工事,拿他毫无办法。"

杨尚昆:"那怎么办?"

彭德怀:"立即命令张宗逊、黄克诚率本部四师奔袭汝城,但不可强攻。如不能在短时夺取汝城并加以控制,则严密监视他,并侦察由汝城南北通文明司的道路,以保障并引导我后续部队通过敌人第二道封锁线。"

"你不是说不可小觑胡凤璋吗?"杨尚昆问。

邓萍:"我们过去多次和他交过手。他的土匪部队野战不行,我们只要兵临城下,他绝对不敢出城……这家伙是地头蛇,不会拿他的那一点吃饭本钱和我们拼命的。"

彭德怀:"只要把汝城的胡凤璋看住了,过这道封锁线会比过第一道封锁线顺利。"

杨尚昆:"这样说,该我们三军团为全局效力啦!"

周恩来、朱德在野战军司令部指挥所里肃然不语。

博古进来:"什么个新情况? 没通知李德同志?!"

"我们内部的事,他不听好。"周恩来说,"证实了,粤赣军区第三军分区司令员杨岳彬投敌了,跑到南雄粤军第一军第三师那里去了!"

博古:"他好像是你们朱毛红军的老人吧!"

"的确! 你记得没错。"朱德说,"他参加过老毛领导的湘赣边界秋收起义;我们井冈山会师后,他一度任红四军三十一团党代表,一军团组成后任军团政治部主任,一方面军政治部主任,后转到地方红军工作。"

博古:"这么一个老革命竟然投敌叛变了!"

"这有什么奇怪?!"周恩来说,"六届四中全会的中央政治局候补委员顾顺章,不是叛变了? 六届四中全会产生的中央政治局委员会主席向忠发,不也叛变了? 投敌叛变与出自哪支红军无关,与职务高低无关!"

"他们两人的叛变,是因为被捕,经不起敌人的严刑拷打!"博古说。

朱德:"本质一样! 都是叛党!"

周恩来:"我们的斗争遭受挫折,形势在逆转,那些到我们党的队伍中来出人头地的人,失去了信心,改换门庭。这些人本来就不是真心实意投身于革命,出走是必然的。杨岳彬既不是我们党叛变革命的第一人,也不会是最后一个。"

李德闯了进来,伍修权也跟着进来。

博古用俄语告诉李德什么问题。

李德听罢,说:"那只能怪你们的队伍不纯!"

"我不能赞成你的这个看法!"周恩来说,"不能因为我们党和红军出了极个别人叛变革命,就认定我们党和红军的队伍不纯! 据我所知道,这种现象,在苏共在苏联红军中也存在!"

"我不是说你们整个的队伍都不纯,而是说有不纯分子!"李德说,"我是尊重你们党和红军的,所以才投入你们的事业!"

周恩来:"现在不是追究谁的责任,我们哪一个人也没有权力和资格给我们党和红军下结论! 现在严重的后果是这个叛徒,把我们的行动意图告诉了敌人!"

"他怎么知道我们要转移到湘西去?"李德问。

周恩来:"但他知道我们曾经议论过,要到四川去!"

李德:"他不知道我们要去湘西,敌人不就也不知道我们要去湘西!"

朱德:"可他知道我们转移的路线,是由赣西南进入湘南,沿湖南与广东、广西边界,过湘江而去!"

周恩来:"这样,敌人势必调动重兵,在我们过湘江之前,把我们堵住……"

"所以,你们行动要快,要抢在敌人组织重兵追上来之前,抢渡湘江。"李德说，"所以，我常常说你们的部队素质不高……如果不能解决这个问题……"

朱德："我们不认为有这个问题！你认为的问题，我们根本解决不了……"

博古："怎么又争起来？不争论行吗？"

朱德："不是我要争论！但我现在还是红军总司令，得维护我们红军的名誉！"

"我没侮辱你们红军！"博古。

朱德："可你总是有意无意贬低我们红军！告诉你，在你没来之前，我们红军可是让敌人闻风丧胆的！"

"总司令，你什么意思?!"李德有些恼火，"如果不是共产国际的交代，我才不跟着你们担待风险，随你们行动……"

"我们没让共产国际给我们派军事顾问！"朱德也有些不客气了。

博古："这是党中央的决定！"

……

刘伯承正与陈树湘、程翠林、韩伟等几人研究怎样反敌人小股偷袭问题。

一个纵队传令兵急急进来："你们师的电台没开机，野战军司令部把给你们师的电报，发到我们中央纵队值班台，李维汉司令员让我把电报转给你们。"说着，递上电报，走了。

陈树湘接过电文，读着："（一）大庾之敌经义安正向铅厂追击我军。（二）军委二纵队主力尚在稳下。（三）已令二纵队由稳下经新吴圩、下关至关田，并令三十四师赶到新溪下关掩护之。（四）五军团应以急行军赶至稳下，如向稳下前进时与敌遭遇应给予打击，侍二纵队通过稳下后，即向田心里前进，并在该处占领阵地，如敌向我驻地前进，则应坚决抗击并击溃之。"

陈树湘冲着门外喊着："传令班长，到我这里来。"他转而对韩伟说："你们团跑步到新溪，向大庾方向构筑防御工事，阻击由铅厂北上之敌！

注意与百零二团配合!"

"好!"韩伟走了。

传令班长进来。

陈树湘:"你们快告诉百零二团,让他们跑步到下关,向大庾方向构筑防御工事,阻击由铅厂北上之敌。告诉他们团长,注意与一百团协同!"又说:"再一组传令百零一团,让他们立即向师部靠拢,前出新溪、下关中间地带待命!"

传令兵走后,程翠林嘀咕:"不是说广东的陈济棠答应给我们让路吗?"

"是呀,他没用大部队攻击我们!"刘伯承说,"但他没答应一枪不打!"

陈树湘:"我们也得马上赶到新溪圩。"

他们走出指挥所,各自上马。

走出一小段,刘伯承对跟上来的陈树湘说:"当下,掩护中央纵队的仗倒未必打成。就是交火了,敌发现我预有准备,也会自动退去的。他们在大庾兵力不多,再说粤军打仗从不硬来,没便宜可占,他会自动退去的。"

"你是说防他们小股偷袭的事,倒是值得重视的?"陈树湘说。

"是这个意思。"刘伯承接着说,"从铅厂方向来的粤军攻击我中央纵队,是明枪;但敌小股偷袭是暗箭! 你们师不会连游击战也不会打了吧?"

"不至于吧!"程翠林也追了上来。

刘伯承:"我的意见是你们必须在这一方面下功夫,起码是在过第二、第三道封锁线之前,下一番功夫,挫败敌人的小股袭击行动……只要让他们吃几次亏,他们也会消停的!"

程翠林:"这应当不难吧?!"

陈树湘:"参谋长,你看好!"

第十四章　玩游击战谁怕谁

昨晚还是有雨。雨夜正是小股袭击敌人宿营部队的绝好时机。但国民党兵就是国民党兵，他们没有雨夜行动作战的意识。这让家富连队和后卫团其他连队一样，一夜平静。

这给了家富一天思考谋划反敌小股袭击问题的时间。今天，依旧行军，家富把几个党支部委员，也是干部叫出队列，落在连队行军纵队的50米后头，边走边研究怎样反敌小股偷袭问题。这件事昨晚就布置过，大家都进入状态了。

二喜先发言："昨天晚上我们是消极防御，只派出潜伏哨和加强哨兵。那只起预警作用，防着敌人来袭击我们，这回，得变成主动出击。我们也抽1个排，在敌人小股偷袭可能经过的路上埋伏，撞上了打他个措手不及。总之，以我们的小股伏击，反敌之小股偷袭！"

延明："以我们的小股伏击，反敌之小股偷袭的主意很好，但我认为打法和兵力部署应变一变。以1个排兵力看住宿营地，防偷袭，并负责打退偷袭的敌小分队；而以主力在村外敌人可能来袭的方向设伏，给敌偷袭的小股武装以歼灭性打击！"

二排长："我赞成一排长意见。这样做有两大好处：一是把仗引到村外去打，避免吓坏甚至伤了村民；二是兵力集中能达成全歼，起码是将敌大部分歼灭的目的！"

三排长："是好办法，但在实施上，应当是照样进村宿营，吃晚饭，到时吹熄灯号，装成睡觉一两小时后，设伏的2个排悄悄出村；留守的1个排进入防御阵地。这个方案最难的问题，就是准确地判断出敌人的来袭方向。"

家富："所以,一进村,就要同时在村里村外看地形,完成部署。"

二喜："好,我带 2 个排村外打伏击!"

家富："不,你带三排看家……"

"我请求我们排打伏击!"三排长说。

家富："你们要把看家当成是真正的看家! 其实,很大可能会是战斗先从看家打起! 还有,看家的责任要确保家不让敌人给端了! 同志呀,责任重大。我还计划把轻机枪加强给你们……"

延明："是呀,这可不是唱空城计。只有当敌觉得他们的偷袭已被我们发现,而我们的火力又很强时,敌才会知难而退!"

家富："连队的主力在村外设伏,一种可能是敌偷袭的小股武装撞了进来,我们的伏击成了。还有一种可能是漏了,让偷袭的敌人摸到村里,我们看家的同志先打响了,在村外设伏的主力转为从敌人背后袭击敌人。"

二排长："所以,看家和设伏的同志都有打的可能,只不过是打法不同而已。"

二喜："好,我和三排长看家。"

家富："你们进村后,要看好哨兵位置、潜伏哨位置,还有不同方向的兵力部署,兵力机动路线,一切都得考虑到。还有,如果我们在村外打响,你们千万不能放松警惕,不能离开岗位去支援我们! 所以,才让你副连长留在村里,你的责任比我还重!"

延明："在村外伏击,也得有两种预案,还要派出潜伏哨预警和联络。"

家富："你说得对。此外,村外伏击地点不能离村太远,三两里地最好,走远了就不可能形成里外协同。好,一切都等到了宿营地具体落实。还有,我得把方案报给营里。"

南方的秋雨不像春末的梅雨淅淅沥沥,而是说下就下,说停就停。雨一停,又是晴空万里。

这天晚上雨停了,就是暗夜,这也是军事上小股袭营的绝好时机。

家富带着他连队主力2个排,大约于夜里10点半钟悄悄地出了村,在村外西边2里地的桥头埋伏。

家富连队今晚的宿营地在山凹里。这山凹有西村和东村两村,四周是长着上百年树龄的大杉木的高山,上下很困难。凹地有条小河,东西走向,进东西村的只有沿河边的东西走向小路。家富连队驻小一点的西村,营部和二连驻西村往东去约半里地的东村,家富带领的2个排,就埋伏在从西边进村必经的小木桥西头靠山的一边。

五岭的夜晚很不平静,各种小虫争鸣,好不喧嚣,令人烦躁;更那堪被蛇咬住的青蛙的阵阵哀叫,着实有些山野的恐怖凄凉。

这几天连着下雨,虽说今夜雨停了,但草木的叶面上依然带着露水。潜伏在草丛中的红军官兵,才一袋烟工夫,衣服已经全湿了,但他们还是士气高昂地忍着。有过这种经历的人都知道,伏击战,最考验伏击者的忍耐力和耐心。

大约是11点钟过后,派出在前方的潜伏哨跑回来报告,说发现敌小股武装沿这条路过来了。

家富让战士们进入战斗准备,并再次强调等他的命令一起开火,先是手榴弹,然后是步枪的排枪齐射!

也就只隔了10分钟,1个提着驳壳枪的和2个端着步枪的人,像游魂一样,猫着腰向前。接近东桥头时,3人趴在路面上观察了一阵,又跃起过桥。那2个端着步枪的人,干脆抱着枪坐在桥边的土地庙前;提驳壳枪的人把枪别在腰上,点上一支烟,站在桥头上向东边划着圈子。大约5分钟后,30多人的小分队沿着小路过来。过了小木桥,带队的长官做了手势,其他人转入小憩,准备下一步进村偷袭。

也就在过桥的敌兵相对聚在一起时,家富喊了一声"打"!

随即是一排手榴弹飞落敌群,接着是几十支步枪齐射。一时,手榴弹爆炸声、枪声回荡山谷;再接着,是冲锋号声和杀声震地。

敌人懵住了,给打傻了,也弄不清当面的红军有多少,死者伤者自然不予抵抗,活着的趴在地上求饶。战斗的结局不言而喻,企图偷袭的敌军1个排,被当场炸死、击毙七八人,伤了十几个人,还有十几人缴枪投降。最逗的是带队的副连长,身子钻进了土地庙,两个脚丫子还在外头。南方山间桥头的土地庙很小,容不了一个人钻进去。

家富站在土地庙前,用枪指着他说:"出来吧!"

那敌兵副连长发觉躲不过去,叫着:"兄弟我缴枪,缴枪,别杀我……"他倒退出来。

家富随手抓过敌副连长举着的驳壳枪,有点扫兴:"怎么和我手上的一样,也是半自动的……我要的是全自动的,二十响!"他回身把枪给了跟过来的延明:"归你啦!"又喊着:"二排,把俘虏集中起来,看管好,哪个敢跑,当场击毙! 一排,快打扫战场,一个个清点,枪支、子弹、手榴弹、刺刀,还有米袋、水壶都要!"

李冬说:"可以扒尸体脚上的胶鞋……"

家富:"不可以,但可以解下他们的腰带、绑腿!"

家富又用枪对着敌副连长的脑门:"说,你们一共来了多少人!"

"1 个排,连我和他们排长共 36 人。"敌副连长说。

家富:"怎么会是 36 人? 不说实话我毙了你!"

"实话,不敢说假话。"敌副连长战战兢兢地说,"有 2 个班各缺缩 1人……前些天跑掉的。"

"二排长,核实一下!"家富又转而问敌副连长,"你们连今晚驻在哪里,营部和其他连驻哪里?"

敌副连长:"我们连在东边大约 15 里地的村里,营部和其他 2 个连在再过去 2 里地的小镇里。我们连今晚轮到前卫,派小分队袭击你们……"

二排长过来:"是实话,死伤活共 36 人!"

延明过来:"共缴获 1 挺轻机枪,2 支驳壳枪,32 支步枪……那步枪是粤造的,还没有我们手上的新呢! 子弹倒通用,每个弹袋都是满的。手榴弹袋一袋 4 枚,也是满的。"

二排长:"好么,就算一条弹袋 100 发,这也有 1 万发了……发了小财啦!"

家富又问副连长:"你们今晚的口令是什么?"

敌副连长:"口令梅关,回令板鸭!"

二排长用枪对着敌副连长:"什么板鸭? 不说实话老子这就让你和土地爷做伴!"

"长官,我哪敢不说真话?"敌副连说,"我说的是真的,你们可以找其他人核实!"

家富一笑:"这叫什么口号? 把个有名的梅岭都给糟蹋了。"又对两排长说:"我们合计一下。"

三人离开人群有 30 米外。家富低声地说:"我们抓住这个机会,反袭击他的连部!"

延明:"这倒是个好主意!"

家富:"二排长,你们排留下,彻底打扫战场,看好俘虏,一个也不能跑了! 还有,马上派 2 个人回去向营长报告,让他从二连派些人来,处理现场。等二连的人过来接手后,你们排转为接应我们,前出 10 里地适当的位置等我们,联系口令就用今晚的口令。"

家富又转而对延明说:"你们排马上换成敌人的衣服,每人带足 100 发子弹、4 枚手榴弹。对了,把缴获的轻机枪和子弹都带上,找个合适的机枪手,再给配个副射手,跟着我马上去袭击敌军连部。"

延明:"你是说我们伪装成他们被打回来的这个排,在近距离上给他们一家伙?!"

家富:"打法我路上告诉你,快去准备,这就走!"

从西边传来的这一阵猛烈的手榴弹爆炸声和枪声,把敌当班的前卫连长震得又喜又惊。喜的是他认为他们连派出的偷袭分队可能得手了。他的副连长走之前,他交代过了,只要到红军驻地附近打一阵枪,甩出一阵手榴弹,就算成功了;战果么,想怎么说就怎么说,只要别太离谱,反正没法核查。惊的是他担心派出去的小分队反而遭到红军的袭击,甚至于伏击。他听说过,前两天他们团有连队派出的小分队,就有让红军打回来的,损失还不小。

手榴弹和枪声响过个把小时了,敌前卫连长估计他派出去的小分队应当回来了,他派一个班在村口等着,这没等到,他又亲自过来。这阵子,大伙儿都翘首张望着小分队归来的小路,敌班长看见来了,叫着:"回来了,连副带去的人回来了。"

敌连长带着的一班人迎了上去。

有50米处,敌班长笑喊着:"口令!"

被家富的枪口顶住后腰的敌副连回答:"梅关!"

敌班长回令:"板鸭!"

敌连长以为他们成功偷袭了红军,笑着说:"老弟呀,我正摆上大庾的板鸭、曲江的老烧等着你呢!"

就在这时,家富身边的轻机枪和十几支步枪响了,敌连长和他的一个班的人无不倒下。家富和战士们冲上前去,又照着倒地的敌连长和士兵各补一枪。这是夜间战斗,保存自己是主要的,为防止倒地的敌人拉响手榴弹,他们不得不把敌兵都击毙。

家富命令着:"按计划散开,向村里射击。"

有战士也按预先指定的位置,向村里方向扔出手榴弹。

一时,枪声和手榴弹声大作。紧接着,号兵吹起冲锋号,家富带来的士兵又开火。这声势,不亚于一个连在进攻。

家富命令着:"一班,快打扫战场,枪支、子弹、手榴弹……有用的东西都带走!"他说着,蹲了下来翻起敌连长的尸体,不禁喜出望外:"二十响! 我的宝贝呀,终于弄到了。"随即抓过敌连长身上的驳壳枪,又搜出备用子弹。

李冬乘着家富正乐于缴到了可以连发的驳壳枪,偷偷地扒下敌军班长脚上的胶鞋。

家富看战士们已经捡起该带走的东西,对延明说:"按计划撤! 你带三班断后!"

刹那间,家富的队伍消失在黑夜里的小路上。

清晨。

山坳里的东西村一派热闹。

　　韩团长和苏政委也到了一营营部。

　　昨晚，一营长接到二排长派来的人的报告后，立即让副营长带着营部警卫班和二连的一排赶过去处理现场；同时也向团里报告家富带他的一排乘机偷袭敌人的连队。这弄得韩团长、苏政委几乎一夜没睡。夜里2时，两人虽然又接到一营长的报告，说家富和他带出去的2个排都回来了，但仍兴奋异常，这不天一亮就赶了过来。

　　韩团长一见营长："把张家富给我叫来！"

　　营长打电话时，苏政委对教导员和副营长说："据师里通报，昨晚我们师其他2个团，也和敌小股武装接触，也击毙和抓了一些敌官兵！"

　　营长问："我们团的二、三营有动静？"

　　"你们营在最后，家富连队在最后的最后，让你们撞上了，独占鳌头！"韩团长说，"美吧！"转而故意绷上脸："你们营一连的伏击方案是我们批准的，但伏击成功后又去袭击敌人的连队，我们知道吗？批准了吗？！"

　　营长："张家富是先斩后奏了，我们也是事后才知道的。情况紧急，也没法请示报告……再说他们抓住战机，给敌一个反袭击，不也是反被动为主动……"

　　韩团长："这样说你是支持他这样做的！"

　　"支持不支持，这不都已经干了。"营长像忽然想到，反将团长一军，"要是请示你，你会支持吗？"

　　韩团长："我会骂你个狗血喷头！"

　　营长莫名其妙。教导员和副营长面面相觑！

　　苏政委笑了："团长会骂你坐失良机！"

　　营长大笑："好家伙，我里外不是人？！"

　　家富进来。

　　韩团长一面严肃地："交出来！"

　　家富有些摸不着头脑："什么东西？"

　　苏政委："听说你昨晚弄到一支二十响！"

"驳壳枪呀!"家富这才明白过来,也没辙了,把身上背着的枪取了下来,放在桌上。

韩团长:"还有!"

家富又莫名其妙:"子弹都在弹带里……"

苏政委笑笑:"子弹、手榴弹不说啦,还有一挺轻机枪、2支普通的驳壳枪和40支步枪!"

"是这呀!"家富说,"你们又没说要把缴获的东西都带过来。"

韩团长:"'三大纪律,八项注意'你不懂?!"转而又说:"张家富,你胆子好大么!竟敢先斩后奏!知道这是什么性质问题……"

家富:"这不来不及请示报告……等你们批准,这事就干不成了!"

韩团长:"看在你带出去的人没伤亡,袭击敌人后又全身而退的份上,这次不处分你,但没收你们的全部缴获!"

苏政委:"你说实话,你袭击敌军连队,为什么只打死在村口迎接他派出的小分队的敌连长和1个班,为什么不冲进村里,多干掉些敌兵,就主动撤了?!"

家富:"我带去的人不多,又不熟悉敌军在村里的驻处情况,担心贸然冲进去,会造成我们的人员伤亡,甚至让敌人缠住……就,就见好就收了!"又说:"团长,你还是处分我吧,把缴获的弹药给留一些……"

苏政委笑笑:"看在你临机处置果断、正确,组织指挥袭击敌人完满得手,自己没伤亡,战果显著的份上,韩团长的意思是把这支二十响驳壳枪奖励给你使用,那2支驳壳枪上交一支,那挺轻机枪也奖励给你们连。40支步枪你们留下5支,其他的每支配足50发子弹,上交;还有,剩下的子弹、手榴弹,也奖励给你们连……"

家富高兴得蹦了起来:"上午,我就把35支步枪送到团里!"

韩团长:"留10支给你们营,其他的上交给团里!"又说:"据我所知,昨晚全师的反敌小股偷袭战斗,数你们连战果最大,而且又以偷袭对敌偷袭,这将造成敌人也睡不着觉,也得防我们小股偷袭。我和政委决定奖励你们!"

苏政委:"你昨晚最后的那一手,就是反过来偷袭敌人的那一手,意义最大,让尾追的敌人不仅知道我们防着他们派小股偷袭,还警告敌人也得防我们以小股偷袭他们!"

韩团长:"估计这种彼此防小股偷袭的战斗,到此为止了,一是敌人知道占不到便宜,还有可能偷鸡不着蚀把米,不会再干了;二是我们也离跟在后头捣乱的余汉谋粤军越来越远了,出了他们的地界,他们也不会再跟了。所以,下一步主要的是要对付何键湘军和薛岳中央军的围追堵截! 下一步的仗再也不会是这种小打小闹了。"

苏政委对家富说:"团长和我研究过,你们连这回发了点小财,弹药得到了较大补充,你们得继续走在全团最后,也是全军的最后,担负好断后任务!"

家富:"坚决完成任务!"

从营部回连队后,家富兴奋异常,不由又掏出苏红给他的本子。

他写着:"苏红:昨晚打了一个小小的胜仗,团长奖励了我缴获的自动驳壳枪,很是开心……也很想你!"

这阵子,一个蓬头垢面的人挂着一根木棍,一瘸一拐地朝着进入大庾岭西去的敌军最后一道哨卡走来。

这时的国民党军粤军余汉谋的部队,已不再尾随西去的红军,而是转为沿途设卡,抓从西边过来的男性中青年人。他们知道,这些人不是西去红军掉队干脆往回走的人员,就是从红军中开小差要跑回家的人。他们抓住这些人,有的当场就杀了,有的被迫使补入粤军中。

守这个哨卡的是敌兵一个班,见来人是西去,与红军掉队或开小差人员的走向相反,而且又是个残疾的叫花子,并没在意,还扎堆在玩牌。

2个站在哨卡前值班的士兵是一老一小,也都不在意。

那年纪轻一些的兵装模样地喊着:"干什么?!"

残疾叫花子似没听见,低着头继续一步一步向哨卡挪过来。

老兵似自语:"没准是聋子!"

残疾叫花子走到哨兵前。2个哨兵不约而同地捂上自己的鼻子。

小的兵骂道："真他妈的臭！"

老兵呵斥："滚，快滚远点！"

那蓬头垢面的残疾叫花子，不慌不忙地，一瘸一拐地过了哨卡，向西而去！

第十五章　蒋介石捉摸不定

入夜,蒋介石把随行的晏道刚和杨永泰叫到他在开封临时行宫的小客厅里。

晏道刚虽是蒋介石的侍从室主任,但也是一把参谋的好手;杨永泰则是蒋介石这次出行指名要带的政治与军事的高参,南昌行营二厅厅长。

这天的行程安排是游开封府。开封府最负盛名的是黑老包,蒋介石对包青天的铁面无私没多大兴趣,应景地转了一圈后早早就回到行宫。这又想起前天南昌行营报来的赣南"共匪"已突围的事,他并不太在意,但想起不免心烦;况且,他太不在意,也会影响到手下管这事的部属也不在意。这才有了晚饭后,把晏、杨两高参召到一起议论的事。他先让晏、杨两人谈谈对"共匪"突围的下一步意图的判断。

晏、杨两人也对蒋介石就这个问题"考"他们早有准备,各有回答的腹案。

晏道刚指着摊开在桌上的中国地图,作答:"我判断'共匪'的意图有二:一是由赣南入广东……"

蒋介石打断:"陈济棠粤军南路军重兵在寻乌和南雄两地,'共匪'现由信丰出走,如入广东利在乘虚,但势必逼得陈济棠、余汉谋军与之拼命,若再加上我们中央军'追剿'军由北往南压下去,可能转入向南雄迂回,这就触及到陈济棠的根本利益。在粤军和我们中央军'追剿'军的夹击下,'共匪'就难逃其覆灭的命运了。这也是我们最希望看到的结果。"

晏道刚:"另一种可能,也是其二:是余汉谋没顶住,'共匪'从赣西

122

南、广东、湖南三省边界进入湘南,重建'匪'窝。"

蒋介石:"你说的这一区域,包括赣粤湘三省边界和湘南两地。赣粤湘三省边界,是我们政治上、军事上的薄弱地区,地形也不利于我们。但这一区域人口稀少,粮食严重缺乏,'共匪'大部队难以长期生存。湘南地区固然面积广大,人口密度不小,经济力也不差,但地形利于我不利于'共匪',所以,'共匪'在这一区域建立'匪区'的可能性不大。值得重视的是,他们进入湘南后,可能沿此前任弼时、萧克'股匪'西去路线,到湘西北与贺龙'股匪'会合。"

杨永泰也按腹案作答:"我认为还有两种可能。他们不是打出北上抗日旗号么?先前也派出一支人马走闽中到浙南,这次会不会是旨在以主力经湖南,再从湖北、安徽边界北上?"

蒋介石:"他们有什么力量抗日?那不过是政治把戏,无非是想政治上蛊惑人心,军事上引诱我们放松包围。但你说的这条路线,是当年太平天国北进之路,政治上影响很大,值得我们警惕。不过,对'共匪'来说,风险也太大了,他们未必敢于铤而走险。"

杨永泰又指着地图:"再一种可能,是经湘西进入贵州,从金沙江过长江,进入川西后北上。"

蒋介石:"这是太平天国石达开走过的死路,'共匪'不会找死路。如果真的是走这条路,那就是上帝在助我也。"

蒋介石回到古香古色的太师椅上。

晏道刚、杨永泰也离开桌前,各自落座。

晏道刚:"委座的分析,让我茅塞顿开!"

杨永泰:"我也是。我把'共匪'的能力估计得太高了。"

蒋介石:"'共匪'的能力不强,但他们的野心很大。现在是毛泽东不当家,弄了些毛小孩在管事,我们还好对付。如果是那个聪明的乡下人毛泽东主事,我们对他的企图也真的是一时难以摸透……"

晏道刚:"这就是委座说的,上帝在保佑。"

蒋介石又回现实:"不管'共匪'是南下,是西行,还是北上,只要他离开江西,就除去了我的心腹之患!"

晏、杨两人见自己的意见都没得到蒋介石的重视，不敢再说话，只是静听。他们知道，蒋介石常常是这样，说是议事，其实是召来他们训导。他们经历多了，也习惯了。

蒋介石又说："不论'共匪'走哪条路，他们是久困之师，再也经不起消耗；他们又是长途流窜的流寇，军心必涣散，人员疲惫。只要我们围追堵截及时得当，将士用命，政治上配合得好，消灭他们的时机就到了……就是一步步地消耗他们，也能把他们给耗光了！"

晏道刚："那是，那是！"

宋美龄推门进来："达令，还忙呢！"

蒋介石站了起来，对晏道刚、杨永泰说："你们先合计一下，拟定个'追剿'的初步计划，我看后，再发给南昌的熊主任和贺参谋长！"说着，走了。

晏道刚送走蒋介石夫妻，关上小客厅的门，对杨永泰说："怎么办？"

"是呀，怎么办？"杨永泰说，"没有个明确的判断，这计划怎么做？"

晏道刚回坐到原来的位置上，无语。

静默了好一阵，杨永泰说："你和他走得更近，等明天或什么时候他高兴时，你再摸摸他的意图。"

晏道刚："也只好这样。你先考虑下政治配合问题。他刚才不是说，要政治配合，这哪一方案都适用！"

杨永泰："好吧！"

这两天，从南昌行营派出的侦察飞机，接班式地在赣西南上空盘旋。显然，敌人已经查清了红军突围后，沿着赣西南方向而去。

这天上午，约摸10点，一架敌人侦察飞机又临空了。

山谷回荡着红军的防空号声。

朱德和周恩来翻身下马，把缰绳给了马夫，一同走到一棵大树下。

他们前后的红军战士、机关人员和行李担挑夫，也各自遁入路边的树林里。

其实，这一段山路就在林中，路的头顶上是遮天蔽日的绿树枝叶，敌机就是低飞到百米上空,也看不到林中路上的行人。

红军的防空掩蔽是习惯,只要上空有敌机,就发出防空号,部队立即就地防空。即使处在敌机不可能发现的地段,部队也得停止行军立即防空,就权当途中小憩。

朱德进入大树下,拍了拍大腿,还是找了个干净的地方坐下。

周恩来看了看前后行军队伍中的官兵、民夫,都分散处于防空状态,这才在朱德身边坐下。

朱德转过身来对周恩来,带着感慨的心情说:"那年,也就是1929年1月中旬,我和老毛率领红四军主力3000来人下井冈山,大体也经过这里,但方向相反。现在是由赣南经赣西南西去;当年是走到大庾沿广东江西边界,转向赣南,后去闽西。"

周恩来:"听毛泽东说过,是因为井冈山地区的经济太困难了,同时也为了对付敌人对井冈山根据地的第三次'会剿'!"

朱德:"到了赣南、闽西后,发现这块地区的地形、人口密度、经济力,都更好于井冈山地区,而且回旋余地大,后来决定转为就地发展红军和苏维埃运动,这才有了后来的一方面军和中央苏区。"

周恩来:"你是说你们的那次千里转移,应了中国的一句老话:人挪活,树挪死?!"

朱德:"那次的行动结果是这样,挪出了个大局面。"

周恩来以为朱德的下文会说,中央和中央红军的这次大转移,前途会是怎样就难说了。但见朱德并没有再说下去,他转了个话题:"任弼时来电了,说他们已经在贵州东部的印江木黄,与贺龙的队伍会合了。"

这话并没引起朱德多大的意外,朱德反而有些像斥问:"这就更坚定了你们的原计划,要到湘西与贺龙、任弼时的二、六军团会合?"

周恩来:"是的,博古和李德都认为既然任弼时的六军团能与贺龙的二军团会合,我们也一定能实现与二、六军团会合的计划,并且要更坚定地按既定的计划走!"

"可是,战争的情况是很复杂的。小的部队能走得通,不等于说大的部队就更没问题！"朱德说。

周恩来一时没言语。

朱德又说："可是，你们考虑过没有？我们现在的行动和六军团当时的行动，周边的战略态势完全不一样。六军团走时，我们中央红军在中央苏区战场上，拖住了蒋介石在南方能动用的全部中央军，也拖住了何键几乎全部能机动的湘军，使得何键没法抽出多少部队围追堵截他们。而他们也只有一支部队，走到哪儿吃到哪儿，问题不大，因此他们一路的险情不算多，走得基本顺当。而我们呢？已经毫无兄弟部队客观上的战略策应，敌中央军很快会从江西战场上抽出大部队追过来；何键在湘东的主力，也会大部分地扑向我们；我们能一直像现在这样，没有与敌追击部队接触吗？再说，这近 9 万人的大部队一天得吃掉 10 万斤粮，走的是荒郊野岭，粮食会成大问题的，尤其是走在后面的部队，会因筹不到粮而断炊挨饿的……"

周恩来："你说的的确是个大问题。"

朱德："恩来呀，你是 3 年前就到中央苏区了，见过我们的 3 次反'围剿'，也和我们一起经历过许多战争，你应当能体会到战争指导是需要经验的，需要非常熟悉敌我双方的特点，绝不是像李德那样，用铅笔在地图上划线的……"

周恩来没有言语。

朱德："可以估计到，我们的下一步会遇到敌人阻击和追击的……可你看现在行军组织，哪像是战争背景下的战略性转移，简直就像在大搬家……"

周恩来："我也看出不对劲……可博古听信的是李德……李德又不能接受建议！"

"我知道，你的组织观念很强。博古是共产国际'钦定'的，李德是共产国际派来的，你有难处，得支持他们。"朱德欲往下说，但停住了。

……

这边树林中，刘伯承和五军团长董振堂也在防空。

供给部长过来:"军团长,部队断粮了……"

"这是你这个供给部长的事,你应当想办法解决。"刘伯承说,"找军团长给你解决粮食,还要你这个供给部长干什么?!"

供给部长为难地站着。

董振堂看了供给部长的可怜相,说:"沿途的村庄买不到米,买到了点稻谷也来不及加工?"

"是这样,"供给部长说,"就是出高价,也只能是一家凑几斤,十几斤……"

"你还想像在苏区里一样,地方上一送几十担?"刘伯承说,"再往前,村子更少,怕是连几斤也买不到!"

"愁的就是这个……"供给部长嘀咕着。

刘伯承:"现在是非常时期,要采取非常办法。布置下去,让各部队、分队自己解决粮食问题。但有一点必须强调,不许抢老百姓的粮食,得用钱买,用银元,不许用在白区根本就不流通的'苏币'!"

供给部长:"那就得把购粮款分下去……"

"你这不废话!"刘伯承说,"不是有银元吗? 打开一担!"

供给部长:"没你们的批准,不是不敢动用么!"

董振堂:"你直说呀,绕什么圈子!"

供给部长怏怏地走了。

董振堂:"现在的现象,让我想起了我们河北老家闹蝗虫灾……"

刘伯承:"前天,我才给陈树湘、程翠林说过这事!"

董振堂:"我们军团,尤其是三十四师,是飞在最后的那一群蝗虫……我担心的是照这样下去,他们会饿得走不出大庾岭!"

张闻天坐在地上,身旁是毛泽东和王稼祥的担架。

毛泽东从厚厚的被窝中伸出双手,拉开加盖着的棉被。

张闻天关切地问:"好些吗?"

毛泽东:"冷劲刚过……"

警卫员递给水壶:"喝口水!"

张闻天："凉水呀？"

警卫员："哪来开水！"

王稼祥坐了起来："要不，给董必武同志打个招呼，让子珍过来照顾他……"

"别，别，"毛泽东挣扎坐起来喝水，"她怀着5个月身孕，我不能照顾她，哪能让她来照顾我？再说，她来了又有什么用……我的疟疾病又犯了！"

张闻天："等出了大庾岭，我给恩来去电话，看前卫部队如进到县城，能不能搞到药？"

警卫员："这是个办法……"

王稼祥感叹："造孽呀，我们遭罪不说，连老婆孩子也跟着遭罪……"

"还有，数万的战士在遭罪；留下的数百万苏区人民要遭罪！"毛泽东喝了口水，又躺下。

张闻天站了起来愤愤地说："都是我们中央的错误造成的。"

王稼祥："错误也不能人人有份！"

毛泽东："我们中央政治局放弃了集体领导原则。从这个意义上说，中央政治局委员都有责任！"

"那也是书记处的责任！"王稼祥说。

张闻天："是，我是赞成成立'三人团'负全责，我的手举错了。"又说："可他们说行动指挥得集权……"

毛泽东："得集权不错，但错在把权集到谁的手中……"

王稼祥："得恢复中央政治局的集体领导作风，履行每一个政治局委员的责任，不能由博古个人说了算，更不能让李德像太上皇一样！"

入夜，蒋介石在宋美龄陪伴下，坐在行宫小客厅里。

今天下午，他们参观了北平故宫。

宋美龄突然想到在参观太和殿时，蒋介石站在金銮殿前久久地凝视。这聪明的女人兴许是猜到蒋介石当时的心情，说："达令，你当时怎么把国都定在南京？"

"当时的北京,还不在我们的手中。"蒋介石转移话题,"北方的气候也是个问题。这才是 10 月,已经是又冷又干燥了!"

宋美龄:"也是,这里与南京相差 1000 公里,天气就差多了。南京的冬天虽然也冷,但天空还是蓝的,花草也一般不落叶。而这里,天空是灰蒙蒙的,草木像是都枯萎了……看了就令人心里不舒服。"

蒋介石:"所以,民国十七年我们赶走张作霖收复北京后,也没把国都迁到这曾是元明清古都的北京,而是出于一国不可有两京考虑,把北京改成北平,把孙总理的灵柩迁到南京,建筑了中山陵。"

宋美龄:"但南京的建筑过于现代……"

"是的,六朝古都南京留下的皇宫,的确没有紫禁城气派!"蒋介石说。

宋美龄下午参观时,见蒋介石因为看了太和殿后,就快快地返回行宫,她拣选自认为是蒋介石爱听的话说:"紫禁城再气派,不也一朝接一朝灭亡了,最后的清王朝不也被我们的民国代替了……而我们民国的真正立国,出自于达令你的手!"

"但清王朝的灭亡,给我们提供了教训。它败在不能有效地控制全国,不能根除乱党!"蒋介石说,"所以,我们要着力于对全国的控制,彻底消灭乱党共产党!"

宋美龄:"功夫不负苦心人。消灭乱党共产党,已经胜券在握了……"

"是的,'共匪'如果向西败退,我们不仅可以把它消灭,还可以乘机解决一部分地方势力!"蒋介石说。

就在这时,晏道刚在门外喊了声:"报告!"

"进来!"蒋介石对宋美龄笑笑:"夫人,我得关心南边'追剿''共匪'的大事了。"

宋美龄起身,退出。

晏道刚进来,递上文电:"贺参谋长来电说带队'追剿'的长官商定了,由薛岳将军担任,部队除吴奇伟第七纵队外,加周浑元的第八纵队抽出 4 个师,共 8 个师加 1 个支队。贺参谋长说所以换成薛将军,除考虑到他是广东人,本人也愿意承担外,还考虑到他们的部队现在在赣江东岸,集结和行动会比在抚河一线的部队快上一个星期……"

蒋介石:"可以!给贺国光发个电,让他根据我的堵截追击'共匪'西窜的总意图,作具体的行动部署。要旨是要快,要赶在'共匪'未进入湘南之前,并且尽量地把他们往广东压下去!"

晏道刚:"我这就去办!"

"慢着,"蒋介石说,"你让贺参谋长在作计划时,得挂上李宗仁桂军的任务。别让他们像过去的陈济棠一样,坐山观虎斗。上次,任弼时'股匪'就是从他们北部过湘江的,要他们的部队在兴安以北湘江沿岸布防,巩固黄沙河至桂林的碉堡封锁线,严防'共匪'再从这一地区西窜!"

"好的。"晏道刚说。

蒋介石:"还有,让贺参谋长命令航空队,只要天气好,每天都要派飞机侦察、轰炸,弄清'共匪'行踪,给堵截和'追剿'的部队提供准确情报。要炸得'共匪'白天不敢走!"

"是!"晏道刚回答。

蒋介石:"让熊主任与南京联系,如进口的百磅航空炸弹已到港,直接发南昌,让驻南昌的轰炸航空队使用!"

晏道刚还是回答:"是!"

蒋介石:"再以我的名义给薛岳去一电,让他组织所部尽快行动。兵书上说,兵贵神速,不要只会背书,要用在实战中,迅速果敢地追上去,不要给'共匪'有喘息机会。好了,办去吧!"

第十六章　何键暗自庆幸

这一天,出巡西北在太原的蒋介石,又收到南昌行营的报告,说可以肯定江西的"共匪"向赣西南方向突围,已经进入大庾岭,指向湘南。

蒋介石勃然大怒,把电报狠狠地摔在桌上:"娘希匹,经营了好几个月的赣西南封锁线,就这样轻易地让'共匪'突破了!是的,是陈济棠放走'共匪'的……可恶,可恶!"

站在一边的晏道刚提醒:"南昌行营的贺参谋长,在等着确定'追剿'的事宜。"

蒋介石如梦初醒:"命令薛岳、周浑元纵队,将主力集结于泰和、永丰、龙冈一线!"

晏道刚没有立即离开。他知道,蒋介石在下命令时,往往是一会儿蹦出一点,得等着他说让走,才能去办。

果然,蒋介石又说:"让贺参谋长拟定个围堵'共匪'的部署计划!"

晏道刚还是没有走。

蒋介石突然回身:"判断:匪将以全力经赣南西窜,或以一部北犯遂川,企图牵制。我之追剿方针:应侧重堵截共匪西窜。冀可于万安、遂川、大汾以南,桂东、汝城、仁化、曲江以东地区,及其以南至湖南、广西之间,及纵横碉堡线之中间地区,消灭匪之窜力。命令周浑元纵队,于11月3日前,先行集中遂川、大汾线上;薛岳第六路军即速分由现地出发,经龙冈、吉安、安福、莲花、茶陵、安仁、耒阳、常宁,向永州附近集中,限11月24日以前到达。"

晏道刚提醒:"你此前说让薛岳、周浑元部集结于泰和、永丰……"

蒋介石:"以我后说的为准!还有,命令何键西路军,先巩固大汾、汝城之线,及万安、遂川、大汾之线;陈济棠南路军,速就汝城、仁化、曲江线,努力堵截;广西桂军应控制全州、兴安间湘江沿岸,并速巩固黄沙河、全州、兴安、桂林之碉堡线;空军应逐日派机更番追匪,尽力连炸,使匪白昼不敢行动。"

晏道刚:"我这就去办!"但还是没走。

蒋介石:"还有,我们回去!回南昌去!"

窗外射进来的阳光,落在南昌委员长行营参谋长贺国光的办公桌上,搁在上头的礼品被照得格外抢眼。

贺国光对并坐在隔着小茶几沙发上的晏道刚说:"跟委员长北巡,美差吧?!"

"沾了委员长的光,所到之处自然是奉若上宾。"晏道刚说。

贺国光:"名胜古迹,山水风光都玩遍了吧!"

晏道刚:"也就是浏览了主要的古迹而已。山水风光远不如江南,蒋夫人没兴趣……"

贺国光:"山水风光没去看也罢了,以后还有机会。"又说:"你大哥我在南昌守摊子可惨了。这'共匪'突然西窜,四面八方告急,光处理各种文电,就够我忙的了……"

"这不,犒劳你大哥了。"晏道刚指了指桌上的礼品,又说,"这些是比较贵重的,各地送的土特产,我让手下人直接送你府上。"

贺国光:"谢谢你老弟想着我。"

晏道刚笑笑:"能忘了我的顶头上司大哥你吗?!"

"委员长才是你我顶头上司。"贺国光转而问,"委座有什么新精神?"

晏道刚:"前几天,对'共匪'的企图还吃不准,这两天好像心里有谱了。基本的判断是,'共匪'很可能沿几个月前萧克'股匪'西去的路,也出湘西,与贺龙'股匪'会合。他的意思是薛岳和周浑元的部队进入湖南后,统归何键指挥。"

贺国光:"这不把薛岳给耍了!"

晏道刚:"可总不能让薛岳管何键?"

贺国光："也对。老话说强龙压不过地头蛇，就算薛岳是强龙，那何键毕竟是地头蛇！"又笑笑，"自命不凡，野心不小的薛岳，这回可真叫老奸巨猾的陈诚耍了。"

晏道刚："我们可能也不能再待在南昌了。"

"你不是也知道，委座正在与四川的刘湘讨价还价。"贺国光说，"委员长行营迁到重庆怕是肯定的。"

晏道刚："老兄你可就升官了。熊式辉不会再兼办公室主任的，行营的这一摊子全归你统辖了！"

贺国光："就算我还是参谋长，也没升官！"

晏道刚："就算官没升，权力大了！"

贺国光笑笑："那就看委员长的意思了。当然，还请你老弟美言！"

晏道刚："咱哥俩，没说的！"

薛岳颓然坐在他指挥部小客厅的太师椅上。一旁，吴奇伟陪着。

许久，吴奇伟愤愤地说："妈的，让陈诚算计了……把苦差事推到我们头上。"

薛岳喃喃自语："怪我，我自己应当想到陈济棠会放'共匪'西去，进入湖南的。"又说："这些年，湖南的何键每每站在委员长一边，和他们两广过意不去，他陈济棠刚好借'共匪'扰乱湖南，给他出这口恶气！"

吴奇伟也作起自我反省："我也应当想到何键在未弄清'共匪'意图时，不敢轻易地把放在赣西的重兵调到湘南去堵截。"停了许久，又自嘲："我们饱读兵书，又在武场上玩了这么些年，这等浅显的把戏，竟然就一时看不穿……"

"考虑周到又如何？"薛岳说，"别看他陈诚在官场上人五人六的，可从来是苦差事能推则推；好差事能争则争。他又是浙江人，在委座面前，比我们吃得开……当时，我就是不答应，也架不住他背后在委座那里鼓捣，委座一发话，我们还能抗命？！"

吴奇伟："也是……"

薛岳一叹："只怕是此去归期未有期……这种'追剿'，何时是个了？"

吴奇伟:"我可不想看到巴山夜雨涨秋池,但愿别一直追到四川……"

"难说,"薛岳又说,"听天由命吧!"

"还是陈济棠、李宗仁自在,不像我们吃人饭,听人使唤!"吴奇伟自语。

薛岳:"起草个命令,向泰和集结!"

吴奇伟:"走得了吗?"

薛岳:"对南昌行营,对委座来说,我们下达了转入'追剿'的集结命令了。"

长沙,何键官邸的客厅里。何键和他手下大将刘建绪都一脸怒色。

何键:"广东的陈济棠果真把'共匪'放进我们湖南!"

"也难怪,老蒋的30多万中央军由北往南压,谁都能看出他是存心要把'共匪'压入广东。广东的陈济棠也不会傻到拿他的十几万兵去与'共匪'的10万大军拼命……"

何键:"这样一来,不就把10万'共匪'撵到我们湖南了,让我们去和'共匪'拼个你死我活?"

刘建绪:"我们也不与'共匪'鹬蚌相争……学老蒋的,也把'共匪'往南压,让广西的李宗仁、白崇禧去对付。"

何键:"好在'共匪'帮了我们的忙,走湖南广西边界……再者,薛岳'追剿'军一旦进入我们湖南,也必然位于北线……就拉薛岳下水,两军协同,由北往南压,尽量把'共匪'压进广西……"何键的脸上露出一分得意。

刘建绪:"如能这样,对我们是最好的结果。但是,总司令,我建议在薛岳的'追剿'军没有到位之前,我们还得小心,最好是置重兵于长沙以南地区,防止'共匪'玩邪的,北上威逼长沙,或者进入湘中,把我们湖南搅乱了。"

何键:"很对。所以,我们的第一步,是把在赣西的'追剿'部队马上集中过来,放在长沙以南的机动位置上。"又说:"恢先呀,这次怕是得有劳你老弟,带兵对付……"

刘建绪:"大哥,俗话说'养兵千日,用之一时',兄弟责无旁贷!"

这是蒋介石回到南昌后召开的第一次作战会议,参加的还是他身边的贺国光、晏道刚、杨永泰。

一上来,贺国光就把气撒在广东的陈济棠身上:"南路军太不像话了。余汉谋的一军哪怕是出动一半的力量,以2个师阻击'共匪',也不至于让'共匪'不费吹灰之力地过了赣南封锁线,并且轻易地过了大庾岭!"

"你不知道陈济棠与'共匪'之间有来往、有交易?"蒋介石似乎不爱听,又说,"还是报告下敌情!"

贺国光讨了个没趣,只好按蒋介石的命题作答:"综合这两天所得的空军侦察报告与各方报告,'共匪'先头伪一军团一部,为我在九峰山之粤军所阻,折返汝城境内,继续向宜章方向逃窜,以一部在汝城、城口与我军对战,掩护其侧翼,其主力由汝城、仁化之间西窜。"

蒋介石:"现在可以断定,匪必沿五岭山脉,循8月伪六军团故道,经兴安、全州间过湘江西窜,且其行动必速,不致北犯,即有亦不过是以一部掩护其侧翼。"

杨永泰:"委座判断极是。这样,我们也就好对付多了。"

蒋介石:"我军的'追剿'方针,是为求歼该匪于湘江、漓水以东地区计,各方部队,均须迅速出郴州、永州以南,宜章、道县以北,分别堵剿与追击!"

晏道刚:"我们的中央军'追剿'军从江西战场转移过去,千里转战,怕是十天半个月内赶不到……"

蒋介石:"是应当考虑到这个因素,所以,让何键先抽调他在湖南中部的部队,分别迅速出郴州、永州以南堵截,且设法迟滞'共匪'的行动。让他们不用顾虑'共匪'会北犯,如果出现这种状况,薛岳的部队到达后,可用于就近堵截!"

贺国光:"也得给李宗仁、白崇禧的桂军任务!"

"当然,"蒋介石说,"桂军除巩固湘江、漓水及龙虎关一带的碉堡线外,另以有力部队,迅速出道县以北,与到达永州的薛岳部协同堵截。要有言在先,告诉他们,这个方向为匪必经之路,务须严密防堵!"

杨永泰:"只怕是李宗仁、白崇禧不当回事。这些地方势力在'剿匪'问题上,向来取事不关己高高挂起的态度……"

"还可能像陈济棠一样,放任'共匪'过境。"贺国光说。

晏道刚:"是不是派一个人去督察……"

"派谁?派你去?派永泰去?有用吗?"蒋介石说,"他们如若取阳奉阴违的不合作态度,那我就让薛岳和何键联手,把'共匪'往南压。刚好,'共匪'也沿湖南、广西边界西去,正好把他们压入广西。别忘了,过了龙虎关就直指桂林。要是'共匪'把桂林给占了,我看他李宗仁、白崇禧的脸往哪里搁!"

贺国光:"委座言之极是,我们这就去办!"

何键与刘建绪、李觉在庭院花园的小亭里议事,刘建绪是何键手下最得力的大将。李觉是刘建绪手下第十九师师长,又是何键的乘龙快婿,刚从前线回到长沙。

江西的中央红军进入湖南,着实让何键睡不着觉了,他怕的是国共两党内战的主战场会不会移到湖南,眼下不踏实的是摸不清红军的下一步会怎样走。

"我们当面的'共匪'高层,湖南人可真不少。"刘建绪感叹,"伪中央红军的有毛泽东、彭德怀;湘西的贺龙、萧克……"

李觉:"还有玩政治的刘少奇、任弼时。"

何键:"毛泽东、彭德怀、贺龙都是玩邪的角色。民国十九年,也就是4年前,彭德怀部也不过1万人,乘我们不备,攻进长沙……弄得我们好没脸。"

刘建绪:"我怕的就是这个。他们已到了汝城,就以彭德怀的伪三军团北上,不出5天就可以达到长沙近郊……"

何键:"绝对要防这一手。所以,要让在赣西的部队尽快集结于湘东。"

李觉:"可是南昌行营几乎是天天催着,要我们南下湘南堵住共匪……"

刘建绪:"那就让已到湘东的陶广六十二师南下,先对付一下。"

"会不会正迎合了'共匪'的各个击破?"李觉说,"毛泽东可是惯用这一手,抓住孤军冒进的国军,实施什么战略反攻!"

"那就看他陶广的造化。"刘建绪说,"打仗就是这样,不可能什么风险都没有。再说,可命令陈光中六十三师跟进……我们两师的行动,也就先后差二三天,应当不致遭到'共匪'的攻击!"

何键:"就这样办! 就算遭到'共匪'的首先打击,也算丢卒保车吧!"

就在这时,参谋处长笑盈盈地过来,大老远地嚷着:"总司令,大喜。"

刘建绪:"什么大喜?"

"委座任命我们何总司令为'剿匪军追剿总司令部'总司令。中央军薛岳和周浑元两纵队,也归我们总司令统一指挥。"参谋处长把电报递给何键。

刘建绪:"老蒋还算是明白人,没把'追剿'军的帅印给了薛岳。"

"他要是连这一规矩都不懂,那就算是他这一二十年来白混了。"何键说,"他这是把我当成了地头蛇……"

李觉:"薛岳和周浑元两纵队,加起来八九个师,得超过 10 万人;再加上我们的部队,整个'追剿'军超过 20 万重兵,如果行动迅速,应当能防止'共匪'贸然北上。"

何键:"但要是他们在这几天内挥师北上呢? 我们可真的会措手不及的。"

刘建绪:"可部队调动得有时日呀! 薛岳部队的行动,就更别指望快得了!"

何键:"薛岳的内心就会甘愿听从我指挥? 他就是不公开闹情绪,也会在实际上消极怠工的。还是得靠我们自己。"又说:"恢先,你担任我们湘军'追剿'军总指挥,我们出动的章亮基、陶广、陈光中、李觉、李云杰、王东原、李韫珩、郭汝栋共 8 个师,都归你统一指挥。"

刘建绪："好,我们与薛岳、周浑元的部队兵力大体对等。"

何键："恢先呀,你尽快做一个'追剿'部署计划;李觉,你明天赶回部队去,尽快行动!"

这阵子,蒋介石又把晏道刚叫到办公室。

在南昌行营部门长官中,侍从室主任晏道刚要比参谋长贺国光、第二厅厅长杨永泰更受蒋介石青睐。这也许是因为贺国光、杨永泰更显老成,蒋介石不把内心想法透露给他们。

蒋介石说："你让熊主任给南京通个气,我要拨一笔钱补贴广西李宗仁、白崇禧'追剿'费用。"

晏道刚愕然："给他们钱?"

"对,而且数额还得大一些。"蒋介石说,"我要他们明白,让他们竭力把'共匪'堵在湘江东岸。"

晏道刚："你前天不是说,如果李宗仁、白崇禧不协力堵截'共匪',那就把'共匪'压入广西,让他们自己去对付!"

蒋介石笑笑："是这样说过,那种会议上必须这样说。但'共匪'会傻到去侵犯广西,招来李宗仁、白崇禧的桂军和他们玩命?!"

晏道刚："明白了。"

蒋介石一叹："现今的地方势力,的确是党国的心腹大患。但党国现在,又不可能铲除这些地方势力,而且有时还得用到他们,这就要讲策略。对他们,有时要睁一眼闭一眼,如对陈济棠与'共匪'有来往的事,只能装成不知道;有时又得给点甜头,像当前对李宗仁、白崇禧给钱;有时当然要施以威……这里头的学问大了。而这些是你在军官学校中学不到的。"

"委座真是用心良苦。"晏道刚说,"你把'追剿'军总司令委给了何键,薛岳将军能服气吗?"

蒋介石："我知道他不服,甚至在一段时间内会有抵触情绪。但我们中央军入湘作战,统一指挥湘军参战各部队,湘军将领会服贴?况且,何键资历比薛岳老多了,薛岳的部队进入湖南后,得靠兼任湖南省政府主席的何键提供粮食。不让何键挂这个总司令的名,何键会用心、用力吗?!"又说:"薛岳听陈诚的话,改天,我让陈诚去做薛岳工作;同时,我也会与何键协商,让薛岳担任前敌总指挥;并且,周浑元纵队也归他管。"

晏道刚:"委座决策真周密!"又说:"薛岳也不过是好面子,委以他前敌总指挥,又把周浑元纵队划归他管,他应当能满足了!"

蒋介石:"人的要求总是没有个满足的时候,我们党国有许多人,就这个毛病……"

第十七章 "海归"政委的感悟

　　五岭的秋天,虽过了雨季,但也不时有雨,而且有暴雨。这不,打从昨天开始又下雨,今天成了暴雨。

　　因为暴雨,军委纵队下午的行军提早宿营。应周恩来的提议,几个主要领导和指挥议决新情况。博古、李德自然得到会。

　　与会者到齐后,周恩来对叶剑英说:"你把一军团的来电报告一下。"

　　叶剑英概述了电报的精神:"左前卫一军团的一师、二师,在九峰、茶岭地区遭到敌粤军独立第三师的拦阻;另九峰至乐昌大道两旁均是大山,我前卫部队如不能歼灭九峰、茶岭之敌,我左翼队一、九军团,无把握自九峰、乐昌间西进!"

　　博古:"这可是我们战略转移以来第一次出现前进受阻!"

　　李德:"当面敌军兵力多少?"

　　"独三师 3 个团!"叶剑英回答。

　　李德:"让敌人的 3 个团堵住就过不去? 有大山就过不去? 你们的部队还有没有战斗力?"

　　朱德:"你怎么可以这样说? 你懂得中国的山隘作战有'一夫当关,万夫莫开'之说吗?"

　　"不争这个。"博古又让伍修权不翻译朱德的话。

　　周恩来:"我们的前卫部队可以突破敌人的阻挡,也可以翻过大山,但这需要时间。敌虽然兵力不多,但先我控制山间道路的隘口,不用重兵在短时内是打不得开的。要翻过大山,就得另找路,也是很费时的,甚至不是一两天内能解决的。我的意见是让左翼队改道,向北绕过九峰山!"

　　李德:"这不行,这样会把整个行动计划打乱的!"

周恩来："不立即改道，就会延误了整个行动计划的实现，甚至影响到下一步的行动！"

李德被噎住。

周恩来："让一、九军团立即改道前进；命令三军团控制宜章至郴州南部良田之间的通道，保证后续部队安全通过这个地段上的敌人第三道封锁线。这是调整行动计划，而不是打乱行动计划！"

李德气愤地走了。

博古无奈："就照你的意见下命令执行吧！"也跟着李德走了。

朱德："这种靠在地图上划行动路线的指挥方式不行。就算前方没有敌军拦阻，部队也得逢山翻山，逢水过水，有不可预计的困难，哪能完全按计划按时实现目的？"又说："根本就没带兵实践过……"

叶剑英接上："而且一旦进入深山，困难重重，一军团来电中就提到，连日走小路，爬高山，雨中露营、饥饿，部队疲劳特甚，病号增多，掉队屡屡发生！"

朱德："这是部队造成的吗？能怪部队吗？"

周恩来也没了话说。

这时，毛泽东正站在厅堂从天井仰望着天空，不禁自语："看来，又要下雨了！"

张闻天走出西厢房听到了，接话："真是祸不单行，连老天也和我们过不去。"

"你得这样看：天将降大任于我们共产党和红军！"毛泽东说。

王稼祥拄着木棍，从厅堂左房间出来："看来，我得向老毛学习，多读些古籍、诗词歌赋，不仅博古通今，还陶冶情操！"

张闻天一叹："那是日后得闲时才补课，当下，走出危险境地最紧要。天一下雨，行军就更困难了。"

"我们难，敌人也难，看怎么利用天时罢了。"毛泽东随口说。

王稼祥："你是说敌军不会冒着雨追赶我们，而我们应当冒雨快走人？！"

毛泽东："那是消极被动。如果我们现在一味地只顾走，下一步会更加被动……"

王稼祥："对了，老毛，我正想请教你个问题。"

"请教我？"毛泽东问，"什么问题？"

王稼祥："是这样，之前的第五次反'围剿'初始，我和李德争论过数次。我说以前的反'围剿'都不是和敌人顶着干，而是先避开敌人进攻锋芒，然后抓住敌人弱点反攻，将其各个击破取得胜利；你现在搞什么'御敌于国门之外'、'短促突击'，是打不破敌人进攻的！"

"结果是，李德说你右倾保守、消极被动，对吧？"张闻天接话。又说："李德说，战争胜负取决于进攻！没有积极的进攻，就不能彻底打败敌人，实现革命的一省数省首先胜利。"

王稼祥："你也知道这事？"

"瑞金有多大？谁和谁有争论能不传开？老彭彭德怀骂过李德；刘总长刘伯承也当面批评过李德，谁不知道？"张闻天说。

王稼祥："老毛，你说我为什么不能说服他？他为什么就听不进去？"

"答案很简单。恕我直言，你和李德犯同一个毛病——只知其然，不知其所以然！"

"说说，何以为所以然。"张闻天也来了兴趣。

毛泽东："这个所以然，就是我们的战争特点，决定了我们的战争趋势和战略战术！"

"这里有理论问题？！"王稼祥自语。

毛泽东："没有革命的理论，就不会有革命的运动！我们的革命战争，怎么能没有基本的理论问题？！"

"你这句话好耳熟呀。"张闻天一时没回忆起来。

王稼祥："你说具体些，让我们能听懂。"

毛泽东："我们的战争特点主要有四点：第一，我们的战争发生在中国这样一个政治、军事、经济不平衡的大国，有很大的回旋空间。第二，敌人强大。第三，我们弱小。第四，我们有人民的支持援助。这里的一、四两点，提供了我们可能发展，可能战胜敌人的条件;而二、三两点,又规定了我们不能很快发展和很快地战胜敌人,也就是说,规定了我们的战争是持久的,如果我们自己犯错误,可能失败。"毛泽东又说:"这是就我们战争的总趋势而言。这些特点,还规定了我们的总的战略方针是积极防御,进攻一般表现为战略反攻,决战只表现在有利条件下的战役、战斗方面;在作战上还必须坚持集中兵力、打运动战、歼灭战、速决战等原则。"

王稼祥:"明白了,我到中央苏区两三年来,看到的不过是红军战争的皮毛。正如苏东坡笔下的'不识庐山真面目,只缘身在此山中'!"

"我也明白了,让李德指挥中央红军的第五次反'围剿',败不奇怪,不败才怪!"张闻天说,"也不知道他这书怎么读的?!"

毛泽东:"李德说的进攻和决战才能彻底解决战争胜负是背书,此话不错。但对我们来说,是将来我强敌弱时才能实行,也必须实行。而现在,我们还处在敌强我弱时代,妄谈与敌战略决战,结果只能是自找失败,如不及时纠正,接下来只能是灭亡。李德错在教条主义!"

"他呀,还在苏联红军伏龙芝军事院校学习过,连军事的基本理论都不懂。"王稼祥说,"古人云,一字之师。老毛,我当拜你一世为师。"

毛泽东:"言重了。我们一起学习,一起实践,从战争中学习战争!"

张闻天则还在想李德的事,似感悟:"看来,李德是一知半解,还一意孤行……"

就在这时,曾希圣和警卫员进了大门。

毛泽东:"希圣,你怎么找到我们这儿来了?"

曾希圣让警卫员回去,他走过天井,进到厅堂:"我们二局得24小时开机侦收、破译敌人的电报,可又得跟着大队行军,我只好把人员和电台、设备分成两摊子接力,一摊子值班,一摊子行军,相互交换。现在轮到我带的这一摊值班。进村安置后听说你们也在这个村宿营,这不,就过来看看老首长。打从撤离苏区后,我这是第一次有机会见到你们。"

张闻天："行啊,曾希圣,你的办法还挺多的! 坐,我们都坐下说。"

曾希圣："我也是为军委决策提供准确及时的情报着想,想出这么一招……我们力争不漏过对敌侦察,可是,博古、李德根本就不把我们的敌情报告当回事……"

"有这事?"张闻天说,"闻所未闻!"

毛泽东："我正想了解敌情呢,你说!"

曾希圣："从这几天破译的敌人电报上看,敌人已判断我们经赣西南进入湘南;对了,从南昌行营昨天下达的命令看,敌人已判断到我们可能会走六军团西征的路线,并且已命令何键和薛岳两部'追剿',薛岳的部队还在泰和、遂川集结;何键的湘军除六十二师、六十三师外,大部队也还在赣西,企图把我军围歼于湘江漓水以东地区。他的陶广第六十二师,向汝城方向杀过来!"

毛泽东："这就是说当前的湘南,还没有敌人大部队。既然是这样,我们应当集中主力转入反攻,先吃掉孤军冒进的敌第六十二师,而后寻机再战!"

王稼祥："挫败敌人的锐气,打乱敌人的计划,变被动为主动!"

张闻天接上："妙招! 老毛,马上向'三人团'建议!"

毛泽东："这样说,你俩支持我这个意见?"

王稼祥："可以和你联名上书。"

张闻天："同意!"

毛泽东："有你们的支持就可以了,联名上书就不必了,免得落下我们三人搞小团体的把柄……"

张闻天："老毛,你这一说我可不赞成。我们三人也是中央政治局成员,都有参议决定党和红军大事的责任和权力。哪个混账敢说我们这是搞小团体主义?!"

毛泽东："我是说防止落下话柄。"

王稼祥："就算落下话柄又怎么着? 党内没有是非? 他们三人就可以一手遮天,我们这些政治局委员都是摆设的……"

毛泽东："好啦,好啦,不说气话。我来试试,这就给他们写个建议信。"

张闻天："你写,马上写,我让李维汉马上派人送去!"

入夜时分。

周恩来走出房门,喊道："朱老总,开会啦!"

朱德从对面西厢房出来："有我什么事?!"

"走吧。"周恩来有些无奈,"就算陪会吧!"

而在隔座大屋的红军总司令部内,李德在看表,博古向门外张望。

叶剑英和司令部主要的局长、参谋以及翻译伍修权,都候着。

周恩来和朱德进来。

李德对周恩来说："总政委,你不准时!"

周恩来："那是你的表快了!"

李德："应当以我的表为准!"

周恩来："按规矩,应当以总司令的表为准!"

朱德苦笑："我的表为准? 我就是有表,能以我的表为准?"

博古有些不高兴,对伍修权说："别翻译,谈正事。"

叶剑英："是不是让二局的曾希圣局长先汇报敌情?"

博古直接用俄语对李德说。

李德听罢,不屑一顾："我们当前的任务是通过敌人的第二道封锁线,不是要与敌人在这里进行一次战役。你们不是报告过敌人的第二道封锁线只有少量的守备部队? 既然敌情是明了的,问题就在于我们怎样有序地通过! 应当把时间和注意力花在组织通过敌人的封锁线问题上。"

伍修权翻译后,叶剑英说："那就听你下指示吧!"

伍修权翻译后,李德抓起红蓝铅笔,在地图上画着。"为争取先机,野战军于 11 月 1 日应进到这些地区!"他在地名上画红圈。

叶剑英说出李德画的红圈："沙田、汝城、城口……"

李德说："并开始通过敌人由沙田到城口的第二道封锁线。各部队行动路线、到达时间,参谋处作出计划后报给我。"

叶剑英："我们在地图上划一条线容易,部队在实地上走起来可不是那么回事……甚至可能过不去,或者绕路延误时间……"

博古:"这段不翻译。"又对叶剑英说:"规定的行动路线和到达时间,必须要求各部坚决执行!"又说:"给你们通报个情况:六军团已到达黔东与二军团会合了。我们胜利在望,下一步是要求各位各部,必须坚信我们的决定是正确的,坚决地执行这一正确决定!"他转而用俄语对李德说:"走吧,休息去。具体计划由他们去落实。"

说着,博古和李德走了。伍修权也跟着走了。

叶剑英:"就这几句话,还用得着一个共产国际顾问说?红军的任何一位师长,甚至团长,也说得出,甚至考虑更细致!"

朱德:"共产国际就看不到这些年来我们中国红军是怎样发展起来的,非要给我们派个什么顾问……而我们又把他捧得……"

周恩来一直沉着脸,没有吭声。

叶剑英:"我从军 20 年了,还没有见到过,甚至都没听说过哪个指挥官不听敌情报告的?"

周恩来对曾希圣说:"曾局长,你说说敌情。"

曾希圣:"综合这两天敌情:敌人已判断我主力将经赣西南进入湘南。粤军余汉谋第一军集结于大庾、南雄、新田地域;湘军主力现向赣西及湘赣边界集结,其第六十二师主力正向汝城开进;中央军周浑元第八纵队第五、第十三、第九十六、第九十九师,向遂川集结。总之,除何键湘军第六十二师正向汝城前进外,敌'追剿'军基本还在集结状态。"

周恩来:"我们过第二道封锁线时,重点防御方向应是北边,严密注视敌人第六十二师。"

朱德:"要是老毛的风格,必定会集中兵力,干掉孤军南下的敌人第六十二师!"

叶剑英:"我所以提议先听曾局长的敌情报告,就是这个意思……可惜,人家不听,也不理睬!"

周恩来:"就按李德的办吧,抓紧时间过第二道封锁线!"

这阵子,彭德怀正对着窗外,若有所思。

杨尚昆推门进来:"我猜你还没睡!"说着,他拧亮桌上的马灯。

彭德怀逗着:"你想小李睡不着,跑到我这里来?!"

杨尚昆:"这都什么时候了,还顾得上想她!"

彭德怀:"那是来监督我这个军团长?! 按你们在苏联学来的那一套说,你这个政治委员有权监督我这个军团长!"

杨尚昆说:"我来三军团时,军委周恩来副主席交代过,要我尊重你们这些创建红军和苏区的老同志,好好配合你的工作……对了,还让我好好向你学习带兵打仗。"

彭德怀:"恩来是这样交代过! 他是明白人。但博古可是主张实行苏联的那一套。"

"可博古也不敢惹你!"杨尚昆说,"4 月底在广昌时,你当面骂了李德,他拿你没办法,他都监督不了你,我能监督你?! 再说在红军里搞互相监督,不像话。"

彭德怀笑笑:"这样说,你不是不想监督我,而是监督不了我这个刺头?!"

杨尚昆:"看你说到哪儿去了……不是这个意思。"又说:"李德拿中央红军官兵的生命与敌人拼消耗,你骂得在理,他可不就是'崽卖爷田心不痛'……他们没理!"

彭德怀:"就因为我有理,他们就不敢惹我? 那刘伯承总参谋长批评李德有没有理?"

杨尚昆:"据我所知,也有理……"

"那博古为什么把伯承同志贬到五军团当参谋长?"彭德怀反问。

杨尚昆一时说不上了,略停,他说:"他们呀,也是柿子拣软的捏……"

"伯承同志不软,只是他不如我在中央红军的人脉。"彭德怀说,"不客气地说,三军团是我从平江起义开始一手带出来的,一步步发展起来的。博古所以不敢动我,是怕动了我,三军团会有反应,他收拾不了……"

杨尚昆:"那毛泽东还是中央红军当家的,他们怎么敢于让他靠边站?"

彭德怀:"这事我对你讲过,我们这些从山沟里出来的,不是绿林好汉,是要为共产主义事业奋斗的共产党人。因为我们是共产党人,共产党人得讲党的组织观念。是的,博古他们这样做不对,但在他们没有认识到这是不对的,还没纠正之前,毛泽东还有我们这些人,还得服从组织。"

杨尚昆:"还说山沟里没有马列主义? 我看莫斯科中山大学出来的马列主义科班生,也没有这么高的马列主义原则。"

"行啦,我还真是没有受过马列主义的系统教育。"彭德怀说,"不扯这些。你刚才说我骂李德在理,这就是说你也明辨是非,认为李德该骂?"

杨尚昆:"当然,他们把那么大的一个中央苏区给丢了,我能不正视这个现实?!"

彭德怀:"那还只是把中央苏区丢了,可眼下还可能把中央红军再丢了……"

杨尚昆:"有这么严重?"

彭德怀:"小伙子,你想过没有,我们现在的整个转移组织,隐含着致命的弊病……"

杨尚昆:"怎么讲?"

彭德怀:"你看看当前的整个行动组织,哪像在战略转移? 简直像是抬着棺材出殡!"

杨尚昆:"你这一说倒也是,5 个军团护着 2 个机关纵队,作战部队全成了掩护队。"

彭德怀:"再想想,如果敌人的重兵追上来了,怎么办? 会是个什么样的结果? 而敌人的重兵必然会追上来!"

杨尚昆:"我们将处于被动挨打状态!"

彭德怀:"事关党和红军生死存亡呀,我们能睡得着?"

杨尚昆:"你想到了怎么办?"

彭德怀:"他们必须立即改变把战略转移当成大搬家的错误指导思想;而把战略转移当成是战略反攻的开始,并且抓住机会,实施战略反攻!"

第十八章　他们的朴实要求

家富查完哨位刚回到连部驻处,朱大贵和几个战士找来。

"连长,我们是不是来保卫苏区的?"朱大贵气冲冲地问。

家富:"没错,是为了保卫我们的苏维埃。"

李冬:"可我们这是往哪里走? 别把我们看成是东西南北都分不清的傻子!"

二喜也过来:"怎么啦?"

"怎么啦?"朱大贵说,"丢下苏区还要骗人……我们在往西走,离苏区越来越远,还说是为了保卫苏区!"

又有若干战士围了过来。

"要闹着回去保卫苏区呀?"傅有余也过来,"要我说就你们几个回去顶个屁用,保卫得了苏区?"

朱大贵:"老傅,你没发言权,你没牵没挂当然不在乎,我们家里可有老婆孩子呢,谁来保护他们?"

傅有余:"是,我是坚持要革命就不要有老婆孩子拖累……"

"那革命是为了什么?"朱大贵说,"当时宣传上不是说,革命不就是为了翻身得解放,分田分地,要过上老婆孩子热炕头的日子!"

二喜:"朱大贵,你是老兵,你怎么带头闹事?!"

家富:"同志们听我说,革命不是仅仅为了自己能有老婆孩子热炕头,当红军也不是仅仅为了保卫自己的家乡的苏维埃。革命是为了全中国的阶级兄弟都能有老婆孩子热炕头,当红军是为了使全中国都成为苏维埃,保卫全中国的苏维埃……"

一战士:"那家乡呢? 我们的老婆孩子呢? 谁来保卫?"

二喜:"家乡还有党,还有红军……"

"我们主力红军都不去保卫家乡的苏维埃,留下的地方红军保卫得了?"一战士说。

"废话,我们还要打回来的!"二喜说。

一战士:"我们是红军,不许讲骗人的话!"

一战士:"等我们打回来,菜都凉了!"

家富:"同志们,要相信上级自有安排……散了,都回去抓紧时间休息,明天还得行军!"

许多战士怏怏地走了。

朱大贵和李冬还愣着。

家富:"回去吧!"又对二喜说:"把支部委员和党小组长都召来,马上开个会。"

连队就驻在一个小村里,说召集人开会也快。很快地排长和小组长都到了。

家富:"刚才,大贵和几个战士到连部向我们反映问题的事,都知道了吧? 我们开个支组联席会议,讨论怎么做工作。"

一组长:"怎么做工作就看上头怎么解释这个问题。要我说,谁来保卫苏区的问题,要是不能给予有说服力的解释,连队会散摊子的!"

二喜:"废话。有你说的那么严重? 只要我们的党支部不散摊子,党员不散摊子,连队就不会散摊子!"

延明:"你说得对,党支部不散摊子,连队就不会散摊子。但是,党支部也得做工作……就是大道理,也要讲得让人听得进去。否则,就是连队不会散摊子,也会有个别战士撂挑子、开小差!"

二喜:"把党员发动起来,大家做工作,服从领导,听从指挥……"

延明:"问题是有些党员也想不通。就这次闹事说,不就是党员朱大贵带的头,怎么做工作……就给他们讲服从领导、听从指挥?"

二喜说:"不然讲什么?"

傅有余:"要是家里没有老婆孩子,就不会有……"

"废话!"二喜说,"往后,红军只要光棍?"

一排长："我说你开口废话，闭口废话，我们说的都是废话，你说个不废话吧？"

傅有余："他那是口头禅，天天挂在嘴上，计较什么？！"

延明："还说怎么办吧。"

二喜："废话。对不起，改不了，总说废话。我的意见是强调服从领导，执行上级指示。"

一排长："废话。这还有用吗？"

家富："副连长的意见还真不是废话，越是非常时期，越是要强调组织性、纪律性！但这不是解决问题的根本办法。现在看来，我们过去只强调保卫苏区是片面的，也过于简单，弄得现在不能自圆其说了。还有，这么大的行动，事先也不好好研究大家会出现什么思想问题，应当怎样做工作，弄得现在被动透了！"

二喜："那现在怎么办？"

家富："先要求党员服从组织。再就是一个党员负责几个非党员战士的思想工作。你们各小组回去按人头落实！"

三十四师师部，师长陈树湘、政委程翠林，正在向各团布置战斗任务。

陈树湘："出了大庾岭了，往前走粮食问题应当会好解决一些，但作战问题开始了。也就是说，前一段我们只是走在最后，从现在开始，我们师真正的处于断后了。下面，由参谋处长王光道同志先报告下敌情。"

王光道："敌情是这样：军委通报，何键湘军先头部队六十二师，已到汝城北部；薛岳的中央军追剿部队还正向湘赣边运动。我们军团和我们师谍报队报告，进至汝城北部的敌六十二师先头部队，有出文明司西进追击的迹象。"

陈树湘："军团首长命令我们师，务必顶住敌人追击，掩护我军委和中央纵队通过敌军第三道封锁线。师里决定：由一百团断后，准备在文明司地区迎击敌六十二师先头部队；百零一团为预备队，随时接替一百团战斗；百零二团向南警戒，防止粤军尾追，从南边或东南边袭击我军！"

韩团长:"我们必须坚持多长时间?"

陈树湘:"我估计是原地坚持一天,之后边阻击边跟大部队西进。具体听师里的命令。如果有线电话撤了,我会派传令兵告诉你们。百零一团主动与一百团联系,随时接应他们!"

程翠林:"部队现在有什么反应?"

苏政委:"喊挨饿已不是主要问题。现在的主要问题是问我们要去哪里,为什么一直往西走!"

陈树湘:"是呀,我们要去哪里? 甭说上头至今还秘而不宣,就是我们知道或者说判断得到,也不能如实地告诉他们……"

吕团长:"可这老捂住不是办法。说是保卫苏区,部队越走距苏区越远;说是准备反攻,又哪像反攻的样子……不能把基层官兵当猴子耍,战斗是要靠他们去打的!"

政治部主任蔡中:"出发前,总政治部对这些问题就没有好好考虑过,怎样向官兵解释?"

程翠林:"师政治部要尽快专门研究下怎么解释;你各团政委、政治处也想办法……这个问题要不尽快有效解决,已经出现的离队现象会更严重!"

夜幕下,家富连队在构筑简单的野战工事。

家富正帮助山春,在旱水沟的北沿修一个射击掩体。

韩团长过来:"选这个山包好,利用这条旱水沟更好。我们是弱军,自动火器极少,弹药也很少,就得利用地形,既利于打退敌人的进攻,又可以尽量减少伤亡。"

家富:"这里刚好压住敌人南进必经的小路,山包前面左侧是大水塘,阻碍敌展开攻击;右侧虽是开阔的田地,敌人就是展开攻击,也利于我们阻击。"

韩团长:"这里放 1 个排?"

家富:"1 个排;二、三排在后面 50 米处的土包上。一排和后面主力的运动联系,就利用这条旱水沟,从反方向上去。"

韩团长："不玩添油打法。我已告诉你们营,你们连要是顶不住,就放弃现阵地向营主力靠拢;营不给你们增援!"

"营长交代过啦。"

韩伟："抓紧准备,天一亮可能就会有战斗。"说着,走了。

这时,傅有余带着炊事班送来早饭。

家富喊着："吃饭。吃饱后,准备战斗。"

天亮了,家富的连队进入阵地,并加以严密的伪装。

约摸早上8点钟,敌人的前卫搜索队出现在家富连队阵地的路上。

跟在一排的家富低声地说："敌人没发现我们,放近了打。投弹手准备好手榴弹,听我的命令。"他又沿着旱水沟,运动到朱大贵的机轻掩体,说："别看给你补充了200发子弹,你还是要省着打!"

"知道,打点射!"朱大贵回答。

家富："还要有准头! 别像放鞭炮!"说后,回到他的射击位置。

很快,敌人进入50米内。

家富命令着："打!"

顿时,投弹手的一排手榴弹投了出去;紧接着,是朱大贵的机枪和约摸有30支步枪响了;继而,是土包上的二排、三排的步枪也开火了。

前方的敌军,刹那间躺倒了二十几个。后面的敌人有卧倒的,有向后跑的。那向后跑的,又有好几个人让家富连队的战士用步枪击倒,敌人停止了前进。

就在刚才战斗时,山春紧张得拉不动枪机。

兵油子李冬一边拉枪机,一边讽刺着："小子呀,尿裤了吧?"

一旁的延宗："看我的!"他一把拉动枪栓,接着对敌射击。

山春终于拉开枪栓,打出第一发子弹。

约摸半个小时后,敌人又在3挺轻机枪火力掩护下,以1个排发起试探性攻击。

家富还是按原来的打法,把敌人放到手榴弹的杀伤距离内才开火。

但这次,敌人既预有准备,又有些胆怯,在接近红军的手榴弹杀伤距离外,就改为匍匐前进,遭到红军打击后,竟一个个地往后爬。但也有几个让红军的步枪冷枪打中。

敌人又停止攻击。

家富也作了部署上的调整,把二排从山包上调了下来,利用旱水沟为阻击工事,加强一线的力量;命令三排在土包上散开,防止敌人迫击炮的炮击。

可出人预料的是整整一个上午,敌人竟没有进攻。

下午2点后,敌人组织了1个营规模的进攻。

家富连队的正面是敌人的1个连,敌人另2个连向右边迂回,企图来个两面夹击。

攻击开始时,敌人集中了4门迫击炮,向家富连队的土包猛轰了有10分钟,紧接着是在4挺重机枪的掩护下,发起了集团冲击。

这一次,敌人的迂回部队被红军一百团一营堵住,向家富攻击的那个连,又被杀伤了十几个,而后面的敌人则在督战员的大刀和驳壳枪的逼迫下,又压了过来。

家富连队一线的2个排,弹药已经不多了,又让敌人的重机枪压得抬不起头。他干脆让战士们再放近打,放到二三十米内,敌我已交织在一起,敌人的重机枪怕误伤自己人,已不敢狂射时,一排在用手榴弹杀伤敌人后,跃出旱水沟反冲击,与冲在前面的敌兵拼起刺刀。

敌人这才发现红军的阻击部队不只是当面土包上的1个连;并且又弄不清楚后面的几个小土包有没有红军埋伏的大部队,不敢再贸然攻击。

家富连队虽然打退敌人的3次进攻,但也有伤亡。延宗在与敌人拼刺刀时,右大腿挨了一刀,虽没伤了骨头,也成了贯穿伤。

入夜,家富判明敌人今天不会再进攻,组织战士们到阵地前敌人的死尸上捡弹药。这是第五次反"围剿"实行阵地防御战以来,红军学到的弹药补充的新办法——白天把敌人放近了打,晚上到阵地前敌人的死尸上捡弹药,甚至扒下敌死尸上的胶鞋,补充自己。

这一手是管用的,家富连队的每支步枪,都补充到拥有上百发弹,朱大贵的轻机枪弹翻了一番;每个投弹手有了两弹袋共8颗手榴弹。

这一天的阻击战,虽然战斗的规模很小,但给了敌军以教训。敌人也摸不清当面的红军有多少,第二天也没敢再攻击,大概是等他们的主力到齐后再说。

当晚,一百团和一百零一团各后撤10里地,建立阻击阵地;第二天敌没有攻击,前方又传来主力已过了敌人第三道封锁线的消息,三十四师撤出断后战斗状态,继续追赶前行的大部队。

这天下午,家富连队在一个山村宿营。

黄昏时分,延宗躺在老乡的一张单人竹床上,延明和山春守着他。

家富和傅有余过来。

家富走到延宗床前,拉着延宗的手:"兄弟,敌情越来越严重了,你们几个不能随队行动的伤员,只能就地安置。"

延宗:"我知道,也有思想准备。"

傅有余:"连长让我联系了,你寄养在南边5里地的大山下,是个独户,隐蔽条件不错,房东很可靠。"

家富拿出银元:"这是5元,是团里统一给的,你留做今后的路费。"

傅有余:"给房东的生活费和代给你治疗的费用10元在我这里,我送你去时会付给房东,你别再给房东钱。"

家富又拿出几块银元:"我们几个同乡凑的,你留下用。你的伤不重,养一阵子会好的。伤好后,你可以直接回我们闽西老家去,参加家乡的斗争。"

延宗热泪涟涟:"你们上哪儿去?"

家富:"兄弟,甭说我不知道,团里也不知道。要不,怎么会让你伤好了,直接回家乡去!"

延宗无语。

家富又说:"这些年,家乡出来不少人,村里没几个年轻人了,你回去吧,家乡需要你……说句不好听的话,给村里留点种子吧。"

延宗抱住家富大哭。

延明："兄弟,听家富哥的话,替我们回去!"

家富对延明、山春说："你俩陪他一会儿,对家里有什么交代的让他带话。"他放开延宗站了起来："我和司务长还得去和其他两位寄养伤的同志谈话。"

傅有余："待会儿,老乡的担架到了,我送你去!"

家富和傅有余走后,山春掏出随身的小圆镜。

延明："带给秋月的?!"

山春："是她极力支持我当红军……她要我送她一面圆圆的镜子,当时没买到,后来到红军队里时,托司务长买到了,却没法给她。"

延宗："让我带给她?"他接过山春递过来的镜子,百感交集。"我离开家时,春花说要到部队来看我,可一直没来……"

延明："不知道我家秋红怎样……真想她。"

山春："越走越远了,也不知道能不能亲手送给她。延宗哥,你还有可能回去,就托你带给她!"

延宗："兄弟,我也不知道还有没有回去的可能。再说,这是信物,还是你将来亲手送给她……"他把镜子还给山春。

延明："我倒认为,既是秋月喜欢的,你就留在身上,权当是对秋月的念想!"

山春无言地收起镜子。

夜深了,家富在苏红给他的本子上,给苏红写着："苏红,我们已经过了郴州,突破了敌人的第三道封锁线。前些天很紧张顾不上,今天送走几个负伤不能随队的战友,谈到了回故乡,想起你……"

正写到这里,二喜和延明撞了进来。

延明："朱大贵和李冬不见了……"

"确实吗?"家富收起本子。

延明："刚才,我起床查哨,发现他俩不在,找了一阵子也没找到,把副连长喊来一起找,还是没找到!"

二喜："他的枪都在。"

家富自语："果真走了……"

延明："他们没走出几十里地，我带几个人去把他们追回来……"

家富："不行，没等你们追到，天就亮了。后面是敌人，你们当俘虏去呀！"

二喜："我也不主张追。别没追上他俩，又搭上几个……"

延明："朱大贵八成是让李冬拐跑的！"

家富："大贵一直在叫唤要回去保卫老婆孩子……李冬是跟大贵一起走的！"

二喜颓然坐在家富床上："不解决保卫苏区问题，还会有人开小差的……会跑光的！"

"你也跑呀?!"家富瞪了二喜一眼。

二喜："废话……没准！"

家富："这回你可是真的废话！"

二喜："战士是文化不高，但也不至于东西都分不清。苏区在东边，而我们一直往西走，还说是在保卫苏区，这不是骗人……红军骗人，还会有人跟着走?"

家富被噎住。他转而批评二喜："你这还像是个共产党员？还像红军的副连长?!"

二喜："我要不是共产党员、副连长……"

"你可以不要，走人。"家富大声说，"现在就可以不要，跟着走！"

延明："副连长，真的废话了。许多普通战士不都跟着队伍走呢！"

家富："你走呀！后面都是敌人，找死去吧！死了还得给你戴上逃兵的帽子！"

二喜："对呀，我怎么没想到他们会被后面的敌人赶回来的！"

……

第十九章　不被采纳的灼见

远处传来敌机临空的暴音。

地面上,各行军队伍的军号,几乎同时响起防空号。红军的行军很注意防空。

红三军团部的行军队伍,立即消失在路面上。反复的防空实践,让官兵们对此已经很熟练。

彭德怀和杨尚昆遁入路边的一片橘子林,两人都下马。马夫接过马,和警卫员走到一边去。这时候,首长通常有私事要处理,有事私下交谈,他们身边的人员都会主动离远些。这是不成文的规矩。

彭德怀解完小手后,找了个干净的树下坐下。

杨尚昆凑了过来。都说彭德怀不苟言笑,很难接近,杨尚昆反倒认为彭大哥为人正直,爱憎分明,又有带兵打仗的超人能耐,对他既尊重,又爱护,很喜欢跟着他。

彭德怀见杨尚昆凑了过来,指了指地上,让他坐下:"我昨晚想了一夜,有个建议说给你听听,也征求你的意见。"

"是启发我思考吧?!"杨尚昆笑笑。这小伙子精明,彭德怀是有启发他思考的意思,但也有找个人倾诉的意思。一句大实话后,他又说:"我说过,我这个政委当不了你这个司令的家。"

彭德怀:"那也得尊重政委。政治委员过去称党代表,代表党对军队的监督,尊不尊重他,可是个党性问题!"

"有那么严肃?!"杨尚昆说,"周副主席对我交代过,我们红军的政治委员与苏联红军政治委员的最大不同之处,就是与同级军事长官不是监督与被监督关系,而是党委集体领导下的军政首长分工合作关系。"

彭德怀："恩来对你交代的事,留着有空慢慢琢磨。我要说的可是眼下的大事,它关系到我们军团,更关系到全局。"

"这么重要呀？快说。"杨尚昆说。

彭德怀："我认为我们现在应当乘敌人的'追剿'军还没有赶上之机,以我们三军团迅速向湖南中部突进。具体地说:向湘潭、宁乡、益阳一带挺进,威胁长沙,扰乱蒋介石和何键的部署。而我们的主力,则乘机迅速进占溆浦、辰溪、沅陵一带,创建新苏区,建设战场,粉碎敌人的进攻。"

"我听明白了,你是说要化被动为主动！"杨尚昆说。

彭德怀："对,核心的思想就是化被动为主动。你知道的,我们现在已处于极度被动,如果不能迅速恢复主动,下一步就会彻底地被敌人打败！"

杨尚昆："你的这一战略设想可够大胆,那会把湖南搅得天翻地覆的！"

彭德怀："是得大胆,否则,等到敌人追上来了,我们将被压迫在五岭的大山中,既要对付北边的薛岳中央军和何键湘军,又要对付南边的白崇禧桂军,还得天天为吃饭问题担心,后果会是怎样?"又说:"大胆,但不是蛮干、冒险。我的个人方案是乘敌人还来不及部署时行动,等到敌人醒过来了,我们已经达到了目的。"

杨尚昆："是不是也可以理解为你这个方案,带有牺牲我们三军团局部、保存全局的意思?"

"不,"彭德怀说,"是以我们局部的作为,助全局达到目的。我们三军团如这样做,前途也不是牺牲了。湖南的中部固然是相对的平地,交通也相对发达,但四周都是山地。如果敌人用重兵围追堵截我们军团,他们就没有那么大的力量去围追堵截我们的主力;而我们军团也可以退入四周的山区。你知道的,我们三军团就是从湘鄂赣边的山区中走出来的,大不了我们再回到湘鄂赣边的山区中休养生息！"

杨尚昆："我的军团长呀,你真是远见卓识。我赞成！干,我跟你干！"

彭德怀："可是,这个建议不符合博古、李德的意图,所以你别出面,以我的名义向他们建议,被采纳了固然好,若出是非,由我一人扛着!"

杨尚昆:"我也不怕……"

"小伙子,别看你和他们同是莫斯科回来的,他们也委以你不小的官,可要是发现你和他们拧不到一起,照样会让你靠边站!"

杨尚昆:"你就不怕他们让你靠边站?"

彭德怀:"他们用得着三军团,也就不敢让我离开三军团。他们之前不敢动我,现在就更不敢动我!"

杨尚昆:"那你赶快向他们建议!"

彭德怀:"到了宿营地,我就向他们提出。"

这阵子,后卫的五军团也在防空。

刘伯承和军团长董振堂、政委李卓然,军团部人员,也躲在一片树林下。

敌机就要临空了,前面暴露的路面上还有一队徒手兵,背着电台的人员、挑着担子的挑夫、驮着设备的驮马。他们虽然也急着防空,但负重,跑不快。

刘伯承见了,站起来急叫:"那是军委二局的同志?"

董振堂喊着:"警卫排,快去接应他们!"

随着这一声喊,30多个战士冲出树林,冲向路上的行军分队。紧跟着,接应的警卫排人员帮着小分队的人,离开了暴露的路面,躲进树林中。

也在这时,两架敌机一前一后俯冲下来,路面上闪现两条有规则的弹着线,随即传来敌机扫射的机枪声。

刘伯承认出了刚跑进树林的二局局长曾希圣。

"你们怎么会落在这里?"刘伯承对曾希圣说。

曾希圣:"我们局是分两拨人接力的,我这一半人员轮到行军……甭提了,抬发电机的民工跑了。这不,一时人手不够,行动迟缓,落在后头了。"

"你没向上反映,调整补充保障人员?"李卓然说。

曾希圣:"你们不跟军委机关一起,不知道全乱套了……一大堆的坛坛罐罐还找不到人来带,哪管得了我们……"又说:"刚才好险呀,要不是你们拉了我们一把,敌机把我们的设备打坏了,我们可就没法开张了!"

刘伯承:"没有你们的情报保障,我们可就成了瞎子啦!"

曾希圣一叹:"不是从前了,现在的我们,已经成了瞎子的黑眼镜,摆样子,在他们的眼里,有我们无我们无所谓了……"

董振堂:"荒唐!"

"可不是吗?!"曾希圣说,"前天作战会议,那个洋顾问都不听我的敌情报告……"

刘伯承:"闻所未闻!"

董振堂:"第五次反'围剿'以来,我们所以处处失利,就在于不顾敌情!"

刘伯承:"说说你们掌握的敌情。"

曾希圣:"何键和薛岳的'追剿'军都还在集结中,只有湘军1个师南下,扑向我们。"他忽然想到:"对了,大前天晚上宿营时,我们和毛主席、张闻天书记和王稼祥主任住了一个村,我去看他们……"

董振堂:"毛主席的病和稼祥主任的伤好些了吗?"

曾希圣:"看样子还好。毛主席听完我的敌情报告后,说我们应当抓住这个机会,转为反攻,求歼孤军南下的敌湘军这个师,而后寻机再战……"

刘伯承:"是应当这样,这就是叫花子打狗,边打边走。这是被强敌跟追的弱军绝对应当采取的方针。"

李卓然回味:"叫花子打狗,边打边走!形象,富有哲理!准保是莫斯科中山大学和苏联红军伏龙芝军事学校学不到的特定的作战指导原则!"

董振堂:"是呀,连叫花子都懂得带一根打狗棍,好边打边走……"

刘伯承借话泄愤:"卓然不是说了吗,在中山大学和优龙芝军事学校,学不到中国的叫花子打狗经验……我们当家的,也就不懂得中国的叫花子还有这样的大学问！"

周恩来、朱德也和博古、李德随红军总部在树林中防空。

这阵子，中央机关和中央红军行军队伍已分布在自郴州、宜章以西，嘉禾、篮山以东的像走廊一样的通道上。敌人也大体知道，故敌机一临空，也沿着这一像走廊地带一样的上空来回盘旋。因此，一旦防空，各部队一防就是好几十分钟，直到敌机油量接近返航极限，这才能解除防空警报。而且，在这一路上的防空，部队通常是躲进树林里，实在没树林或来不及，才只好分散藏到路边水沟的灌木或茅草丛中。也因此，防空成了红军行军途中客观上的休息。

基层官兵和挑夫队一旦防空，不是找个地方坐下抽烟，就是干脆躺倒睡觉。但领导通常离不开议论领导的问题。

这阵子，李德正在责怪红军走得太慢、太乱。

周恩来有意把话题引开，乘机谈他的看法："是的，转移的行动很慢，也有些混乱。可我们要把中央苏区来一个大搬家，坛坛罐罐都得带上，这不就又乱又慢了。他们一慢，掩护他们的部队也跟着慢，这不就全都慢了。"

李德："你们部队的条件太差，体力也差……"

朱德："我也到过欧洲，知道国外的条件。可我们中国的现在就这个水平，南方主要靠肩挑，北方主要靠独轮车……我们的部队给养很差，随之体力也差，这也是现状。我们的决策，只能根据我们的现状，说这些没用……"

周恩来紧接上："所以，我认为毛泽东同志的建议是值得我们三人慎重考虑的。我们现在的态势的确很被动，如果我们能在敌人有组织的大部队的'追剿'军追上来之前，转入战略反攻，是可以打乱敌人的部署，迟缓敌人追击的。那样，我们就化被动为主动了！"

李德："周，我们既定方针计划是什么？是赶到湘西去与当地的红军会合，放下行装，再转入反攻，那才有胜利把握。毛的建议完全违背我们这个既定的战略方针计划，万一反攻不成，反而会被强敌再包围住，那不仅破坏了我们既定计划的实现，反而会使你们的红军处于更危险的地步！我坚决不能同意毛的这种一看就是冒险主义的建议！"

博古："'三人团'已确定的方针计划是不应当动摇的,以后不管是谁提出的,类同这样的建议,一律不采纳。"又说:"恩来,你应当制止这种干扰我们决策执行的建议！"

朱德："你们就不能听听别人的意见吗?"

李德："总司令,你又要讲你们朱毛红军的光辉历史?！"

"我们朱毛红军历史上,起码没有像现在这样狼狈过……我也希望朱毛红军的历史,不要在你们的手中给玷污了！"说着,他愤愤地走到一边去。

博古立即拦住伍修权："他的这些话别翻译！"又嘀咕:"过分啦,都过分了！"

李德听不懂朱德的话,但看出朱德很不高兴,也嘀咕着:"我可是很尊重他的……我称他总司令！"

周恩来："可是你不尊重朱毛红军的历史。"

博古立即把话叉开："得发个报,让二、六军团赶快转进湘西,协同我们行动！"

李德："对,这很重要,要他们坚决执行命令！"

周恩来转身向朱德走去："老总,别和他生气！"

朱德："我真想问一问这两个自负的年轻人,你们不懂得中国红军在苏区内反'围剿'的运动战,已由你们的行动证实了;那么,你们有过带领部队战略转移的经历与经验吗?！"

"他们哪能有这方面的经验……"周恩来不能不承认,"我也没有……"

朱德怒气未消："没有是不是得听听有过实践人的意见? 现在,在敌人还来不及组织大规模追击之前不打,放任让敌人从容地组织追击,才会让敌重新包围,才会使中央和中央红军处于危险的境地！"

周恩来无言以对。

朱德回过身来："记得我对你说过,当年我们下井冈山转战赣南、闽西时,也不过千把里路,一路上大的战斗有几次。先是我们没打的意识,在大庾被迫仓促应战,打死了二十八团的政委何挺颖;继而在圳下又遭追击的敌人袭击,我的老婆伍若兰被抓走。到了瑞金大柏地,老毛和我说不打不行,我们杀了个回马枪,干掉衔尾跟追的江西国民党军刘士毅的2个团。从此,一路走得从容不迫! 接着打下长汀,彻底扭转被动局面……"

"是的,"周恩来说,"我知道,1930年冬开始的,邓小平率领广西右江苏区红军转战到中央苏区,也是边打边走的!"

朱德:"就是嘛! 所以,老毛的建议是经验之谈,是应当采纳的!"

周恩来:"可是,博古他们理解不到……"

"那我们中央应当理解呀……"朱德说,"他们怎么可以一而再地拿我们辛辛苦苦好不容易积蓄起来的这点力量,毫不心痛地任其损失!"

周恩来:"这不是共产国际……指定的。"

朱德:"可我们也有自己的前途命运……"

周恩来一叹:"但现在的这种状况下,这种领导局面没法彻底改变……"

"那就等完蛋了再改变?"朱德说,"到时候恐怕就来不及了……"

"希望吧,希望能顺当地走到湘西!"周恩来回头喊着,"剑英,你过来!"

叶剑英跑步过来。

周恩来对朱德说:"他们不采纳,我俩在职权范围内,尽可能做补救!"

朱德:"我们是有职,可有权吗?!"

"你听我说,"周恩来转而对叶剑英,"以军委名义,通报表扬三军团在突破敌人第二、第三道封锁线时行动迅速!"

朱德:"这有意义吗? 彭德怀吃这一套?!"

周恩来:"有呀,表扬先进,鞭策落后,彭德怀是不吃这一套,可我们提醒上次落后的拉了整个行军进度的单位,下一步得注意了!"

叶剑英:"我认为八、九军团应当缩编,提高部队运动能力和战斗力!"

朱德:"各缩编成 1 个师!"

周恩来说:"缩编怕来不及。但中央纵队要马上轻装,至少减少 300 担物资,那些当前用不着的东西,就地销毁,甚至丢掉,不能成为部队的累赘!"

朱德:"对头,应当解除中央纵队教导师的运输任务,解放他们的战斗力。"

周恩来:"剑英,你晚上就把这些事落实!"

这边,毛泽东一行人也在树林中防空。

毛泽东、张闻天站在树下,看着天空中的敌机;王稼祥坐在担架上,一脸无奈。

他们的周围,是散落着的官兵和挑夫,有坐着的、有躺着的……

突然,天上的 2 架敌机一前一后俯冲下来,朝着路上丢下的担子、捆包、驮马扫射。子弹打在一匹驮着行李担子的骡子身边,扬起一阵烟尘,骡子受惊狂跑。已躲到林子里的马夫竟上去,要追骡子。

马夫边追边骂着:"瞧你个熊样! 哪配当红军的马!"

张闻天苦笑:"当红军的马也跟着受罪! 跟着挨打!"

毛泽东似自语:"就这样让人撵着走、追着打,全无自主之概!"又轻轻一叹:"军队一旦失去主动权,又不能迅速恢复,结果就是失败!"

张闻天:"这两天的整个行动,还是外甥打灯笼——照旧(舅),一点反应都没有,我说的是对你的转入战略反攻建议的反应呀。"

毛泽东:"看来,我是以己度人,他们根本听不进去!"

"你认为他们是怎么想的,为什么听不进去?"张闻天问。

毛泽东:"他们现在是一门心思让中央红军把中央苏区搬到湘西;而我则提出要他们在半路上转入战略反攻,实质上是和他们唱反调,他们是听不进去!"

王稼祥:"他们的心思从理论上和实践上说,错在哪里?"

毛泽东:"7 年前,我提出过枪杆子里面出政权的观点,现在我还坚持这一观点。打从国共合作的中国大革命失败后,革命就成了极其深刻极残酷的战争了;革命要胜利,得靠我们一个胜仗一个胜仗打出来!所以,我们要非常重视战争问题。"

"我接受你这个观点。"王稼祥说,"这是理论,你再说实践问题。"

毛泽东:"就讲我们当下的实践。我们想把中央苏区撤到湘西,首先的问题是,敌人会放任我们大搬家吗?"

王稼祥:"不言而喻,不会的!"

"对,"毛泽东接着说,"敌人必然会调动重兵围追堵截,我们得突破敌人的围追堵截,才能达到目的,这就有个打的问题。那么,是在敌人还来不及组织围追堵截我们之时打有利,还是反之?"

张闻天:"当然是前者。等到敌人调动重兵围追堵截我们时,我们即使突破敌人的围追堵截,也得付出沉重的代价。"

"对,"毛泽东接着说,"再说,我们即使杀出重围到了湘西,敌人会不会再'围剿'?"

张闻天:"那还用说!"

毛泽东:"我们还得反'围剿',就是说还得打。怎么打? 总不能再像第五次反'围剿'那种打法吧?!"

"看来,他们的确是一厢情愿了。"张闻天似自语。

王稼祥:"岂止是一厢情愿! 简直是一无所知!"

毛泽东:"那么,这种状况要是不改变,后果会怎样?"

"会遭受到更加严重的失败?!"王稼祥说。

张闻天:"那还了得……党和革命事业在我们这一届中央的手上毁了,我们要成为历史的罪人的!"

王稼祥:"那我们就不能让他们'三人团'再我行我素……"

毛泽东:"是不能! 可当下有什么办法?"

王稼祥:"洛甫,你是中央政治局委员、书记处书记,你得出面讲话!"

张闻天:"老毛不也是中央政治局委员……"

"我是山沟里出来的,没吃过洋面包,他们当然拿我不当回事……"毛泽东说。

张闻天给堵得没了话。

第二十章　话说斑竹千滴泪

贺龙、任弼时在警卫员护卫下,策马来到湘西永顺猛洞河滩。

两人在一处树下下马,把缰绳给了警卫员:"到一边让它吃草,你们也别跟我们,我和政委在这里坐坐!"贺龙说。

贺龙原是国民党军第二十军军长,1927 年率部参加南昌起义后,加入中国共产党。南昌起义军南下广东东江地区失败后,他潜回故乡湘西桑植,拉起队伍发动桑植起义,又几经挫折组建了湘鄂边红军。1930 年7 月,贺龙的红军和周逸群领导的鄂西红军在公安会师,组成红军第二军团,后按中央给的番号改称"红三军"。在反"围剿"胜利中,建立湘鄂西苏区,红军发展到 2 万人。但从 1931 年王明中央派来的代表夏曦组织湘鄂西苏区中央分局,控制了湘鄂西苏区和红三军后,在教条主义的危害下,苏区丢了,红三军也锐减了 3000 余人。在教条主义严重危害事实的教育下,贺龙与关向应终于奋起,排除了夏曦的领导,于 1934 年暮春转移到贵州东部印江等地区,创建黔东苏区,又把红三军恢复到 4000多人,扭转了危险的形势。

任弼时原是王明中央派到中央苏区和红军的中央代表成员之一。开始时,他是执行王明的教条主义路线的,但是,在深入了解和实践中,他逐步认识到教条主义与中国革命的实践不相符,对党的教条主义有所认识和批评。1933 年春,博古中央由上海迁到中央苏区后,发现任弼时的认识与他们不合拍,把他调到湘赣省任省委书记。这倒给了任弼时施展领导才华的机会。他到湘赣苏区后,纠正了教条主义错误,使红军恢复到近万人,并与湘鄂赣边苏区红军一部组成红六军团。1934 年 4 月底中央苏区第五次反"围剿"广昌战役失败后,中央内定要实施战略转移,命令红六军团西征,为下一步中央率领中央红军的战略转移探路。是年8月7日,任弼时和萧克率领红六军团撤出湘赣苏区,沿五岭西去,于同年10月下旬,与贺龙、关向应的红三军在黔东苏区木黄会师。

此后,红三军复称"红二军团",在贺龙、任弼时统一领导下,与红六军团形成一个战略集团,其时两军7700余人。此后,二人又按中央指示,挥师东进湘西,创建苏区,策应并迎接中央率中央红军战略转移到湘西。

他俩就是这样走到一起的。

警卫员牵着马走后,任弼时随贺龙在树下坐下:"我还当你是让我陪你钓鱼呢!"

贺龙:"看来,贺龙好钓鱼是出了名了。"他笑笑:"贺龙好钓鱼不假,可钓鱼得有闲心、情趣。你知道吗?打夏曦同志到了湘鄂西苏区后,我们天天疲于奔命,苏区丢了,我最好的战友周逸群牺牲了,2万人的队伍,给折腾得只剩下3000多人。后来转到了黔东,才有你们到来前我的4400人队伍。和我一起创业的同志,牺牲的牺牲,枉死的枉死,我哪有心思钓鱼?"

任弼时:"是呀,这几年来,左倾教条主义的那一套,可把几个大苏区的斗争搞得一团糟。"

贺龙:"你不是从中央苏区出来的? 那中央苏区是个什么样的局面……"

"全盛时面积有8万多平方公里,人口450多万;中央红军加地方红军得有约13万人……"任弼时说。

贺龙:"这不说丢就给丢了……痛心呀,创建这么大个苏区,多不容易呀!"

任弼时不假思索:"领导有问题,路子也不对……"

贺龙:"朱德、毛泽东的本事不够大? 没本事能造成那么个大局面?!"

任弼时有些尴尬:"毛泽东已不在领导岗位了,朱德也有职无权……不瞒老大哥说,对这些问题,我也有一个认识过程。你知道吗? 刚到中央苏区时,我也不赞成毛泽东的搞法!"

贺龙笑笑:"我见过。你们这些从莫斯科回来的小伙子,个个踌躇满志,都想一鸣惊人,要来一个一省数省的首先胜利⋯⋯实在是还没有学会走,就要飞了!"

任弼时:"的确,我们这些人没到苏区前,连红军是什么样都没见过!"

任弼时:"博古比我小3岁,今年27岁⋯⋯在莫斯科待过5年!"

贺龙:"这就被派来领导中国共产党和红军战争? 这不是拿党和革命事业当儿戏么?!"

任弼时苦笑:"所以么,不仅连一个省也没首先胜利,反倒是把鄂豫皖、湘鄂西苏区先丢了;现在连中央苏区和邻近的湘赣、湘鄂赣、闽浙赣苏区全丢了⋯⋯应当承认,实践出真知。你们这些战斗在创建红军和苏区第一线的领导同志才是真正的英雄;而我们这些上级派来的,如你所说的小伙子,的确还幼稚!"

贺龙:"也不能说你们这些同志都是幼稚的,你们中也有许多是能人,只不过缺乏实际的工作经验。只要能在实际工作中锻炼,又能从实际出发,就能很快地成为党和红军的高层人才。像后来成为我搭档的关向应,以及现在的你们,都是大能人。有你这个大能人主政,我坚信我们的队伍和局面会很快恢复发展的。"

任弼时:"老大哥看重我了。不论是打仗还是创建苏区,你都比我经验丰富。我不仅会很尊重你,还要虚心向你学习。如果我俩能自主地当二、六军团的家,我相信局面会很快地展开、发展!"

"老弟,你话中有话?"贺龙笑笑,"如果我没猜错,你我的顾虑是一样的!"

任弼时:"老大哥,你和我兜了好大一个圈子。"又大笑:"我明白了,你今天是来钓大鱼的,钓我对当前中央的态度这条大鱼。"

贺龙也苦笑:"我也不瞒你老弟,这些天我一直睡不着。很明显,中央让你带六军团转移到我这里来,目的是探路,并且把二军团和六军团统在一起。而现在中央率领中央红军,走的是你们3个月前走过的路,目的也是要到湘西来。我得声明,二军团是党的红军,不是我个人的红军,但要是像夏曦同志那样糟蹋这支红军,我可就心痛了……我不忍心把它交给这样的中央……"

任弼时:"所以,我说你们这些战斗在第一线的同志是英雄、有真知,你们一眼就能看出问题。"

贺龙:"我不是不欢迎中央率中央红军和我们在一起,非但不是不欢迎,而是希望大家合在一起扩大我们的局面。但我又怕中央这一来,把他们在中央苏区搞的那一套给带了过来……你知道,这三年来,我让夏曦同志折腾怕了。"

任弼时:"老大哥呀,我们想到一起啦。我也怕这个问题,怕又回到博古中央的眼皮下,一切都得听他的,按他的那一套来;而他又没有真知灼见……把我们这儿再搞砸了!"

贺龙一叹:"朱毛就没可能再起来?"

"老大哥,我也实话实说。如果没有共产国际给撑着,仅凭博古中央把中央苏区丢了,他就得下台!"任弼时说。

贺龙:"看来,朱毛和他们的老部属,还是很讲党的组织原则的……"

任弼时:"是呀,就这样,人家至今还是服从组织……难能可贵呀!"

"但这不符合党的利益呀,"贺龙说,"总不能眼巴巴地看着党和革命事业让他们毁了……"

任弼时:"但我认为他们得认识到他们的能力不行、经验不足……不然,早晚得下台。"

贺龙:"我们的下一步可怎么办?"

任弼时:"我的态度是走一步、看一步。当前,中央不是还没到吗?我们还可以有一定自主权。对于中央指示,对的我们照办,不符合我们实际情况的,我们看着办……绝不能在我们的手中把局面给毁了!"

贺龙站了起来:"老弟,我等的就是你这句话!"

湘南,这两天下雨了,而且是暴雨,许多小河涨水了,低洼的田都积水了。

这阵子,彭德怀和杨尚昆各支一把油伞,并列走着。

他们的马夫、马和警卫人员,随行的参谋、干事,有的支着伞,有的戴着斗笠,有的披着油布,有的淋着雨,艰难行军。

走过一座小石桥,彭德怀说:"政委,你考虑过这两天的大雨,会造成什么后果吗?"

杨尚昆:"行军很困难……当然,敌人也难!"

彭德怀:"你看到刚才我们走过的石桥下面的水了吗?"

杨尚昆:"快淹到桥面上了……"

彭德怀:"再想想。想深一些,远一些,想对我们整个战略转移行动可能产生的严重影响!"

杨尚昆:"你告诉我不就得了!"

彭德怀:"不一样。"又说:"好啦,宿营地到了,不说它,伙房做好的饭菜正在等我们呢,先填饱肚子再说。"

毛泽东、张闻天、王稼祥和他们的随行人员,今晚住在村里别致的小书院。晚饭后三人在厅堂上聚谈。这三人已经很投缘了,只要有机会,便天南海北地侃起来。

张闻天看着雕梁画栋,不由感慨:"不承想这么个小小山村,竟然有这么一座书院。老毛,你们湖南很尚文。"

王稼祥:"没准哪朝哪代,这个村子里出过进士、举人什么的,混了一官半职,回来光宗耀祖修下的吧?"

"兴许吧!"毛泽东说,"当说江南普遍尚文。稼祥,你们皖南不也尚文么?"

王稼祥:"往往是祖训成了习俗。"又指着对子说:"你们看柱子上的这副对子吧:欲走出五岭揽天下精彩,先读破万卷明书中情理。对子虽然直白,话却说得在理。这贫穷落后的山村孩子,要走出大山,出人头地,唯有读书。"

张闻天:"好么,万般皆下品,唯有读书高。"

毛泽东:"书是要读的,但不能成为书呆子……你们看,这对子在训诫子孙读书明理,走出五岭去看外面精彩的世界;而我们却是读成了书呆子,老师怎么说,我们怎么做,弄成教条主义,走进五岭疲于奔命!"

王稼祥:"是呀……读成了教条主义,你批评得没错!"

张闻天把话叉开:"不怕你们笑话,我这个上海人,还真不知道五岭是哪五座岭。"

王稼祥:"这得东道主老毛才回答得了。"

毛泽东:"好在没给考住。从东往西数,先是我们已走过的江西广东边界的大庾岭,湘南的骑田岭,我们现在所处的湘南萌渚岭,接下来是湖南广西边界的都庞岭,第五岭是过湘江后广西北部的越城岭!"

王稼祥:"好么,李德在地图上画一条线,我们八九万人过五岭,这是壮举还是悲哀?!"

张闻天:"全让你说了。"

毛泽东:"那就说亦悲亦壮!"

晚饭后,彭德怀回到他住地的大屋东厢房,这阵子,正站在窗前,看着天井屋檐下的水柱。

杨尚昆和邓萍进来。

彭德怀愤愤地问邓萍:"你还记得我们那年早春,从井冈山跑到赣南找朱毛的事?"

"咋不记得,不才是五六年的事?"邓萍反问,"你怎么突然想起这事?"

彭德怀:"那时,我们的队伍才剩下 300 多人,多么困难,多么危险,可我 18 小时强行军奔袭于都城,300 多人的队伍一下子成了 600 多人;2 年后成了三军团,万把人。为什么呢?就因为我们可以根据战场的实际情况临机处置。可现在呢……"

"那些事越想越生气,咱不想它好吗?"邓萍说。

杨尚昆也有意把话引开:"你不是说要告诉我下雨的事?"

"对,"彭德怀似梦醒,"你想了吗?这两天暴雨对我们的整个转移行动会造成什么影响?"

"增加我们的困难。"杨尚昆回答。

"具体些,什么样的困难?"彭德怀逼问。

杨尚昆:"没经历,没经验,你告诉我。"

彭德怀:"我们的下一步得过潇水、湘江吧?"

杨尚昆:"明白了,你是说连日的暴雨,会引起江河水位暴涨,严重影响我们通过?"

邓萍:"是这样,有些地段枯水期是可以徒涉的,这一暴涨就得架桥才能过得去!"

彭德怀:"好吧,告诉你们,我让情报处调查过,我们进入宁远县得过冷江河、九嶷河;到了道县得过潇水,再往前就是湘江。宁远境内的河有廊桥,潇水也有廊桥,湘江上有黄沙渡固定浮桥。我们的敌人知道我们前进的方向,有没有可能赶在我们之前破坏甚至控制这些桥? 如果他是精明的指挥员,一定会;即使派兵去来不及,也会命令当地民团破坏它们,以迟滞我们的行动。如果这些桥被破坏了,那么我们大部队要过去,是不是耽误了? 现在,时间对于我们就是活路!"

杨尚昆:"彭总,你让我开眼界了!"

彭德怀:"博古、李德可以在指挥部,用铅笔在地图上划行动路线,规定到达时间;可我们军团现在走在最前面,不能不考虑这些具体问题!"

邓萍:"之前,前卫一军团耽误整个行军计划挨批评,不就是按他们划定的行动路线,碰到九峰山过不去,绕道造成的……"

杨尚昆:"可他们不作自我批评,还怪人家一军团……"又问:"那你想怎么办?"

彭德怀:"我们军团现在走在最前面。我的意见是以我们军团为先遣队,以1个师抢占道县,控制潇水各渡口的桥或船,策应全军过潇水;主力前出黄沙河,控制其固定浮桥,确保我全军过湘江,由永州以南前出武冈!"

邓萍:"我明白了。如果不能实现这一步,我全军将被迫从全州、兴安地段强渡湘江,进入越城岭大山中!"

彭德怀:"是的,如果我全军被敌压入大山中,不仅是山高路狭,行动十分困难,而且会因筹粮困难,饿得走不动……"

杨尚昆:"向军委发电,提建议。我和你署名!"

彭德怀:"你要署名?!"

杨尚昆:"按政治委员制规定,所部的一切行动命令或向上的报告,都必须有我这个政治委员署名才有效。我是政委,必须署名!"

彭德怀:"你不怕担风险?"

杨尚昆:"不怕。牺牲都不怕,还怕罢官?"

彭德怀拍了拍杨尚昆肩膀:"行!"

毛泽东所在的单位也宿营了,并且已经吃过晚饭。一些年轻的战士、民工已经开始睡觉了。当下,红军官兵和挑夫都很累,一到宿营地,就两件事,一吃饭,二抓紧睡觉。

张闻天喜欢热闹,没那么早睡,这时,正提着马灯走出房门,喊着:"老毛、稼祥,到厅堂聚会啦!"又自嘲:"我们三个闲人,闲得无聊,只好闲聊。"

王稼祥拄着棍走出房门,坐在太师椅上,也自嘲兼牢骚:"说我们三人是闲人闲聊倒也贴切,但得问问,我们三人的头衔都不小,怎么就成了闲人?"

房里传出毛泽东的声音:"牢骚过盛防肠断!"

王稼祥:"这怎么是发牢骚?这是对不正常现象的强烈反应!"

张闻天:"老毛,干什么啦?"

毛泽东披着上衣出房门:"打扫卫生,抓虱子呢。"

张闻天:"给你介绍个经验,我都是睡觉前捉虱子,应急。"

王稼祥:"我采取人道主义,养着。不是说不长虱子不革命么!"

毛泽东:"我可不要这种革命。每当睡前脱下衬衫时,那斑斑点点的血迹,惨不忍睹。"

"那就不睹罢了。"张闻天若有所思,"你们发现没有,这里的竹子和赣南的竹子不同,这里的竹子有斑点。"

毛泽东:"你有所不知了。这种竹子叫湘妃竹,它的得名还有一个肝肠寸断的故事。"

"这里有肝肠寸断的故事?"王稼祥说,"讲来听听。"

毛泽东坐下来点烟。

"讲呀!"张闻天说,"卖什么关子!"

毛泽东喷出一口烟:"从我们现驻地往南几十里,有座山叫九嶷山。"

张闻天:"九嶷山在此地?!"

毛泽东:"对,九嶷山又名苍梧山。传说舜帝当年南游,到了此山,不幸驾崩,葬于此山。这舜帝有两个爱妃,一个叫娥皇,一个叫女英,都是尧帝的女儿。"

张闻天:"像贺子珍和贺怡一样,两姐妹。"

王稼祥:"不对,贺家两姐妹是嫁给毛家两兄弟,不可比。"

毛泽东:"再胡说八道我就不讲了。"

王稼祥:"我不是批评他啦!讲,你接着讲。"

毛泽东:"娥皇、女英两姐妹听说舜帝驾崩噩耗,千里寻来,泪洒湘江边的竹子上,泪滴凝成斑点经久不褪,自此,此地竹子便有斑点,人称湘妃竹,又称斑竹。"

王稼祥:"是够肝肠寸断……"

许久,张闻天一叹:"但愿我们不要落到泪洒湘江的地步……在已经是点点斑斑的斑竹上,再添点点斑斑!"

第二十一章 "残疾人"爆发愤恨

天快亮了。

村西头废弃的破屋断墙外,一个蓬头垢面的残疾叫花子,借助灌木杂草蜷缩在一角。他没睡着,而是侧身在听断墙内的动静。

断墙内,一班敌军在潜伏。一个个抱着枪,昏昏欲睡。

一阵鸡鸣后,敌班长站了起来:"起来,天亮了,我们该回村补上这一觉。"

原来尾追红军的国民党军何键湘军,比广东粤军余汉谋的部队的胆子还小,根本不衔尾跟追红军,而是落在红军后卫部队数天的路程之后;又不知从哪里得知,余汉谋的部队遭红军小股偷袭过,便改为设潜伏哨,既可防红军回过头来偷袭他们,又可以抓红军的掉队人员和逃兵,作为战果,以补充自己。这个班,就是驻村里的敌军连队派出的夜间潜伏哨。

敌班长话音刚落,一老兵发牢骚:"他妈的,泡了一夜露水,衣服全湿了,真难受。"

一老兵:"当官的倒好,在村里睡大觉,让我们蹲在这破屋里喂了一夜的蚊子!"

班长:"什么'共匪'会偷袭,'共匪'跑都来不及,还顾得上偷袭我们……都是他妈的当官的自己吓唬自己。"

老四没头没脑地接话:"哪天你也混上一官半职,就不用喂蚊子,还可以吓唬人……"

班长顿时来火,冲着老四:"你他妈当一官半职那么好混到?!"

老四这才觉察到无意中伤了班长:"我……我不是说你……"

"去你妈的!"班长又喝道,"你留下站岗!"

老四："你不是说'共匪'跑都来不及……我们还留人站岗！"

班长："当兵站岗，什么时候能免！别他妈废话，留下！"

老兵："老四呀，眼睛睁大些，没准抓住个'共匪'逃兵，你就发财了！"

一兵："老四呀，班长让你站岗，是给你个发财机会！"

老四嘀咕着："这机会还是给你吧！"他跟着班里人走出破屋，不情愿地走向不远处的大树下。

敌兵出破屋后向村里走去。

老四见他们一班人消失在前头的小巷中，赌气似的抱着枪坐靠在大树干上。

这大树在从西头进村的路边，是大榕树，遮天蔽日的，树下常有村民拴牛，到处是牛粪，有些臭。老四想闭目打盹，却被臭味熏得没了睡意，很烦躁地坐着。

这时，从西边进村的路上，朱大贵和李冬在匆匆赶路。

走在后头的李冬又叫唤："真他妈饿……"

走在前头的朱大贵说："拐过这个弯就进村了，忍着点。"

"到村里找点吃的，再找个地方睡觉。"李冬说。他们也知道大白天走路不安全。

朱大贵："那也得摸清村里有没有驻着国民党军……别他妈撞到人家枪口上！"

李冬："我在国民党军里干过，可知道他们胆小如鼠……他们没那么快追上来，也不敢靠得这么近……"

朱大贵："还近呀？我们离开队伍后，都走了两个晚上了……早已百把里地了！"

李冬："没事。"他往前走去："我走头里行吧！"

朱大贵还是跟上走。

树下的老四听到了动静，顿时卧倒在大树下。

李冬和朱大贵闯了进来。

老四见了，倒胆子壮了，站了起来端着枪对着李冬和朱大贵："站住！跑我就开枪打死你俩！"说着，拉动枪栓，推弹上膛。

李冬和朱大贵被突如其来的情况弄懵了,木然地止步。

老四端着枪警惕地走到李冬和朱大贵近五米处:"'共匪'的逃兵吧?!"老四显然是受过常识训练的,知道太近了容易造成对方夺枪,而一旦对方抓住他的枪管往上一推,他就成了一个对付两人,完全失去制约对方的优势,反而被对方所制。

朱大贵回过神来,抵赖着:"不是,我们是赶早出来打工的。"

"你当爷是傻瓜!你身上穿的是什么?别以为拆掉了那两块红布,老子就看不出你穿的是'共匪'的军装!"老四冷笑地说。

朱大贵还算随机应变:"老总你说的没错,我们的衣服的确是从'共匪'死尸上扒下来的。前天,国军与'共匪'在我村后山打了起来,'共匪'死了好些人,我们村的人都去扒他们的衣服……"

"别他妈给我编!"老四说,"我们是他妈追'共匪'走在最前头的国军,我怎么没听说我们与'共匪'打了起来?再说,你的口音骗得了谁?老实点,举起手来跟老子走,要不老子把你俩就地崩了!"

朱大贵没辙了,面对着敌兵的枪口,他和李冬只好束手就擒。

"走!"老四用枪指了指,又得意地嘀咕,"还真他妈让老大说中了,发财了。上峰发话,说抓住一个'共匪'兵赏5块大洋,你俩加起来是10块钱……不过你俩放心,兄弟也不会亏待你俩,起码得给你俩买5角钱纸钱烧了……你俩到了阴曹地府也别怪我,要怪都去怪上头让我们两家打起来!"

朱大贵内心那个悔恨。

李冬还傻乎乎地认为问题没那么严重:"你们不也缺额,大不了跟你们当兵……总不会就毙了!"

"你小子八成是干过国军让'共匪'抓住,改当共军的吧?"老四冷笑,"那你更死定了,告诉你吧,前天就枪毙了2个!"

李冬一下子坐在地上,吓住了。

老四:"怎么,你想死在这里?"

朱大贵把李冬提了起来:"熊样!"

老四用枪指着:"走,老老实实走。先跟老子进村交差,领赏!"

朱大贵:"老总,我这里有几块大洋,给你买烟打酒,你高抬贵手,行行好……你看,都是当兵的!"

李冬这才像还过魂来:"我这也有几块大洋,是呀,都是当兵的……"

老四:"你们他妈的不会说家里还有 80 岁的老娘,还有 8 个月的孩子吧?"又用枪指着,"走,别他妈废话!"

这时,先前躲在破屋一角的残疾叫花子,已经拄着木棍一瘸一拐地迎面走来。

老四专注地防着他押着的朱大贵和李冬,根本就没在意迎面而来的残疾叫花子。

残疾叫花子和老四交会后,突然回身挥起手中的木棍,一棍砸在老四的头上,老四无声地倒地,不动了。

朱大贵和李冬被这突如其来的举动弄得不知所措。

残疾叫花子迅速地拾起老四丢下的步枪,又一枪托砸在老四头上,见老四的头鲜血直流,这才蹲了下来,把枪放在一边,解下老四身上的子弹带、手榴弹袋,挂在自己的身上,然后提起枪,指了指地上的老四。

朱大贵会意对李冬说:"让我们把这家伙藏起来……快,和我一起抬走他!"

残疾叫花子看着朱大贵和李冬到了一旁大水沟边,见朱大贵和李冬放下老四,挥起一腿,把老四踢进水沟里,而后,朝着西边的路快步地走去。原来,他不瘸,不是残疾人。

李冬:"我们怎么办?"

朱大贵:"跟他走,赶快离开这里!"

敌机在天空盘旋着。

路旁灌木下,二喜爬向家富。

家富看了二喜一眼:"你不乘机歇会儿?!"

二喜匍匐前进到家富跟前:"好吧,打从 5 次反'围剿'以来,我们是虎落平阳受狗欺!地上让敌人撵着打,天上让敌机追着炸!"他又仰面朝天开骂:"你妈的有种下来,我俩单挑!"

家富笑笑:"解气是吧?!"

"妈的,真讨厌,弄得我们走路也不自在!"二喜嘟囔着。

家富附和:"是呀,现在是弄得我……要么是冒雨行军,要么是边走还得边防空……我们怎么会落到这步田地!"

前方树林下,韩团长和苏政委也在防空。

苏政委:"从撤离苏区到现在,走了40多天了,才走出千把里地;又是路上防空耽误……照这样下去,非得让敌人的大部队追上不可!"

"所以,下一步是一路苦战在等着我们。"韩团长说,"看来,任重道远呢!"

团侦察股长过来报告:"谍报队回来报告了,后方50里内没发现敌情!"

韩团长:"让他别松劲……把后面盯紧!"

苏政委:"看来是敌人的追击部队还没到齐,他们的先头部队不敢孤立突出!"

韩团长:"要我说,放下行李杀他个回马枪!"

苏政委:"我就不明白,我们干嘛要把自己置于处处被动挨打的地位!"

韩团长:"说句大话,也是实话,那个洋顾问洋文的兵书读得比我们多,打仗的经验的确不如我们……从7年前跟那时的毛委员秋收起义上井冈山,到赣南、闽西,这一路走来,我从小排长打到最高的官师长,什么仗没打过? 什么情况没遇到过?"

苏政委附和:"不可思议!"

小山背面的树林下,那个不是残疾人的"残疾人",正与朱大贵、李冬在烤红薯。可以看清了,她就是苏红。一个才21岁的大姑娘,现如今虽不再装成是瘸子带哑巴的叫花子,但俨然是个流浪汉。

朱大贵从火堆里扒出一块红薯给了苏红:"吃吧,你个假瘸子……还是个狠角色。早上要不是你那一棍子救了我俩,现在我俩已在阴曹地府了;现在要不是你的火柴,我俩得吃生红薯……"

苏红笑而不答,只顾扒开烧焦的红薯皮。

"你不会是哑巴吧? 怎么一路上一句话都没有!"李冬边扒着红薯边说。

苏红终于开口了:"我的确哑了20多天啦!"

"好吧,还是个假哑巴!"朱大贵说。

李冬咬了口红薯:"听声音你还是个女人!"

苏红边吃红薯边回话:"我老婆第一次见我时,也说我的声音像女人。"她咬了口红薯,咽下又说:"都怪爹妈怎么给了我个女人的声音。"

李冬来劲了:"你有老婆? 说说娶媳妇是个啥劲……"

"我说你个童子鸡,你一天到晚想些啥?!"朱大贵瞪了李冬一眼。

李冬有些不好意思,低头吃红薯。

朱大贵:"老弟……也不知道该称你老哥还是老弟,总之,感谢你救了我俩!"

苏红:"不必。早上要没有你俩被抓了……有机会我也会杀了他……我一见白狗子,就想杀了他!"

李冬:"怪不得你一枪托砸在那家伙头上,又一脚把他踢进水沟……你和白狗子有那么大的仇恨!"

"你要是白狗子,老子现在就一枪崩了你!"苏红说。

李冬:"你还老子……你有老子的家伙?"

苏红:"我警告你,你以后再跟老子开这种玩笑,老子对你不客气!"

"你也想用枪托砸我!"李冬嘴硬。

"那你就试试!"苏红说,"我老婆就是老拿我的声音开玩笑,老子火了,跑出来了……"

朱大贵:"你怎么往这边走? 上哪儿去?"

"追红军去!"苏红说,"我他妈当红军去,不和那个娘们过了!"

"我靠,你丢下老婆追红军来?"李冬说。

"有个性!"朱大贵问,"敢问老弟叫什么名字? 听口音也是闽西人?"

苏红:"姓苏,苏维埃的苏,叫苏达理,闽西永定人。"

李冬:"咱是老乡!"

朱大贵:"我长汀人。苏老弟,你行,真行,兄弟我佩服你!"

"有啥好佩服的?!"苏红又抓起一块红薯。

李冬:"杀白狗子够狠劲的!"

"狠劲是被逼的。"苏红说,"人被逼到一定份上,什么事都做得出来!"

朱大贵:"这话不假,我第一次打仗时,也不敢对活人开枪。可战场上,你不开枪杀了他,他就会开枪杀了你,也就给逼得不得不杀了,甚至杀红了眼。"

李冬:"你不是说生你老婆的气才跑出来的? 怎么又和白狗子结上了仇?"

苏红:"你想知道是吧? 好,给你讲讲。我是生老婆的气……她让我装成女人……"

朱大贵:"装成女人干什么? 好好的装成什么女人?"

苏红只好对这两个陌生人再编:"白狗子回来了,那被苏维埃政府共产的土豪和地主组成的'铲共团'也回来了,杀共产党员、苏维埃政府干部和红军退伍军人、红军家属。我不是村苏维埃委员和民兵排长么,坐在家里等死? 我老婆让我装成女人,躲过白狗子抓捕……"

朱大贵:"那要是你们村也有人参加'铲共团',还能认不出你……能躲得过?"

苏红:"就是么……所以,我得逃出来找红军。可红军走了,我就一路找……结果,看见了白狗子把整村的人集中起来清查,查出是苏维埃干部、共产党员、红军的当场杀了,连红军家属也杀……他们不是人,是一群畜牲……还看见了他们杀抓住的红军掉队或开小差的人,杀了把头吊在城门上示众……这就结仇了,我非杀他们不可!"

朱大贵:"是这样呀……"

苏红:"你俩给我说实话,是不是从红军里跑出来的?"

"是又怎么啦?!"李冬出口。

朱大贵瞪了李冬一眼:"我们是想回去保卫家乡……"

"你们回去保卫家乡?"苏红一冷笑,"回去找死吧!先别说你们回去能不能保卫家乡,也不说就是回到了家会不会让白狗子搜出来杀了,就说这一路上到处是白狗子哨卡,你们过得去吗?你们说实话,从红军里跑出来后,你们过了白狗子几个哨卡了?"

"一个也没过去就被抓了。"李冬说。

苏红:"就这两下子还想回得了家?"

李冬不服:"我们太大意了……改为晚上走就没事了。"

"是吗?"苏红说,"告诉你们吧,就在你们早上被抓的地方,昨晚有白狗子一个班的潜伏哨,既防红军偷袭他们,又是抓从红军跑出来的人的。鸡叫后大部分人回村睡觉去,只留下哨兵,一个哨兵,就把你俩给抓住了!"

朱大贵:"你怎么就一路混过来了?"

苏红:"我不是装成了瘸子和哑巴了?再说,白狗子对东边来的人查得松,对西边往东边去的查得严,尤其是对青年男人,见一个抓一个!"

朱大贵不言语。李冬闷着头吃红薯。

苏红:"下一步,你俩怎么办?"

"看来不能往前走了,只能回头找队伍去!"朱大贵说。

李冬:"可我们是逃兵,回去还不给毙了?"

苏红:"我听说红军不杀逃兵!"

朱大贵指着李冬:"他是从国民党军队里出来的,哪里知道红军的规矩?我回去,就是回去受处分,我也回去!"

苏红:"这就对了。要我说,我宁可死在杀白狗子的战场上,也不能让白狗子抓住杀了!"

朱大贵:"是这个道理。"又对李冬说:"你就知道吃?问你呢,怎么办?"

李冬:"和你一起回去呗!"

朱大贵:"那你听我的!"

李冬站起来走了两步背过身子要解手:"我干吗听你的!"

苏红:"你滚远点,恶心不!"

李冬往草丛去:"听你的……你不是共产党员? 还跟我开小差……"

朱大贵捡起一块土块砸向李冬:"我他妈鬼迷心窍才……"

苏红:"都听我的。"又问朱大贵:"你估计你们的队伍距这里有多远?"

李冬:"我们出来两天啦……离开也就百把里吧!"

苏红:"好,用不着两天,我们就能赶上。"苏红站了起来,从手榴弹袋中取出两颗手榴弹给朱大贵和李冬每人一颗,"拿着,万一时用!"

李冬:"把你的枪给我背……"

"枪给你?!"苏红反问,"我得用它看住你! 你要是再跑,还是不规矩不听话,老子毙了你!"

李冬嘀咕着:"我靠,我们连长也没你这么凶呀!"

第二十二章　桂军收缩防御

长沙,豪华别墅的客厅里,陈诚、薛岳和各自的副官、何键派来的接待参谋以及陪同小姐,在喝茶,吃水果,打情骂俏。

参谋起身走到陈诚、薛岳的沙发前:"二位长官,我去安排上戏园子的时间。"

陈诚:"你们都退下去!"

众人退出。

陈诚对薛岳:"一路辛苦了。"

薛岳:"你来了,我能不赶来?"

"你当然不会连这点脸子都不给!"

薛岳似怒气涌上心头:"你我也算得上是知己,我也对你说实话,委座派我率兵去'追剿共匪',我责无旁贷……但总不能让我听何键的! 这是有辱国军……"

陈诚:"委座派我来,就是让我给你带话,委屈你了,也希望你能体谅他的难处!"

"他有什么难处?!"薛岳又底气不足了。

陈诚:"党国的现状是山头林立,对这些地头蛇,委座也得让他们三分……"

"堂堂一国之尊,为什么还要让一个地方诸侯?"薛岳说,"要让也是他的事……"

"气话,又说气话!"陈诚说,"委座是把 10 万中央军交给你,并没有交给何键。况且,我已经与何键谈妥了,你担任前敌总指挥……你名义上归他统管,实质上还不是你们各管各的部队……退一步说,就是你俩位置对换,他的湘军能真心实意听你的?!"

"那你来当这个前敌总指挥好了。"薛岳已没了先前的气了。

陈诚:"你以为委座会让我在江西闲着?据我所知,委座已决定在重庆设行营参谋团,'剿匪'的战略重心马上就要移到四川、湖南了;我也得带兵过来,也只是前敌总指挥角色。"

薛岳不语。

陈诚:"委座让何键挂总司令的名,无非是意在打消他对我们中央军进入湖南的戒心,调动他'剿匪'的积极性,也给你提供给养保障……你想想,要是让你挂这个总司令的名,你的 10 万部队的用粮,只能你自己派人在他的地盘上去筹集、加工、运送,好办吗?而反过来呢?你可以理直气壮地找他要,大不了中央出钱,其他的都得他去张罗!"

薛岳还是嘴硬:"'共匪'最大的部队进入他湖南了,他何键比我们还急!"

"他是比我们急,得靠我们对付'共匪'。要不,他会这样款待我们?!"陈诚说。

薛岳:"他妈的,地头蛇是比我们气派!"

陈诚:"那就暂且让他们气派……但委座最终会一个个收拾他们的。"

薛岳:"收拾他们?!"

陈诚:"你当委座的'攘外必先安内'的'安内',只是'剿灭共匪'?!"

长沙,何键总司令部作战会议室内,刘建绪、李云杰、李韫珩在候着。

李云杰问刘建绪:"恢先兄,怎么不把'追剿军总司令部'的牌子挂起来?"

刘建绪:"何总司令的意思是,'追剿军总司令部'马上要前移到衡阳,不差这一两天。再说,中央军老爷薛岳没当上总司令,气有点不顺,现今尽量不去刺激他……"

李韫珩:"我说中央军的两位老爷怎么没来?"

刘建绪:"来不来,他俩也得听我们的计划和布置给他们的任务!"

李云杰："嘻,这本来就是尿不到一壶的事。"

刘建绪："那总得有个统一部署、统一指挥吧?"

李云杰："那湘桂两军怎么不统一部署、统一指挥? 不也尿不到一壶……"

刘建绪："上头不是还有老蒋统一部署、统一指挥……"

"老蒋什么时候在实质上统一部署、统一指挥过各个山头?"李韫珩说。

李云杰："要不怎么说,喊了六七年的'剿匪',到现如今还把江西的八九万人的'共匪'给撵到我们湖南来了。"

何键进来,刘建绪等起立,何键示意让他们坐下。

何键："把你们请来,意思都知道了吧? 那就是'追剿'西窜的'共匪'。我让恢先先做了个'追剿计划',请恢先先说说要旨,具体计划司令部在腾抄,抄好了,发你们每人一份,细看。恢先,你说说。"

刘建绪："先说总方针,那就是协同桂军,把西窜的'共匪'聚歼于湘江和漓水以东地区。"

何键："这也是委座定的要旨,我们北路的'追剿'军和南路的桂军,都必须执行共同任务。"

刘建绪："我们北路的'追剿'军,共划为5路,我们湘军占3路。我为第一路,统辖十六、六十二、六十三师和十九师第五十五旅,还有补充团第一至第四团及保安团3个团,前出黄沙河附近,协同桂军,沿湘江碉堡线严密布防,将西窜的'共匪'堵于湘江以东;云杰兄为第四路军,辖二十三、十五2个师,由嘉禾向宁远及以南地区追击;韫珩兄为第五路,辖十六师,经临武、蓝山、江华、永明,蹑'匪'尾追。"

李云杰："薛岳和周浑元就是二、三路军?!"

"正是。"刘建绪说,"薛岳率他的吴奇伟纵队4个师另1个支队为第二路军,集结于零陵地区,防'匪'北窜,并截击西窜之'匪';周浑元纵队为第三路,辖他的4个师,进至道县,截击窜'匪'。以上各路军都有彼此衔接、联络和协作关系。"

李云杰："从这个部署上看,既严密防'匪'北窜,又依'匪'前行路线往南压下去,迫桂军不得不出兵'协剿';更体现委座把'匪'聚歼于湘江、漓水以东地区的旨意,实在合适。"

何键:"总之,谋事在人,成事在天。能将'共匪'聚歼于湘江、漓水以东地区最好,如达不成目的,也绝不可以放'共匪'流窜于我们湖南境内。拜托在座的3位司令了!"

桂林白崇禧行营里,李宗仁、白崇禧、叶琪在谋划应对当下的局势。

这时的李宗仁桂系的气势和势力已远不如从前了。9年前,即1925年国共合作的中国大革命气势磅礴,统一了广州根据地。李宗仁、白崇禧带着他们的新桂军投靠广州国民政府,编为国民革命军第七军,李宗仁任军长,白崇禧任参谋长,稍后白崇禧出任国民革命军总参谋部部长。同期,唐生智带着湘军第十八师从湘军中分离出来,也投靠广州国民政府,编为国民革命军第八军,唐生智任军长。1927年春,国共合作的北伐战争取得中国南方的政权,广州国民政府迁到武汉。唐生智发展成为国民党的一个强大的军事势力。李宗仁则与蒋介石联盟,成为国民党内另一强大的军事集团,追随蒋介石在南京另立国民党中央和政府。此时,国民党内反蒋介石声浪强烈,李宗仁则乘机逼蒋介石下野,接着发起"西征讨唐"战争,与唐生智集团争夺两湖,并且战败唐生智集团,所部发展编成国民党军第四集团军,与蒋介石的第一集团军、冯玉祥第二集团军、阎锡山第三集团军并举,但此后在与蒋介石的削藩与反削藩的两次战争中败落,退回广西,基本的部队仅剩下七军和十五军。李宗仁仍挂第四集团军总司令之名,白崇禧也跌落为第四集团军副总司令,而在座的叶琪,为他们的参谋长。

李宗仁、白崇禧与何键可以说是夙敌。何键原是唐生智手下第二师师长,1927年春所部扩编为第三十五军,何键升任军长。但在接下来的唐生智与李宗仁的战争中,唐生智战败,何键先是被李宗仁编入第四集团军,后又投靠蒋介石,在1929年蒋(介石)桂(李宗仁)战争中,李宗仁失败退回广西,何键取得了湖南又撑起湘军大旗,其兵力远超过李宗仁的桂军。此后,又在国民党内历次反蒋战争中,站在蒋介石一边。不言而喻,他也与李宗仁、白崇禧结下夙怨。

李宗仁、白崇禧、叶琪三人坐定后,叶琪抖着手上的文本:"这是何键送来的《剿匪军追剿总司令部追剿计划》抄本,不敢对我们发号施令,却规定中央军薛岳的部队于本月24日在零陵附近集结;限周浑元的部队于本月22日全部到达道县。他还真把自己当成了总司令!"

"老蒋给了他一顶高帽,他还不戴上抖抖威风!"李宗仁笑笑。

白崇禧则要他的"小诸葛"机敏:"你们注意到何键的五路'追剿'部署没有? 分明是要把西去的'共匪'压入我们广西。"

李宗仁:"'共匪'的意图很明显,重复3个月前任弼时'股匪'西去,与湘西贺龙'股匪'会合的老路。"

白崇禧:"可他以刘建绪的约5个师堵在黄沙河;又以薛岳、周浑元中央军共9个师镇在零陵、道县,显然是既让'共匪'过不了湘江,又让'共匪'不可能由湘江与潇水之间北上湘中,造成'共匪'只能从我们广西境内寻找迂回!"

李宗仁:"这不行,让'共匪'在我们广西境内寻求迂回,影响太坏了……"

"想让我们去与'共匪'作鹬蚌相争,好让老蒋这个渔翁得利。"白崇禧说,"何键还是很能揣摩老蒋的口味的。"

叶琪:"这'共匪'也太失策了。他们一进入湘南时,就应当乘何键来不及调动他的部队,在江西战场上的中央军来不及转到湖南这个机会,向湘中挺进,搅得湖南天下大乱,还怕到不了湘西?"又说:"真不明白,'共匪'的能人都到哪里去了!"

"智者千虑,必有一失。'共匪'的能人,也不是神仙,也会有一失的时候。"李宗仁说。

叶琪:"他们这一失,给了何键有机可乘,也给了我们麻烦!"

白崇禧:"也没什么麻烦。他何键不是图谋把'共匪'压入我们广西吗? 那我们就把'共匪'放回湖南去,还让何键去对付。"

李宗仁:"怎么放?"

白崇禧:"'共匪'的意图很明显是想沿五岭西去,经湖南西南部北上到湘西,与贺龙、任弼时'股匪'会合……"

"不错。"叶琪说。

白崇禧:"那好,我们就让开全州、兴安地段的湘江渡口,放'共匪'过湘江,让他们去实现他们的目的。"

李宗仁:"好,就这么着!就放'共匪'到湖南搅局,搅得越大越乱,对我们越有利。要知道,这几年如果不是共产党红军在江西顶住,广东的陈济棠的日子可不好过,说不定已经让老蒋吃掉了。从这个意义上说,共产党和红军是我们与老蒋争天下的第三势力,可以利用的势力,起码现在是这样,我们犯不着与共产党和红军鹬蚌相争。"

叶琪:"有趣,有趣,太有趣。中央的老蒋要把'共匪'压入广东;广东的陈济棠则把'共匪'放进湖南;湖南的何键要把'共匪'压入广西;广西的德公则把'共匪'又放回湖南……"

白崇禧:"还有一方面,我们也是防止'共匪'忘乎所以,贸然进入我们广西的中部,威胁桂林,造成极坏的影响。"

李宗仁:"是的,必须防止出现这种状况。"

白崇禧:"所以,我想把全州、兴安一线部队的主力收缩到恭城,并且加强龙虎关的防御力量,确保不让'共匪'插入桂林。"

叶琪:"这样部署,表面上是收缩,实质上是集中我们的兵力,处于战略机动的有利地位。"

白崇禧:"万一'共匪'不能抢在何键'追剿'军到来之前过湘江,我们还可以乘机北出抓他们一把。"

李宗仁:"这很好,但不能让老蒋抓住我们有意放共产党红军西去的把柄。"

白崇禧:"德公放心,我会与他们玩的……"

叶琪:"就说我们兵力不足,不能处处设防……老蒋最多也只能说我们是从广西自己的利益着想。"

"冠冕堂皇的话当然要说,但大家都是场面上的人,心照不宣就是了,管他。"白崇禧说,"德公,我把行营移到恭城。你在桂林后方坐镇,我在薛城前方顶着,不管是老蒋,是何键,是'共匪',我陪着他们玩。"

李宗仁："好吧,这事就拜托你们了。我去弄钱,没有钱,就什么事也办不成……这个季节,正是大宗鸦片上市的时候,我得让他们盯紧从云南过来的云烟和从贵州过来的贵烟。过境的鸦片税,可是我们广西财政收入的一半,事关我们的经费来源。"

叶琪："放心吧,德公,我们桂系兵力虽不及老蒋和他的中央军,但智力绝对超过他们!"

李宗仁："翠微兄,只能说我们桂系人心齐。但桂系仅仅靠偏居广西一隅,也只能维持山头而已。"

白崇禧："山头也是本。别像曾经是西北王的冯玉祥,连山头都让老蒋给铲了,他也成了没了牙的老虎,只能吼两声,无足轻重了。"

李宗仁："所以,当下的我们,紧要的是保住山头;'剿匪'是他老蒋的事,犯不着卖力!"

衡阳城的北大门外,参谋处长终于盼来了何键的车。何键是个嗜权如命的官僚,他这个总司令不设副职,也暂无参谋长。这位参谋处长就成了眼下的何键设在衡阳的"追剿"军总司令部最高的看守长官。接到了何键,也承蒙何键的恩赐,参谋处长进了何键的车,与何键并坐在后座上。

"'共匪'进到什么地方啦?"车子重新启动后,何键问。

参谋处长："我们的队伍南下不及,西窜的'共匪'不仅在几天前就全部通过了汝城的第二道封锁线,还在前天突破了郴州至宜章的第三道封锁线。据昨天飞机侦察报告,其先头部队已进入桂阳,主力在宜章西进路上。"

何键自语："妈的,花了多少人力财力构筑的这两道碉堡封锁线,形同虚设……"

"那赣南的第一道堡封锁线不也一样吗?"参谋处长说,"委员长把碉堡封锁线看得很重,简直当成了对付'共匪'的法宝,要我说用它对付流动中的'共匪'毫无用处。你又不可能永远放上重兵,而没有重兵也就成了虚设。"

何键:"我昨天让你发的更正部署的电报发了吗?"

参谋处长从随身携带的公文包中拿出一张纸:"这是电文稿。"

何键:"你把要点说说。"

参谋处长:"给李云杰第四路军的命令是,仍遵前令,率二十三师配置于蓝山、嘉禾、桂阳之线,截击西窜之匪,并指挥十五师在郴州以南及蓝山、嘉禾、桂阳地区,协同追剿;着周浑元第三路军,克日率部经桂阳向道县前进,限 19 日前到达,截击由嘉禾以南地区西窜之匪;着李韫珩第五路军,克日进驻郴州、桂阳之线,确实与第四路所部连系,相机追剿,堵匪回窜或北窜。令第二、第一路军按原计划执行。"

"南昌方面有什么新指示?"何键问。

参谋处长:"刚收到委员长关于在湘水以西地区'会剿共匪'的计划大纲……"

"什么? 在湘水以西地区'会剿共匪'?"何键大惑不解。

参谋处长又取出电报:"是这样,他说:'期于湘水以东地区将匪扑来,唯虑该匪一部或其残部万一漏网,突窜湘漓水以西,不能预为歼来之计',才制定这个在湘水以西地区'剿匪计划大纲'。"

"是这样呀! 这么说他估计到我们不可能在湘水以东消灭'共匪'……那他不去强令李宗仁出兵把西窜的'共匪'堵在湘江东岸,却舍近求远要去预防和'会剿'可能过湘江的'共匪'?"何键又问,"他有什么新招?"

参谋处长:"能有什么新招?! 无非是重弹什么构筑据点,坚壁清野,组织民团配合'追剿'军追截抄袭和守备部队联合'兜剿'的老调。"

何键:"部署上有什么具体要求?"

参谋处长:"说了。让我们湘军以黄沙河以北沿湘江往永州至宝庆一线为守备区,'匪'如窜过湘、漓水应防其回窜及北窜……"

"这还用得着他费心劳神呀!"何键说,"要是出现这种状况,我们的五路'追剿'计划不就白忙乎了……那我们的麻烦就大了!"

参谋处长:"命令黔军以瓮洞沿清江河上游至黎平经中潮至洪水为守备区……"

"王家烈的黔军是聋子的耳朵,管什么用? 3 个月前,任弼时才几千人的残部,他们都未能拦住,竟让他与贺龙的'股匪'会合了;这回西窜的'共匪'号称 10 万之众,他黔军挡得了?"何键说,"不管他,老蒋给李宗仁的桂军派了什么差事?"

参谋处长:"让桂军以黄沙河、漓水上游至桂林,经义安、龙胜、古宜至洪州为防线。"

何键愤愤地说:"'共匪'会窜到那些大山中去饿死? 他李宗仁会派兵走入那些大山中饿死?!"又一叹:"谁都靠不住,委员长中央军靠不住,李宗仁桂军靠不住,王家烈黔军靠不住! 只能靠我们自己,不让西窜的'共匪'留在湖南!"

参谋处长:"那是,那是……总司令英明!"

第二十三章　悲壮的后卫精神

又是在树林下防空。

刘伯承、陈树湘、程翠林盘坐在草地上，等待防空警报的解除。

可就在这敌机刚过去的当口，西边的路上却有数骑飞驰而来。

陈树湘眼尖："好像是董军团长……"

"不错，是军团长。"程翠林站了起来，"他来干什么？有重大任务？"

刘伯承站起来，迎了出去。陈树湘、程翠林跟着迎上前去。

不到 2 分钟，董振堂的马到了跟前。他下马把缰绳给了警卫员，往树下走来。他的随行参谋也跟着下马走来。

刘伯承："让军团长冒着敌机空袭追来，真是罪过不轻呀！"

董振堂边走进树林边说："来把你绑回军团部去！"

"他们把我从总参谋长贬为你五军团的参谋长，还不许我有情绪？"刘伯承大笑。

董振堂："那是武大郎开店不用比自己高的人的气量。我们的刘总参谋长是顶天立地的汉子，大丈夫可伸可屈，视军阶官位如粪土！"

陈树湘："军团长驾到，想必有急事！"

董振堂："有急事，坐下说！"又对随行参谋说："地图。"

参谋把地图摊在树下草地上，众人围了上来。

董振堂："军委通报，何键湘军以刘建绪一路军约 5 个师，直扑黄沙河湘江渡口而去；以中央军周浑元第三路军 4 个师，经桂阳与我们并行西进，指向道县；另以李云杰第四路军 2 个师由郴州追过来；而李韫珩的第五路军五十三师，则衔尾跟追而来，南边的粤军余汉谋部 2 个师，也有西进临武的迹象！"

刘伯承："薛岳第二路军呢?"

董振堂："在外围,像是要集结零陵,防我北进。"

程翠林："看这个态势,何键是顺水推舟,要把我们压入广西境内,逼广西的白崇禧出手!"

陈树湘："谁让我们不敢乘国民党中央军还没有进入湖南,湖南的湘军还来不及组织围追堵截前,插入湖南中部,搅乱敌人的部署,化被动为主动。"

刘伯承："十分明显,敌人的企图是要把我们堵在湘江以东地区,与我们决战,我们绝对不可掉以轻心。"

董振堂指着地图："现在的问题是,李德把全军重新编成左右两翼队。一、三、八军团,军委纵队,还有我们五军团十三师,为右翼队,拟经嘉禾、蓝山之间,向宁远以南地区西进,军团部率你们三十四师和九军团以及中央纵队为左翼队,经蓝山向江华城前进。"

刘伯承急了："什么? 左翼队向江华前进?"他指着地图："首先,是从蓝山到江华,得翻过九嶷山,中央纵队过得去? 就算翻得过去,得花多少天? 第二,走江华就是要从永明直插广西桂林。桂林是什么地方? 广西首府呀,白崇禧不和我们玩命? 我们九军团加三十四师,打得过桂军? 这不是送上去挨打? 还有,中央纵队是中央机关呀? 毛泽东、张闻天、王稼祥还有五老,都在那里头……这样的计划,不论是军事上还是政治上,都很不合适。"

陈树湘："又是李德用铅笔在地图上画的线?!"

"那他们自己怎么不走左翼线?"程翠林说。

董振堂："这事我们管不着,也说不上话。眼下是李韫珩的五十三师从后头追上来了,我们中央纵队的这一摊子,一天走不到三五十里地;周副主席急了,命令我们非挡不可,保障中央纵队的安全!"

刘伯承："你的意思是在临武境内适当地方,与尾追的敌五十三师先头部队打一仗,迟滞敌人的行动,为中央纵队西进多争取些时间?"

董振堂："正是!"

陈树湘："对,教训他们一下,让他们离我们远些!"

"不！要打痛他们，争取消灭他们一部！"刘伯承转而对董振堂说："这一仗交给我！"

董振堂："那有劳你……"

"我刚被发配到你麾下，你总得给我个表现的机会。"刘伯承笑着。

程翠林："我们师主打！"

董振堂："你们师不主打，谁主打？让我把十三师调回头来打？！"

刘伯承："军团长，你回去吧，打完这一仗我就回军团部去！"

董振堂："好吧，听你的。我回去就和罗炳辉军团长联系，让他派九军团一部监视南边的粤军动态，如发现他们有部队跟上来，拦一下。你们师就放手和敌五十三师干一仗！"

刘伯承："好，就这么定了。"

董振堂站了起来："走，我们回军团部！"

刘伯承也站了起来："我们也走，看地形，选战场去！"

陈树湘的指挥所就在小山包上的灌木丛中，一个也就2平方米的地下掩体中放着电话指挥机，沿着南北双向交通沟通向两边，可以观察前方战场，向西通往师部警卫连阵地，向东通山后撤离道路。

这阵子，刘伯承站在南边交通沟里，用望远镜观察前方。前方两三里地外，韩团长的一百团正在与敌先头部队激战。刘伯承通过实地的作战情况，命令百零一团从南面迂回敌后，对敌先头部队形成两面夹击。

就在这时，在指挥所里接电话的陈树湘沿交通沟急匆匆而来。

刘伯承收起望远镜，回头："又有新情况？"

陈树湘："军团说：敌第四路军的二十三师，从桂阳插过来直奔嘉禾，企图从右翼攻击我向西运动中的中央纵队；军委命令九军团集中在嘉禾、宁远之间占领阵地，严防敌二十三师对我右翼侧击；命令我们师抽出一部，接替九军团在嘉禾的防务，并节节抵御迟滞敌二十三师西进，确保九军团转移到指定地域占领阵地，并在九军团与敌战斗时，从南边出击协同九军团作战。"

刘伯承："疲于应对了……全没了自主之概！"

陈树湘："这就是说,我们的原战斗计划已经不可能实行了。"

刘伯承："要你们师抽出一部迟滞敌二十三师,并协同九军团作战,这所谓的一部,至少得 1 个团吧。少了 1 个团的兵力,这里就不可能全歼敌人的先头团。还有,如果勉强打下去,敌五十三师主力一旦赶上,我们由主动成了被动,弄不好会撤不下来的!"

陈师长："那咋办?"

刘伯承："还能咋办? 服从大局吧!"

陈树湘："你是说放弃当面战斗?"

刘伯承："你说呢? 派 1 个团去迟滞敌人并协同九军团阻止敌二十三师的侧击,力量够吗? 所以,稳妥点,放弃当面战斗,全走。"

陈树湘："我这就下命令!"

一百团刚又打退敌人的一次冲击。

苏政委："怎么搞的,百零一团没有从南面迂回协同?

"团长,师长叫你!"电话员喊着。

韩团长冲进指挥所接过电话机,听了一阵后说:"可眼下正是这一仗的关键阶段。"又听一阵:"好吧,我马上执行。"

他放下电话,转身对跟在身后的苏政委说:"要我们团立即撤出阵地,到嘉禾接九军团防务,节节迟滞从桂阳下来的敌第二十三师。"

"好戏才刚要开始,这就走人?!"苏政委说。

韩团长:"有什么办法? 师长说了,得服从大局。"

苏政委:"那就走吧。"

韩团长:"不能全撤了。敌一旦发现我们撤了,就会转入追击,我们失去预设阵地,会很被动的……甚至会走不掉。所以,我想让家富的一连顶住,迟滞敌人一天!"

苏政委:"顶一天?!"

韩团长:"起码得顶到明天早晨再打退敌人的进攻,然后撤出节节抵御。"

苏政委:"只好这样……可一连的压力太大了……弄不好成了丢卒

保车啦。"

韩团长:"有什么办法?让一个外国顾问来发号施令,又不从实际出发,我们可不就得疲于应对局面。"又说:"丢卒保车还是当前的事,说不定下一步还得丢车保帅啊!"

苏政委:"看来,我们后卫部队要率先进入全局的激战了!"

韩团长:"是的,首先是我们必须有牺牲自己、保全大局的思想准备。"

苏政委:"你是说要有牺牲自己、保存大局的精神?!"

韩团长:"对,我们是后卫,就得有这种精神。"

"后卫精神?!"苏政委似来了灵感,"好,我这就去布置,在全团开展后卫精神教育。"

韩团长:"这是我们从现在开始与敌人苦战的精神支柱。"

苏政委:"我们离苏区越来越远了,再以老一套的口号要求官兵要以保卫苏区为精神动力,不仅没有说服力,反而有反作用。有些人就是借保卫苏区这个口号而离队的……"

韩团长:"所以,我们的最高领导者,不仅在军事战略上有问题,连政治工作也是机械的,不对路。"

苏政委:"我们必须开展全局观念教育,说明牺牲局部保全大局的道理,实现思想观念的转变,以稳定官兵的情绪,并转化为战斗力,挡住尾追我之敌。"

韩团长:"老弟,干吧!"

苏政委:"我要到家富连队去,他没有指导员,我帮他一把!"

韩团长:"你不是说要布置开展后卫精神教育吗?家富连队如需要去个政工干部帮他,从政治处派个干事去就行了。"

苏政委:"我这就向政治处主任交代,政治处所有的干部都下连队去,抓后卫精神教育。"

韩团长:"那你也不能去……"

"怕我给打死了?!"苏政委笑着,"现在还有前方与后方之别吗?还有团机关与战斗连队之别吗?在哪里都可能战死。退一步说,我要是战死了,不是更能激起我们团的战斗意志吗?!"

韩团长:"起码是你暂时不能去冒战死的危险,你必须和我一起分担这副担子!"

苏政委:"我不是去死,而是去具体地挑起这副担子。"

月光把刘伯承、陈树湘、程翠林的身影拉得长长的。不觉又到了十五月圆时。

刘伯承:"好不容易自主地抓到一次战机,并且是肉已快到嘴里了,又丢了,太可惜。"

陈树湘:"可不是吗? 我也正想借全歼后面的这个孤立突出的敌人的一个团,挫败他们的嚣张气焰,提高我们的情绪,也弄点弹药、机枪补充我们自己。"

"可是,话又得说回来,得服从全局。"刘伯承说,"的确,有些事在局部看来可行,在全局看来不行,局部就得服从全局。"

陈树湘:"现在看来,甭说师一级,就是军团也没有临机处置权了……"

"适应新情况吧!"程翠林转了个话题,"我们研究过了,建议把参谋处长王光道同志提升为我们师参谋长。"

刘伯承:"我看可以也必要,师里也要有干部接替储备。这事我回去后就与军团长、政委商量,如果必要,我出面向周恩来副主席建议。"又说:"有些战士干部提出回去保卫苏区是正常的,也说明我们过去的政治动员口号有问题。韩团长和苏政委他们提出要进行后卫精神教育,我看很好,很及时。这是当前稳定部队思想和提高战斗力的最好办法!"

程翠林:"我已和蔡中主任商量过,布置在全师范围内突击教育。"

刘伯承:"我回军团部后,会向李政委建议,在全军团开展后卫精神教育。"又说:"我们的行动全局迟缓,敌人的追兵陆续上来了。而我们的前头还有潇水、湘江两道坎子,还有许多不可测的危险。就你们师而言,处境会越来越艰难、危险,上头的问题我们没有发言权,更管不着,但应当认识到,党和红军不是哪一个人的,是关系到国家和民族的命运。所以,我们后卫部队的每个指战员,都应当有牺牲自己保全党和红军这个大局的观念。"

程翠林:"首长放心,只要我们活着,就会战斗到底。"

陈树湘:"我们会无愧于共产党人的使命,无愧于曾经支持援助我们的苏区人民!……"

"怎么啦?!这像是要和我诀别,去慷慨赴死呀!"刘伯承又笑着说,"我们共产党人生死都为革命,我们不怕牺牲,但要力求活着。唯有活着,才能承担革命使命。所以,我希望你们都要活着。"

刘伯承和陈树湘、程翠林一一拥别,翻身上马,挥鞭而去。

家富连队的阵地前,敌兵丢下横七竖八的死尸中,一具"尸体"突然坐了起来,兴许听到什么动静,又躺下装死。

延明带着他们排的战士跃出战壕,低姿跑到阵地前敌兵尸体旁,翻动着尸体,搜集枪支、弹药和一切有用的东西。

那个躺下装死的敌伤兵突然坐了起来:"救救我……"

刚向他走来的一个红军小战士被这突然坐起来的"尸体"吓了一跳,大叫:"有鬼,鬼……"说完往阵地上狂跑。

延明看见了,用枪对着坐起来的敌伤兵:"举起双手!我不会伤害你!但你敢反抗,我马上开枪击毙你!"

"不敢,交枪,我交枪!"敌伤兵指着已丢在一边的步枪,又哀求着:"救救我……"说着,又把身上挂着的子弹袋、手榴弹袋全解了下来。

延明喊着:"山春,你过来!"转而问敌伤兵:"伤在哪里?"

"腿!好像是子弹打在右小腿骨上……"敌伤兵回答。

延明对过来的山春说:"你把他的枪、子弹、手榴弹拿到一边,用枪对着他,他敢反抗就开枪击毙他!"

山春照着做,延明蹲了下来,检查完敌伤兵身上确实没有武器,说:"让我看看,伤得怎样……你有绷带吗?"

"什么绷带?"敌伤兵问。

延明:"包扎伤口的绷带!"

敌伤兵："没听说过……谁给我们那东西！"

山春："那你还给反动派卖命！"

敌伤兵："家里的地没了……他们说当兵一个月给 10 块大洋……这不，才出来当兵吃粮。谁知道当了兵后，什么也没有，也走不掉了。他们枪毙逃兵！"

山春："活该！"

延明对敌伤兵说："我用你的绑腿给你包扎一下伤口，也止血。但你不要动，躺在地上，等我们走后，你们的人过来，再喊人救你！"

敌伤兵："你们把我带走吧！求你啦！"

延明："我们自己的伤员都带不走，还能带你……我再告诉你，别动，你一动就会出血，血流光了，你也没命了！"说着，为敌伤兵包扎。

刘伯承翻身下马，把缰绳给了马夫。

董振堂和李卓然、袁国平迎了上来。

"你可回来了……我正要去找你。"董振堂说。

刘伯承："情况有变化？"

董振堂："军委来电，让我们后卫师原地再顶一天……"

刘伯承："又是前面走得太慢？"

李卓然："可不是吗？据说是离江西越来越远，有些新兵不干了，跑回去，还有些人闹着不当挑夫……要调整人把东西带走，这需要时间。"

董振堂："其实有些东西干脆扔掉算了……"

"我们说了不算，"刘伯承说，"还是服从大局吧！"

董振堂："那就让十三师换下三十四师……"

刘伯承："不行……"

董振堂："可三十四师已经减员严重，并且也很疲劳了。"

刘伯承："局势还没有到较劲的时候，我们必须从长计议。要保持十三师完整的战斗力，否则，一旦局面更加复杂困难，我们拿什么力量来保证中央纵队的安全？！"

董振堂："也是……只好让三十四师在后头继续扛着！"

第二十四章　朱毛依旧值大钱

　　西去小路的右侧约半里地,有东西两座小山包,中间是一条宽不过三四米、深不到半米的小溪。西山小溪边有块硕大的石头,溪流被巨石挡住,向东拐了个小弯,向小路方向流去。

　　苏红和朱大贵、李冬就躲在这大石头的北侧。这里既干净又隐蔽,既不容易被人发现,又可以观察到路上的动静,他们大白天不敢贸然行动,就藏在这里休息。

　　似在警戒的苏红,见李冬和朱大贵似乎已睡着了,提着步枪沿小溪边往北走去。

　　躺着的李冬见苏红走远了,没在草丛中,便推了推身边的朱大贵。

　　"你又饿了? 想弄吃的!"朱大贵正闭目在想着家乡的老婆小孩,被李冬一推,有些不耐烦。

　　李冬:"不是,我总觉得这个苏老弟不对劲!"

　　"哪不对劲!"朱大贵惊讶,"你看出他不对劲?"

　　李冬:"解手总是躲着我们……"

　　"像你那么缺德! 你不嫌丢人,我们还嫌恶心。都是在白军里养成的臭毛病。"又说,"我倒觉得他很爷们,有规矩、有心眼,对敌恨,值得我俩学习……"

　　"我看他真的是女人。"李冬嘀咕。

　　朱大贵:"那是你中了邪,成天想女人……恨不得谁都是女人!"又说,"打他主意?"

　　李冬:"搞错了吧? 这么个狠角色我敢要?"

　　朱大贵:"谅你没这个胆量。就你那德行和眼力,还打他主意……他是女人,女人有胆量一棍子打晕押我们的敌哨兵,救我俩的命? 女人会恨到把敌兵打晕了还给了他头上一枪托,又一脚把他踢到水沟里淹死?"

"他不是说是被逼的……人被逼急了会杀人!"李冬说。

朱大贵:"那你去呀,过去看看他是男的还是女人?!"

李冬:"那还不叫他给一枪崩了!"

"知道就好!"朱大贵说,"睡你的觉,天黑了还得赶路!"

家富连队正在一山包的半坡构筑临时阻击工事。

苏政委过来和轻机枪手一起挖射击位置。

机枪手:"苏政委,我认为不能怪我们有回去的念想。你们以前老讲要保卫苏区,苏区在东边,可队伍在一天天地往西走,傻子也看出这不像是保卫苏区。"又说:"朱大贵走人,也是要保卫苏区去,我认为不能算他是逃兵……也不知道能不能走得回去?!"

苏政委:"现在是怎么想的? 实话实说,我不会怪你!"

机枪手:"你说了我们当前最重要的是要保卫党和保住红军,有了党和红军就会有新的苏区,失去的苏区最终也会恢复。这话实在,我也听得明白,服理!"

苏政委:"真的明白? 相信?"

机枪手:"当然。你讲的这个道理,让我想到过去在家乡时,到了秋末冬初,我们都会放火烧荒。那时,虽然一把火就把山坡上的杂草烧了,可到了春天它又长了起来,原因就是根还在。现在,我们的革命遇到了困难,不得不离开苏区走人,但只要我们的党和红军的根还在,我们就能再发展起来,就总有一天会把反动派全都消灭光了。所以,我们现在最重要的事,是保住我们的党和红军,而不是回去保卫苏区……其实,我们目前没有力量保住苏区,要不,我们干吗走?!"

苏政委:"就是这个理。你说得对,还要把这个理告诉还想着回去保卫苏区的同志!"

这时,警戒哨大声报告:"连长,敌人上来了!"

家富喊着:"准备战斗!"他沿着交通沟,跑步到苏政委跟前:"看来,是敌人的搜索连,很谨慎的……"

"放近了打! 争取给敌人以最大的杀伤!"苏政委取下他背着的步枪。他到一连后,挑了把前天缴获的多余的步枪和50发子弹。

阵地前的200米外山路上,1个连的敌兵散开成搜索队形,向家富连控制的山包围上来。

分散端枪搜索前进中的敌兵中,只见一个戴着白底黑字的"督战员"袖标的人,左手提着驳壳枪,右手提着大刀,在吆喝着什么。

家富命令着:"投弹手准备,听我命令一起投!"

苏政委在轻机枪手的2米外选了射击位置,推弹上膛。又对机枪手说:"点射,打精度!"

敌人已到家富连队的100米处了,仍没发现前面是红军的阵地。

敌连长喊着:"上呀,占领这个山包,控制制高点!"

敌兵竟大胆地直起腰来,往山坡上走。

已过了50米处了,家富拉开手榴弹弦:"打!"随即把冒着黄烟的手榴弹投向敌兵。

与此同时,家富连队的轻重机枪和步枪开火了。

苏政委的步枪没响。他瞄准的那个"督战员",让另一个敌兵挡住了。等连队枪一响,那个"督战员"已经趴下了。

冲在前头的敌兵纷纷倒下或趴下。趴在地上的"督战员"侧着身嚷着:"上呀,别怕'共匪'的小股,往上冲!"

没死伤的敌兵趴着没动。

这时,天空出现敌人的飞机。

"督战员"又嚷着:"弟兄们,我们的飞机助阵了,上呀!"

敌兵不情愿地又跃起,往上冲。

又遭到一阵轻重机枪和步枪的打击,没中弹的敌人纷纷扭头往回跑。

"督战员"急了,站起来大喊:"不许后退!"但话音未落,被一枪击中,倒下。

敌兵更是拼命后退。

家富："政委,好枪法!"

苏政委："好长时间没摸过步枪了。"他设定标尺,寻找目标,又是一枪打倒一个往后跑的敌兵。"这枪的准头还行!"苏政委自语。

这时,天空中的飞机撒下传单,飞机飞得低,传单很快落地。

山坡下,督战队长抓起一张传单,跃上一块石头,叫着:"弟兄们,这是南昌行营政训处开出的捉杀'共匪'的赏格……"

随着一声枪响,督战队长滚落在石头下。

一个敌兵大叫起来:"我的腿……"

原来,这一枪并没有命中敌督战队长,子弹打在石头上,跳弹击伤了旁边的一个敌兵。

这一声枪响,把山坡下的敌兵全打得趴下了。

敌连长侧过身骂着:"又没死,叫唤什么?"又对趴在地上惊魂未定的督战队长说:"牛队长……上头怕是'共匪'的主力部队吧……有重机枪,又有轻机枪……火力好猛呀!"

牛队长也像是给打怕了,"是有点不对劲……这样吧,和你们营长报告下,请团里把迫击炮连调上来,再冲……"

"再冲也不能只有我们1个连!"敌连长说,"我们连的损失得有1个排了……"

"知道,知道,伤亡严重。"牛队长往后爬退。

在灌木丛中的苏红、朱大贵、李冬,让前头的枪声和手榴弹声震得停下了脚步。

"前头八成是我们的队伍与敌人的先头部队干起来了!"朱大贵说。

苏红:"听枪声,战场距这里不远!"

朱大贵:"不出5里地!"

苏红:"我们这就找队伍,参加他们的战斗!"

"得避开正面的敌人,从南边绕过去!"朱大贵说。

李冬:"要是这时落在敌人的手里,那才死得冤!"

朱大贵:"你的嘴怎么这样臭……你才让敌人抓去!"

李冬嘀咕:"还信这个……提个意见可以吧?!"

苏红:"说!"

李冬:"先弄点吃的……"

"滚你的蛋!"朱大贵有点火,"吃,吃,就怕饿死你……"

李冬:"不吃饭,打仗怎么有劲?!"

苏红想到近中午了,还得找部队,到了就得加入战斗,先弄点吃的确也不无道理:"可那得耽误1个小时……还又得违反群众纪律!"

"看,那边有芋头地,弄几个芋头一烧就有了。"李冬说,"我去弄……我不怕违反群众纪律。再说,这一路不都在挖老乡的红薯、芋头吃!"

朱大贵:"快去! 别他妈废话!"

苏红:"我警戒!"

朱大贵:"我准备柴火!"

家富阵地上。

电话员喊着:"政委,团长电话。"

苏政委过来接过电话机:"老韩,这个时候我能离开……牺牲自己保全大局,不仅是对基层官兵说的,也是对我这个团政委说的,你不会让我这个团政委被骂成是'卖狗皮膏药'的吧……好吧,坚持到晚上撤出阵地……晚上见!"

苏政委放下电话对家富说:"让你的电话员开始收线……我们天一黑撤出阵地,归建!"

就在这时,若干发迫击炮弹落在山包上。

家富大喊:"散开,防炮!"

阵地前,横七竖八躺着的敌兵死伤人员中,负伤跑不了的敌排长抱住头趴在地上。一发迫击炮弹在他的身旁爆炸过后,敌排长摇了摇头上的泥土,推开被炮弹掀起来的督战员尸体,骂开了:"孙子,你不是督战么,怎么死了还得让自己的人再'炮毙'!"他又不解恨地回头骂着:"王八蛋不长眼呀,往老子头上打炮!"

山坡下。

躲在大石头下的敌督战队长挥动手中的传单："弟兄们,这是上午我们的飞机撒下的。委员长南昌行营颁布的'剿匪'赏格,这上头说了,抓住朱毛赏大洋 10 万块钱……"

一个敌兵嘀咕："什么? 抓住猪毛赏 10 万大洋,没听说过猪毛这么值钱! 委员长花大价钱买猪毛干吗用?"

"傻瓜,朱毛是'共匪'的头头!"督战队长耳尖,听到了。

另一敌兵："'共匪'的头头会在上面和我们枪对枪对着打?"

督战队长："上面没有'共匪'的大头头,有'共匪'的机关枪、步枪对吧?!"他又挥了挥手中的传单："赏格令说了,夺获'共匪'的 1 挺机关枪,赏大洋 300 块,夺获 1 支步枪赏 30 块……"

敌营长："弟兄们,300 块大洋足够你又盖房又娶媳妇又买田地的,上呀!"

督战队长："1 支步枪赏 30 元,也足够买 1 个老婆。上呀,抢到 1 支步枪,就是抢到 1 个老婆!"

敌营长："弟兄们,上呀!"

有几个亡命的敌兵跃起带头前冲。

督战队长见多数士兵迟疑,挥动手上大刀："上,快上。临阵畏敌者格杀勿论!"

敌营长也挥动手上的手枪："上,都他妈的跟我上……谁不上,我他妈毙了他!"

敌兵心惊胆战地前冲。

山坡下南侧。

朱大贵低声地说："上头就是我们红军的一个阵地!"

李冬："也不知道是不是我们连……"

"管它是哪个连,先参加战斗再说!"苏红说。

朱大贵："不行,别让他们把我们当敌人打了……"

苏红："这倒是个问题!"

朱大贵:"待会儿打起来了,我在前面……我喊团长政委名字,他们应当不会误会!"

苏红:"好,趴在这等着,别让敌人发现了!"

家富连队阵地上,战士们在激烈战斗。

轻机枪手中弹倒下。

一旁的苏政委过来接过轻机枪,对着涌上的敌军猛射! 但他也中弹倒下。

朱大贵跃起战壕,抱起轻机枪翻到另一射击位置,又射击。

苏红跃进战壕,举起步枪对敌射击。

李冬也过来,捡起牺牲同志的步枪,对敌射击。

家富喊着:"同志们,为苏政委报仇,上刺刀,准备反冲击!"

朱大贵换上弹夹,又拉动机枪,看了家富一眼。

家富提着他的自动驳壳枪,瞪了朱大贵一眼:"机枪掩护! 上!"跃出战壕,挥枪对敌连射!

冲到前头还没倒下的敌兵,让朱大贵的轻机枪和家富的连射驳壳枪打懵了。

战士跃出战壕,与敌展开肉搏。

苏红也跃出战壕,但她没介入肉搏,而是找落单的敌兵,打一枪拉下枪机,骂一声:"畜牲,我让你跑!"距离太近了,她弹无虚发。

这时,冲到战壕前的敌兵几乎全被打倒或刺倒,后头的敌军扭头向后狂跑。

家富喊着:"撤! 回战壕。"

战士们在机枪掩护下,纷纷返回战壕。

苏红仍站着往步枪里压弹,家富过来猛拉一把:"撤!"

苏红挣脱家富,举枪对准也往后跑的督战队长,枪响,督战队长猛地前倾滚下坡去!

家富火了:"撤回去!"

苏红回头认出家富:"是你!"

月光下,山包堆起了一个个新坟。

苏红趴在最前头的新坟上,泣不成声。

家富、二喜、延明等站在队前,后面是他们的战士。

朱大贵过来,要拉起苏红。

家富拦住:"让她哭吧!"

苏红站了起来,反而不哭了,走到队列中。

家富:"苏政委,牺牲的同志们,你们安息吧。我们一定以牺牲自己保存全局的后卫精神,完成后卫任务!"

二喜走到家富耳边:"连长,能收集的枪支弹药都收拾了,连队也做好了撤出准备!"

家富:"一排长,你带1个班断后,撤!"

随着家富一声令下,各班战士抬着、架着伤员,背着缴获和多余的枪支,由两坡下土包,向西而去。

家富走到跟着朱大贵走的苏红身边:"你怎么……"

"以后说!"苏红低声回答。

朱大贵:"苏老弟可是好样的,绝对好兵……"

"我还没找你算账!"家富没好气地说。

"这不回来了么!"朱大贵又说,"李冬也回来了! 就算我们走几天有错,这不是在战斗的关键时刻回来了,这不还回来给你扛机枪!"

家富:"你给我扛枪?!"

二喜过来:"缴获和收集的枪支弹药不少!"

"到宿营地再说!"家富又问,"全连没负伤的还有多少人?"

二喜:"连回来的朱大贵、李冬还有新来的苏老弟,一共还有85人。"

家富:"给炊事员每人1支步枪,配足子弹手榴弹。以后,他们不仅要管做饭,还得参战!"

师部宿营地。马灯下,陈树湘、程翠林在主持师团领导会议。

程翠林沉重地说:"苏达清同志牺牲了!"

王光道:"他怎么牺牲的?"

韩团长:"他要下连队……我没拦住!"

陈树湘:"老韩,你别自责。他做得对,模范地践行了后卫精神,死得其所。"

蔡中:"他今年才 23 岁,太可惜了。"又说:"各团政治处,要结合苏政委的牺牲事迹,教育我们每一个官兵,践行牺牲自己保存大局的后卫精神!"

程翠林:"尤其要求我们每一位领导干部,身先士卒……"

陈树湘:"我们在座的同志,都要有牺牲自己的思想准备。我把话说在前头,如果整个形势没有改变,我们的后卫任务没有改变,我们都有牺牲的可能!"

程翠林:"苏达清同志不过是走在我们的前头而已!"

第二十五章　周恩来的无可奈何

衡阳,何键临时官邸。虽不是何键专门新建造的,院庭却也优雅别致,装饰豪华气派。

何键很满足于当下的一切。民国十六年,也就是 1927 年冬,李宗仁发动了对他的老长官唐生智的战争,唐生智战败了,他却因祸得福,跟上蒋介石,继承了唐生智原在湖南的地位。他知道蒋介石不仅不会把他当成嫡系,反而对他怀有戒心,但他认准只要凡事紧跟蒋介石,蒋介石也不会把他灭了,反倒会为他担待。就说当下吧,江西的"共匪"倾巢进入湖南,要是没有老蒋的 10 万中央军,凑成了五路"追剿"大军,往湖南广西边界一线排开,他怎么可能高枕无忧?

这阵子,他正在内室客厅里,躺在躺椅上闭目摇晃,听着打扮入时,赏心悦目的女子清唱湖南花鼓戏《刘樵砍柴》,吮吸着香案上檀香的阵阵幽香。

何键很迷信。他恨毛泽东,就曾派人挖了毛泽东的祖坟,要断了毛泽东家的风水龙脉。他信佛,他居家香案上,终日香火不断。何键是湖南醴陵人,爱听当地花鼓戏,他又字芸樵,偏爱花鼓戏的名段《刘樵砍柴》。何键是年 47 岁,也算得上是男人一枝花的年华,乱世把他推到湖南"皇上"的位置,他也不负乱世恩赐的荣华富贵。

然而,何键毕竟也有公务。正当他听美人清唱意正浓时,参谋处长进来了,悄悄在一边候着。

终于,一曲终了。何键睁开眼:"什么急事?!"其实,他知道参谋处长进来。

参谋处长:"李宗仁、白崇禧果然要放'共匪'过湘江,再返回我们湖南……”

“什么?!”何键从躺椅上弹了起来。他又摆摆手,让女子退下。

“委座昨天酉时的来电中说的。”参谋处长回话。

何键:“念!”

参谋处长:“衡州何总司令:据德邻20日电:以据迭报,匪主力由临武分经嘉禾、蓝山西窜,龙虎关、富川、贺县同时吃紧。仁部原在龙虎关以北防堵,故拟即将仁部主力移赴恭城附近,以策应富川、贺县、兴安、灌阳。但兴安、灌阳以北,仅能留一部,诚恐力量单薄,拨请转场何键总司令所部,向江华、贺县推进,以期周密。”

何键:“王八蛋!他李宗仁、白崇禧这不明目张胆网开湘江防线,放任‘共匪’过江吗?”

“‘共匪’的确有一部指向龙虎关,像要扑向桂林……怕是让‘共匪’的这一着给吓住了!”参谋处长说。

何键冷冷一笑:“亏得你他妈‘小诸葛’!‘共匪’如果有这个胆子,他们在进入我们湘南汝城时,就会乘我们还来不及组织‘追剿’,以一部甚至是全部插入我们湘中……还会等到这时,在我们五路‘追剿’军压迫下,才以一部去威迫他的桂林?他自己吓唬自己……”

“可这个托词也冠冕堂皇。”参谋处长。

何键:“真他妈是既要当婊子,又要立牌坊!”

参谋处长:“老蒋不去制止李宗仁、白崇禧不顾‘剿匪’大业,反倒把球抛给我们……”

“他妈的,我就不明白老蒋怎么就不敢惹李宗仁、白崇禧……”何键叹息,“还得靠我们自己!传我命令……”

参谋处长打开记录本:“你说。”

何键:“发各路追剿军司令:(一)匪情……你综合一下情况拟一段。(二)我军应不失时机尾匪追击,并应增强湘江上游防线,衔接桂军,防匪逸窜。(三)着三、四两路联合迅速击破当面之匪,尾匪追剿。(四)着第二路军克日集结东安附近,与第一路军联合协剿,并酌派一部开赴城步赶筑工事,扼要构成据点,以资堵击……”

"到城步？城步在通道东北部,已过了湘江以西百里地了……"参谋处长疑惑地提醒。

何键对参谋处长打断他的话有些不高兴:"你当我们真的就能够把'共匪'全部拦在湘江以东?"又说:"接着记。(五)着第一路军沿湘水上游延伸至全州之线,与桂军切取联络,堵匪西窜。(六)第五路军经临武、蓝山应尾匪追剿,随三、四路之进展连系策应,并与广东、广西两军切取联络!"

参谋处长:"我这就去整理,发出去!"

"慢。"何键又说,"也给委座发一电,把单靠我们的力量是堵不住'共匪'过湘江的丑话说在前。"

参谋处长又记录。

何键:"南京、南昌行营委员长蒋:职 13 日拼命追剿,14 日进驻衡阳,本最大之决心将所部分为五路,分任追堵,并请广东、广西两军协剿……刻奉委座 22 日酉时电,已准桂军主力移恭城附近,所有灌阳、兴安以北地区防务,责令职路军南移担任,闻命悚惧。……若灌阳、兴安、全州间又准桂军移调,则不免门户洞开,任匪扬长而去……我军合围之局既辙,追剿之师徒劳……大概就这么个意思,具体文稿你再整理一下。"

参谋处长回应后退出。

见参谋处长走后,唱曲的女子走出内屋:"老爷,还听吗?"

何键:"还有心思听你唱戏?!"又骂开:"王八蛋,都他妈的各管各的,从自己的利益着想,还'剿匪','剿匪'他妈个头……怪不得这'共匪'会是越剿越多!"

小女子:"老爷,咱也为自己的利益着想……气大伤身……不生气。我陪你轻松轻松!"

南昌行营作战室,气氛肃静。蒋介石正在给熊式辉、贺国光、晏道刚、杨永泰训示。

一个参谋在窗外向晏道刚招手。

晏道刚对蒋介石耳语,离开会场。

蒋介石继续说:"我考虑到今后的'剿匪'主战场将移到长江中游的湖南、四川地区。我已同四川的刘湘谈妥了,在重庆设委员长行营参谋团。四川的刘湘、刘文辉、杨森这些人对我们中央军怀有戒心。那好,就以川人治川吧。国光,你虽不是四川人,但与这些四川人有交往,你们熟,就由你担任参谋团主任,免得他们睡不着觉,你也好和他们打交道。"

晏道刚拿着电文回到会场坐下。

"什么情况?"蒋介石问。

晏道刚:"何键来电,请委座不要批准李宗仁、白崇禧让桂军主力南移到恭城,让出湘江渡口。"

蒋介石不屑一顾,接着说:"南昌行营这一摊子,就由熊主任任参谋长继续协调各方'剿匪'事宜。"

熊式辉:"听委座吩咐。"

蒋介石:"敦促北路军和东路军加快对赣南、闽西地区的'清剿';敦促何键、薛岳竭尽全力'追剿共匪'主力!"

熊式辉:"何键那边怎么答复?"

蒋介石:"就说白崇禧不是要撤出湘江防务,而是把兵力集中到恭城的战略机动位置上,一边强化龙虎关防御,一边便于伺机向兴安、灌阳出击。目的在协同'追剿'军,将'共匪'全歼于湘江、漓水以东地区。"

熊式辉:"明白。"

蒋介石站起来对贺国光说:"还有些事我要对你交代,到我办公室去。"说着,走了。

贺国光也跟着走。

熊式辉拿起何键的来电,看罢自语:"还别说白崇禧真有点子!他把兵力收缩到恭城,你可以说他是网开湘江防线;但他也可以说在敌情未明了之前,把自己处于可守可攻的战略主动地位……何键在战略和策略上,还真的玩不过白崇禧!"

晏道刚:"怪不得委座同意!"

"就算白崇禧真有放'共匪'回湖南的意图,委座也鞭长莫及……李宗仁、白崇禧向来与委座有二心。"

熊式辉:"'共匪'能不能逃过湘江这一劫,就看他们的造化了!"

广州,李济深公馆。

陈济棠与李济深在花园小亭里下象棋。

陈济棠的副官送来电文。

李济深一笑:"伯南,公务又找来了……看来,你不得闲心呀!"

"近期,我们广东不会有天塌下来的事,至于国家的天要是塌下来,首先应当是老蒋去顶住!不管它。"陈济棠把电报放一边,继续对残棋冥思苦想。

李济深抓起茶杯,呡了一口:"甭想了,和棋吧。"

陈济棠无奈地放下棋。到底放不下公务,抓起电文看着,不禁笑了:"我俩和为贵,可何键与白崇禧却不和,弄得老蒋这个裁判也没辙了。这是何键给我的电报。我给你讲这一段的意思:说何键怪老蒋准许白崇禧把在全州、兴安的部队撤了,让湘江的门户敞开;而老蒋却要何键派部队南延接白崇禧撤军的防务空缺,何键愤慨也没辙。"

李济深也笑了:"何键不是蒋介石的走狗吗?蒋介石拿白崇禧无可奈何,可不就只能使唤他这条狗!"

陈济棠:"可他何键到我这里告状?让我看他笑话!"

李济深:"他这不是有病乱投医……也是把丑话说在前头。"

陈济棠有些得意:"就何键就这两下子,还想和我们两广斗……"

"你得再往上看,看他主子的两下子。"李济深说,"老蒋把国民党弄成了内部勾心斗角,却一心想消灭共产党……你看着吧,只要共产党内部团结,并且能推出能人,老蒋不但消灭不了共产党,最终还得败给共产党!"

野战军司令部的作战室里,值班首长和人员依然各负其责。

周恩来提着马灯在看桌子上的地图。马灯昏暗,叶剑英过来要把它拧亮些,但还是不亮,他又提起来摇了摇,发现没油了,喊着:"过来个人,给马灯加油!"

郭化若把一旁值班电话员的马灯提了过来。

周恩来自语:"翻过都庞岭到湘江边,还得有200来里地呢!"

叶剑英:"可我们的部队还没全部过潇水……"

朱德一叹:"仅过一道潇水,全军就用了4天。……怎么了得!"

周恩来:"有什么办法?从出发以来,就一直是这个状况,就一直没能解决这老大难!"

"关键在指导思想。"朱德说,"主观设想把中央苏区迁到湘西,又认为这一转移不过是简单的搬迁,结果成了大搬家,坛坛罐罐什么都带……"

公务员送来了加过油的马灯。军委二局局长曾希圣跟了进来。

周恩来清楚,曾希圣是来送情报的。"什么新情况?"他问。

"敌情有些严重了。"曾希圣说,"这是我们刚破译的,何键昨天申时从衡阳总司令部发给他的五路'追剿军司令'的电。"

周恩来:"要点。"

曾希圣:"命令他的各路军要不失时机向我追击,巩固湘江上游防线,协同桂军防堵。规定他五路追剿各路应到达的时间和地点。"说着,把译电给了周恩来。

叶剑英:"这就是说何键要乘我们还在过潇水之际,赶快封闭湘江渡口,把我们堵在湘江东岸……"

"严重的是就算我们先头部队到湘江边,也还得有4天路程!"朱德说。

周恩来已浏览了一遍,把译电给了朱德,一脸严肃,一言不发。

叶剑英也凑过去与朱德一起看电文。

曾希圣:"不加快行军速度,问题就严重了。"

郭化若:"谈何容易呀。断后的五军团三十四师,还让敌二十三师缠着呢!"

朱德看完了,把译电给了周恩来:"看来,只能在调整上想对付的办法!"

　　周恩来对叶剑英说:"你们将这封译电内容,转换成为敌情通报,发全军,让各部都有紧迫感,加快行动。我这就去找博古、李德商量调整部署!"

　　这一天是星期六。董老放几位编在休养连的夫人回去和她们的先生过"星期六"。原来,按规定,夫人们平时都得在休养连编成内活动,只有星期六才可以回去找她们的先生,故称"过星期六"。

　　这天下午到宿营地后,刘群先回来看博古。这阵子他俩大有小别胜新婚之感,正准备就寝。

　　周恩来敲门。

　　博古赶过来开门:"急事?"

　　"很急,"周恩来说,"我让伍修权把李德也叫来。"

　　前后脚,伍修权领着李德进来。

　　"周,你不过星期六,也不让我们过星期六!"李德还有心思抱怨。

　　"是敌人不让你过星期六!"周恩来说,"二局刚送来的情报,是一天前何键给他的五路'追剿军司令'的命令。要点是命令第一路军急驰全州地区,协同白崇禧桂军扼守湘江防线,把我军堵在江东;命令其余的4路军星夜兼程,协同桂军,把我军聚歼于湘江东岸的全州、灌阳境内。"

　　李德:"他们能抢在我们之前……问题有这么严重?"

　　"就是我们的先头部队要赶到湘江,也得4天后,你说他们能不能抢在我们之前?"周恩来说,"你说严重不严重? 你说要是全军被堵在湘江东岸,能北上,南下,还是东还?! 决战呢? 有弹药可以支持?!"

　　李德:"我早说过,你们部队的保障太差,战斗力也不行……"

　　"我没时间也不想和你扯这些没用的东西!"周恩来有些气愤,又转而对博古说:"我们得充分认识到当前敌情的严重性和我们面临的危险性,要为我们的党和红军的前途命运负责!"

　　博古:"你说怎么办?!"

　　周恩来:"必须放弃原计划,不要再和敌人第四路军先头部队在道县与宁远边界纠缠;左纵队应决心改由经道县过都庞岭,直指湘江!"

李德让伍修权摊开地图。李德不懂中文,更弄不清当下红军所处的位置,离开用俄文标出地名的地图,他下不了命令。

"那就命令主力立即从都庞岭上的永安关、雷口关进入灌阳,前卫一、三军团抢占并控制渡口;命令左翼队八、九军团从江永直插龙虎关,威逼敌人恭城,策应主力过江!"

周恩来:"这不行。龙虎关是从湘南进入广西直达桂林的大门,我们前阶段以左翼队指向江永,就引起白崇禧的警惕,把主力收缩在恭城防着我们;我们再以八、九军团走龙虎关,那就是把这两个军团送到敌人枪口上!"

李德:"周,你没学过军事指挥,你不懂得正面突破和翼侧迂回配合,是战役实施的最有效方式!"

"是的,我是没进过军事学校,但我也懂得军事指挥上必须灵活用兵!"周恩来说。

李德:"我知道,你又要说你指挥你们红军取得第四次反'围剿'的胜利。但你们那不是正规战……那取胜不是必然的!"

周恩来:"我现在没空和你争论这些。"又对博古说:"是希望你为我们党和红军的命运着想、负责!"

博古:"恩来同志,李德是也为我们党和红军命运着想。"

"我不否定,"周恩来说,"但现在是我们必须与敌人抢时间,必须求稳妥!"

李德:"好,我们不争论。"又说:"命令:五军团、九军团和一军团一师,扼守潇水东岸,阻止敌第三路军及二十三师南下追击,至少坚持2天;其他部队加速向都庞岭方向运动!"

周恩来:"敌第三路军没那么快下来,应当全军加速前去,抢在敌人之前到湘江!"

博古:"按李德同志的意见执行!"

……

第二十六章　明知湘江是一劫

野战军司令部刚进宿营地村子,司令部二局局长曾希圣飞骑过来,在村口追上周恩来和朱德。

朱德:"刚截获敌情?"

"是的,"曾希圣说,"何键19日午时的部署命令电……"

朱德:"要旨?"

"围歼我军于湘江、漓水以东!"曾希圣回话。

周恩来自语:"还是落实蒋介石的命令!"又问:"具体部署?"

曾希圣拿出译电:"命令第一路军主力集结于黄沙河地域,前锋南进到全州地区,协同桂军,控制湘江封锁线;第二路军于24日前集结到零陵;第三路23日全部进到道县;第四路军由嘉禾进入宁远;第五路军由临武、蓝山跟追我左翼队进入永明、江华。"

朱德:"还是何键对白崇禧把主力收缩到恭城作出的反应,逼白崇禧出手,协同他把我军堵在湘江东岸!"

"以实现蒋介石把我军聚歼于湘江以东的企图。"周恩来说,"所以,我军要加快向湘江运动,抢在敌湘桂两军对我合围之前,过湘江!"

朱德:"对头,这事关我们的生死存亡!"

周恩来:"要立刻和博古、李德商量,调整部署,加快全军行动!"又对曾希圣说:"你赶回去,给我盯何键的动态!"

"是!"曾希圣转身上马,走了。

朱德:"恩来,我看李德有分兵南线走江华、永明的意思,还是说服他放弃,避免与敌桂军纠缠,耽误了抢渡湘江的时间。"

这时,博古、李德、伍修权和警卫的一帮马队过来。见周恩来、朱德在村口等着,博古、李德等下马。

"不进村?!"博古问。

周恩来:"等你们呢!有最新的敌情动态。"

李德:"不就是蒋介石要把你们的队伍堵在湘江以东吗?!"

"你说的没错,但这得何键和白崇禧两军来实现。"周恩来肯定,"我们右翼的敌军何键,在调动他的部队要实现蒋介石的企图,这必须引起我们高度警惕。"他把曾希圣刚送来的破译的何键部署电给了博古。

博古让伍修权把命令电的要点翻译给李德。

"你说得对,必须引起我们高度警惕。"李德听后肯定,接着说:"严重的是敌军三路军周浑元的中央军向道县追来;而敌第四路军的第二十三师紧跟其后。他们这是要乘我军还没有过潇水,逼我们在潇水以东与他们决战,我们如果不打掉敌这两路军,甭说过湘江,连潇水也过不去!"

朱德:"从何键的命令电看,他不无这个企图。但是,第一,敌第四路军第二十三师,不敢单独追进道县与我们决战;第二,敌周浑元第四路军,也未必如何键所命令,在 22 日前能赶到宁远,并以主力进入道县。所以,当前的问题是,我全军必须加快过潇水,前卫立即向湘江急进,抢占湘江渡口。"

李德:"总司令,问题是现在你的全军还没过潇水,而不打掉追上来的敌军三路军和随后的第四路军的二十三师,你们连潇水都过不去!"

"我不认为当下过潇水的敌情有那么严重!"朱德说。

李德:"总司令,那只是你的判断,也许这是你的经验之谈。但我们的决定不能建立在敌第三路军不能按何键命令按时赶到达道县的基础上。所以,当下,要先解决能不能过潇水问题!"

博古问李德:"你的决心和部署?"

李德:"到你们的指挥所去!"

一行人转而向指挥所走去。

指挥所已在村东头祠堂内开设。

博古、周恩来等一行人进入祠堂。

李德喊着"地图"。

叶剑英忙从图囊中取出李德的专用地图,摊在桌子上。郭化若把马灯提了过来,又准备记录。

李德说:"我们的决心应当是:集中我军主力,在道县与宁远之间,坚决突击和消灭敌周浑元纵队之左翼队,而以后卫部队牵制敌军二十三师!"

朱德:"这就把我军的主力滞留于潇水以东,如果再与敌纠缠三两天,连湘江都过不了……"

"总司令,我再强调一次,现在最紧要的问题,是打击追来的敌周浑元纵队的左翼队,保证全军过潇水,而不是放在下一步过湘江!"李德说。

"我认为李德同志的决心是正确的。"博古又对李德说,"说说部署。"

李德指着地图:"命令:一军团从 22 日晚即向鸡公神、大坝头、石马神地域移动;掩护野战军左翼;三军团于 23 日晨以前应到达梅山冈、欧家及大欧地域;五军团于 23 日晨以前,到达百草坪、杨梅洞地域;八军团于 22 日晚到达下灌地域,占领阵地扼阻敌第二十三师追击;九军团于 22 日晚转移到新铺及风村铺地域,并侦察通江华的道路;中央纵队于 22 晚以前到达四眼桥地域;军委纵队于 23 日晨进到消水塘。"

周恩来:"你计划还是分出一部走南线江华、永明?"

"以翼配合主力行动,这是最基本的用兵原则。"李德说。

博古:"就照李德的意见下达命令吧!"又对李德说:"我们进村宿营吧!"

博古、李德走了。

周恩来对朱德说:"先看看明天的情况吧,如果敌情不严重,就让一军团赶快过潇水,向进入广西灌阳的蒋家岭、永安关运动,以便下一步抢占湘江渡口。"

"只能这样。"朱德说。

清晨 4 点,担任军团指挥所值班首长的邓萍,叫醒了熟睡中的彭德怀。

这一动静也吵醒了与彭德怀睡在一间房里的杨尚昆。彭德怀对住房无所谓,不就是临时路过而已,有张床睡就行。杨尚昆也越来越觉得和彭德怀老大哥在一起,无形中能向他学到许多东西,每当住房不好分配时,他就会和彭德怀挤在一起。昨晚宿地住房紧,管理员又把他俩分在一间房。

彭德怀穿衣起床点上马灯后,问:"电报?"

"3时30分野战军司令部来电。"邓萍说。

杨尚昆问:"什么新精神?"

邓萍:"命令一、三军团今日应协同突击敌中央军周浑元纵队向天堂圩方向进攻的部队;五军团之十三师在周敌向我进攻时,应由南向北参加消灭周敌部队的战斗,三十四师则应牵制和打击向我尾追之敌二十三师的部队……"

杨尚昆:"看来,他们是盯住了敌周浑元纵队了!"

"没那么严重。"邓萍说,"周浑元的大部队没到宁远,他的先头部队不敢追进天堂圩地域与我们决战!"

彭德怀:"李德是既不知己,又不知彼。敌中央军与我们交战多年,领教过多次1个师与我战斗会被我军歼灭的教训,甭说他先头师不敢单独先去,就是2个师也不敢贸然追进来与我们决战……他李德就这样,自己吓唬自己。"

杨尚昆:"你是说,我们应当担心的是敌人大部队协同,将我军堵在湘江以东?"

"是这样,"邓萍又说,"所以,当下最重要的是一、三军团应尽快赶到湘江,抢占渡口;而不是在潇水以东地域,甚至在宁远的天堂圩地区,与敌纠缠,耽误时间。"

杨尚昆:"记得大约半个月前,对了,是11月10日,彭军团长就向他们建议过,以我们三军团为先遣军团,前出潇水、湘江地区,以1个师占领道县潇水渡口,主力控制黄沙河,扼阻何键'追剿'军,控制当地湘江渡口……他们拒之不理,弄到现在,全军都还没有完全进入道县,更不要说过潇水……现在又要在宁远西部与尾追的敌人纠缠……"

"问题是尾追的敌人,根本就不敢接近我们,理他干什么?!"邓萍说。

彭德怀："20天前,我们刚从江西进入湖南,敌人根本来不及调动部队设防,更谈不上追击我们,正是我们改变战略变被动为主动之机。毛泽东提议在湘南与敌孤军南下的第六十二师一战;我建议由我带三军团出击湘中。此两策的任何一策都可以打乱敌人阵脚,迟滞他们设防和追击,可他们不听,我行我素。现在,敌人不仅追击的部署已就序,而且各路军正按计划运动,要围歼我军于湘江东岸;我军已处于耽误不得过湘江之时,他们倒心血来潮,要与敌人第三路军中央军周浑元纵队的4个师,在道县与宁远之间决战,而且还是采取我之防御,阻击敌之进攻的策略……错了,大错特错了……这一错,可能会使我全军的下一步处于险恶的境地!"

……

"笨,真愚笨,而且还那么自负!"彭德怀说。

杨尚昆："苏联军事学校是不会教他们中国红军战争经验的……"

"他们根本就不懂得中国红军的战争,怎么教呀?"邓萍说。

杨尚昆："我是说李德根本连我们中国红军战争的书面知识都不具备,更不用说有实践经验!"

邓萍："既无书本知识,又无实践经验,怎么指导中国红军战争呀?"

杨尚昆："我明白了,博古以为他有中山大学学来的马克思列宁主义知识,就可以领导我们党;他也以为李德有伏龙芝军事学校学到的军事知识,就可以指挥我们红军战争……"

"实践呢?"彭德怀问。

杨尚昆："政治上、军事上都行不通!"

邓萍："再这样下去,会害死我们党和红军的!"

彭德怀："说这些没用。"又对邓萍说:"让部队照他们的命令办吧!"

邓萍默然走了。

"还睡吗?"杨尚昆问。

"天都亮了,还睡个屁!"彭德怀忽然感到似的,"肚子饿了!"

杨尚昆："可这才4点刚过,伙房还没做饭!"

彭德怀："那就到外面走……老想这些,会憋死!"

彭德怀走出门去。杨尚昆抓起外衣,跟着出门。

刘伯承走出五军团的指挥所,董振堂也跟了出来。

"刘总长,我们军团到现在还没进入道县,就是按他们的命令转移,也得晚上才转移到宁远与道县边界的桂园里,也还在宁远的境内,距潇水还有百把里地,距湘江还有三四百里地,得有一个星期才能到湘江边……"董振堂说。

刘伯承:"又忘了,我现在是你的参谋长,我的军团长呀!"

"这不是就咱俩!"董振堂笑笑,"在我的心目中,你永远是总长!"

刘伯承:"真不知道是怎么搞的,这回他们倒想起了,要在宁远与道县之间,与敌中央军周浑元纵队干一仗!"

"是呀,就是我们的1个师长,也不会没有知识、不知轻重缓急到这样盲目的地步!"董振堂自语。

刘伯承:"可共产国际的老爷们却偏偏把这样一个角色强加给我们;而我们的党却幼稚到对他唯命是从!"

董振堂又加一句:"可我们的党和红军,对此却无可奈何……"

……

走出一段,刘伯承问:"如果是现在我们党和红军的这种状态,你还会率领你的部队,起义投奔红军吗?"

"你说呢?"董振堂一笑,"真人面前不说假话,我不敢走这步险棋!"

刘伯承:"要是我,我也不会在这种情况下走出这步棋!"

董振堂:"可你们为什么在1927年共产党都快被杀绝了时还南昌起义?"

"因为如果不南昌起义,我们就被杀绝了!"

董振堂:"所以,我没有你们的先知先觉!"

"也不能完全这样看。如果你处在要么被杀、要么造反的境地,你也会造反的。"刘伯承又说,"那时,党的武装反抗国民党反动派的大方针是正确的,这才有凝聚力、指引力,才有希望!"

董振堂:"对,希望是最大的动力。我们那时动机也很简单,是看到只有投奔红军才有希望,所以才宁都起义……"

刘伯承又换个角度说:"你刚才说到 1927 年我们党处于几乎要被杀绝的险境中,其实,这是此前的中央指导路线错误发展的必然结果。我从中悟出两方面的道理。一是我们党会因为种种原因而犯错误;二是当错误使党的革命事业遭受惨重损失,甚至处于生死存亡关头时,党内的纠错势力就会奋起纠正错误,逐步修复党被损坏的肌体!"

董振堂:"老大哥,你让我豁然开朗、畅亮了……"

"可是,我们的党和红军还必须在错误的指导下,走进更大的危难,才能凤凰涅槃!"刘伯承说。

董振堂:"你是说我们现在正处于黎明前的黑暗!"

他们不觉转到伙房附近,看到炊事员在做晚饭:"几点了……"

董振堂掏出怀表:"下午 4 点多钟了!"

"回去,收拾下,吃完晚饭后得走了! 把指挥所转移到桂里园!"

晚饭后,野战军司令部也转移,转到预定的道县四眼桥东南之新岩口。

朱德和周恩来各牵着自己的马,走着。

"恩来,除一军团先头师已向蒋家岭、永安关运动外,我们所有的队伍都集中在道县潇水以东至宁远边界,八九万人的部队滞留在这个区域,可不是久留之计。"朱德说。

周恩来:"你说得对。"许久,又说:"李德仍执意要开辟南线,规定九军团袭取江华的任务不变!"

朱德:"以一部走南线江华、永明,经龙虎关进入广西灌阳,岂不是主动地去招惹白崇禧桂军! 策略上失当不说,我们的部队也未必能过得去。要是过不去,又得折转向北经道县蒋家岭、雷口关、永安关翻过都庞岭,进入广西灌阳,岂不绕了大圈,耽误了整个过湘江时间!"

周恩来:"况且,给我们顺利地通过湘江的时间已经不多了!"

"你门清,可你们……"朱德欲说还休。

周恩来:"可已到了这个紧要关头,我们'三人团'总不好闹分歧……"

……

"这种错误什么时候是个头?!"朱德一叹,又说,"难道得熬到物极必反?!"

周恩来苦笑:"所以,我们中国老话中才会有物极必反这个警示!"

"这是规律吗?"朱德似自语,"如果是,它的代价岂不是太大了!"

"社会实践中,得与失都必须付出代价的。"周恩来也似自语。

朱德:"可这是血的代价!"

"当然包括血的代价。"周恩来又说,"这不,又引出中国的另一古训,以血醒民!"

他们陷于不语。

又走出一段,周恩来说:"我也有过失……造成现在的这种状况,我也有不可推卸的责任。"

朱德:"那是中央决定成立'三人团',是中央的责任……"

"但也有我很重的一份责任。"周恩来说,"我要纠正,一定要尽我的努力与党内的同志一起纠正!"

第二十七章　怒不可遏的女人

马灯映着昏暗的光,屋里显得惨然。

家富把毛巾递给满面泪水的苏红:"控制住自己,把力量留下来继承大哥的遗志,杀敌! 杀了这些白狗子反动派……"

苏红接过毛巾,抹去脸上的泪水。

家富把一支小手枪推到苏红跟前:"这是大哥的枪,你留着,也算是纪念。"

苏红接过枪,搂在胸前,但没有再哭。

家富把一个挂包给了苏红:"连腰带和绑腿都没有,怎么行军?"略停又说:"明天,我派人送你去师部……"

"不,我哪里也不去,就在你们连! 当战士,杀敌!"苏红斩钉截铁地回答。

家富:"可你是女同志,连队不许有女兵的!"

苏红:"女人怎么啦? 女人给逼急了也会杀人,杀敌人!"

家富:"连队都是男的,你留下不方便……"

"这有什么? 我在医院见多了……你别拿男女有别来堵我!"苏红说。

家富:"可上级规定连队不许有女兵……"

"你不说,有谁知道我是女的?"苏红又说,"朱大贵……李冬,不都认为我是男的!"

家富:"可哪能瞒得住几天?"

苏红:"瞒一天,是一天……说不定哪天战斗就牺牲了……我没想能活多少天!"

家富:"那也不行! 我是连长,不能做违反规定的事!"

苏红火了:"张家富! 告诉你,我现在是一心要杀敌人,为自己报仇,为我哥报仇,谁也别想拦住我……你要是敢撵走我,我自己走,朝着敌人方向去,见一个敌人杀一个,杀一个够本,杀两个赚一个! 信不信由你!"

家富:"你怎么成了这样……大哥的仇是要报,但在革命队伍中干什么不是在战斗,不是在杀敌,非一定得开枪打死敌人!"

"你别给我上课!"苏红样子凶凶的。

家富:"你看你……怎么变成了这样?"

苏红:"不可理喻是吧?!"

家富:"你不觉得?"

苏红:"我很自觉。原因你不必知道,如果你还爱我,就帮助我实现我的心愿。"

"什么话?"家富说,"我是不忍心你在连队,天天跟着我们血战……看着我也倒下去!"

"这最好。要不是你们天天都在与敌人血战,我还不在你这里待着。"苏红又说,"我是不忍心看你倒下去,但还不知道你我谁先倒下去。"

朱大贵闯了进来,见气氛有些不对:"怎么啦?"

苏红:"你们连长说我没介绍信,不让我在你们连……"

"连队一天天减员,怎么会不要你?"朱大贵又说,"要什么介绍信? 我和李冬就是'介绍信',昨天的战斗表现,还不能证明?!"

"一边去,凑什么热闹!"家富没好气。

朱大贵:"找你要人来!"

家富:"要什么人?"

朱大贵指着苏红:"要他给我当副射手。"

"好呀!"苏红说,"我求之不得能用机关枪扫射那帮畜牲!"

家富对朱大贵:"你知道什么呀!"

"我比你知道他。"朱大贵说,"知道什么? 知道你找人要介绍信! 这当口都乱成了一团了,上哪儿去给你开介绍信! 官不大,官腔还……"

"大贵说得对,官不大,官腔还很响的!"苏红又说,"此处不留爷,我还不在你们连干了,随便到哪儿不能杀敌!"

"苏老弟,别生气。"朱大贵转而对家富,"多好的一个兵……我们都没有他勇敢……"

"你是不如他! 差远了呢!"家富说。

朱大贵摸不着脑门了:"这……这怎么突然又向着苏老弟!"

苏红故意地:"他的脑子让昨天一仗打糊涂了……错乱了!"

家富对朱大贵:"我还没找你算账,你倒找我要人……"

"是这呀?!"朱大贵笑了,"算什么账? 我这不回来了,又回来给你当机枪手啦!"

家富:"你回来给我当机枪手? 你回来找你的党票……你不回来我们要宣布开除你的党籍!"

"有那么严重吗? 我又不是逃兵,是要回去保卫苏维埃!"朱大贵又说,"保卫我的乡亲,保卫妻女……那也是共产党员应当干的!"

家富:"给自己找借口!"又说:"这样说我还应当在支部大会上表扬你!"

"表扬就不必了。"朱大贵说,"你要是觉得这事给连队造成不好的影响,那我在支部,在全连也行,做检查就是了!"

家富:"你是应当做检查!"

朱大贵:"行了吧,让苏老弟跟我走吧!"

家富:"想得美!"又说,"他暂时留在连部当卫生员……"

朱大贵:"可惜了……多好的兵,让你留在连部当卫生员!"

"滚!"家富又说,"准备做你的检讨去!"

朱大贵快快地走了。

苏红:"凭什么把我留在连部?"

家富:"你想到班里和一大群男兵睡在一起……他们不发现你?!"

苏红:"那也不能和你睡在一起!"

"有时真得睡在一起。"又说,"一路号房,有条件时我和二喜住一起,没条件时可不就和连部几个兵睡一起。你在连部,有时还真得睡一起!"

"那也不挨着你睡!"苏红说。

家富:"最好!"

山间小道上,红军的辎重队依旧是挑着各种担子,抬着大捆包或木箱,在艰难挪动。

突然,4架敌机临空。

被笨重的捆包或木箱堵在路上的红军士兵,只好丢下捆包、木箱、担子,各自找地方防空。

敌机飞得很低,很快发现了路上动态,转为向路上投炸弹。

一时,路上和路边腾起敌炸弹爆炸掀起的泥柱,有的捆包被炸毁,掀到路边,包里的东西散落一地。

有的士兵被落土砸伤,惨叫着。

2架投完弹的敌机又转了过来,朝着路边树林扫射!

树林内冲出一匹驮着2个小箱的驴子。那驴子边狂叫,边狂跑。

驴子的后头跟着冲出树林的马夫。那马夫大喊着:"你回来……你这犟驴,胆小鬼,真给红军丢人!"

夕阳西下。

家富连队在行进。全连只剩下六七十人和七八副担架,七八个搀着走的伤员。

男兵打扮的苏红,扛着她缴获的那支步枪,夹在行军行列中。

家富过来要接过苏红肩上的步枪。

"我行。"苏红低声说。

走在苏红后头的李冬还是听到了,打趣说:"苏老弟,让连长扛吧!"

苏红:"连长就不累?!"

李冬:"没准连长把你当成姑娘,要和你套近乎!"

一战士听不下去:"连长没少给你扛过枪,也是和你套近乎?!"

苏红以守为攻:"老李对我的女人声特别感兴趣,总以为我是女的,没准是想和我套近乎。那好呀,帮我扛枪吧!"

"我就不累?!"李冬出口。

众人大笑。

李冬讨了个没趣,还要嘴硬:"你说你是男的,你敢当大家的面,脱下裤子证明……"

苏红:"你妈的,你向大家证明过你不是阴阳人?!"自从苏红变了身份后,她有意地学骂人,说脏话!

李冬倒来劲:"好呀! 我俩同时脱……"

"你敢当众耍流氓,老子一枪崩了你祖宗!"苏红真的把肩上步枪端在手上,恶狠狠对着李冬!

"有种你脱呀!"朱大贵对着李冬,"你个忘恩负义的东西,要不是苏老弟救了我俩的命,都他妈成了孤魂野鬼好些天了……你不帮他扛枪也罢了,还拿他开心!"

苏红倒给了李冬下台阶:"这次玩笑算了,逗逗乐,开开心。"又对李冬说:"李冬,你是见过老子一枪托砸死了抓你俩的畜生……你下次要再拿老子是女人开心,小心老子也一枪托砸死你!"

"有红军里的同志拿红军战友下手的?"李冬还嘴硬。

一战士:"那就捅了他祖宗!"

众人又大笑!

家富怕越闹越不好收场,呵斥:"行了,以后别拿这种事开玩笑!"又对李冬说:"你得正经点,别没事不着调乱说!"

另一个俘虏兵:"李冬,你怎么还不吸取挨军棍的教训!"

"红军没有肉刑,"李冬说,"挨不了军棍!"

一战士:"那你怎么当了红军又跑了……"

"这不又回来了吗?!"李冬答。

朱大贵:"所以你得谢谢苏老弟,别成天没事逗他……更不能拿人家不愿说的事说事!"

李冬:"苏老弟不是说逗逗乐……"

"但我可警告你,以后不许拿这事说我!"苏红说。

李冬:"妈的,肚子又饿了……"

"瞧你出息!"朱大贵说着,"你呀,嘴上除了女人和肚子饿,还有别的什么?"

李冬:"我他妈打仗也不含糊!什么时候怕死过……"

"当逃兵也不含糊!"一个战士说。

众人又大笑。

李冬:"妈的,就跑了几天……不是又回来了!你们还没完没了地提!"

苏红:"你这回知道让人取笑不好受!"

朱大贵往前两步,追上苏红:"我老想问你,你说你在瑞金长汀交界地方,看见国民党兵杀人……"

"对,好像叫西村。"苏红说。

"西村?!"朱大贵大吃一惊。

苏红:"我在远处没看太清楚,大概杀了八九个人,有男有女……真惨呀,一个四五岁的小女孩扑在她母亲尸体上,哭喊着,让人心都碎了!"

朱大贵喃喃:"四五岁小女孩,哭喊着她母亲……"

苏红:"所以,我他妈从此发狠,要杀敌人,见一个杀一个……决不手软!"

朱大贵似木然地走着,再不言语。

静谧的小山村。

月光下,山春坐在村口路旁溪边的一块巨石上,仰望着高悬的明月。

明月,让他睹物思人。山春的脑海里浮现出3个月前的中秋之夜,他和秋月偎依在家乡的"恋爱角",一同赏月的情景。

许久,又思人睹物。山春掏出随身带着的小圆镜,看着镜子,又看着明月,渐渐地,他的眼眶涌出泪水。

家富悄悄走来,上了巨石,在山春的身旁坐下:"想秋月吧!"

山春像从梦中醒来,收起镜子。

家富似不经意:"有什么感受?"

"百感交集,"山春说,"从平常生活自在爱恋的人间,来到一个相互杀戮的世界,走在生死阴阳界……很难用一句话说清楚。"

家富没有山春的文采,只会实话实说:"下一步,战斗将会更加激烈、残酷!"

山春:"过去,我总认为死是老年人的事,可这一个多月来,死对我们这些正处于青春美好时光的人来说,也是那么现实和简单的,如同家常。"

"你进步了,"家富笑了,"从一个学生,成了一个战士……在新生活的路上,前进了一大步。"

山春诧异地看着家富:"你把死看成是无所谓的轻松?!"

家富:"习惯了。也是从积极方面认识,不这样,日子怎么过呀? 天天都想着明天可能战死了,还不疯了? 只有视死如归,才能活一天,是一天,战斗一天!"

山春竟趴在家富的肩上哭了:"可我不想死,不能死……我死了,秋月会伤心的……我妈怎么办?"

家富搂着山春,像母亲哄孩子一样,轻轻拍着山春的肩:"兄弟,我也不想死,也想为父母活着,为自己所爱的人活着,可我们已身不由己。而从积极方面说,我们是为共产主义理想奋斗,必要时就得死……"

山春:"我懂,革命是必须付出包括生命在内的代价。"许久,又说:"可我总甩不掉死神的阴影。"

家富:"会的,会甩掉,习惯了就不会想它!"

苏红向村口巨石走来,她看山上头的两人是家富和山春。

山春见苏红走近了要上巨石,站了起来:"我该回去摸哨了。"说着,下了巨石走了。

苏红上了巨石:"让我好找……"

家富站了起来又坐下:"套近乎?!"笑笑。

"你敢吗?"苏红在家富身旁坐下。

"是不敢。"家富苦笑,"这是连队,在打仗;我是连长,哪敢忘乎所以……你来得正好,我们是得谈谈把你送走的问题。"

苏红:"我说过,我就在连队和敌人枪对枪地干,不是我杀了他,就是他杀了我……"

"做别的工作,做你以前在医院里做的工作,就不是革命工作!"

"张家富!"苏红又火了,"我不是来和你谈这些大道理的!"

家富:"你……你怎么变得这样的认死理!"

"是变得只认杀敌人这个死理了。"

家富:"我知道,你是想为大哥报仇……但报仇非得亲自扛枪杀敌人?!"

苏红:"你不知道……你理解不了!"

"你可以告诉我呀! 让我理解你!"

苏红:"我不想说!"

家富:"那你找我想说什么?"

"说我要给你……"

家富愕然:"说什么?"

苏红苦笑:"你不懂? 就是听懂了你也不敢!"

家富还真有些似懂非懂……惊诧地看苏红。

"看什么? 不认识我吧?!"苏红迎着他看,"我要洗澡……"

"你疯啦?!"家富脱口而出,"都什么时候了,还顾得上这事呀?"

苏红:"你不可能理解到,我有多难受,多痛苦,多恶心!"

家富:"大家不都一样脏,浑身难受!"

"你不懂!"苏红说,"那不一样。"

家富:"是,女孩子,更讲卫生……"

"你要不想给我站哨,你走人!"苏红火了。

家富到底心软了:"不就是要洗澡,让我给你站哨……何必那么凶!"

苏红的火气也消了:"对不起……我不应当对你这样!"

"其实,我是……"

"我是变了,已经不是你过去见的我了。"苏红没让家富说下去,"现在,连我自己都不认识我了……可这是被逼的!"

家富:"到底是怎么啦? 发生了什么事……"

"我说过了,我不想说。"苏红又说,"你也没必要知道……你记住过去的我就行了。"

"好,你不想说,我也不要问。"家富又说,"水很凉,擦一下就行了……衣服就别洗了,明天早上又得走,干不了,不好带!"

苏红站了起来:"下去!"说着,走到巨石的背面。

家富也跟着站了起来,下了巨石。

"过来!"苏红命令般地小声说。

家富如命走到苏红跟前。

苏红突然拥抱住家富,吻了家富。

这让家富很是慌乱,有些不知所措。

苏红有些扫兴地推开家富:"傻子……"

家富似明白,上前一步,搂过苏红,吻着苏红的额头。

苏红温情脉脉地:"想吗……"

"不可以。"家富放开苏红,"不知前面还有多少路要走……"

苏红:"好吧……听你的。"又说:"看着,别让人过来。"

苏红脱了衣服,放开绑腿带紧裹着的乳胸,看了一眼家富,提着早带在身上的毛巾,走下小溪。

家富到底禁不住看了苏红一眼。

苏红走到没胸的溪水里停住。

月光下,碧透的溪水像轻纱一样,缠绕着苏红妙龄的女儿身。

……

第二十八章　已是大难临头

11月25日，对于迈出长征第一步的中央红军来说，是又一重大行动方针改变的一天。

这几天阴天，没了敌人空袭顾虑，红军行动又恢复正常的夜宿日行。

早晨起床后，李德看到了军委二局送来的敌军动态图。原来，李德受正规的军事院校教育，习惯于图上作业，敌情和我军部署都标明在图上，一目了然。李德不懂中文，所以二局每次重大的敌情报告，都得由副局长钱壮飞用俄文标在地图上。李德早上看到的敌军动态图，就是二局昨天破译的何键23日申时给他的五路"追剿"军的命令电。

这一看着实让李德大吃一惊。他毕竟学过军事指挥，能看得懂敌人的企图在于把我军围追堵截在湘江东岸至都庞岭之间；如果我军不能先敌抢渡湘江西出西延大山，甭说敌"追剿"军全部到位，就是先头部队到位，我军都将被敌堵在湘江东岸，陷于敌人的包围之中，而且随着敌各路的加速行动，这个包围圈会越来越紧缩，我军即使能逃脱覆灭的命运，也势必要付出惨重的损失。而即使是只付出惨重的损失，他这个全权指挥的顾问也有不可推卸的责任，不仅不好向中共中央和中央红军交代，也不好向共产国际交代。

但李德骨子里的逞能个性使他仍以为他应对得了。他建议博古立即把周恩来、朱德召来布置。

很快，周恩来、朱德来了。

李德对着摊开在桌上的地图，习惯性地用手上的铅笔指着："立即放弃在道县击退敌第四路'追剿'军的决心，改为全军立即转入抢渡湘江行动！"

博古："好，我让总政治部立即发布野战军突破敌人第四道封锁线的政治动员令！"

"听着，把全军分开组成两部分。"李德根据图上标出的我各军位置，说，"以一军团主力和三军团、八军团为进攻部队，迅速占领都庞岭北段各关口、隘道，进而前出全州、兴安之间渡过湘江；以一军团一师及五、九军团为掩护部队，在潇水及都庞岭北段诸隘口阻止敌第三、第四、第五路军的追击……"

"那掩护部队怎么过江？"朱德诧异，"从都庞岭到湘江有 200 多里地，按现在的行军速度，前后得差 4 天，谁来保障掩护部队过江？"

"前面的部队怎么过江，他们就怎么过江。"李德仍然是那么傲慢。"总司令，你别急！"他又指着地图，"在以上总意图下，计划的第一步，是全军立即分为 4 个纵队。一军团主力为第一纵队，沿道县蒋家岭进入灌阳文市，指向全州以南；一军团 1 个师、军委一纵队及五军团十三师为第二纵队，经都庞岭上的雷口关、永安关，向灌阳文市以南前进；三军团、军委二纵队及五军团三十四师为第三纵队，经道县西南小坪由山道进入灌阳，指向兴安；八、九军团为第四纵队，经永明三峰山山道向灌阳、兴安前进。这样，不就都逐步到达湘江东岸了。第二步，是西渡湘江！"

博古："李德顾问是全局在胸的，不会让攻击部队过江了，把掩护部队拉在江东的 200 里地外！"

周恩来："你不觉得在部队编组上有矛盾吗？"

"怎么就矛盾了？"李德诧异。

周恩来："你以八、九军团由永明直插灌阳，意图在监视与制止南边的敌桂军北上，袭击我过江大部队……"

"没错，这是战役组织上的常识，以一部从侧面迂回或吸引或阻止敌之侧击，掩护主力攻击！"李德说。

周恩来："你前头把八军团编入进攻部队，而在具体行动上，八军团又成了掩护部队！"

李德反应倒也快："八、九军虽在一侧，但八军团走在前头，它也是一侧的进攻部队！"

朱德:"你得估计到八、九军团从永明直指灌阳中部,能不能顺利地翻过都庞岭。"又说:"中国南方的许多山,不是说翻过去就能轻易地过得去的!"

李德:"我是建立在部队必须实现我的意图的前提上,如果部队不能实现指挥员的意图,这个仗就没法打了……5次反'围剿'所以不能打破敌人的进攻,就在于你们红军常常不能实现我的意图!"

"我的经验是,这话分两边说。"朱德说,"你刚才只说指挥员对部队的要求,还得说部队对指挥员给他们的任务也有要求。"

"什么要求?"李德似听不懂。

朱德:"力所能及。指挥员给部队的任务超出部队完成的能力,让部队怎么能实现得了指挥员的要求?"

博古:"我怎么听出你们的争论好像在绕口令?! 都什么时候了,还争这些。我再强调一次,李德同志是共产国际派来的顾问,尊重他与否,是对共产国际的态度问题!"

朱德:"可当前的问题,是我们党和中央红军的生死存亡问题……"

李德:"你不会是说,我对你们党和红军的生死存亡不负责任吧?!"

周恩来:"朱总司令没有这个意思,我们谁也没有这个意思。你来帮助我们革命,我们很感谢你。我们现在讨论的问题,是怎样才能摆脱我们眼前的困境……"

"是的,是这个问题。"李德说,"你们中央得立即给已经进到湘西的二军团、六军团下命令,让他们积极出击,深入到湖南中部及西部活动,以在战略上策应我们野战军转移。"

朱德:"就是他们接到命令后立即行动,能起到策应我们过湘江的作用?!"

博古对伍修权说:"这句话不翻译!"又说:"李德同志,你的建议很重要,我们马上就以军委的名义,给他们以命令!"

李德:"好了,你们分头下达命令,立即执行!"

湘西一座祠堂内的大厅上,关向应在看电报,任弼时显得很严肃,贺龙闷着头抽斗烟。

萧克和王震进来。

"看这个架势,有大事?!"萧克说。

任弼时:"你俩坐下。"又对关向应说:"传达一下军委的电报,说关键的。"

关向应:"正文是这样:我中央红军已过潇水,正向全州上游急进,你们应该利用最近几次胜利及湘西北敌情空虚,坚决深入到湖南中部及西部行动,积极策应我中央红军战略转移。"

萧克:"又要我们分兵?"

任弼时:"先听完命令。"

关向应接着念:"首先,你们应当前出到敌之交通经济命脉之沅陵地域;主力应力求占领沅陵,并向常德、桃源方向派出得力的游击队,积极活动,扰乱敌之后方。"

王震:"他们要过湘江……这可是很关键的时候。"

萧克:"这是要求我们南下沅陵作战役策应……我们距湘江远着呢,这时才要我们南下,来得及吗?"

贺龙:"我的意见是以大局为重,暂时放下恢复湘西北苏区计划,南下策应他们……不管来得及、来不及,能不能起到作用……我们总不能置之不理!"

关向应:"问题是明显来不及……"

"动一下会有影响的!"王震说。

萧克:"可敌人未必会上我们的当!"

任弼时:"我赞成贺老总说的,以大局为重。出兵,策应他们行动,但不是全部都去。半个月前,中央要我们二、六军团分开行动,二军团回湘西恢复苏区;六军团归军委直接指挥,配合中央红军战略转移,我们没同意,是考虑到2个军团合在一起,还不到8000人,分开了办不成大事。这次,我倒主张分兵,南下策应和恢复湘西苏区并举。当前,湘西敌人力量空虚,正是我们恢复苏区的极好时机,决不可放弃。再说,我们二、六军团不能没有个家,没有休养生息之地,是没发展前途的。"

贺龙："对，用兵上是此一时，彼一时，不能一成不变，我赞成。"又说："六军团千里辗转，战士们还没有完全恢复体力，就留下来执行恢复苏区的任务。策应中央红军战略转移的向外线出击任务，由二军团担任，我和向应带队。"

萧克："外线出击任务重，什么情况都可能发生，应当是重头。这样吧，我再带1个团加强，和你们一起去！"

任弼时："行，就这么定了，我和王震率其他部队在内线恢复苏区。"

萧克："任务重，时间紧，那就分头准备吧，一两天内走！"

任弼时："等等，我还得说几句。向应同志刚才的话是实话实说，你们外线出击也未必赶得上策应中央红军过湘江。湖南西部有湘、资、沅、澧4条江。我们在最北边的澧水以北，中央红军在最南端的湘江上游，远隔千里之外，策应又谈何容易！再说，你一动，敌人就会从南线调兵北上，也把敌人看成傻子了。所以，能不能达到目的很难说。但是，去是一定要去的。一是中央既然提出了，我们不能不动；二是中央红军大哥有难，我们不能不意思到。不去，是态度问题；去了起不起作用，那是效果问题。在这个问题上，我们首先考虑的是态度问题。但是，你们这一去，可是孤军深入敌后，路上一定要小心，要见机行事，能打则打，不能打避开，万不可做力不从心的事！要知道，我们的力量已经不能再消耗。"

贺龙："我的政委，放心吧！带出去多少人，带回来的，只能多，不能少！"

任弼时："萧克，路上你可要听贺大哥的……也要保证贺大哥和向应的安全！"

"一定！"萧克说。

彭德怀就没让三军团部宿营，仅在村口埋锅造饭，吃过饭后再走。用他的话说，要睡觉到了湘江边再睡，睡得踏实。

这阵子，彭德怀和杨尚昆都坐在村口的一块大石头上。五岭山村，村外通常有小河，河边有石头，坐上头干净又敞亮。他俩就坐在这里等着开饭。邓萍找来了。

"军委来电?"彭德怀苦笑,"又是万万火急!"

邓萍:"军委17时来电,倒没这4个字。"

彭德怀:"要点?"

邓萍:"敌情:北面的敌第一路军向全州进,第二路军向黄沙河推进,第三路军今天可能全部过潇水,向蒋家岭追来;南面,白崇禧的桂军4个师,由恭城北上出灌阳,指向新圩、石塘圩一线。但是不是已到了灌阳境内不详。"

杨尚昆:"这样说,敌人对我的大包围圈已基本明显……"

"敌人对我们的包围不只是明显,而是很快就会形成、紧缩!"彭德怀说,"我军部署?"

邓萍:"军委通报:后卫五军团于明天28日晨占领蒋家岭、雷口关地域,迟滞敌追击;八、九军团应按计划由永明沿山道进灌阳;一军团已进入灌阳水车,军委纵队的动态没说,大概是跟在一军团之后前进;中央纵队恐怕还在由蒋家岭跟我们军团之后前进的路上。"

彭德怀:"我们军团的任务?"

邓萍:"28日晨,五师主力应进到灌阳新圩地域,如敌尚未到灌阳城,就用1个团以上兵力进占灌阳;四师为先头师,出湘江西岸界首、兴安地域,监视兴安;六师进到灌阳水车地域,为军团预备队!"

彭德怀有些火了:"简直是不可理喻了。还不乘敌人紧缩合围之前,加速进入灌阳以北地域,并以一、三军团兼程抢占湘江两岸有利阵地,掩护后续部队抢渡湘江,却让我们五师分兵去占灌阳城。尤其荒唐的是还让八、九军团由永明直达灌阳……"

杨尚昆:"不是已经知道桂军4个师要前出灌阳吗?这不是将八、九军送去让人家打!"

彭德怀:"他们的意思就是要让八、九军团去挡住南面的桂军。先不说八、九军团挡得住还是挡不住,那八、九军团根本就不可能在三两天内从永明西边翻过越城岭!从地图上就可以看出,湖南南部进入广西北部的路,在越城岭道县境内的蒋家岭、永安关、雷口关,而不在永明境内。永明境内是有通广西的路,但那得过龙虎关……想想也知道,为什么叫龙虎关？那是如龙似虎盘踞的关口，只要三五挺机枪，千军万马也过不去……这一旦过不去，再绕道往北过都庞岭，得耽误多少时间……而这个节骨眼上时间对于我们来说，就是生命！"

邓萍："是要命的事……都到这个时候了，还让李德靠在地图上划线指挥！"

杨尚昆："我们怎么办？"

"大局上没有发言权，本部得作补救。"彭德怀说，"命令我们军团先头部队四师，日夜兼程抢先占领湘江两岸界首地域，并侦察渡口，架设浮桥或便桥！"

"对，这事关全局！"杨尚昆说。

彭德怀转身走到有线指挥机旁，对值班电话员："和四师还能通话吗？"

"他们还没撤线！"电话员说。

彭德怀："给我叫四师师长张宗逊！"

电话很快就叫通了。

彭德怀："张宗逊，你告诉你们十团团长沈述清，立即急行军赶到界首，控制住；还有，你马上带你的十一团、十二团，赶过去，摸清渡口，能架桥马上着手架桥……对，越快越好！"又说："北面的全州方面不归你们管。一军团的先头师已过去……你们不必和他们联系，我赶过去后，会和他们军团领导联系、协调！"

杨尚昆："我们军团部接着走？"

彭德怀："事不宜迟，晚饭后接着赶路。"

中央纵队也在蒋家岭附近宿营。

村子小，容不下中央纵队数千人，部队全露天宿营，领导和老弱病残者及休养连，也只能挤在有限的房里。

这阵子，毛泽东、张闻天、王稼祥三人挤在一小屋。晚饭后，三人照常聊天。

"老毛，情况有些不对劲！"张闻天忽然说。

王稼祥:"你怎么看出来的?"

张闻天:"你没看我们纵队司令李维汉那紧张劲!据说,下半夜我们得继续行军,向灌阳境内赶!"

"是呀,没杀过猪还没吃过猪肉?!"毛泽东说,"感觉到了,说明你的军事知识提高了。"

王稼祥:"你直说!"

"八成是敌情严重了。"毛泽东问,"你们知道从我们驻地到湘江边有多远?"

张闻天:"少说也超过 200 里地……"

"得走 4 天。"王稼祥接上。

毛泽东:"敌人的意图和部署是什么?"

张闻天:"把我们聚歼于湘江与潇水之间!"又说:"潇水我们已经过去了……"

"那如果给围追堵截在湘江与都庞岭之间,我们的问题岂不更严重了!"毛泽东说。

"那还了得!"王稼祥又说,"要是那样,不全军覆没,也得损失惨重……"

张闻天:"有什么补救的办法吗?"

毛泽东点上烟:"给蒋介石发个电报,让他放我们一马……"

"都什么时候了,还有心开玩笑!"张闻天有些不高兴。

毛泽东不紧不慢地说:"到这个时候这种程度了,没法彻底避免了……现在只能由恩来和朱老总接手,尽量地减轻损失……"

张闻天:"给博古建议,换帅……"

"我赞成!"王稼祥说。

毛泽东:"不现实,也没有用!"

"不见得!"张闻天说。

毛泽东:"你就可以见到。如果不是李德自己觉得收拾不了啦,把指挥权给了恩来和朱老总,博古是不可能听恩来和朱老总的……恩来和朱老总就是这个时候接手指挥权,也只是收拾残局而已……除了尽量少受损失外,没时间挽救了!"

张闻天:"依你这么一说,李德要是不撒手,我们是死路一条?"

"我是说到了这个时候,李德就是撒手了,也是大难临头!"毛泽东又说,"除非我们这就能飞到湘江边……"

王稼祥:"是呀,距湘江边还有 200 多里地……整个队伍还得有 4 天才能走到……"

毛泽东:"没错,但如果现在能把那些坛坛罐罐扔掉,没准能提前一天半天的……"

张闻天:"这不又是与虎谋皮的事……"

第二十九章 魂断永安关

夕阳就要沉入西边的都庞岭。

陈树湘、程翠林在村外小路上漫步。

"终于过了潇水啦。"陈树湘舒了口气。

程翠林："所以，你也有情趣约我出村散散心？"

陈树湘："有闲情逸致散心？"走出两步又说："不过是暂时离开指挥所，到村外透口气而已。"

程翠林："又一天过去了。"他回过身来："都说江西、广东、湖南、广西边界有五岭，可在我看来，从进入大庾岭开始，这一路走来，一直是山连着山，岭连着岭……"

"别看我是湖南长沙人，距五岭并不远，过去也并不在意五岭。"陈树湘感叹，"后来虽跟着朱毛红军，走过江西、广东、福建边界的山岭，也没走过这没完没了的山山岭岭……这回有幸跟博古、李德，领教了这连绵不断的山岭了……"

"可还没到尽头，"程翠林苦笑，"还没翻过都庞岭，就是翻过了，前头还有越城岭。"略停，又加一句："还不知道能不能过得了湘江，翻越城岭……中国有多少人，能像我们一样，用双脚丈量五岭？！"

陈树湘："很荣幸，很伟大？"

"说不上是荣幸还是不幸，是伟大还是悲哀！"程翠林似感叹，"总之，没有伟大的领导，就没有伟大的事业；在愚蠢的领导下，纵然历尽千辛万苦，也是悲哀！"

王光道追了上来。

陈树湘止步："有情况？"

"问题严重了。"王光道说。

程翠林见路边有堆乱石,指了指:"坐下说。"

可正当他们各选石块要坐下时,从乱石堆里窜出一条眼镜蛇,他们连退数步。

那眼镜蛇也止住,竖起偏平的蛇头,吐着黑色的蛇信,咄咄逼人。

警卫员过来,操起手中的打草竹竿要打。

程翠林:"算了,它也不过是虚张声势。"

陈树湘:"就像是尾追我们的敌人一样,是我们惊动了他们,他们做出的反应……"

王光道:"也像眼下的敌情通报所说,白崇禧以位于灌阳的一部北出……我们闯入了广西地界了,白崇禧急了……"

陈树湘:"其他各路和敌军的动态?"他回身往村里走去。

王光道:"何键'追剿'军第一路军向全州急进;中央军薛岳第二路军赶赴永州;周浑元第三路军今天可能全部到道县,追过潇水……"

"好么,前后左右都追上来了!"程翠林说。

陈树湘:"还有天上的敌人轰炸机呢!"

王光道:"我们的一、三军团先头部队,今天晚上可能前出到湘江两岸控制住渡口。军委指示八、九军团从都庞岭鞍部的三峰山下去,牵制由灌阳北上的桂军。"

陈树湘:"军委和中央纵队到了什么地方?"

王光道:"命令上没说,军委命令我们军团十三师于明晨占领蒋家岭、永安关、雷口关地域;我们三十四师与过潇水的敌第三纵队先头部队保持接触,迟滞该敌追击。"

程翠林:"由此判断:我们的军委纵队可能已翻过都庞岭进入灌阳,中央纵队正向蒋家岭运动!"

陈树湘:"不能说以八、九军团从三峰山直插灌阳,顶住白崇禧的桂军北上没道理。但李德不了解我们的山地战特点,不懂得中国早已有之的'一夫当关,万夫莫开'的古训。白崇禧不会糊涂到不在三峰山设防,他只要在三峰山隘口架上几挺重机枪,我们的八、九军团就过不去……起码是三两天内过不去！"

王光道："耽误上三两天，可就影响全局了！"

程翠林："这个影响决定我们师的下一步能不能过得了湘江……"

陈树湘："如果万幸我们跟着全军顺利过湘江也罢了；如果不幸我们被敌截住过不了湘江，直接而且致命的错误，就是这几天来，李德先是要左纵队经永明进入灌阳，这次又要八、九军团从三峰山进入灌阳……这些主观臆断的决策，使我们一再丧失先机。"

程翠林一叹："有什么办法……只能听人家的。"

陈树湘："命令后卫团就地占领有利地形，抵御敌第三路军过潇水的先头部队。没有师里的命令，不许后退一步！"

夜。

月光下，家富连队正在永安关构筑阻击阵地，一个个战士在挖散兵坑。

家富走到苏红身旁，接过苏红手上的小锹，要帮苏红挖掩体。

跟着过来的二喜打趣："连长，不怕李冬又说你和小苏套近乎？"

苏红边擦汗边说："我要是女的，连长又没老婆，我还真嫁给连长。"又笑对家富："连长，我要是女的，给你当老婆要吗？"

"胡扯什么！"家富埋头挖着。

二喜："连长是光杆呢！"

"连长是童子鸡。"李冬过来一把抱住苏红，要扒她裤子，"验明正身……看看她是不是女的！"

也不知道哪来的那么大劲，苏红竟一把将李冬摔在地上，紧接着操起身旁的步枪拉动枪机推弹上膛。

家富一下子直起身冲上，把苏红手上的枪顶了起来。

枪响了，苏红手上的步枪走火。

二喜一把夺下苏红的枪，训着："怎么动枪？！"

瞬间，众人全吓呆了。

没了枪的苏红又抓起小锹，要砸向倒地的李冬，被家富一把抱住。

朱大贵过来："拦他干什么,让苏老弟好好教训他……妈的,下作的东西,扒你的裤子你乐意!"

李冬从惊魂中醒来,爬了起来:"逗一下有啥? 就把你的老祖宗逗没了? 把男人逗成女人?"

"你他妈还嘴硬!"朱大贵接着又骂,"就真不怕苏老弟一枪崩掉你祖宗!"

众人哄堂大笑。

二喜对围观的人呵斥:"走了,都干活去!"

家富给了苏红一个眼色,也呵斥:"挖你的掩体去!"

苏红会意,转身低头挖掩体。

李冬嘟囔着:"你还真敢动枪打我……"

"你他妈又不是没见过,苏老弟是怎样一枪托砸死国民党哨兵的!"朱大贵说,"你就知道女人和吃饭? 那脑袋里就不能装点正经的东西!"

李冬还是不服:"我他妈又不是国民党兵……"

朱大贵:"你他妈一身的国民党兵臭毛病,就没有彻底改过!"

"你好,你好不也当过逃兵……"李冬嘟囔。

朱大贵:"你他妈真是欠揍!"又挥着拳头要打李冬:"老子今天就给苏老弟出口气,揍扁你王八蛋!"

家富呵斥:"行了,还不够乱? 有劲留着打敌人,内部起什么哄!"又呵斥:"李冬,往后不许再开这种玩笑!"

"好,好,不开。"李冬转而挖掩体,"不就点小事,发那么大火……还动枪!"

二喜:"哪壶不开你提哪壶……还他妈小事,你还不服!"

一战士:"他嘴上硬,底下的祖宗怕是早尿裤子了!"

战士们又大笑。

朱大贵:"自讨没趣了吧!"

李冬不再言语。

傅有余过来:"连长叫我?"

家富:"供给处下拨的伙食费到了没有?"

傅有余："刚到。"

家富："我和副连长合计了,你买些猪肉,还有萝卜,没萝卜买卷心菜……"

"往后的日子不过啦?"傅有余问。

二喜："废话,剩下的钱连同原来的伙食费,全部买成米!"

家富："明天中午吃米饭和猪肉炖萝卜……"

傅有余："这,这不好办……"

家富："难是吧? 困难的事多啦。我们师走在全军最后,我们团又走在全师最后,我们连又走在全团最后……后面追上来的敌人成团、成师,让我们连挡住,难不难? 我们向上头叫难了吗?"

二喜："全连同志在这里决心要硬顶住后头敌人的追击,让你去弄点肉,给同志们吃顿饱饭、好饭,你叫困难!"

家富："司务长同志,我提醒你我们当下的处境。我们连现在是被用于以一挡数十,甚至以一挡百。我们没有办法保证连队的兄弟们不战伤、战死,但我们应当也总可以设法让他们在战伤、战死的激战前吃上一餐饱饭吧!"

"连长,我知道了,我这就去设法……一定想办法办到!"傅有余扭头走了。

李冬放下手中的小铁锹,鼓掌。

朱大贵瞪了他一眼："出息!"

村庄里,三十四师师部驻地。

陈树湘和程翠林并排躺在地铺上。

程翠林侧过身："睡不着?"

"你能睡着?"陈树湘坐了起来。看这个架势,上头是拿我们师当卒子,准备必要时拿我们丢卒保车。"

程翠林："那是下一步。我们现在就在拿老韩的一百团当卒子……"

"不,准确地说,现在是老韩拿他的后卫连当卒子……"陈树湘一叹。

程翠林也一叹："是的,每当遇到危险时,通常都是牺牲局部,保全大局……这局部就是棋盘中的卒子。"

陈树湘："这卒子也就走完了它生命的历程,永远地被留在这盘棋的历史里了!"

家富连队,战士们各自在散兵坑里,抱着枪入睡。

山春坐在散兵坑里,手中拿着随身带的那面小圆镜子,抬头对着天空中的明月。

家富过来在山春身旁坐下:"想秋月呢?"

山春收起目光,低下头擦了擦手上的镜子:"可惜没法把这送给她……"

"你已经送了。"家富深情地说,"你的心中已经送了千百次,你现在手中的镜子,是秋月返送你作为纪念的,好好珍藏着,想秋月时,就拿出来看看!"

"家富哥,你没谈过恋爱,可你很懂……"山春收起镜子,放回上衣兜中。

家富站了起来:"你睡一会儿吧……天亮后兴许会有战斗。"说着,向苏红走去。

苏红抱着步枪坐在散兵坑里,见家富向她走来,靠在坑沿上装睡。

家富早注意到了。他过来挤进了散兵坑:"真睡着了!"

苏红轻轻地靠在家富的肩上,没有言语。

家富目光扫着散兵坑外,身子不动地让苏红靠着,也没言语。

许久,苏红一叹:"看来,我是得离开连里……我很难再装下去了……"

家富:"这几天走不成。很紧张,很乱……我也不放心让你走。等过了湘江,看情况好些再给上级报告,看他们把你安置在哪个单位,再送你走!"

又过了许久。苏红似自语:"我们过得了湘江吗?!"

家富:"说不上。"

"明天会有战斗吗?"苏红问。

家富："会的……一定会激战。"又说："从明天开始,我们天天都得与敌人血战!"

苏红："倒也好……我又把子弹补充得满满的,如果不被敌人打死,我至少还能打死几十个敌人……"

家富心中一愣,曾经温文尔雅的女孩子,现在怎么变得这么凶狠。

许久,家富问:"能告诉我,如果李冬从地上爬起来又和你闹着玩,你真的会对他开枪吗?"

苏红："那时……会的!"

"你还能告诉我,你为什么会变成这样?"

苏红："被愤怒激发的……被逼的!"

"什么事让你这样愤怒?"家富又问,"谁把你逼成这样?"

苏红："畜牲……敌人!"又说:"你没有必要再问了……没必要知道……"

……

苏红："我拿枪对着李冬时,样子很可怕?"

"是的!"家富又说,"眼中是杀人的眼光?"

苏红把头撇向一边:"如果我战死了,你记住以前的我!"

家富拍了拍苏红的肩:"什么话!"

许久,苏红低声地,甚至有些哀怨地说:"前天,我说的……你不懂……"又说:"为什么……"

家富没有语言。

"也许错过了……再也没有机会了!"苏红说。

家富："我懂你的心……先放在我心里……也许苍天会给我们机会……"

"多美好的寄托!"苏红抬起头,望着天上的明月。

家富站了起来:"睡一会吧!"走了。

"你也去睡一会儿吧。"苏红说。

家富："过去和今后的事,都先放着……轻松些。眼下,活一天,战斗一天!"

新的一天,大约上午 10 点。

敌人的进攻被打退了,家富连队的战士们在抢修各自的散兵坑。

炊事班长挑着两桶猪肉炖萝卜,两个炊事员抬着大行军锅的米饭,傅有余跟在后头,笑嘻嘻地上了阵地。

李冬喜叫起来:"猪肉,中午吃猪肉啦!"也许李冬的鼻子对猪肉有天然的辨别力。

傅有余:"对,吃猪肉,尽管吃! 可惜呀,不是我们上杭的怀猪!"

二喜:"废话!"

李冬:"管它什么猪,只要是猪肉就行!"又像很光荣似的:"我不就是为吃猪肉才跑来当红军的……"

"也不嫌丢人,"朱大贵又说,"怎么不说是偷吃了你的那个国民党军连长下酒的猪肉,让他的一顿军棍给打到红军来的?!"

"没空与你较劲!"李冬从挂包里翻出吃饭的搪瓷缸,"朱大贵,你真他妈不够哥们,就这点事,你没完没了地提……"

朱大贵:"好,谁让我俩差点让敌人逮住给崩了……好哥们,待会拨一块肉给你!"

傅有余:"今天不分菜,尽管吃……"

就在这时,敌人的迫击炮击开始了。

家富大叫:"防炮!"

有的战士就地卧倒,有的战士跑向他的散兵坑……

傅有余嘴里却念叨:"得把饭菜盖一盖……"

二喜冲向傅有余:"还管呢!"

可二喜的话音没落,一发迫击炮弹在他们身边炸了。二喜、傅有余、炊事员,都倒在血泊中,饭和菜已撒落一地。

苏红从她的散兵坑跃起,要去抢救伤员。

一炮迫击炮弹在她的不远处爆炸,她倒下了。

一发炮弹落在山春的散兵坑里,山春和泥土一起被抛出坑外。他随身的小圆镜滚出口袋,落在地面上,破了。

阳光下,破镜闪烁着光芒。

入夜前,敌人的最后一次冲锋被家富的连队打退了。

家富看准敌人已确实退走了,喊着:"一排长,组织人到阵地前收集弹药,轻重机枪掩护!"

家富看着延明带人跃出阵地,冲向阵地前,这才走到苏红的掩体。苏红的右小腿被炸断了,斜靠在掩体一侧坐着。

"待会儿,把牺牲的同志掩埋后,我们就撤了……"家富说。

苏红痛苦地微笑:"……我再也不能和你一起战斗了!"

家富:"说什么……我背你走!"

苏红:"记住从前的我……还要坚持给我写信……写在我给你的本子上!"

家富:"你已坚持一个下午了嘛……再坚持住,等我们连归建,我派人送你去师部卫生处!"

"你把我胸部的绑带松开……"苏红又说:"憋得有些出不了气!"

家富含着泪水,轻轻地把苏红平放在地上,解开她的上衣,松开她紧裹的乳胸上的绑带。

苏红:"亲我……"

家富看了四下一眼,俯下头,吻着苏红的额头。

苏红忍着泪:"你先去送副连长、司务长和其他的战友……"

家富没动。

"去吧!"苏红又勉强地笑着,"我没事……去吧,听话!"

家富猛然起身走了。

苏红目送家富走后,许久,从挂包里拿出她哥哥苏政委留下的手枪,拉动枪机推弹上膛……她眷恋地看了一眼天上,把枪口对向自己的心脏。

天上是已缺了的明月。

……

家富告别二喜的坟堆,回身问道:"山春呢?山春在哪里?"

班长指了指二喜后边的坟。

家富从衣兜里取出山春丢下的已经摔破了的小圆镜,放在山春的坟头上。

突然一声枪响。

家富回头惨叫:"苏红……"

……

第三十章　挥泪丢车保帅

　　中央红军西渡潇水，先头部队进入广西灌阳后，立即引起湖南方面"追剿"军第一路军司令刘建绪的强烈反响。

　　刘建绪一直是何键手下的第一大将，两人关系非同一般。刘建绪比何键年少 5 岁，同为湖南醴陵人，保定军校校友。8 年前，何键任唐生智第八军第二师师长时，刘建绪为何键手下第二十七团团长。后来何键发迹接手唐生智湘军，刘建绪曾一度官拜何键湘军前敌总指挥。这次"追剿"行动，何键虽只委以刘建绪第一路军司令，但配属他指挥的湘军达 4 个师另 4 个补充团外加 3 个保安团，总兵力达约 6 万人，超过湘军编成的第四、第五路军兵力的总和。

　　受何键恩宠，刘建绪对何键所托格外尽责尽力。这一天，刘建绪正悉中央红军先头部队已进入广西灌阳文市，白崇禧桂军与红军战于三峰山，他坐不住了，当即一面发报给蒋介石，告桂军没在湘江上设防的状，一面命令其十六师抢占全州桥头镇；第六十三师进占全州北边的重镇黄沙河；第十九师集结于全州城西北部待命；第六十二师集结于双牌县北部五里牌；炮兵营则推进到全州东南部占领阵地，以随时协同桂军，将中央红军拦阻在湘江以东，进而聚歼在全州、灌阳地区。

　　刘建绪的尽责尽力，立即影响到何键。何键收到刘建绪的部署命令电后，当即电令薛岳第二路军向东安、黄沙河推进；李韫珩第五路军经零陵、东安前进；周浑元第三路军、李云杰第四路军，遵照此前计划，加速追击，寻"匪"猛攻，以收包围之效。

　　中央红军先头部队进入灌阳，国民党湖南何键湘军刘建绪部推进全州,让白崇禧也坐不住了。

这一天,他把参谋长叶琪、副参谋长张任民、第七军军长廖磊、第十五军军长夏威、空军司令林伟成,召到设在恭城的作战室,布置作战任务。

国民党地方军湘桂两军历来不和,这些人凑在一块,议题也从与何键的矛盾开始。

会议一开始,叶琪就让张任民读一下蒋介石从庐山发来的电报。

廖磊听此一说,不由笑了:"好啊,湘江决战要开始了,老蒋又躲到庐山去了……"

叶琪也一笑:"他是成心要让何键背黑锅。"

张任民并没有读来电的全文,而是挑电文中的趣事调侃:"这是老蒋根据刘建绪告状电的回电,最荒唐的是这一段:'匪先头部队已于 26、27 两日渡河,我迭告固守江防,阻隔匪窜渡,所以到现在全州沿至咸水之线并无守兵,任匪从容渡河,殊为失策'。"

廖磊:"刘建绪真他妈会胡说八道,26 日'共匪'先头部队还在文市,距江边还有近百里,怎么就渡河了;27 日是今天,这才刚开始,'共匪'到没到江边,他知道……"

"还他妈说'从容渡河'!"夏威说。

叶琪:"要是'共匪'真从容渡河倒好了,让何键和刘建绪这帮孙子抓瞎。"

白崇禧:"好了,看不成何键让'共匪'闹得受不了的笑话,我们得办实事了。'共匪'既然不能赶在刘建绪部队到达全州之前抢先过江,那就不能怪我们桂军乘人之危了。"

夏威:"抓他一把?!"

白崇禧:"不仅是抓他一把,还要狠狠地抓他一把,让老蒋看看何键虽然是会叫的狗,但咬不住人。"又对张任民说:"你传达一下作战计划。"

张任民走到作战图前,指着图:"白总司令的决心是这样:廖军长,命令你们七军驻兴安的部队,待刘建绪的部队攻击'共匪'过江部队时,也向界首地域发起攻击,造成协同湘军切断湘江渡口之势;此外,再以 1 个师准备增援兴安方向战斗。"

白崇禧:"要有思想准备,争夺渡口的战斗会打得十分惨烈,必要时把预备队也投进去,一定要把我们这一边的渡口堵住。"

廖磊:"明白。"

张任民:"夏军长,你们第十五军立即由灌阳城向北推进,向新圩、水车一带攻击,侧击'共匪'向湘江运动的部队。"

白崇禧:"'共匪'现在处于败军之际,又处于长途奔命疲惫之时,要放手攻击,抓住他们的人,夺他们的枪支、辎重。要知道,抓住他们的人,我们和何键就有话说! 还有,要防止'共匪'被打急了,反向南冲击,威胁我灌阳甚至于恭城,给我们造成不好的影响,让何键抓住,取笑我们!"

叶琪:"这些年,'共匪'夺了老蒋中央军的枪支,当不下 10 万支,那可都是好枪,我们把它夺回来,正好补充我们装备上的不足;尤其是轻重机枪,正是我们所缺的。还有,据说他们这次是大搬家,要把他们在江西的家搬到湘西去,全部家当都带出来,里头有不少黄金、白银,我们正缺军饷,刚好夺过来……"

"听说'共匪'主力军团装备不差,甚至师都有重机枪营,每团都有重机枪连……而我们向南京金陵兵工厂买一挺重机枪得花 500 块大洋,能截住'共匪',缴了他们的重机枪,可是不少的钱!"夏威说。

廖磊:"天助我也,岂能放过!"

张任民:"林司令,你们空军要全部出动。任务有三:第一,是轰炸'共匪'在湘江上架的桥,断他们过江的可能;第二,是轰炸、扫射他们向江边运动的部队,打乱他们的行动,配合夏军长的部队,将向江边运动的'共匪'歼灭于江东;第三,撒传单,扰乱其军心。我们的政训处已翻印南昌行营政训处颁布的赏格,到时由你们的飞机去撒!"

林伟成:"没问题……这也是'共匪'给我们提供的一次实战机会。"

白崇禧:"总之,这是灭'共匪'千载难逢之机。这几年,老蒋一直怪我们桂军在'剿匪'问题上无所作为。好啊,'共匪'倒送上门来,让我们有一鸣惊人的'剿匪'业绩,弟兄们,机不可失,时不再来,务必切实奋斗,等打完这一仗,再看何键还有什么刁状可告,老蒋还有什么话说。"

夜深了。野战军司令部作战室的两盏马灯,火头拧到了最大。朱德、叶剑英、郭化若围在桌前看着地图。周恩来焦急地看着门外。

伍修权提着马灯,领着博古、李德进来。

李德一进门,就嚷着:"不正规,你们红军太不正规了。作战部署计划、命令,照着执行就是了……不能随意变动的!"

"这回,还非得变不可。"朱德说。

博古:"怎么啦?"

周恩来:"八、九军团没法在三两天内从永明西部翻过都庞岭,进入灌阳!"

李德:"为什么?"

朱德:"他们在三峰山遇到敌军猛烈的阻击,过不去。他们也调查过,都庞岭上,从道县与永明交界的韭菜岭以南,连着天步峰、天鹅塘、天门岭、洋荷坪5座山峰;大凡有道路的地方,都有桂军或民团守备,再往南是龙虎关,是桂军重点守备之地。八、九军团在短期内打不过去,翻不过去,就只有改道!"

周恩来:"严重的问题还不在于八、九军团过不去,而是四面的敌人上来了。北面的敌第一路军有3个师已进到全州;第二路军先头部队跟进,已到了黄沙河;第三路军的4个师,今天可能全部过潇水,追向蒋家岭;南边,桂军先头4个师,分向兴安、灌阳。我们进到湘江西岸的一军团二师和三军团四师报告,他们今天就可能与敌之攻击部队交火……"

"也就是说,今天,进到全州的湘军和进到兴安的桂军,就可能北南对进,以求控制湘江两岸,封闭渡口。"朱德说,"李德同志,你应当明白,我们的前卫部队一旦控制不住湘江北岸的渡口,后果会是怎样? 连你都可能战死或被俘!"

李德听完伍修权的翻译后,一屁股坐在椅子上,一言不发!

博古喃喃自语:"怎么会是这样……"

朱德:"怎么会是这样? 我们的行动迟缓造成这样的……"

周恩来:"我请博古和李德同志充分注意到,我们的下一步将会是惨重的损失……中国共产党的历史上,将会记下我们责任的一笔!"

"可,可我们都是按共产国际的指示办的……"博古还是喃喃自语。

周恩来:"可共产国际没让我们把中国革命搞砸了……"

博古:"那,那怎么办?"

周恩来:"如果我们不想全军覆没,不想你我和战士们一样战死,或者被俘,那命令就得改……从现在开始,再也不可以像从前那样指挥……"

"不,不能全军覆没,我们不能被俘……"李德从椅子上弹了起来,一边念叨,一边在屋里转着。

朱德:"博古同志,你可是总书记……我们是出于党的组织原则服从你领导的,但我们希望你要对党和中央红军的前途命运负责!"

博古:"那你们说怎么办?"

朱德:"你先问李德同志怎么办?"

"你们的部队不能实现我的意图……"李德说,"我指挥不了……"

朱德:"是你不善于指挥我们的部队,而不能指斥我们的部队不能实现你的那些让他们力不能及的意图!"

博古对伍修权说:"这话不要翻译!"

朱德:"你可以不让翻译给他听懂,但你得告诉他,不能再用在地图上划线和箭头的方法,指挥我们红军做那些办不到的事!"

周恩来对伍修权说:"你告诉李德,从现在开始,没办法再用在地图上指挥的方法,指挥我军!"

伍修权照着翻译。

李德:"那我不能指挥……我不能负责!"他转身走了。

"你们把他撵走了,怎么向共产国际交代?!"博古说。

朱德:"我们没有撵他,是他自己不敢负责,也负不了责走的。"又说:"你必须清醒认识到李德没有经历过这样危险的局面,他处理不了呀!至于怎么向共产国际交代,那是你的事……现在把局面搞成这样,你应当首先想到怎样向党和红军官兵交代!"

"那你们看着办!"博古也走了。

朱德:"你们早就应当撒手了……"

周恩来:"已经不可能摆脱眼下的危难,只能尽量地减少损失!"

朱德:"恩来,挑起担子,我协助你!"

周恩来:"剑英,你听着,先给李维汉和邓发发电,让他们把军委和中央纵队调整为前后两个梯队,让他们走得快一些,到达水车地域渡灌阳河时不要乱;还有,给五军团发个报,让他的后卫师,无论如何都要扼守蒋家岭、永安关、雷口关地域,直到29日夜。"

朱德:"立即让八、九军团改道,转向道县由小坪北上,从蒋家岭过都庞岭进入灌阳,与全军一起西进。"

叶剑英:"还有,电令一、三军团加快速度,控制湘江渡口!"

周恩来:"先办这些事,再做一个完整计划!"

三十四师的野战军指挥所,在一个不起眼的土包上灌木丛中,没有土工作业过,电台、有线指挥机都直接摆在草地上,陈树湘、程翠林、王光道也把地图摊在草地上,坐着看。

蔡中领着刘伯承走进指挥所。

陈树湘几个看了要站起来,刘伯承摆摆手让他们别动,也走近坐在草地上。

"这阵子啦,你还亲自来?"程翠林说。

刘伯承:"董军团长要来,我说理当我来!"

陈树湘:"明白了,是到了该'丢卒保车'的时候了。"

"这样说我更应当来!"刘伯承说。

程翠林:"局势就摆在那里……我们能想到全局的危难,正视我们的处境。"

"这不怪你们,"刘伯承说,"但我不是来告诉你们应当有丢卒保车的思想准备,而是来说明如果局势再恶化,就得丢车保帅。"

陈树湘:"在当下的这盘棋中,我们军团怕也算不上是车……而我们师,也不过是若干卒子中的一个而已!"

"甚至也只是个没过河的卒子……"王光道说。

程翠林:"怕也未必过得了河……"

"不对,是过河卒。"刘伯承说,"你把我们的全战局转 180 度看,你们就是冲在最前头的过河卒。过河卒,一往无前,能顶半个车。如果全局需要把你们丢了,岂不等于是丢车保帅!"

陈树湘:"叫你这么一说,还真是这样……行呀,只要能保住帅,我们丢就丢了!"

程翠林一叹:"我和师长早有这种思想准备……只可惜的是,我们师要永远定格在历史中了!"

刘伯承:"这也正是我代表军团领导要来向你们解释的。"

蔡中:"请首长放心,我们能理解……"

"你们理解,可全师官兵能理解? 让将来的历史理解?"刘伯承说,"这一路来,我们一直没让十三师换你们走最后,是我的主意。我们是弱军,当下是败军,不能把所有的部队都打得残缺不全,必须保持着 5 个指头齐全的右拳,以便抓住时机给敌以有力一击,扭转战局!"

陈树湘:"我们明白,只是作为左拳招架的我们,已经五指不全了,能挡一阵子,算一阵子!"

"可以这样说,"刘伯承说,"但全局已弄成现在这个危险的局面,就是有回天之力的人来支撑,也没有改变危难的时间了。现在,恐怕不再是李德在那儿用铅笔划线了,而是周恩来在那儿硬撑着,让损失尽量少些。"

许久,陈树湘说:"明白。我们师仍走在最后,顶到最后,是减少全局损失的最佳方案。至于说我们会不会丢了,那就看我们师的福气!"

刘伯承:"我代表军团长、政委谢谢你们,我也谢谢你们的理解!"

陈树湘:"首长,直说吧,给我们的具体任务……"

刘伯承:"不妨把总的局势说得明白一些,我们的党中央和中央红军,生死存亡就在此一举了。上头,从周副主席、朱德总司令,到各个军团领导,都在竭尽全力,以求尽量地减轻下一步我们可能遭到的惨重损失。"又说:"所以要给你们追加任务,是因为此前的计划不周造成的,他们计划让八、九军团从永明直指灌阳,但八、九军团不可能在短时内从永明西部翻过都庞岭,不得不辗转北上,由道县的西部经蒋家岭、雷口关一带,进入灌阳。所以,你们师在蒋家岭一带的对后阻击任务,必须延长。"

程翠林:"具体到什么时候?"

"坚守到 29 日晚!"刘伯承说。

陈树湘:"现在几点?"

刘伯承掏出怀表:"28 日 3 时。"

王光道:"那就是说,我们师还得在蒋家岭地区,再坚持 40 个小时!"

刘伯承:"预定是这样,但到底是提前还是推后,得看全局的进展情况……得等到后面的所有部队都翻过都庞岭,你们才可以撤。具体听命令!"

陈树湘:"我们坚决执行!"

刘伯承站了起来:"我得走了。军团长还在等着……十三师的任务也有变动。"

陈树湘:"我们也得立刻动员、落实。"

刘伯承:"那好,我们分手,但不拥抱……我在湘江西岸迎接你们!"

程翠林明白刘伯承的意思,也强忍着动情:"军团首长放心,也保重!"

"你们更应当保重……记住,我在湘江西岸迎接你们!"刘伯承没敢回头。

第三十一章　务必守住渡口

军委纵队已经退入远离湘江西岸的山村里,外围有干部团警戒,已经逃过了先前的危险。

博古和李德半推半就跟着军委纵队走,已经没有了担当和危险。这阵子,一般的人们已从极度惊慌中回到被极度疲劳击倒的睡梦中。博古和李德却睡不着,两人并步走到村口,坐在溪边石头上,听着远处传来的隐隐约约的激烈枪声。

博古似自问:"怎么会弄成这样……叫敌人截住了……"

"还不是你们红军的问题……"李德信口。

"你怎么还这样说?!"博古不觉地第一次不满李德的话,"我们的红军打得多么顽强!"

李德大吃一惊,一时无语。

博古:"李德同志,你老是这样责怪我们红军,既不符合事实,也很伤人!"

"你也开始责怪我?!"李德喃喃。

博古:"我一向把你当成最亲密的战友,最可信的人……你冷静地听我把话说完!"

"我说的不符合事实,又很伤人?"李德像自语,"有这么严重?!"

"是的,"博古接着说,"如果我们红军不行,那怎么解释我们到来之前他们的一次次胜利,发展到十几万人,建立那么大的苏区?!"

李德语塞了。

博古:"你总是说我们红军不行,这不仅伤了朱老总、彭德怀、刘伯承等许多战将,而要是让下面的官兵知道了,他们会怎样看你……你让我怎样为你讲话?!"

许久,李德说:"你也认为问题出在我身上……是我指挥错了?!"

"不,"博古解释,"如果我不信任你,怎么会把指挥权交给你? 如果我认为你错了,我会处处维护你的权威?!"

"那你认为是什么原因?"李德问。

博古:"他们说,是我们决定在道县打国民党中央军周浑元纵队,耽误了过潇水;是我们决定让八、九军团由永明翻过三峰山进入灌阳,走不通又改道,耽误了全军过湘江……"

"你也这样认为?"李德又说,"可不打敌周浑元纵队,过得了潇水吗?"

"但事实是周浑元纵队并没那么快追入道县,我们在道县也没打成!"博古说。

李德又给堵住了。

博古:"还有,你的确不知道我们中国有山地战,流传着'一夫当关,万夫莫开'的古训……"

李德:"可那是你们大刀长矛的冷兵器时代的经验!"

"可现代的机关枪更厉害,它架在山道隘口上,大部队的确很难在短期内过得去!"博古说。

李德:"你还是怪我……"

"不是怪你。如果将来共产国际追查责任,一切由我承担。"博古又说,"我们是在分析原因……我们的确应当分析原因,吸取教训!"

李德:"这我就不明白了,你到底想说什么?"

博古:"我是说以后,恩来,朱老总,还有毛泽东他们的建议,我们还是要认真考虑……有的应当吸取!"

李德:"我只知道,指挥员的决心,不应当被其他人的意见所动摇!"

"我是说以后我们在下决心时,要多听别人的意见!"博古说。

"那你何必要我指挥?"李德说,"让我指挥,就要我说了算!"

"看来,你还是不明白我要承担的责任。"博古似自语。

"好,你们的红军很顽强！那你发什么愁！"李德一气之下,走了。

……

湘江西岸不远处的野战军指挥所异常沉闷。周围的气氛,更是令人不寒而栗。不远处激烈的枪声,一阵阵地令人揪心;时不时的迫击炮弹爆炸声,则震得指挥所上头盖着的青枝发颤,更那堪电话员嘶声叫唤!

周恩来站在一台指挥机前打电话:"林彪,你的一军团要顶住北边敌人湘军的攻击……我不管你伤亡有多大,我要的是你必须确保住渡口……中央纵队和五、八、九军团都还在江东……对,至少还得坚持两天……他们能不能过江,全靠你和老彭能不能撑住渡口……现在,要为全局着想,要有牺牲自己、保存全局的观念!"

这边,朱德坐在靠指挥机的一个空箱上,也在打电话:"老彭,你们三军团这边怎么样？刚刚又打退兴安方向敌人的进攻呀！好,好！伤亡惨重是想得到的……好,能顶住我就放心了,拜托了,老彭……得给我们的红军留下种子!"

叶剑英走过来,对周恩来说:"我建议给三十四师发个报,无论如何都不能让尾追的敌人进入灌阳……"

"你马上起草电报,我签发。"周恩来又问正在接电话的郭化若,"南边的敌人攻得很猛？"

郭化若:"已经和八军团联系不上……"又说:"刚才,三军团六师来电话问,他的十八团怎么还不能归建？"

周恩来:"告诉他们,十八团已暂时归八军团指挥……让敌人缠住了,下不来!"

叶剑英:"九军团刚来电,北边的敌人攻得很猛,请示是否可以边打边向江边运动？"

周恩来:"告诉罗炳辉,他们军团暂不能动,必须顶住北线敌人的攻击,保护中央纵队右侧……等中央纵队到了江边,我们会通知他们边打边撤!"

躲过敌机轰炸后,中央纵队继续向江边行军。这是一段两边是水塘的小路。水塘不深,水面漂着已经败残的荷叶,这当是藕塘。

前面的队伍停下,毛泽东他们也跟着停下。毛泽东、张闻天已不骑马,马驮着伤员。王稼祥的担架紧跟在后。

前面传来爆炸声,是路面落下炸弹,有些捆包被炸散,丢弃在一旁,总卫生部的 X 光机大捆包过不去,正在填路。

毛泽东把背上的小包卸了下来,垫在地面上,坐了下来。

不一会儿,毛泽东摸着口袋掏出了烟草包,却没了卷烟纸。

警卫员递过来一张纸,毛泽东接过刚要撕开卷烟,不由笑了:"好呀,活的毛泽东值 10 万块大洋,和当年袁世凯抓孙中山一个价;死了的毛泽东的头还值 5 万块钱,谢了,蒋委员长,好器重我呀!"

张闻天过来,一把夺了毛泽东手上的纸,看着。

警卫员又从兜里摸出一张,给了毛泽东。毛泽东接过,边撕下卷烟边说:"我怎么没捡到……"

"前天解大手,没纸,忽然发现草丛中有这,就捡来用了……后来又找到好几张。"警卫员不好意思地说。

王稼祥从担架一侧伸出头:"老毛,擦屁股用的纸,你也拿它卷烟,抽起来什么味?"王稼祥的担架是毛泽东设计的,上头多了块油布搭的棚子,能挡雨,也能挡阳光,所以棚子要不卷起来,他坐不起来。这回,担架员帮着,把棚子翻到脚的一头。

毛泽东点上卷好的烟,抽了一口后说:"小王拿它擦屁股,我拿它卷烟,各取所需,物尽其用,管他呢!"

张闻天说:"你们听听,我给你们念下传单:南昌行营赏格:一、生擒朱德、毛泽东者,赏洋十万元。献首级者,赏洋五万元,生擒或杀死彭德怀等以献者,各赏洋一万元。二、生擒或杀死匪师长者,各赏洋千元。三、夺获机枪者每挺三百元。四、夺获步枪者每支三十元。国民政府军事委员会委员长南昌行营政训处颁发,中华民国二十三年十一月。"念完后,又加一句:"'共匪'稼祥,听明白没有?"

"那上头没我的名……"王稼祥回话。

张闻天调侃："你我都没有知名度,不论是活的还是死的,都不值钱……"

"博古、李德才不值钱……"王稼祥说,"《红楼梦》里刘姥姥夸荣国府富有的那句话怎么说?"

"瘦死的骆驼比马大!"张闻天说,"这蒋委员长硬是和我们的共产国际对着干。蒋委员长认朱毛,明明是博古、李德在当政,他硬是要朱毛的头,也不买博古、李德的头。而共产国际明明知道朱毛打下一支红军一片江山,硬说人家是山沟里出来的没马列主义,非换成从苏联回来的所谓有马列主义的……"

王稼祥:"可从苏联来的有马列主义的,却把朱毛打下的一片江山毁了,如今又把朱毛红军置以生死存亡的危难中……人家蒋委员长才不讲有没有马列主义,他讲实际,要高价买朱毛的头,甚至出价要彭德怀的头,也不买博古、李德、张闻天和我王稼祥的头!"

"彭德怀也是军委副主席,你王稼祥也是军委副主席,他的头值 1 万元,你的头一文不值,心理不平衡是吧!"张闻天大笑。

董必武带着休养连过来。

毛泽东见了忙喊着:"让开路,让休养连同志先走。"

董老停下步子:"走,跟着一起走……"

邓颖超、康克清带着几副担架过来,贺子珍拄着棍子在刘英陪同下,夹在担架中间,落在后头的是刘群先。

贺子珍和毛泽东目光对视,却无言。

毛泽东也一时无语,目送着她们走过。

接着,林伯渠、谢觉哉、徐特立等过来。打过招呼后,毛泽东似忽然醒悟,对警卫员说:"小王,你赶上去,一直护着你贺大姐过湘江!"

"好的。"小王走了。

王稼祥嘟囔着:"造孽呀……"

张闻天喊着:"喂,值 10 万元的毛'匪'泽东,你有没有什么办法,挽救眼下的这个局面?"

"从根本上挽救当下的局面是不可能的,"毛泽东说,"但让它少受些损失,或者说少担待些风险倒有招!"

王稼祥:"快说!"

毛泽东:"让他们下命令,把那些坛坛罐罐都丢了……没有了累赘,队伍也可以走得快了,赶快地过江。"

王稼祥:"可这没办法与他们反映……"

"待会儿,李维汉上来我说,我代表我们3个人,向他反映,请他想办法向博古、李德、周恩来转告!"张闻天说。

三军团的指挥所里一片紧张。电话兵专注着电话机,戴着耳机的报务员紧盯住机上的仪表盘,几个参谋虽然没事,却也不敢坐下。

彭德怀背着双手,铁青着脸,一言不发。

邓萍站在天井,听着外头的枪声。

三军团指挥所刚在大塘村开设。

通信班长试通了电话后说:"参谋长,五师的电话已架通……"

彭德怀过来,接过电话机:"叫你们师长。"略停:"李天佑,我彭德怀,你们师到唐家了?好,立即沿你们西边小河东岸占领阵地,严防由兴安城上来的敌桂军……对,如敌攻击,坚决打退他。四师已经在界首南边的光华铺地域占领阵地了……他们暂由一军团部统一指挥,顶住由兴安沿公路北上界首之敌。听着,你们师和四师,一个在东岸,一个在西岸,顶住从兴安出来的桂军,保证界首附近渡口和向渡口运动的我后续部队的安全,不可后退半步!"

"六师暂无法联系上。"邓萍说。

杨尚昆:"可能在运动中,赶往富岁塘和建乡地域,监视并阻击从灌阳北上之敌。"

邓萍:"都是八、九军团要走三峰山耽误的,要不,我们六师的任务应当是八军团的;我们军团的主力,应当全过江,集中在光华铺地域……"

彭德怀:"现在说这些有用吗?你没有看出来,从昨天开始,已不像是李德在瞎指挥,而是恩来和朱老总在竭力挽救残局。我们军团,现在也应当是竭力地为全局分忧!"

译电员送来电报。

彭德怀："给参谋长。念！"

邓萍接过："是军委给我们和一军团的，关于侦察的电令再补充。"

"我们军团的任务？"彭德怀说。

邓萍："三军团应立即侦察兴安城的守兵及敌堡和袭取的可能性。两军团所得情报，勿待收齐，应随时迅速电告军委。三十日午前，军团首长应当将所得材料的结论及自己的判断电告军委！"

杨尚昆："是的，这无疑是周副主席和朱老总在指挥……李德没这么重视情报，也没听取下面意见的民主作风。"

彭德怀对邓萍说："你立即向情报处长布置，让他们派出多路谍报人员侦察，按军委指定目标侦察。现在是已快到4时了，晚9时回来，我要听他们直接汇报！"

"好的。"邓萍走。

又是译电员送来电报，刚好杨尚昆靠得近，收了。"是军委下达的，明天的部署和任务。"

彭德怀："敌情？"

杨尚昆："敌周浑元第三路军，28日晚仍在道县，今天准备向蒋家岭前进；刘建绪第一路军，至今仍未由全州出击；南边的白崇禧桂军主力保持在灌阳，并拟派队占领唐家市、富岁塘、杨桥井道路。判断30日，会有南北两面敌军各一部出击。"

"可想而知，湘江两岸是不可能和缓的，明天激战开始了。"彭德怀说。

杨尚昆接着念："为保证我野战军西渡湘江，我军应：A. 将主力部署于全州、兴安之间沿湘江及全桂汽车道的地带；B. 在30日早以前，除侦察外，其余应全部进到文市河以西地域。"

彭德怀："要求没错，怕是很难做到。"

杨尚昆："我们军团的部署和任务：第四、第五师于唐家市、石王村、光华铺地域，消灭由兴安出击之敌，特别要保持唐家市道路枢纽于我们的手中；六师缺1个团，于30日晨应占领富岁塘、建乡地域的阵地，坚决打击来攻的桂敌,以便掩护部队通过,待五军团部队来接替任务后,于30日晚归建。"

彭德怀:"看来,我们军团部还不能过江……"

杨尚昆:"是呀,得五师前移过江,我们才过江,把指挥重心放在西岸!"

彭德怀:"行,有进步!"

已经是夜里10时过去了,五军团长董振堂还在给后卫的三十四师师长陈树湘通话。刘伯承参谋长在一边陪着。

董振堂对着电话机:"陈树湘,我不能不告诉你们,现在的形势很严峻。由于前阶段我们整个行动迟缓,也由于这两天由灌阳北上的敌桂军的侧击,加上敌机的空袭,中央纵队和八、九军没能按计划到指定地域,军委通告把原定的明天全军通过湘江,改为明天全部进到文市河以西地域。"

耳机传来陈树湘的声音:"你是说我们师还不能撤出现防地?"

董振堂:"不,军委命令,你们师在现阵地扼守到零时;而后,主力撤到文市河西的王家湾地域,明天早晨接替三军团六师在红树脚、新圩地域的防御,抗击由灌阳城北上之敌的进攻。担任侦察和收容任务的后卫团,仍留在文市河西岸,于30日晚到红树脚、新圩之间归建。"

听筒传来陈树湘的声音:"这样分散,怕两边都顶不住敌人的攻击吧?!"

刘伯承抓过电话机:"顶不住也得顶,用你们的命去顶。你要知道,你们师能不能顶住左翼和后头敌人的攻击,关系到全军大部的过江……也就是说关系大局,你们不是说要弘扬牺牲自己、保全大局的后卫精神吗? 现在,已经到这个时候了!"

董振堂又接过电话:"军团指挥机要撤线了,下一步用无线联络。保持联系!"

话筒传来陈树湘的声音:"那我就代表我们师官兵,用声音向军团首长告别了……请首长放心,我们三十四师官兵,坚决牺牲自己,以保全大局!"

　　下弦月光洒在山坡的一堆堆新坟上。

　　家富连队剩下的官兵,列队向战友的新坟告别。

　　家富抱来一块大石头放在苏红的坟头:"这里是永安关,你就在这里永远安息……如果我能活到永安的那天,我会来看你!"

第三十二章　惨烈的红十团

　　彭德怀的三军团指挥所，就在距界首不远处湘江边的一座祠堂里。祠堂是砖瓦大房，但很简单，只有一个大厅、一个天井、一个门厅，大门外就是湘江。他们是天亮前到达的，并且祠堂作为指挥所也是临时的，一切就简，有线指挥机和无线电台就摆在大厅两侧，中间没桌子，也没有椅子，地图就摊在中间地面上。

　　这阵子，彭德怀背着双手，站在大厅里，满面严肃。

　　邓萍坐在天井的靠大厅一侧边沿石板上，凝视着大门。

　　大厅里，指挥机没打出也没打进电话，电台没收报也没发报，一片寂静。

　　忽然，又传来急激的枪声、手榴弹爆炸声和偶尔的迫击炮弹爆炸声。

　　"敌人新的一轮攻击又开始了！"邓萍站了起来，似自语，"好像还是十团方向……"

　　听了有三四分钟，彭德怀走到指挥机前："给我叫十团！"

　　"十团指挥所吗？彭总讲话！"电话员把电话机给了彭德怀，又让出座位。

　　彭德怀接过电话机，站着说："杜中美吗？敌人进攻规模多大？1个营！还是沿公路上来，真笨，都不懂得改变下战术……告诉前卫营，还是放近了打，近战才能大量杀伤敌人，打怕他们，挫败他们的锐气，才能缓解敌人的连续进攻！"

　　邓萍："这是敌人今天的第三次攻击了！"

　　彭德怀："给他们的上司逼急了……还会有第四次、第五次攻击，不达目的不罢休地攻击。"又自语："敌人桂军这么积极攻击，也是北边的湘

272

军带起来的,都想着向蒋介石表功!"

警卫员又送来饭盒:"这都几点了,你午饭还没吃。你没吃,邓参谋长也没吃……再过2小时,都该开晚饭了……"

"好,吃,别弄得参谋长跟着挨饿。"彭德怀接过饭盒,坐到天井旁吃起来。

警卫员递上来一块腌萝卜。

"不会是从村里老乡家的腌菜缸里摸来的吧?"彭德怀没接。

"放心吧,我不会当违反群众纪律的模范。"警卫员说,"这是在道县时司务长买的,我抓了一块给你留着的……你不吃我留着自己吃!"

彭德怀一把夺了过来,又掰一块给了邓萍:"还违反纪律的模范? 你这两年的识字班都学到哪里去了! 那叫违反纪律的坏典型!"

"我们教员说了,反话正说叫幽默……难怪政委说你不幽默!"警卫员说。

邓萍笑得差点没把饭喷出来。

彭德怀似想起来了:"你们吃过饭了?"

警卫员:"又废了睡觉忘了吃饭了……我们的午饭都吃过快两小时了……"

"你们教员教你刚才说的那话,叫废寝忘食吧!"邓萍说。

警卫员:"我说的意思没错吧……我只记住意思。"

彭德怀:"那好,你带上警卫班几个人,去四师师部,把杨政委接回来,他也废了睡觉忘了吃饭了……"

"他要是不回来呢?"警卫员问。

彭德怀:"就把他绑回来!"又问:"'绑'字会写吗?"

警卫员:"不会,但我知道绑人!"警卫员走了。

忽然,激烈的枪声、爆炸声又起。

邓萍边吃边骂着:"妈的,吃餐饭都不得安心!"

"我们可以坐在这里吃饭……前线的官兵呢? 在那浴血奋战!"彭德怀放下饭盒。

电话员叫了:"彭总,杨政委电话。"

彭德怀快步上前接过电话机:"什么? 杜中美牺牲了……让十团政委杨勇兼团长。告诉他,不论付出多大的伤亡代价,都不能让敌人前进一步;丢了界首渡口,还没过江的同志就完了! 十团的前沿还是张震的三营? 三营又上去了……好,他们营能顶住。伤亡太大,弹药不多……伤亡大是必然的,弹药不多张震有办法。等打退敌人的这一轮攻击后,他会让战士们到阵地前沿,从敌人留下的死伤人员身上找到弹药补充的……这是第五次反'围剿'战士们创造的弹药补给新方法!"又说:"你给我回军团指挥所! 不行,马上回来。我已告诉接你的警卫员,你要是不配合自己走回来,就把你绑着回来……你可知道,我的警卫员说'绑'字他不会写,但他会绑人!"

枪声又变得稀疏了。

邓萍:"又打退了,看来,传说中的白崇禧桂军能打,也不过如此。"

"那得看跟谁打?!"彭德怀继续吃饭。

邓萍似想起:"十团不是报告,昨晚张震的三营打退桂军偷袭么……这桂军也会干偷鸡摸狗的事!"

"什么话!"彭德怀吃完最后一口饭,把饭盒放在石板上,站了起来。"还真的要有防敌人夜间攻击的一手。也好办,让前线部队夜间都派出小分队,带上轻机枪,在阵地前三五百米的有利地形上潜伏,他敢来就打他个措手不及。"

邓萍:"我这就布置!"他也吃完饭了。

"急什么,入夜再说。"彭德怀说,"我们是游击战起家的,干部都知道以游击战配合正规战……敌人和我们玩这一手,找错对象了!"

邓萍:"桂军的前敌总指挥白崇禧可是个不服输的角色,他既然与北边的何键湘军较上了劲,一定会增加兵力的,下一步的攻击会更加猛烈。"

彭德怀:"你说得没错,但我们的五师上来了,六师的十六、十七团也正向江边运动,我们的阻击兵力也增加了。"略停又说:"打仗当然也依靠装备。你不是统计过了,我们三军团有 102 挺重机枪,70 挺轻机枪,28 支自动步枪,还有 37 支冲锋枪。桂军的自动火器不会强于我们多少。

况且,我们是防御,他们是进攻,他们不计伤亡就来呗。他白崇禧桂军能打,我们红三军团是吃素的?!"

……

杨尚昆回来了。一进门就说:"惨烈……我们的十团打得很惨烈,伤亡已达三分之一了……这一天就牺牲了两任团长,沈述清刚牺牲,师参谋长兼团长,没过 2 小时,又牺牲……"

彭德怀冷冷地说:"弄到现在这个地步,惨烈是必然的……我们三军团,对了,还有北边的一军团,有坚守渡口确保全军过江的使命,责无旁贷,应当不惜牺牲,掩护全军过江……下一步,也许会有更多的官兵伤亡……但退无可退,必须付出!"又愤愤地说:"妈的,让李德弄成虎落平阳受犬欺……"

邓萍:"博古和李德应当下台……再让他们瞎指挥下去,党和红军就完了……"

"这是你操心的?"彭德怀说。

杨尚昆:"我赞成参谋长的意见……"

彭德怀:"现在,当前的问题,是守卫界首地区渡口!"

界首西边不远处的野战军指挥所,已经减到最少人员。这阵子除了外围陈赓带着干部团主力警戒外,内圈只剩下几个参谋,几个值班电话兵和无线电台的报务员和译电员。博古、李德和其他人员,早已退入西边数十里外的鲁塘。

野战军指挥员只剩下周恩来和朱德,机关部门领导只剩下副总参谋长兼军委纵队司令叶剑英,一局也只剩下作战局长郭化若。

太阳已渐渐西垂了,指挥所也平静了许多。但指挥所的人们都知道,这种平静不是危险已经过去,而是有更大的危险可能让人揪心。

周恩来对着正在打盹的朱德:"老总,乘现在外面的战斗间隙,你躺会吧……你两天没合眼了!"

"你不也一样么……今夜注定又是无眠!"朱德又说,"我快 50 岁了……按中国人的说法,知天命了,觉少,没事!"

周恩来苦笑:"是的,注定是今夜无眠……那艰难地匆匆赶路的部队,那正在与敌人厮杀的官兵,就会浮现在眼前……那一个个战死的烈士,好像在斥问我们,为什么? 为什么会弄成这样?!"

朱德:"为什么会弄成这样,下一步再说,能逃过这一劫再说。"又似忽然想起问叶剑英:"给林彪、聂荣臻的电报发出去了吧?"

郭化若:"下午 3 点发的。"

周恩来:"得给彭德怀、杨尚昆发个电。"

"对,"朱德说,"南边的白崇禧桂军不打则已,一打可是死打,他们比北边的何键湘军凶多了!"

周恩来见郭化若已准备记录,走到地图前说:"(一)三军团主力应于1 日沿湘水西岸抗击唐家市、西山地域之桂军,六师于今 30 日夜转移至石玉村地域,以便与主力协同行动。"

朱德走过来,也看地图。

周恩来:"(二)三军团主力的任务,仍是要驱逐唐家市、西山之敌,以便夺取绕过兴安到其西面的道路……"

朱德接上:"(三)如驱逐敌人不成功时,则应阻止兴安之敌北进,当其间我出击时,则以反攻坚决消灭之!"

周恩来:"好,马上发出去!"

朱德:"再给林彪、聂荣臻发个报,让他们务必坚决阻止由全州地域南进的敌湘军……不论敌人投入多少兵力,也不管我伤亡多大,都必须顶住,确保渡口!"

周恩来:"好,我来起草!"

朱德转而问叶剑英:"八、九军团还是没联系上?"

"没有,估计他们的军团部在运动中,电台没开机……"叶剑英说,"他们应当会按此前 15 时军委的命令行动……只是不知道是不是顺利!"

"我担心的就是他们被两侧的敌军缠住!"朱德说,"交替掩护的计划难以按时实行,整个渡江计划又要推迟……"

　　毛泽东、张闻天、王稼祥还在急行军。前两人的马还是让给伤病员，自己跟队伍走着；王稼祥还躺在担架上，他的伤口未愈，实在没法走动。如果说，天下有无可奈何的人，现在的王稼祥就是。

　　张闻天见毛泽东又在摸口袋，苦笑："老毛，你这个抽烟都成了下意识的……"

　　"是呀……养成了不好的习惯！"毛泽东不好意思地缩回手。

　　"你动脑子……想想现在有什么补救的办法？"张闻天说。

　　王稼祥："你以为现在的这个局面，他们还能驾驭得了吗？"他虽然路走不了，但脑子在走，躺在担架上，想事更多。

　　"看怎么说。"毛泽东说，"全局的极端被动是眼下不可能根本改变的，但眼下的通信联系如果畅通，局部驾驭也不是不可能和不必要的……"

　　"你有谱？说说。"张闻天说。

　　"有谱说不上，说上了也未必办得到！"毛泽东说。

　　张闻天有些急："你说嘛，要是连我这个外行的人都能听懂，那着实是真知灼见！"

　　毛泽东："比如说，我们现在南边打得猛烈……"

　　"对，现在的南边是由灌阳上来的白崇禧桂军，攻得凶狠！"王稼祥说。

　　"所以，南边也是主要作战方向，这就要放上一支战斗力强的部队。可现在担任这个方向主要防御的是八军团。八军团是9月才由地方红军升级编成的，战斗力很弱，这样摆兵就不妥！"毛泽东说。

　　张闻天："有道理，我听懂了。"

　　"还有北边，为防止国民党中央军周浑元纵队插下来，光靠九军团也不行；也得配上战斗力强的1个师。"毛泽东说，"当然，现在八、九军这样使用，也是前些天一厢情愿地要让2个军团走永明直插灌阳，结果延误时间，落在最后造成的。"

　　王稼祥："你的意见是立即抽调2个战斗力强的师，放在左右两翼？"

　　毛泽东："对，并且还要加一个任务，担任后卫，顶住敌周浑元纵队的尾追。"

张闻天:"那向中央反映呀!"

毛泽东:"还有,当下以一、三军团打通由界首、咸水之间过湘江是对的,但还得有另一方案,看看能不能从兴安灵洞开通条路。"

张闻天:"好,我去反映,我找李维汉让他给中央发报!"

毛泽东:"说是这样说,但目前局面很乱,能不能联系得上,有没有主力师可用,调动得了吗?并且来不来得及,都是问题……提出来也未必有用!"

张闻天:"有用没用,来得及来不及他们考虑。说,我们还得说!"

彭德怀给四师、五师布置了夜间反敌袭击和攻击任务后,又关照六师十六、十七团替十五师后卫团问题后才吃晚饭,这已经是晚上8点钟了。

杨尚昆和邓萍形影不离地陪着彭德怀。

邓萍比杨尚昆小一岁,又是三军团参加决策平江起义的老人,虽尊重军委派来的政治委员杨尚昆,却也因杨尚昆毕竟没在国内红军中摸爬滚打过,常常逗他。

兴许是无所事事,邓萍又来了:"杨政委,你说博古和李德现在在哪儿?"

"我哪说得上……兴许跟军委纵队前头走了!"杨尚昆说。

"吃饱撑的是吧!"彭德怀有些不爱听。

邓萍:"这阵子除了等待结果外,我们还能干什么?"

"滚去睡觉!"彭德怀说。

邓萍:"我来值班,你回去睡觉!"

彭德怀没好气地:"我睡得着?!"

"还是么!"邓萍又说,"既然都睡不着,那总得找点事吧!我俩要到一线部队去,你又怕我们给打死了,向上不好交代,我俩可不只好逗笑,把晚饭给消化了!"

彭德怀苦笑:"怪论!"他的确没法怪他们都到这个份上了还有心

逗趣。

邓萍:"我俩不错了,在这种危险的关头,还逗得起来,博古和李德早给吓得开溜了……"

"是呀,到了现在的这种局面了,他俩又从没见过,处理不了;留在司令部不知所措,还不如放手让周副主席和朱老总去收拾!"杨尚昆说。

彭德怀笑了:"你倒门清!"

"你会打麻将?"杨尚昆随口。

邓萍:"新鲜,国民党军的团长,能不会打麻将?!"

"不能翻老账!"杨尚昆说,"他是共产党中革军委副主席……"

"那是一年多以前。"邓萍说,"博古来后,给抹了……"

彭德怀:"抹了,也是共产党红军第三军团总指挥!别忘了,前些天,老蒋开出的价格,我值一万块大洋!"

邓萍乐了:"看看,你不也闲得没事在逗趣!"

"这叫处事不惊,大将风度!"杨尚昆说。

值班的无线人员也给逗笑了。

"滚!"彭德怀说,"去看看派出去的谍报队回来没有?有什么新情况!"

邓萍只好走了。

杨尚昆似深有感触:"还是你们有经验,处事不惊……"

第三十三章　黑暗的湘江夜

天色有些朦胧,不过有淡淡的微光,还能看得到西边的远山,东边去的小路。

周恩来匆匆地走着,他的4名警卫员两前两后护着他。

干部团长陈赓追了上来,很不客气地拦住周恩来:"你干什么去?这个时候,你去江边干什么?"

"到渡口,接毛主席,还有闻天、稼祥、董老、谢老、林老、徐老他们⋯⋯"周恩来沉重地说。

"朱老总拦不住你,才把我叫来拦你。"陈赓说,"我去,我代表你去。我带着1个连去接,行吧!"

周恩来:"我得去⋯⋯我见了他们才放心!"

"可你让我不放心!"陈赓说,"现在是什么个形势?敌人随时都可能把我们的渡口封住!"

周恩来仍往前走:"我们的北边有林彪的一军团,南边有彭德怀的三军团,有什么不放心的?"

陈赓:"既然放心,你去干什么?你知道他们现在在哪里?"

"我不能在指挥所里干着急⋯⋯"

"好,走,我陪你去。"陈赓回头喊着,"一排到前面渡口警戒,其他的跟着我们;轻机枪跟着我。"

周恩来:"用得着这样吗?"

陈赓:"战略、战役指挥,我不如你;战斗的经历我比你多,现在必须听我的!"又说:"你让我突然想起什么。"

"想起什么?"周恩来问。

"想起9年前,你差点遇难!"陈赓又说,"为这事,我悔恨了好几天!"

那是1925年8月20日,在廖仲恺被刺杀的那天晚上,广州城戒严,周恩来赶到医院看完生命垂危的廖仲恺,乘车返回卫戍司令部,警卫对不上已经换了的口令,哨兵开枪,一枪打死了司机,血喷了周恩来一身。那时,陈赓就是警卫连长。

周恩来则想起同年的另一件事。"你想着要像那一年10月第二次东征时,背着你的蒋介石校长逃命一样,背着我跑呀?!"他说,"放心吧,我不会像蒋校长一样,吓得腿都软了……"

"要知道他后来往死里反共,我当时就把他撂在那里,让他当广东军阀陈炯明的俘虏!"

周恩来感慨:"是呀,那时要是能知道现在,不就没有现在我们党和中央红军处于危险之中的事了!"

"可现在我们党中央和中央红军出现危险,也有我们自己的原因!"陈赓说。

"那是后话。"周恩来说,"所以,我得去接老毛他们……"

"你是说,他们将会是我们党中央和中央红军走出危难的希望?"陈赓说。

周恩来:"那是后话。你既然不放心,要跟着我走,那就快点,走快些!"

又走出一段,周恩来问陈赓:"你怎么只派1个营护送博古、李德他们进山?"

"不对吗?"陈赓又说,"我考虑的是现在的战场在湘江边,他们既远离了战场,我抽1个营保护他们就足够了。况且,军委一纵还有其他的警卫部队!"

"可你这样做,会让他们有想法!"周恩来说。

"我还有想法呢! 我们团的官兵还有想法呢!"陈赓又说,"他们有想法,那是他们小心眼。非常时期,得从大局着想!"

"你总有理。"周恩来,"待会如接到老毛他们,你派个连队护送他们到路江圩宿营!"

"好。"二人又默然走出一段,陈赓对周恩来说,"老首长,有句话不知当说不当说……"

"你要知道不当说,就别说!"

陈赓:"可我想说!"

"憋不住你就说!"周恩来说。

陈赓上前一步,低声说:"老话说,'位卑不敢忘忧国',我位置不高,也不敢忘忧党……逃过眼下这一劫后,千万不能再让博古、李德这样瞎折腾了!"

周恩来没有言语,只是快步往江边渡口走去。

三军团指挥所大屋的正门向东,出门就是湘江边。这里的江面不过百米,对岸是土包,上头是竹林。也不知道是湘妃竹,即斑竹,还是一般的竹子,反正没人注意到它。大门江口边往北的百米外,是三军团工兵连架设的简易便桥,只能单兵通过。

彭德怀站在门口江边,杨尚昆陪着他。

天空一片漆黑,但繁星闪烁。远处时不时传来或密集或稀疏的枪声。江桥上,时不时有红军的小分队通过。

"东岸我们的部队,几乎被打散了……"彭德怀收回看着过桥的目光,叹息。

杨尚昆:"你怎么看得出来?"

"听枪声,再看过桥的队伍! 没有大部队的枪声,也没有大部队的人过桥!"彭德怀说。

杨尚昆自语:"是这么个情况……"

彭德怀:"你还记得 3 时 30 分,中央局、军委和总政署名的、给我们和林彪、聂荣臻的电报吗?"

杨尚昆:"当然!"又说:"电文的第一句是:'四月一日战斗,关系我野战军全部西进,胜利可开辟今后的发展前途,迟则我野战军将被敌层层切断……我们不为胜利者,便为失败者……'"略停又说:"最后一句是:保证我野战军全部突过封锁线,应是今日作战的基本口号;望高举着胜利的旗帜,向着火线上去!"

彭德怀又问:"你觉得我们能全部突破敌人的湘江防线吗?"

"说不上,"杨尚昆说,"我还不具备对全战局的判断能力。"

彭德怀:"我也说不上。我只知道,现在的每一分每一秒,都关系到江东战友的生命……我们三军团和一军团,要用最大力量,支撑住湘江渡口,争取多一个战友过江!"

"你有这个把握吗?"杨尚昆问。

彭德怀:"不敢说。我对我们三军团的战斗力一向是自信的,但驾不住敌强我弱……况且,又是消耗战……我们没有弹药补充。"

杨尚昆:"记得今年4月底,你在广昌战役期间就向博古、李德当面提出过,我军没有足够的弹药补充,不宜实行阵地防御战……可是,他们似乎没有重视这个基本的问题。"

"不去说他们啦!"彭德怀一叹,"倘若能放下身段,能有一次听取我们这些从枪林弹雨中出来的人的一句忠告,也不致弄到今天这步田地!"

邓萍出来喊着:"野战军司令部又单独给你俩指示电!"

"到里头看吧。"彭德怀转身回大屋。

杨尚昆跟着进屋。

彭德怀对邓萍:"你念吧!"

邓萍凑到马灯前:"彭杨,万万火急:(一)三军团应集合自己所有部队以保持界首地区,主力应在界首西南地区,应不顾牺牲将向邓家鲁唐至路江圩之道路保持在我们手中。(二)必须以有战斗力之团,向光华铺之敌进攻,以便得以收容及部署其他部队。(三)以小部位于界首之东,以掩护经麻子渡前进之我军部队,并扼阻由东向西追击之敌。(四)万不得已退路,可经邓家、鲁唐,在路江圩后方机关亦可经此路先走,而部队无论如何不能早于一日晚前撤出,须有军委命令方得撤退。(五)保持各种通信联络。"

彭德怀对邓萍说:"命令四师仍在原阵地顶住由光华铺而来的敌军攻击;五师确保邓家、鲁塘至路江圩的道路;六师继续在江东掩护后续部队过江。没有军团命令,所有部队,不准后退一步!"

邓萍转而去下命令。

杨尚昆:"我们能坚持到今天晚上吗?"

"难说,"彭德怀坚定说,"但能坚持一小时,算一时! 听周副主席和朱老总的命令!"

野战军司令部。

周恩来见叶剑英进来:"八军团和五军团还是联络不上?"

"我们的电台一直在呼叫……可是,始终没有回答。"叶剑英说。

朱德自语:"他们怕是在且战且往江边走,顾不上和我们联系。"

周恩来对叶剑英说:"你记录。"接着口述:"林彪、聂荣臻:(一)灌阳之敌三十日占领新圩,击溃我六师之部队,并于追击中进至古岭头、上林家之线。(二)三十四师及六师两团被切断,八军团和五军团还联系不上,我们估计其主力已通过至麻子渡方向;三军团四师一部在光华铺被敌截击,五师及六师尚未完全抵达指定位置,我们已命令三军团在界首西南收集自己的部队,并扼阻敌人于界首西南部,于万不得已时,于今晚经鲁塘向路江圩撤退。(三)一军团任务不变,特别是无论如何应保持由白沙铺西进之路。这是你军团撤退的主要道路。后方可经此路先派走,必要时可以一小部分掩护,今晚应准备由此路撤退。但撤退行动须待军委命令。(四)今日整日,应确实保持与军委无线电联络!"

路江圩村东口,毛泽东、张闻天关切地向东边张望。

"你说,我们的大部队能逃过这一劫吗?"张闻天问。

毛泽东:"这得看怎么说……"

"怎么说你俩也不能把我丢在屋里!"王稼祥在警卫员扶助下,拄着根木棍走来。

张闻天笑笑:"你一个人待在屋里寂寞?!"

王稼祥对警卫员说:"你回去帮我收拾下,说不准吃过午饭后,又得转移!"

"待会儿来接你吗?"警卫员问。

毛泽东:"不用,我俩送他回去!"

警卫员走后,张闻天又问:"老毛,你还没说能不能全部过江?"

毛泽东:"我和你一样,又不掌握全局,怎么能作出准确判断?"略停又说:"怕有的部队让敌人缠住走不掉……"

王稼祥:"你是说有个别部队可能过不了江?!"

毛泽东:"只是个别部队和失散人员过不了江这个结果,已经是争取到最好的结果了!"

"老毛,你有过这样危险的经历吗?"张闻天问。

毛泽东:"规模没这么大,程度没这么险,结果也大不一样。那是1929年1月我和朱老总率领红四军主力下井冈山转战赣南闽西,也就是你们说的从山沟里出来时……我们3000余人,让数倍的敌军一路追杀好几百里。最危险时把朱老总的爱人伍若兰都给抓走了,可我们在瑞金大柏地杀了个回马枪,打掉了敌人2个团,局势就转过来了。经过1年多和彭德怀的队伍一起,发展成一方面军,1931年反'围剿'接连胜利,就形成中央苏区。对了,这一年你俩都到了中央苏区,情况你们都知道……一时的困难和挫折并不可怕,问题是看怎么处理。"

王稼祥:"老毛,你别在意我们过去的无知,说你们是从山沟里出来的,没有马列主义……我们现在不也被自己的无知惩罚,攒到山沟里来补课了吗?"

张闻天接上:"现在看来,我们党的革命战争,可以没有莫斯科中山大学的马列主义科班生,不能没有中国山沟大学生!"

毛泽东:"莫斯科中山大学的马列主义科班教育还是有积极意义的一面的。不瞒二位,我也两次动议去莫斯科接受马列主义科班教育,只是都没走成。"

张闻天:"后一次我们知道。你指的是去年春,博古中央迁到中央苏区,想把你弄到苏联去学习;斯大林不同意,反而要博古团结你……"

"所以,博古在今年春的六届三中全会,把我增补进中央政治局。"毛泽东笑着。

王稼祥不以为然:"还不是照样撂在一边赋闲!"

"第一次动议呢?"张闻天说,"说说!"

"第一次是1929年我们到赣南闽西时,中央给我们派来一位从莫斯科回来的受过马列主义科班教育的知识者。他一到就说我是自创原则,把我们红四军党内认识搅得一塌糊涂。我也下了台了,想到莫斯科去补马列主义课……结果,很可能是周恩来给挡了,没去成。"

"多亏恩来挡了,要不很可能就没有接下来的一方面军的组成和中央苏区的形成这样一个大局面了。"王稼祥说。

毛泽东:"也不能这样说,不还有朱老总、彭德怀这些明白人在?!"

张闻天:"你说的是刘安恭吧? 听恩来说过这事……也是下车伊始,要把你们搞的一套倒过来!"

毛泽东:"可惜,他牺牲了。他们冒进广东东江地区,部队受到损失,他也在作战中牺牲了……不应当把党苦心培养的理论干部放在作战部队!"

王稼祥:"话不能这样说,都是党的干部,分谁的价值比谁大? 这不合适。"

张闻天似感悟:"看来,恩来同志是清醒的,我们党的革命战争,靠的还是我们中国山沟里的大学校锻炼出来的山沟大学生。"

毛泽东:"话也不能这样说。我认为两者不是相互排挤的,而是相辅相成的。我去不成莫斯科系统学习马列主义,但我要补课,等有了条件,我要系统自学。"又说:"在我看来,不论是莫斯科中山大学生,还是中国山沟大学生,都必须秉持实事求是的思想路线,坚持从实际出发。"

"你说得对,"张闻天说,"博古和李德的最大失误,就在于不能从中国革命和革命战争的实际出发!"

"旁观者清。"王稼祥笑笑,"你当要认识到,要做到从实际出发有那么容易? 我们在这个问题上,已经付出了惨痛的代价了,他们也未必认识到,更不用说会做到!"

张闻天:"是不容易,但又是必须。既然认识不到更做不到从实际出发,为了党和革命大业,就不能在主政位置上!"

毛泽东:"扯远了。我们到村口来等什么?"

"等什么?"张闻天,"等这次劫难的结果! 我们睡不着觉,不就是牵挂着还没过江的官兵吗?"

毛泽东叹息:"让人揪心的一天!"

清晨过后,军委界首交通站传来难得的好消息。

先是迎来九军团长罗炳辉,政委蔡树藩,中央代表凯丰,参谋长郭天民,政治部主任黄火青;九军团所辖之第三和第二十二师,虽遭受严重损失,但基本过江。

继而,传来五军团长董振堂,政委李卓然,中央代表陈云,参谋长刘伯承,政治部主任曾日三;随五军团一起撤出的八军团长周昆,政治委员黄甦,中央代表刘少奇,参谋长张云逸,政治部主任罗荣桓均过江。五军团只有所辖的第十三师过了湘江;八军团的部队基本被打散,为五军团第十三师收拢带过湘江。

但也有更揪心的事,林彪和彭德怀一再来电,报告北边的敌人湘军和南边的敌人桂军加大了攻击我军阻击部队的兵力,摆出一副不夺取我控制的渡口不罢休的架势;我军如不加大阻击的兵力,很难坚持到入夜,如加大阻击兵力,增加伤亡消耗不说,还会造成整个的西撤困难问题。

这让周恩来、朱德几度想放弃对湘江渡口的坚持,让一、三军团最后的防御部队撤走;可又几度说服自己,再坚持下去,兴许被截于江东的三十四师和六师第十六团能摆脱敌军纠缠,到了江边,并且过江。

然而,就这样纠结到中午 12 时,确认被截于江东的部队已不可能在天黑前赶到江边过江了,周恩来、朱德只好下令一、三军团坚守湘江西岸的部队撤出战斗,赶队归建;命令军委和中央纵队当即向资源境内转移,各军团也有序地按规定路线向西延大山中退却。

党中央和中央红军就像受了重伤的猛虎,不得不退入深山中,舔着自己的伤口。

第三十四章　有人自白有人自咎

下午，军委一纵队翻过五岭的最后一岭越城岭，进入了西延山区，也就是今天的广西资源境内，晚上宿营于风木山。

夜深了，博古并没能入睡，而是默然坐在灯下。

这阵子，他正回味着离开中央苏区前两天项英看他时对他说过的话：他们的这次转移行动必须顺利。

当时，他并不在意，把项英的这句话理解为一般的客套话。现在想起来，项英的这句话是话中有话，在暗示着他，如果不顺利，出了严重的差错，被他挤下台的人会和他新账老账一起算的。那将会是往前追溯到造成第五次反"围剿"失败，丢了中央苏区，又联系到眼下造成中央红军通过敌湘江防线遭受惨重损失，以此冠冕堂皇地逼他下台。

应当说，官场上既有人找官当，又有官找人当。公道地说，博古万万没料到3年前他24岁时会让共产国际同意，委以他主持中共中央工作，当上了共产党的最高官。体会到权力的可爱，也让他以为他的确应当是共产党一代的领袖，他的才能、智慧，的确可以驾驭中国共产党和中国革命的航船。

可眼下的局面让他傻了。他虽然还不知道当下的损失到底有多大，但已经可以从身边官兵的神态中感觉到情况非常不妙。他有些茫然不知所措。

李德悄悄地进来。

"也睡不着?"博古有些并不待见他。

"想刘回来过星期六吧?!"李德找了个地方坐下。

"说什么?!"博古忽然觉得李德好猥琐。

李德:"博古,你们中国人就不如我们西方人善于解脱!"

"解脱?!"博古苦笑,"是逃避吧! 有些东西是逃避不了的……"

李德:"逃避不了就诉诸法律,所以西方的法律比你们完善……"又说:"别担心,你们党没有《责任法》,他们没法追求你的责任!"

博古:"可我们中国人有法律之外的自我法,良心责备! 而良心责备有时重于法!"

李德:"你既然知道责任的良心责备,当时为什么又接受权力的赋予? 在这一点上,你的王明同志比你聪明。"

"怎么讲?"博古一时没弄明白。

李德:"我知道,3 年前,你们的中央接连发生顾顺章、向忠发被捕叛变事件,你们在上海的中央机关随时都有被国民党特务破获的危险;王明宁愿到莫斯科当中共驻共产国际代表团的头,也不愿留在上海主持中共中央工作!"

博古这才发现李德还是个"中共通"。

李德接着说:"王明的聪明在于他在权力与生命两者不可兼得时,选择了生命。"

"留在上海也并不就是死路一条……"博古说。

李德说:"但必须担待死的危险。被敌人抓住,不叛党就得死,叛党在党内等于死了。"

"可他这一走,把这副担子给了我。"博古显然接受了李德的说法。

李德:"可你可以选择呀!"略停又说:"恕我直言,博古同志,你到底恋权。权力的确是个好东西,它能给人威严、享受、自负,谁不仰慕? 要不,西方的总统竞选怎么那么激烈?"

"可权力又意味着担当、责任、危险……要不怎么说高处不胜寒?"博古说。

李德:"行了,博古同志,你是荣幸的。你 24 岁就被推到中共政治舞台上当主角,这在共产国际运动史上有过吗? 据我所知,就是在西方,也有许多国家规定了到一定年纪才能参加总统的竞选。"又说:"你得感谢王明同志对你的举荐,庆幸你有共产国际背景!"

博古:"你呢？你为什么到我们又穷又苦又危险的中国来？"

"我没有选择权。"李德说,"在莫斯科,我是小人物,在共产国际那里微不足道。莫斯科派我到中国做情报工作,我待不下去了,又回不了莫斯科;共产国际就把我派到你们苏区来……我要不干,不是肉体上被消灭,就得把自己隐匿到一个让人找不到的角落里,自我消失!"

博古又忽然同情李德:"不论怎么说,责任由我一人承担……如果这次造成了惨重的损失,我只好以死谢罪!"

李德:"不,不! 博古同志,千万别干傻事! 在共产国际那里,你更说得清楚,他们还是会信任你的。"

博古没有言语。

李德:"我倒觉得,我们必须把指挥权再接过来……做下一步的弥补工作,把队伍带到湘西,争取再发展起来!"

这话,似乎像一支强心剂,让博古又振作起来!

这阵子,周恩来正坐在野战军司令部的一角,沉痛无语。

叶剑英进来,报告:"已经和三十四师联系不上了……估计,他们的电台丢了,或者坏了。"

"如果是那样,他们的情况很不好!"朱德进来。

周恩来又似想起:"老总,我们得拟个明天全军西进的部署命令!"

朱德:"明天再往山里走几十里地,让部队停下来,休息整理三两天……往后还得走路,还得打仗! 不整理不行!"

"对。"周恩来肯定。

博古和李德赶来,伍修权也跟来。

"总司令,你有经验,把部队带过江了!"李德一进门,就咧着大嘴嚷着。

博古:"损失不大吧……"

"带过江? 损失不大?"朱德苦笑,"三十四师和十八团丢在江东,怕是难以逃脱敌人的围歼;一、三军团和五军剩下的十三师,还有九军团,损失都在三分之一到一半;八军团只保留了军团部和师部,部队全被打散,绝大部队人员留在江东;军委的 2 个纵队的挑夫,死的、伤的,散了的,差不多完了吧?!"

"你们问损失有多大?"周恩来答,"据现在的初略统计,全军只剩下 3 万多人啦! 我们从江西出发时,可是 86000 多人的大军呀!"

博古一屁股坐在椅上,一言不发!

李德喃喃自语:"敌人力量太强大了……"

"什么时候敌人的力量不强大?"朱德说。

周恩来:"这是罪过……博古同志,我们这是对党和红军的犯罪……我们是党和红军的罪人。"

"可我,可我是坚决执行共产国际指示的……"博古自语。

朱德:"问题就出在你机械地执行共产国际的指示。"又说:"应当肯定,共产国际是真心实意地要帮助我们党革命,但问题是共产国际并不懂得中国革命的实际情况、中国红军的战争特点!"

"总司令,我也是真心实意要帮助你们红军的。"李德说。

"是的,你也的确是一片好心,"朱德又说,"可好心未必就办好事……"

博古掩脸而去。

李德也无语地跟着走了。

山村中,溪流的廊桥上。

毛泽东站在一侧,看着桥下溪水流过。

张闻天扶着拄着棍子的王稼祥,坐在廊桥一侧的固定长椅上。

毛泽东又掏出烟,卷着点火抽上。

张闻天:"我刚才上厕所时,听到警卫战士在骂娘,说是全军还剩下 3 万余人了……"

毛泽东没有回应,对着溪流看着。

"惨呀,惨……真没想到会弄成这个样子,这么悲惨!"张闻天喃喃自语。

王稼祥感叹:"我们这些自命不凡的马列主义科班生来时,人家可是十几万人的中央红军,几万平方公里和几百万人口的中央苏区。而现如今,中央苏区丢了,八九万人的大军,不出 4 天,弄成只剩下 3 万余人……这叫马列主义?!"又说:"如果课堂里的马列主义是这样,还不如要山沟里的经验?"

毛泽东:"错不在马列主义,在于不把马列主义与中国革命的实践相结合。"

张闻天:"老毛,你得站出来说话!"

毛泽东:"你们让我说话么? 我说了有用吗?"

"过去不是不认识吗?"张闻天又说,"现在认识你,我们支持你说……说就终归会有用的!"

王稼祥:"中央不能再给他们独断专横的权力了……"

毛泽东:"军事指挥上是必须有临机处置权的,问题是负有处置权的同志,得有正确处置的能力。"

张闻天:"甭说那些理论上的事,得考虑下一步怎么办?"

毛泽东:"那就得看他们'三人团'下一步怎么走!"

屋里的马灯是明亮的,可博古显得孤单。这时,他特想他的伴侣刘群先,倒不是夫妻的那些事,而是有人听他倾诉。刚才,周恩来"这简直是犯罪"这句话,让他越想越怕,又有些委屈。可今天虽是星期六,在这种情况下,休养连不让家属回来过"星期六"。

博古在灯下想着想着,不禁落下泪水……忽地,脑袋好像不能控制肌体,他不禁拔出手枪,拉动着枪机。

就在这时,伍修权领着李德找来。走在前的伍修权反应敏捷:"小心走火了!"

博古像受到猛击一样,猛然醒来,尴尬地收起手枪。

李德对伍修权说:"你回去吧!"

伍修权走了。

"你想杀人?!"李德问。

博古:"想杀我自己……以死谢罪!"

李德:"你不可听周恩来的……什么是犯罪? 谁犯罪?"又说:"如果

说有人犯罪,那也是那些不坚决执行命令的人犯罪……要杀,这些人该杀!"

博古没有言语。

李德:"我们没有失败……只是暂时有些损失,等我们按计划把家搬到湘西,然后反攻,一切都会好起来的……在最困难时,需要的是必胜的信心。"

"我们还能够争取胜利吗?"博古似问,又似自语。

李德振振有词地说:"一个统帅,在最困难时,关键是自信。有了自信,才有争取胜利的可能。"

博古还是没有言语。

李德:"相信我的话,我们会胜利的……不要再想什么以死谢罪的傻事,你真的自杀了,等于承认你是有罪的!"

博古默然地看了李德一眼。

李德:"好了,睡一觉,明天醒来,就清醒了,我们的前途是光明的……相信我……这时,只有我理解你,能帮助你!"

周恩来的屋里,就周恩来和朱德两人。

周恩来满脸泪水:"……我有不可推卸的责任……"

朱德:"有责任,但也不要过于自责。虽然你是'三人团'成员,但你说了不算,主要责任不在于你!"

周恩来:"这几年来,我一直在中央工作。但我有自知之明,我只能做协调工作,没有挂帅的才能。所以,我真心诚意在辅佐主持中央工作的同志,希望能在斗争实践中产生党的一代英明领袖……可是,每每事与愿违。"

朱德:"你没有领袖欲,善于协调各方,这是同志们有目共睹的。党中央不能没有你这样的人才。但恕老大哥直言,你过于逆来顺受,过于容忍。"

周恩来:"博古比我小 9 岁,党内的资历远不如我,我生怕党内的同志说我摆老资格,不尊重他;对李德的许多决定、做法,我是有不同意见的,甚至是反对的,可是又顾虑到他是共产国际派来的,不能不尊重他。博古也一再做我的工作,要我支持李德……我自己也一再告诉自己,要相忍为党。却不料这一切助长了他们的霸道,养成了他们的一言堂,谁的话都听不进去,一意孤行,造成了今天不可挽回的惨痛结局!"

朱德:"问题是我们不能一错再错了,不能再这样听任李德的瞎指挥,以致彻底葬送党和红军……"

周恩来:"问题的根本不在李德。李德毕竟不是我们中央政治局成员,他只是一个顾问而已,他的意见我们可听也可不听。问题的根本是博古对他言听计从。"

"可是,事实已经再次证明李德指挥不了我们的战争。"朱德说,"博古不懂军事,以李德为他代行军队指挥权,这一方面造成红军战争失败,遭受严重损失;另一方面如果再让他行使军事将领的人事权,那将会造成对红军的直接控制……刘伯承被罢官,已经给我们提出警示!"

周恩来貌似专心在听,却不言语。

朱德进而直说:"恩来,你在党中央地位特殊,分量很重。这是党对你的信任,你也必须对党负责……你自己说过,你担当不了党的统帅,你有责任辅佐党的领袖! 当然,是能够让党的事业兴盛起来的领袖。"

周恩来:"可如你所知,打从 7 年前我们党转入武装革命开始,党中央的几任主要领导都有共产国际背景……"

"可几位主要领导没有一人懂得中国革命战争,没有一人不犯左倾教条主义错误,而且一任比一任严重,这样下去,我们党的事业可就完了……"

周恩来:"你是说,我们不能再任共产国际为我们'钦定'主要领导?"

"你应当能认识到!"朱德没有正面回答。

周恩来:"这可是个重大的变革……得有党内充分的思想准备。"

朱德:"是得有准备,但抓住改变的机会更重要。"

周恩来:"你是说,当下是推出我们自己选择党的主要领袖的机会?!"

"坦率地说,我们的党和红军,已经没有钱继续为博古付学费。姑且不说博古的政治路线教条与苏联的经验,就凭他不懂军事这一点,就不合适。我们党和中国革命,完全依赖于战场上打赢敌人,党的领袖必须有战略头脑,还必须善于用兵!"朱德说。

周恩来:"我知道你晚上说的这些是肺腑之言,我也听进了,并且会把这当成头等大事。"

"这我就放心了。"朱德说,"但你必须时刻注意到,我们的党中央和中央红军还没有走出危难,更经不起陷于新的危难!"

山路的最高处,可见远处云海翻腾,山颠刺入云海。

毛泽东、张闻天徒步随着中央纵队在翻山。王稼祥依然躺在担架上,紧跟着。这些天来,王稼祥的两组担架员已经习惯于他们一起边走边说古论今,也自觉保持着三人一起的状况。

走在前头的毛泽东,借助手上的木棍,登顶了:"歇口气吧!"

张闻天跟了上来:"好,歇口气。"找到一处干净处,半躺半坐了下来。又感叹:"看前头,这简直是天都要塌下来了……"

毛泽东似自语:"杜甫《望岳》诗曰:'会当凌绝顶,一览众山小'。我敢肯定,他所看到的山岳,绝对不如我们当下翻过的山高、险峻!"

张闻天:"那依你这样说,我们还真的感谢博古、李德,把我们带到这条路上,让我们也望岳,也体验'一览众山小'……"

"这种体验,我宁可不要。"王稼祥从担架里坐了起来。今天,担架员没往担架上搭油布棚子。

毛泽东:"那不是你要不要,是你别无选择……"

王稼祥被噎住。

张闻天却还沿着他的感想往下思考:"都说杞人无事忧天倾,眼下我们还的确处身于天像是要塌下来一样……"

"天塌下来,有山顶住!"毛泽东说,"你看那主峰,刺破青天锷未残,天欲坠,赖以拄其间!"

张闻天:"你又诗意盎然了。都什么时候了,你还有这等闲情逸致?!"

"是你刚才说的,看上去好像天要塌了!"毛泽东说。

王稼祥:"闻天呀,我忽然觉得你家老爷子给你起的名字,好有远见!"

"什么意思?"张闻天一时还真弄不明白王稼祥那看似不沾边的话指的是什么。

王稼祥:"你的忧天,一语双关。字面上是眼前的景象,似天要塌下了;字底里,是眼下我们党和红军的命运,已到了天要塌下来的地步了!"

"我刚才还真没想到这方面。"张闻天一笑,"不过,你这一解,也真贴切。"又对毛泽东说,"老毛,我们的天要塌了,你说怎么办?!"

毛泽东:"你顶住呗!"

"我个儿没你高!"张闻天的反应还真敏捷!

毛泽东不紧不慢地说:"稼祥的话,还真不是危言耸听!"

张闻天:"你直说!"

毛泽东:"这几天,没听说敌人紧追我们吧?!"

"是没听说,"张闻天又问,"这有学问?"

王稼祥:"你听老毛往下说,肯定有学问!"

毛泽东:"再问你俩一道题:敌人,也就是老蒋,是不是早在 20 多天前,就已准确判断出我们要去哪里啦?"

张闻天:"不错,二局通报过,蒋介石准确知道,我们是要到湘西,去与贺龙、任弼时红军会合……这和他没派兵跟我们进山有关联?"

毛泽东:"想想,晚上到了宿营地后,躺在床上好好想想!"

第三十五章　这是最后的斗争

就实质而言,从 12 月 1 日这一天开始,三十四师官兵就转入为争取自己的生存而搏杀。

但这时,军委和三十四师领导都还没有看到这一实质问题。军委虽明白三十四师已完成了对全军的掩护任务,但仍认为三十四师还过得了江,要他们赶快西渡湘江。三十四师的官兵则认为他们仍承担掩护主力和争取自己过江的双重任务,他们还是且战且往江边走。但越往江边,地形越不利于防御;况且,敌人已经断定红军三十四师成了孤军,就肆无忌惮地攻击。在敌人绝对优势兵力的疯狂进攻下,三十四师渐渐地成了几乎是以分队为单位的各自为战,而且,伤亡惨重,弹药也不多了。

家富连队只剩下 30 余人,干部也只剩家富和延明两人。他们在背靠着一大苇塘的土包上,抗击着敌人的进攻。

中午时分,敌人可能是吃午饭,暂停了攻击。

家富和他的战士,也以从苇塘边的茭白地里采来的茭白充饥。

要说,家富还是很有判断力的。"西边江岸的枪声已停息好几小时了,我们的主力应当是全部撤进西延山区……我们的掩护任务结束了,也过不江了!"他对延明说。

这话提醒了延明:"是的……这半天,只顾着迎击当面之敌,没注意到。"

家富:"所以,我们再不能往西去,而应当向利于我们隐蔽的地形运动,保存力量。"

哨兵报告,大约有 1 个排的敌军过来了。家富对大伙说:"听着,放近了打。我一旦下命令撤,就跑进背后的苇塘中,隐藏起来,敌没发现我,我不开枪。"

敌人终于到了家富连队阵地前的 50 米内,家富命令打!

朱大贵对着走在前头的敌兵群,打出最后一弹夹的机枪弹,所有的步枪也急速射击,把 1 个排的敌军大部分打倒在阵地前,剩下的几个滚下土堆,退了回去。

延明匍匐到家富跟前:"没子弹了……"

家富:"我们现在撤不了,只能和敌人拼刺刀,打退他们,争取补充弹药,等晚上再走。"

延明回去传达家富的拼刺刀命令。

又 1 个排的敌军上来了。

家富命令着:"把最后的几枚手榴弹打出去,冲上去与敌人拼刺刀,争取打退打怕他们。"说着拔出腰际的一枚手榴弹,拧开盖,提在手上。

上来的敌兵已接近家富连队阻击线的 20 米处了,家富命令:"投弹准备!"随即拉出导火弦,等手把上的黄烟冒出有一秒后,喊着:"投!"

就在手榴弹爆炸的同时,家富挥动着驳壳枪:"上!"

战士们跟着跃出单兵掩体,与敌人肉搏。

延明一枪刺倒 1 个敌兵,却被从侧面而来的刺刀刺中后腰。他终于支持不住倒地。

朱大贵端着刺刀的步枪,一上来就捅倒 2 个敌兵。他人高体壮,敌兵见了就畏缩,他也正抓住杀敌机会。但敌人的排长发现了他,挥起手枪,一枪打在朱大贵胸口,朱大贵倒下了。

李冬是最后一个跃出工事的。他弄巧,一枪打倒当面的敌兵后,就地趴下,装成死人。

家富作战时一般不用驳壳枪,而是用步枪。但这回,却提着他的双枪,用左手的半自动驳壳枪打单兵,右手的全自动驳壳枪一枪不发。

又 1 个班的敌兵上来了,也就在二三十米内,家富挥动右手的自动驳壳枪,20 发连射,把 1 个班敌军全打倒了。

这一阵连射,把后头几十米外的敌军,吓得全趴在地上。

家富命令着:"撤!"

刹那间,家富和剩下的战士,躲进土堆后的苇塘里。

阵地上平静下来了。

延明艰难地爬到一具敌兵尸体前,从死者身上的手榴弹袋里,抽出一枚手榴弹,放在身边,又躺在地上。红军的老兵都知道,在这种情况下,负伤不能走动,就意味牺牲。因为战友们没法带着你走,勉强为之,会因为你造成没伤的战友为你负伤,甚至牺牲。苏红就是因为这样,选择结束自己的生命。

过了十几分钟,土堆下的敌连长又喊着:"弟兄们,上头的'共匪'跑了,去搜搜看,他们留下的死者身上,是不是有银元。上头说了,'共匪'是带着银元跑的!"

几个兵油子果然来了劲,猫着腰往上搜索,快到跟前,一见果然没了活人,就大摇大摆地冲上前,翻动尸体。

一个敌兵没从死者身上摸出什么,骂了起来:"真他妈都是穷光蛋,身上的军装比我们的还破,脚下是烂草鞋……还他妈是带着银元跑的……全哄人!"

又一个敌兵叫了起来:"这有个当官的,还挂着驳壳枪……连长,比你那把还新!"

敌连长赶了过来:"是把新枪!"说着,要蹲下取枪。跟着围过来几个敌兵。

这时,延明突然坐了起来,右手从后腰挥起冒着黄烟的手榴弹。

敌连长和围观的敌兵来不及闪开,延明手上的手榴弹炸了。

没有围观过来的被伤着的敌兵,扭头跑下土堆去。

有人边跑边骂:"说不能动死人嘛……真他妈炸了!"

看得出,这么一炸,炸醒了他们的发财梦。旧军人很迷信,只能做好事埋了死人,不能在死人身上发财。

一个被炸伤跑不了的敌兵,捂住伤口,坐在地上哭叫着:"弟兄们,救救我……"

躲在苇丛中的家富和他的战士,看得真真切切的,就在敌兵退下土坡时,他们跑回阵地前,收集着敌兵尸体上的弹药。

现在,有枪没弹连敌人都吓唬不了,只能是既有枪又有弹,才能消灭敌人,保存自己。

三十四师的师团领导是很有经验的,当晚他们就着手收拢队伍,考虑处境和对策。

这一夜是下弦月。前半夜的暗夜,给了打散的队伍有迅速联系聚合的活动条件。

这时,师长陈树湘和参谋长王光道已收拢了四五百人的队伍,并且已经把政委程翠林等几位牺牲的领导掩埋了。

陈树湘站在新坟前,没有眼泪,只有誓言:"老搭档,你先走一步。待我也到马克思那里报到时,我们还搭档,把我们师牺牲的闽西子弟集合起来,在阴曹地府里与反动派继续战斗。"他告别了程翠林的坟墓后,回头问刚过来站在身边的译电员:"军委来电?"

"是的。"译电员递上电报。

陈树湘接过,王光道过来,蹲在地上用手电打光。

陈树湘看着,念出一段:"被切断的部队应自动突围,向西延总的方向前进。三十四师归军委直接指挥。"

王光道:"从现在的敌情看,过江追主力怕是不可能。"

"现在,我们的任务是保存队伍!"陈树湘又问:"派出去联系的情况怎样?"

王光道:"回来一个组,已同韩团长的一百团联系上了。他们就在我们西边1公里外的山林中。"

陈树湘:"派人过去,让他们向我们靠近!"

"向我们靠近?"王光道问。

陈树湘:"是的,现在是东边比西边更安全。敌人会判断我们被截在江东的部队,急于西去过江,找主力,他们会更加强江防。"

王光道:"是这样!"

这时,韩团长已把他的一百团剩下的百把人,整编为1个营,原来的营缩编成连,原来的连缩编为排,原来的排缩编为班,打没了的分队就空过去。韩团长重新指定了连排长,并且明确,不管缩后的连、排、班有多少人,都是一个战斗单位,万一再被打散了,各自为战,在战斗中求生。

队伍整编后,韩团长让大家打起精神,他说:"许多战友牺牲了,我们都万分悲痛;大部队过江走了,我们被截在江东,成了孤军,处在四面都是敌军的危险地带,大家都会为我们的前途担忧。这是必然的,但我们应当看到,我们用牺牲自己,换来党中央和主力安全过江;他们能保存,我们的党和红军就有希望,苏维埃运动一定会重新恢复,并且在全国胜利;主力走了,不可能回头来接应我们,不是军委丢下我们不管,而是敌情不许可,不能牺牲更多的战友来找寻我们。现在,要靠我们自己。我们的任务就是保存力量。只要我们人还在,队伍还在,就一定能恢复和发展起来。"

这时,家富带着他的十几个人归建。

韩团长过来,拉着家富的手:"你们缩编为 1 个排,就叫一百团警卫排,直接跟着我,你就是排长。"转而命令着:"走,和师首长会合去!"

12 月 3 日凌晨,陈树湘又收到军委发给他和程翠林的一封"万万火急"的电报。

军委当然不可能知道,三十四师的师团领导只剩下陈树湘、王光道和一百团团长韩伟了。

陈树湘把王光道和韩伟叫到一边,决定自己的命运。

"军委来电,还希望我们能过江追上主力,但又让我们必须准备在不能与主力会合时,要有一个时期发展游击战争的决心和部署。"陈树湘传达军委来电的主要精神。

韩团长:"过江追赶主力,显然是不可能的!"

王光道:"我也主张我们转入游击战,保存自己。"

"好,我们想到一起了。"陈树湘又说。

韩伟:"我们现在全师合在一起,还有六七百人,是一支不小的力量。记得那年我们跟毛委员上井冈山时,也不过这么些人。但星星之火,可以燎原。没出3年,我们这把火种烧遍赣南、闽西。所以,要树立信心……"

陈树湘:"我们现在就要有星星之火可以燎原的信念,用这个动力推动我们继续战斗。"

"当务之急,是必须立即离开这个危险地带,跳出敌人的包围圈。"王光道说。

陈树湘:"往什么方向走?"

韩伟:"向西,湘江被敌封死了,过不去;向南,是白崇禧的腹地,威胁到他的桂林,他会和我们玩命,我们敌不过他;向北,是何键'追剿'军第一至第三路军十几个师的防地,也不成;只有向东一条路。向东,虽有何键'追剿'军第四、第五路军,总兵3个师,但可以寻找他的防御空档,穿出去……"

陈树湘:"从游击战争需要有群众革命基础的条件说,我们也只有向东去,穿出敌人包围圈,一旦到了有群众革命基础的湘南,我们就如鱼得水了。"

王光道:"我也同意这个方案!"

陈树湘:"好,潜伏到晚上,我们就往回走,翻过都庞岭。"又说:"老韩,把你的人给我,我断后;你带师里的主力走。你有丰富经验,罗霄山脉中段和南段的地形也熟,走前头。"

韩伟:"你是师长,你应当带主力走,断后任务由我承担!"

王光道:"都什么时候了,你俩还有争的必要?"

韩伟:"你俩听我说。断后不等于就是牺牲,它虽也意味着把生让给大局,把死留给自己,但并不一定就是只有牺牲这一种结果。况且,我们是小部队,不会拉得太远。还有,你是师长,是我们师的旗帜,旗帜不能倒,剩下的这点力量是大局,这点力量没了,我们师就彻底覆灭了。所以,你师长不能断后,你必须把剩下的这点力量带出去,保存下来,这是你的责任。"

陈树湘:"既然你这样说,就由你和你的团队断后。"

谍报队跑过来报告:"师长,远方观察哨报告,发现敌人像是要搜山！"

"敌人真是要把我们斩尽杀绝,这么早搜山！"王光道说。

韩伟:"欺侮我们的弹药不足。"又说,"走,你们快走,我把他们引开！"

掩护陈树湘带着主力走后,韩伟带领断后的一百团余部,让敌人缠住了,一直战斗到入夜,才在夜幕掩护下,撤了下来。但经这一天的战斗,韩伟带领的队伍只剩下三四十人了。

这天的后半夜,队伍转移到都庞岭,回到了几天前他们阻击敌人战斗过的地方。

走在前头的家富带着的尖兵,突然听到有什么声音,立即停住脚步,警惕地搜索着周围。

借着下弦月光,家富看清了,这就是他们曾遭到敌人迫击炮击过的阵地,几只穿山甲在急吃地上一堆堆的蚂蚁。原来,是成群的蚂蚁在吃他们前天被敌人迫击炮弹炸翻撒在地上的饭菜。

李冬见了,一步上前,赶走穿山甲,和蚂蚁争吃撒在地上已经发霉了的饭菜。

既然有夜行动物行动,可以断定周围几百米内没有敌人活动,他放下哨兵,就地宿营。

家富就靠在有大石头标示的苏红坟墓堆旁坐下。但一时没能入睡,苏红从前的形象,女扮男装到连队的凶相,反复在他的脑海中萦回。

但毕竟非常困,已经说不清几天没真正合眼过。渐渐地,家富终于迷糊过去了。

哨兵回来从家富身边走过,家富半睡的神经一下子惊醒,这才发现,天已经亮了,早晨的太阳升起,不远处山春坟头上的破镜子,折射出耀眼的光芒。

家富又想到苏红。不由从挂包中掏出苏红送他的本子和铅笔,他在本子上写着:"苏红:我们的党中央和中央红军主力已突破敌人的湘江防线,得到了保全。我们师被敌截于江东,遭到强大敌人的围攻,我们团只剩三十多人。但我们会战斗到底,无愧于我们的闽西父老,无愧于……"

哨兵喊着:"搜山的敌人上来了!"

家富把本子塞进挂包中,弹了起来:"准备战斗!"

几分钟后,1个排的敌人已到了阵地前。

家富命令着:"打!"

敌兵遭到突然打击,丢下死伤者,纷纷往后跑。

家富命令身边的2个战士:"去,保护团长,往后面树林中撤!"

韩伟的几个警卫员硬是拉着他,往林子里撤。韩伟挣扎着,到底还是被战士拉进树林里……"

李冬匍匐过来:"连长,子弹快打完了!"

家富喊着:"快,跟我到被打死的敌人尸体上找弹药。"说着,冲了出去。

几个战士也冲向被击毙的敌人尸体旁,抓起子弹带和手榴弹袋,往回跑。

家富提了一个手榴弹袋,也撤了回来。

"行了,有这些弹药可以顶一阵子,让团长他们走远些。"家富说后,又掏出本子,继续写着:"苏红:我们又一次打退敌人,我也把团长送走了。但敌人很快就会攻上来,也许,我们很快就见面了……"

"连长,敌人又上来了……这回好像是全连都上来……还有轻机枪!"哨兵又报告。

家富本能地说:"准备战斗!边打边往后面的树林撤!"说着,他在苏红坟堆的一边扒了个坑,把本子埋了进去,提起枪。

敌人终于冲到家富他们的跟前了。

家富喊着:"打!"随即挥起右手的自动驳壳枪,向着冲在前面的敌兵扫射,又喊着:"撤!快往林子里走!"

子弹打完了,家富掏出刚收集来的手榴弹,接连又投出2枚。可就在他拉开第三枚的导火索把弹投出去,跃起要撤的时候,敌人的轻机枪手向他连射,家富终于中弹,趴在苏红的坟堆上。

搜山的敌兵冲上来了。

敌连长命令着:"副连长,带一、二排追击跑向林子里的残敌;三排留下跟我搜查,看看还有没有散落的'共匪'。"

韩伟的警卫员急说:"团长,敌人追上来了!"

"撤,往树林的纵深撤!"韩伟命令着。

又往前跑出百米,前头的战士叫着:"没路了,前面是悬崖……"

韩伟走到悬崖边,对跟着来的 13 个战士说:"同志们,从这里跳下去,还有可能九死一生;被敌人抓住了,就只有死路一条,跟着我跳崖!"说着,他纵身跳落悬崖。

13 个战士相继跟着跳下。

后来查实,他们中的 11 人,当场牺牲,活下来的 3 人有 2 人重伤,不久也牺牲,唯有韩伟 1 人幸运地活着,潜伏在老乡家中,在形势好转后,韩伟辗转寻找红军,以求归队。

最终,他归队了,中华人民共和国成立后,被授予中将军衔。

第三十六章 桂军对湘军笔战

白崇禧听完叶琪关于中共中央和中央红军主力已全部过了湘江、进入西延大山的报告后，又回坐到沙发上，喝茶。

叶琪也回到沙发上："应当说，中共这回能逃过劫难，得益于他的中央红军确实能打！我们的部队和何键的刘建绪第一路军，用那么大的兵力，连续攻了4天，他们的彭德怀和林彪的部队硬是撑住了……"

"要不，怎么说是朱毛红军。"白崇禧从茶几上拿起蒋介石南昌行营政训处印发的捉拿"共匪"赏格的传单，晃了晃："要不，毛泽东早已下台了，他老蒋还出10万块大洋，要毛泽东的头！"

叶琪有些抱不平："可他对彭德怀的人头才开价1万块大洋，也太低了些！"

"开再高价，有用吗？买得到吗？"白崇禧又说，"如果用钱能买到毛泽东、朱德、彭德怀的头，老蒋用5次'围剿'所花的钱的百分之一，就足以消灭他们了！"

张任民不无拍马屁地说："他老蒋用重兵'围剿'和重金赏拿两手都不能办到的事，这回，我们白总指挥统帅下的桂军可办到了。据前线初步统计，仅俘虏就7000多人，毙伤的怕是大大地超过万人，要细细统计，怕是得有近2万人。他老蒋这些年来对'共匪'的'围剿'，可有过这样的成果?！我们是一鸣惊人呀！"

叶琪："他何键不是一再吹牛，歼灭了多少多少的'共匪'，有过我们这样一次战果的十分之一?！"

白崇禧按捺心中的得意："好了，我们该与老蒋和何键论理了！"

叶琪："是该与蒋介石和何键打笔仗了！"又说："就来文的，打笔仗，他老蒋和何键也不是我们的对手。副参谋长,你把白长官给老蒋的电文记下来,整理好发出去。"

"早准备好了。"张任民说。

白崇禧:"这还得费点劲,给他们讲一讲我们先前用兵的道道。"又口述:"蒋委员长钧鉴:此役初始,只考虑到湘桂边长达千里,我军兵力不过十七个团,若处处设防,必将处处薄弱,故只得以一部协同民团防堵,而以主力集中于龙虎关、恭城一带,冀以机动作战,捕捉共匪之主力而去之。"

"他老蒋要是懂得我们白长官的集中主力捕捉'共匪'之主力的这一手,'剿匪'大业,早事半功倍了!"叶琪说。

白崇禧接着口述:"旋即,职判明匪主力窜入桂境,即以十五军全部及第七军主力,星夜兼程转至兴安、灌阳北方之线截击该匪。此数日来,我军独担当与匪军在湘江两岸和灌阳地区的血战。关于全州、咸水之线,因守备兵力单薄,被匪众突破,则诚有之;而竭无兵守,则殊非事实。以我国军百余万众尚被匪突破重围,一渡赣水,再渡耒河,三渡潇水,如职军寡小之兵力,何能阻匪不渡湘江乎?"

"好,这一军将得好,将得妙! 看他老蒋还有什么话可说?"叶琪叫着。

白崇禧接着口述:"现在的问题在于实际认真追剿,尤忌每日捷报浮文,自欺欺人,失信邻国,贻笑共匪。至若凭一纸捷电,即为功罪论断,则自江西、福建剿共以来,至共匪移入桂北,统计各军捷报所报,斩获匪众与缴枪械之数,早已超过共匪十有几倍,何至此次与本军激战,尚不下五六万人乎!"

叶琪:"妙,这一段更妙。把何键和老蒋一起烧,堵得他们说不出话……"又说:"往后,还真得好好向白长官学学文骂!"

张任民:"我们的战果?"

白崇禧:"说,当然要说,大说特说,但不能像老蒋和何键在纸上胡吹,得用实实在在的物证说。我们手上有'共匪'的7000俘虏,可以拍照,甚至请人来拍成电影,广告人知,让世人看个真切……也寒碜何键!"

叶琪:"这才棋高一着!"

"何键小样的,想和我们玩心眼,想把'共匪'突破湘江防线的责任推给我们,我倒想看看老蒋这个昏官怎么断案?"

"妙,把球给老蒋,看他怎么个接法?"叶琪说。

张任民:"我料定他不敢各打五十大板,只能是不了了之。"

白崇禧:"把廖军长、夏军长接过来,晚上喝一杯!"

叶琪:"好,我这就去张罗!"

这天晚上,也就是白崇禧和他手下大将在恭城办酒宴的同时,何键和刘建绪在衡阳"追剿总司令部"挠头皮。

刘建绪愤愤地说:"两广的这帮人就是这样,全不顾党国的'剿匪'大业,存心借'共匪'的力量,把祸水引入我们湖南。"

何键:"广东的陈济棠,先者与'共匪'有来往,路人皆知;继而,把'共匪'放入我们湖南,也是想得到的……广西的李宗仁、白崇禧玩的是什么招数,则让人弄不明白……你说他存心把'共匪'放回我们湖南,可他又狠狠抓了'共匪'一把。你说他既能狠狠抓'共匪'一把,却又让'共匪'的主力给跑了……"

刘建绪:"可不管怎么说,'共匪'的主力跑了,躲进越城岭稍加休整,就会出湘西南,奔湘西来,把战场引到我们湖南来!他们还是成心看我们笑话……"

何键:"不,绝不能让他们看笑话。绝对不能让'共匪'中央率领他的直辖部队,到湘西与贺龙、任弼时'股匪'会合……一旦会合了,后患无穷!"

刘建绪:"对了,我前天向你报告过,贺龙和萧克已率'匪'大部,南下沅陵……这显然是要接应'匪'主力到湘西!"

何键:"说的是,坚决不可以让他们汇为一股。我已命令当地部队守住沅陵,把贺龙萧克'股匪'挡在沅江以北!"

"我们南边的'追剿'计划,也必须作相应调整。"刘建绪说。

何键:"所以,我才把你从前线召来,就是要和你商量这事。"

刘建绪:"总司令是怎么考虑的?"

"我想把现在的五路'追剿'军重编为 2 个兵团。"何键说,"我们湘军编成第一兵团,由你统领,打前阵;一定要堵住'共匪'北上湘西的路。有可能,就打他们,太费劲,就把他们撵到贵州去,反正不能让他们进入我们湖南。

刘建绪:"中央军合编为第二兵团?!"

何键:"对,由薛岳统领。他前一段不是嫌官帽子太小,这回给他顶大一些的。他们为二线……如果'共匪'突破你的头阵,他们顶住。它毕竟是 10 万大军,装备比我们好多了,他要是连在二线都顶不住,那他向老蒋交代去!"

刘建绪:"我有两个看法,或者说猜测。'共匪'方面,如果聪明,不会到湘西和我硬拼,他们要是把这点老底输光了,下一步可没得玩了。"

何键:"有道理。第二个猜想呢?"

"是老蒋的本意,可能也想把'共匪'逼到贵州!"刘建绪说。

何键:"你是说,那样老蒋就可以名正言顺地把他的中央军派进贵州,甚至是西南?!"又说:"你猜的有道理。我可打听到了,老蒋和四川的刘湘在做交易,要把他的委员长行营从南昌迁到重庆。这不是已经开始打西南的主意了。"

刘建绪:"老蒋目前还拿不动两广,但对西南的地方实力派下手,还是有力量的。"

何键:"反正是'共匪'中央和他的部队,只要不在我们湖南,他爱上哪儿上哪儿;老蒋也爱吃掉谁是谁,和我们没关系。你马上作一个计划,在'共匪'由通道北出湘西的路上,构筑数道拦阻线。委座对这也很重视。"

刘建绪:"明白,我明天就做出来,完了我赶回前线去,把指挥所迁到绥宁。"

何键:"我也计划把总司令部迁到邵阳。他陈济棠、李宗仁、白崇禧不是想给我好看吗? 我把'共匪'逼进贵州,断他们两广的财路。"

"断他们的财路?"刘建绪一时没转过弯来。

何键卖关子:"想想!"

南昌行营,蒋介石把他的"文胆"陈布雷和侍从总管晏道刚叫到了小客厅。

一坐定,陈布雷抖他人精的料定:"广西健生报功来了?"

"岂止是报功……"蒋介石显得十分不快。

陈布雷没见过白崇禧发来的电报:"还要什么? 奖赏?"

晏道刚看过电报,有底。"烧了湖南何键,还带抖他的'小诸葛'能耐!"他没敢说挖苦了蒋介石。

陈布雷:"是这样?! 他呀,历来是一副傲骨!"

蒋介石:"这回呀,他乘机抓了'共匪'一把,手头上有俘获,可不更得显摆……"又一叹:"他沾了天时、地利的光了!"

晏道刚:"也怪何键湘军的确行动迟缓,进攻不力……让这个'小诸葛'拣了便宜!"

陈布雷:"但到底还是让'共匪'过了江啦……"

晏道刚:"可何键这头不也没堵住……"又说:"刘建绪一路军加薛岳的二路军,10个师,十几万兵都没堵住,他'小诸葛'抓住把柄了!"

"布雷,你起草个嘉奖通令吧?"蒋介石说。

陈布雷:"嘉奖桂军?!"

"是的,外加赞同他提出的'追剿'意见。"蒋介石忽然想到似的,"但让他把俘获的'共匪'官兵就地交给何键处置?"

陈布雷:"这是什么意思? 白崇禧能照办?"

蒋介石无可奈何样:"他想在战俘交接问题上羞辱何键,可不论怎么说,何键总比他听话,总得给何键留点面子。至于白崇禧怎么做,只好听便!"

这一天,李宗仁从桂林赶到恭城,白崇禧、叶琪出城迎接。

白崇禧一见李宗仁,笑言道:"德公,有劳啦,还让你特地赶来!"

李宗仁也笑着:"一来给你贺喜,二来催你把前敌指挥部搬回桂林。"

"这喜从何来？"白崇禧明知故问。

叶琪："让德公先住进驿馆吧，回头慢慢说……有的是时间。"叶琪也算李宗仁桂军元老，有些时候不太拘泥于尊卑之序。

白崇禧："对，对，先上车走，回头再说。"

桂林到恭城不远，虽说路况不好，但他们的进口小车防震性不错，算不上一路颠簸劳累，到了驿馆，三人便在客厅，亲热交谈。

侍女献茶退出后，李宗仁掏出电报："健生呀，老蒋来电嘉奖你，这不赶过来给你贺喜！"

白崇禧仰靠在沙发上，一副不在意的样子："他的一纸嘉奖令值几个钱？"又嘻笑："那上头沾上墨迹了，不干净，要不，我拿它当手纸！"

"还是听听吧。"李宗仁说，"我给你念一段：贵部与匪主力缴战五日，获五千以上，具见官兵奋勇，深堪嘉慰；拟定追剿部署，亦甚妥善，希与友军切实联络，努力穷追。所俘匪众，可就近送交芸樵处置。"

叶琪："什么？我们抓到的'共匪'，就近交给何键处置，笑话！"

李宗仁："这有什么不好？我看正好堵住何键的嘴，也叫他自己检点检点，他们取得什么战果？"

白崇禧："倒也是，但不能直接送到黄沙河，得做大游行。我们以便于押解为由，必须走水道，沿西江经广东托陈济棠粤军解押到韶关，让何键派人到韶关接走。来这么个两广大游行，再拍上电影，让世人皆知，我们桂军在'剿匪'问题上的实实在在的战果。"

叶琪："好，妙招！"

李宗仁："健生，我考虑我们得发个电报给何键，主动疏通下关系，大面上还是要过得去，对老蒋也有个交代。"

叶琪："倒也是，前段为我们从全州、兴安撤军问题，闹出误会，彼此间有过激的言语争议。现在真相明了，我们是以退求进，收到了重大战果，他应当心知肚明，怪他眼拙，就给他个台阶下。"

白崇禧："但在言语上也得绵里藏针，让他吸取教训，别他妈的看不明白棋，还在一边发议论，丢人！"

李宗仁："说的是。叶参谋长，你和任民商量下，起草个文稿，我们看一下。"又说:"健生,我们还得有另一手打算,何键很可能把共党红军逼进贵州,如果'追剿'共党红军的主战场移到贵州,对我们可不利呀!"

叶琪恍然大悟:"是呀,那可就断了我们的财路……我们广西财政的一半靠云贵川过境的鸦片税,仗一打起来,鸦片过不了境,我们的税收也就断了……"

"你的意思是,到时我们也派兵到贵州,明里参加'追剿共匪',暗里保鸦片过境?"白崇禧说。

李宗仁:"不仅是我们要出兵,还要联合广东的陈济棠一起出兵。"

"对,广东财政的相当一部分也来自过境的烟税,伯南一定会响应的。"叶琪又说,"只是怕老蒋不会让我们插手!"

白崇禧:"他恐怕求之不得吧!他不是悠悠万事,'剿匪'为重吗?"

"那是嘴上说的,心里头是'剿匪'和削藩并重,恨不得一并除掉我们这些地方势力。"李宗仁又感叹,"中国本来是一个天,叫老蒋这么一搞,成了各自为天。老蒋是一个天,他想统天,一统天下;我们这些地方势力各自的天,是护天,要把各之天下护着,别让老蒋的势力插进来;共产党是一个天,现在天要塌了,所以,他们是柱天,把要塌下来的天顶起来。"

叶琪:"德公见地精辟,只是老蒋要是不主动请我们出兵呢?"

李宗仁:"我们就主动提出。对此,他只能口是心非。表面上不会驳我们,实际上让我们派不上用场。"

白崇禧:"我们只要进入贵川,控制烟土过境通道就行了,管他派得上派不上用场。派不上,我们倒落个部队不会受损;派上了,我们还未必让官兵用命。我们的兵不多,打掉1个师就少1师,那对我们是不小的损失!"

李宗仁用兵不如白崇禧,但政治斗争上比白崇禧精。他说:"要求出兵还有一个目的。老蒋,尤其是老蒋的走狗何键,不是说我们两广'剿匪'不力吗?甚至说陈济棠通共。我们两广联手通电请求出兵参加'追剿'共党红军,看他老蒋怎么说。他的走狗还怎么说!"

白崇禧:"干,德公,这就给广东的陈济棠发电报……不,派人去,和伯南协商,联合组织援黔'追剿'军!"

叶琪："对,陈济棠一定赞成!"

南京,委员长行宫里,蒋介石又在与晏道刚、陈布雷打着算盘。

蒋介石口述电令后,晏道刚合上记录本:"我这就发出去。"说着,退出客厅。

陈布雷奉迎一句:"委座这是要让他们亡羊补牢!"

"你当他们会齐心协力'会剿',把'共匪'残部聚歼于湘江以西的西延山中或者是湖南的西南部?"蒋介石感叹,"要是各方能齐心协力听我的统一部署,各尽其力,还会有今天的'共匪'势力存在?!"又说:"你看着吧,何键必然会把李宗仁放回湖南的'共匪'攘到贵州去的。"

陈布雷:"何键有那个力量?"

"但何键湘军的背后,还有我派给他的薛岳带队的十几万中央军。"蒋介石又点破,"这十几万中央军,才是'共匪'过不去的山……现在的'共匪',不是在江西有'匪区'支持的'共匪',他们如今形同流寇,决不敢在湖南西南部,与何键的湘军和我们的中央军决战,要求生,只有转入贵州。"

陈布雷:"这些地方实力派,总是事不关己,高高挂起!"

"如把'共匪'攘到贵州也是件好事。"蒋介石说,"最好再窜入云南、四川。这些年来,云贵川三省各自为政,我们又不好出兵削去这些藩镇割据,如果'共匪'窜入云贵川,我倒可以名正言顺地出兵云贵川,乘机一统西南这三省。"

陈布雷:"委座深谋远虑!"

蒋介石:"'攘外必先安内,抗日必先剿匪',是对我们的党人、国人而言……"

"你是说,我们的底牌还有'剿匪'必先削藩,削藩不失良机?"陈布雷问。

蒋介石:"不说必先,起码是必须!"

陈布雷:"是呀,不削除党国的藩镇,又何以消灭得了'共匪'?"

蒋介石从沙发上站了起来:"3个月来,我们虽然不能聚歼'共匪',

却也把他们撵向西去,撵出一个'剿匪'与削藩相结合的有利局面,当说这也是一大幸事。"

陈布雷:"委座也可以轻松些了……"

蒋介石:"是的。过几天,我会和夫人回浙江老家住几天……别看那是乡下,可是世外桃源!"

第三十七章　肠断头悬长沙城

三四天后,部队似乎从湘江战役的惨烈中走出,不再强烈地表现出失败情绪。

博古似乎也从自责中返过魂来,想到他有主持中共中央工作的责任。李德也想到中共中央并没宣布免去他的指挥权。恋权的习惯,让他俩相约又回到野战军司令部。

周恩来兴许是出于组织观念,见博古和李德回来,也交出暂行的指挥权,和朱德回到此前的大参谋角色上,叶剑英只好跟着又成了做具体工作的大文书。

这天,四人又在司令部议决军事行动,叶剑英照样列席记录。

李德还是依他的老习惯,用铅笔在地图上划行动路线。他先是从现集结地向西划到龙胜,再由龙胜划到通道,由通道再往北指向湘西。而后说:"我们已在资源休整了2天,该走了。下一步是经龙胜进入湘南西南部通道,然后向北直接进入湘西,实现我们既定的转移到湘西的计划。"

朱德看了,不由说:"照计划的这条行动路线,全军都得翻过资源南部的猫儿山……这可是越城岭群山的主峰……"

"那就下决心翻过去!"李德说,"军令就是军令,必须坚决执行。前一段,我们所以行动迟缓,耽误了过湘江的时间,就在于当时没有决心让八、九军团由永明翻过都庞岭的三峰山,又让这两个军团改道走道县的蒋家岭,过都庞岭进入灌阳……"

"照你的说法,让八、九军团改道的决定是错误的?是造成湘江血战的原因?"朱德斥问。

博古息事宁人："过去的事过去了,不争论,还是照李德的决定执行!"

叶剑英有些忍不住："那也得吸取教训,部队机关太臃肿了,得马上精简,坛坛罐罐都不要了,这才能轻便,才能使部队行动迅速!"

"你说什么? 带来的东西扔掉?!"李德说,"再有半个月,我们就到目的地了,现在要把带来的辎重扔掉? 有毛病吧? 不行!"

博古附和："是呀,这时才把带来的东西丢掉,不合适吧?!"

李德："还有,给没能过湘江的三十四师发个电报,让他们别往东去;而应当留在兴安、灌阳之间,以牵制住广西的敌人桂军,积极配合野战军行动!"

周恩来："这不妥吧! 桂军的七军和十五军主力,现在都集中在兴安与灌阳之间,已经遭受到严重损失的我方三十四师,能在这个地区存在吗? 按你所划定的路线和计划,我们很快要出龙胜到通道,北上进入湘西,他们又怎么积极配合我们?"

李德："我认为正因为是我们的三十四师还在兴安、灌阳之间,桂军的两个军才集结在这个地区……把这两个军吸引在原地,就起到战略上配合主力的作用。"

朱德："你太高看了我们三十四师现在的战斗力,也低看了桂军当下的锐气……三十四师能不能摆脱敌人的围追堵截还是个问题!"

"你这样说,不正是证明我们三十四师有吸引敌人桂军的战略意义吗?"李德说,"按我的决定,你们组织落实,坚决执行!"说着,走了。

"就按李德同志的决定,坚持执行!"博古也走了。

"又来了,这两人又回到原来的那一套!"朱德有些气愤,"还要再来一场劫难吗? 我们还经得起再一场劫难吗?!"

周恩来没有言语。

朱德："在他们看来,危险的局面过去了,前头的路是畅通的……"

叶剑英："部队不灵便,已使我们吃了大亏,不能不吸取教训!"

周恩来："你对部队的整顿缩编,有什么具体的考虑?"

叶剑英："师一级的医院撤销,医务人员加强到师卫生部和团卫生队;师运输队不得超过 90 人,团运输队不得超过 30 人;取消兵站部,人员补到战斗连队去,警卫分队改成战斗连:一、三、五军团的后方部只留教导队、军团医院及供给部、运输队;八、九军团后方部撤销;师和军团机关直属队只编侦察连、工兵连、特务连。所有编余人员充实战斗连队。还有,立即清理辎重,用处不大的、搬运困难的东西,该销毁的销毁,该扔掉的扔掉,损坏严重的枪支也销毁!"

周恩来:"好,照你的意见办,起草封电报,以我们军委主席、副主席三人名义和野战军司令部联名下达,立即执行!"

朱德:"那三十四师的电令呢?"

周恩来:"就照他们的意见办!"又说:"几天过去了,他们到底损失有多严重,现在哪儿,电台还能不能工作,都不清楚……再说,他们的师团领导都有经验,懂得他们当下的最根本任务是保存力量,他们会按实际情况办的!"

永州府最气派的客厅里,湘军二十三师师长李云杰、十五师师长王东原、五十三师师长李韫珩正候着。

王东原问李云杰:"李司令,何总司令怎么把我们召到这里,亲自赶来召见我们?"

李云杰:"王师长,五路'追剿'军已解散了,我不再是第四路'追剿'军司令,你我都是刘建绪司令长官手下的第一兵团的师长,别再客气了……我也是下午才到的,不知底细!"

李韫珩:"不是说'共匪'已过湘江好几天了,让我们兼程赶到绥宁接受新的'追剿'任务,怎么就突然把我们截住,召到永州来?"

李云杰:"还是何总司令亲自召见?"

王东原:"可能是任务有什么新变化?"

"总的'剿匪'任务不变,具体的任务有调整。"何键从客厅的小门进来。

几位师长立即起立,毕恭毕敬地立正。

何键:"坐,都坐下。"何键也坐下,"我担心你们会不明白,所以来给你们说明白。"

何键见 3 个师长挺着腰板，接过随从副官手上的报纸指着："看这几天的报纸了吧？广西的李德邻、白健生，在大吹大擂……他们俘获了'共匪'的 7000 多官兵！"

"看了。这几天广西、广东的报纸天天都在吹！"李韫珩说，"他们这是什么意思……向蒋委员长邀功？"

李云杰："显摆……也寒碜我们！"

何键："对了！李宗仁、白崇禧就这个意思……就是寒碜我们在这'追剿共匪'的湘江会战中没有战果！"

李韫珩："我们没抓住多少人，可我们打死了不少……"

王东原："没有我们把'共匪'压在兴安、灌阳地区，他们上哪儿去抓'共匪'？"

何键："打死'共匪'多少人？李宗仁、白崇禧他们还吹打死'共匪'近两万人，你们信吗？"

"鬼话鬼才相信！"王东原。

何键："所以嘛，还是抓住人，才是实的。"又气愤地说："还要交给我们处置……"

李云杰："报纸上也是这样喊的……那意思不就是说信不信你自己数去！真他妈的损我们湘军，损到家了……"

何键："是呀，我也好没面子。"

王东原："总司令的意思，是让我们在下一步'追剿'中也抓'共匪'的人……"

"不是下一步，而是现在，立马抓人。"何键说，"桂军所以能抓住那么多人，一是他们抓得紧，把握好时机；二是'共匪'过江时在广西、兴安、灌阳地区大乱，桂军又得地利。"

李韫珩："可要我们立马去抓人……"

"问我要上哪去抓对吧？"何键不满于李韫珩的疑惑，"上我们湖南道县、宁远、永明地区抓！'共匪'在抢渡湘江时，有些部队散了，听说大部分挑夫都散了。他桂军抓的不就是这些散兵和挑夫吗？！"

李云杰:"据说其'匪'断后的伪三十四师,整师给截在江东……对了,桂军吹嘘中,没说他们抓住'匪'三十四师,总司令是让我们去抓'共匪'的这个师?"

何键:"对了。现在,桂军正在他们地盘上湘江东边的兴安、灌阳地区大搜捕,能抓到的他们基本抓走了,抓不到的往哪里跑? 尤其是匪三十四师这样整支部队,往哪里跑?"

李韫珩:"明白了,只能往我们湖南跑,现在还没跑出道县、宁远、永明地区!"

何键:"对了。所以,我刚才已经在电话上亲自给这 3 个县的县太爷下命令了,让他们的民团都动起来,搜查抓捕'共匪'逃散的人员……这散在各地的人员,也不会少于几千人,把这些人抓住,我们也可以在报纸上大吹!"

李云杰:"总司令是让我们派兵参与抓捕任务?"

何键:"对了。你们 3 个师,主力仍依刘建绪司令的意图,兼程向绥宁地区集中,去截击从桂北进入湘西南的'共匪'主力;另外,各抽 1 个团,到这 3 县带领民团抓'共匪'散兵,任务区分是:李师长,你们二十三师的 1 个团,在道县潇水以西;王师长你十五师的 1 个团,在道县潇水以东;抱冰你们五十三师的 1 个团,负责宁远和永明两县。"又说:"我判断,'共匪'三十四师残部,现在最大可能在道县,所以,李师长、王师长你们的部队动作要快,大有可为;抱冰你们师派出的 1 个团,重点在宁远!"

李云杰:"是的,动作要快,否则'共匪'逃出这个地区,就更难办了。"

何键:"告诉你们的手下:'共匪'的三十四师肯定损失严重,更有可能被打散了,并且弹药必定奇缺,发现后,就扑上去,别怕。抓住了我给重赏。委员长南昌行营开出的赏格,抓住或杀了'匪'师长一人,赏 1000 元大洋,我再加 1000 元,你们给我抓住或者杀了'匪'三十四师师长!"

李韫珩:"要是抓住'匪'三十四师师长,差不多就顶上桂军抓住的'共匪'7000 个兵……我们也可以挽回面子!"

何键:"你们今天就回去布置。快! 一定要快!"

陈树湘、王光道率领的三十四师余部,只剩下2个连了,电台已损坏掩埋了,这阵子,还真是往东走,在道县南部的山间穿行。

就要出树林了,陈树湘让队伍就地停下,等待前方侦察的同志探明情况。

不一会儿,侦察科长带着2个侦察员返回来了。

"师长,我们已经到了沱江边,前面就进村了。"侦察科长报告。

陈树湘:"部队原地休息,天黑后过江。"他又对侦察科长说:"到村里打听下,哪个地段可以徒涉过江……如果有可能,买些米!"

侦察科长带着侦察员走后,陈树湘把王光道还有在半路上相遇的严团长,拉到一角。

"我们还有多少人?"陈树湘问严团长。

严团长:"大约200人吧!"

王光道:"这一路突围,一路厮杀,又牺牲了许多同志……也不知道韩团长他们怎样?"

陈树湘:"老韩有游击战的丰富经验,不出意外,应当能跟上来!"又说:"虽然我们只剩下200人,但标志着我们的队伍还在!"

王光道:"我们一定要把保存下来的人员带出去!"

严团长:"对,我们一定要把保存下来的人员带出去!"

"对,我们的责任就是带着这支队伍、这些闽西子弟走出危难。我们现在还处在危险中,不知道还会碰到什么情况。但不管怎么难,只要我们三人中有人活着,就必须承担这个责任,带领他们坚持战斗,让我们师的旗帜不倒!"陈树湘说。

严团长:"师长,你是旗帜,这支队伍不能没有你!"

陈树湘:"我明白你的意思……但是,就我们当前的环境,官兵的牺牲概率是一样的。"

三人沉默。

陈树湘:"还有一点我必须说,我们三人,不论是谁,都不能活着落在敌人手上。我们肩负着红军三十四师的荣誉!"

"师长,你放心,我已给我自己留下最后一发子弹!"王光道说。

严团长："我的怀里揣着一枚手榴弹,如果到了那种情况,我会和敌人同归于尽的!"

陈树湘："刚才的话是对你们说的,也是对我自己说的。我们三十四师,就是打到最后一个人,就是覆灭了,也一定是壮烈的,无愧于党,无愧于红军,无愧于闽西父老!"

野战军司令部电台室。

报务员放下耳机,对站在身后的周恩来、朱德、叶剑英说:"还是联系不上⋯⋯没回应。"又说:"这几天晚上,我们都按约定时间,在 20 时至 22 时,一直呼叫他们,而且每晚呼叫时间,都提早半小时,推后半小时停止对他们的呼叫,可连续 3 天了,一直联系不上!"

周恩来无奈地退出机房,走向值班屋。朱德、叶剑英跟着走。

叶剑英:"会不会是电台坏了?"

"他们处在四面八方的敌人包围中,什么情况都可能发生!"朱德说。

周恩来:"有一点可以肯定,他们电台的人员没被敌人俘获。要不,敌人会逼他们开机和我们联系,窃取我们的情况。"

"会不会是他们自己破坏了电台,分散突围?"叶剑英说。

朱德:"不会。"又说:"陈树湘、程翠林、韩伟都是红四军老人,经过游击战锻炼的,他们不会解散队伍,而是会带着他们坚持打游击!"

周恩来似自语:"一点消息都没有,真是急死人了⋯⋯"

道县南部的沱江西岸,陈树湘的队伍被敌 1 个连和民团包围,双方在激战中。

陈树湘的队伍且战且退,已到沱江边的二三百米处。

陈树湘命令:"特务队,挡住敌人,掩护我们过江!"可话刚说完,一颗流弹击中他的腹部,他一头倒地了。

"怎么样?"王光道匍匐过来,问着。

陈树湘痛苦地:"伤在腹部⋯⋯"

王光道:"你坚持住,我让人抬你⋯⋯"

"在这种环境下,我没救了。"陈树湘说,"我断后,你快带队过江,快!"

王光道:"我断后……"

陈树湘:"你忘了我给你说过的,忘了你的责任! 快,快把队伍带过江!"

王光道命令着:"特务队掩护,其他人快跟我过江!"

特务队的一挺轻机枪和几支步枪,把追上来的敌兵压制了。

王光道带着剩余的约 200 人,涉水东渡沱江,走了。

特务队长见主力已过江,过来要背起陈树湘。

陈树湘:"把手榴弹留给我和伤员,我们掩护你们过江,快!"

特务队长:"不,我背你过江……"

陈树湘:"我命令你快带他们过江……现在是多保存一人,就多一份力量,快! 执行!"

特务队长:"没伤的同志,把手榴弹留下,跟我走!"说着,几个人潜入草丛中,向江边跑去!

一个伤员喊着:"师长,敌人上来了!"

陈树湘:"打! 压制住敌人!"他也操起步枪,向敌人射击。但终因激烈的战斗和失血,他晕厥了。

江的东岸苇丛中,王光道向西沉痛地敬了一个军礼,转身命令队伍:"走,赶在敌人没追过来时,进入九嶷山!"

王光道带领的剩余人员,后来在九嶷山地区坚持斗争达一年之久,但终因不敌当地强大的反动势力,失败了。

追到江边的敌军,发现了昏迷中的陈树湘。

一个敌兵:"好像还没死……"

敌班长上前喜叫:"好呀,逮住一个当官的……带着勃朗宁手枪,少说也是个团长,这下子可发财了!"又说:"你们几个,快,到村里找个竹床什么的,把这家伙抬回去。"

敌班长顺手从陈树湘身上取下手枪,坐在一旁地上,一边摆弄着手枪,一边抽着烟:"来得早,不如来得巧! 这一不留神逮住个大的,发财了!"

也就一二十分钟,几个敌兵扛着个竹躺椅回来,敌连长也跟着过来。

敌班长立马站了起来,晃动手上的小手枪:"这家伙身上的……是个官吧!"

敌连长一把夺过手枪,看着:"鲁子,这家伙官不小,抬走!"

几个兵把陈树湘抬到躺椅上,抬着上路了。

敌兵粗暴的抬动,让陈树湘从昏迷中醒来,他发觉被俘了。他当即伸出手,从腹部的伤口中掏出小肠……

抬着的敌兵发觉了,看着陈树湘拉出有一米长的白色的肠子,顿时惊呆了,有个兵手上的杠子脱手,陈树湘和躺椅一起滚落在地上。

陈树湘把自己拉出的小肠咬在嘴上,使劲一拉,肠子断了,他也再一次昏迷过去。

敌连长忙过来,踢了抬躺椅的兵一脚:"妈的,全是一群废物……完了,死了,不值钱了!"

黄昏,长沙。何键还是由侍女陪着,在庭院里散步。

一个侍女跑了过来:"老爷,电话……急着。"

何键快步进屋接电话,惊叫着:"抓住'匪'三十四师师长……的确是,让三十四师'匪'兵认过,是他们师长! 什么? 死了,咬断自己的肠子死了……真他妈……听着,把这个师长的头割下来,立即送到长沙来!"

何键放下电话,得意地自语:"好啊,天助我也。你抓 7000'共匪'兵,我可抓到一个'共匪'师长;你登报狂吹,我则把这个'共匪'师长的头割下来,挂在长沙城门上,示众!"

……

第三十八章　周恩来奋起

周恩来和朱德走出野战军司令部,沿着小街向村口走去。

月牙已高悬,山村笼罩在朦胧中。小街,除了隐隐约约的红军哨兵外,只有他们两人。

朱德感慨:"给你透露个秘密,我们全军逃过湘江战役劫难的 12 月 1 日,是我的 48 岁生日,巧吧?"

"还有巧的。"周恩来说,"你和当下的蒋介石委员长同龄,不过他的生日是农历 9 月 15 日,比你大 2 个多月。"

朱德笑笑:"真是老毛说的,人生易老天难老,我和老蒋都 48 岁了。"

周恩来:"说来巧,但也正常。当今的中国处在历史变革大潮中,弄潮儿辈出,国共两党各个层面都有同龄人。我、德怀、项英与宋美龄、薛岳同龄,老毛与顾祝同、白崇禧、王家烈同龄,下面的同龄人更多! 而不同龄的,也差不了三两岁!"

朱德:"比起跟着我们战略转移的几位老同志,我虽然小了几岁,也必须为党的事业奋斗终生,但毕竟年近半百了,党和革命事业主要还是要靠你们,坦率地说,你们责任重大。"

许久,周恩来说:"我知道我肩上的担子。"又说:"刚才,我没有当面驳回博古的意见,是从内外有别着想的。我不能当着李德的面,让博古下不了台,暴露出我们党高层领导的矛盾!"

朱德:"可这种矛盾已到了无法掩盖的地步了……"

"你是说,必须抛弃博古的领导、李德的指挥?!"周恩来说。

朱德:"党已经给他们相当的信任了,事实已一再证明他们成事不足,败事有余;而且,又听不进他人正确的意见,为了党和红军的前途命运,只好对不起了!"

周恩来:"我也给你交个底。打从到中央苏区不久,我就给自己一个使命,辅佐我们党的一代领袖……"

"能告诉我有谱了吗?"朱德问。

他们已走到村口,在大榕树下坐下。

周恩来问:"你看老毛怎样,能担负起党和红军的领导与指挥重任吗?"

"都是为了党的革命事业,我必须负责任地告诉你真话。"朱德又说:"我和老毛相处6年了。开始的一年多,我们也不合拍。他有个性,我不大适应,还有,他给人以有领袖欲的感觉。"

周恩来:"人都有个性,不是大节,可以迁就。有领袖欲并没有什么不对,你我都在西方待过,西方的那些参加总统竞选者,哪一个没有领袖欲? 问题不在于他有没有领袖欲,而在于他有没有领袖的智慧、才能!"

"你说得对。"朱德说,"打从在井冈山斗争与他搭档开始,我就发现他非同一般,有掌握大局面的智慧。你说,枪杆子里面出政权,星星之火可以燎原,这是多简明的道理,我们谁认识到了,把它应用于指导党的革命斗争事业了? 可他提出了,应用自如。你知道的,1929年在红军政治建设问题上,我与他的认识还对立过。可后来我明白了,我是受旧军队观念影响,而他才是对的。打从那一年12月红四军古田会议后,我心悦诚服地与他合作,支持他……"

"所以,才有朱毛红军之说一直流传下来。"周恩来说,"至今,蒋介石还把中央红军称为'朱毛共匪'。"

朱德继续他的意思:"后来,他把我这个红军的总司令几乎供起来……但我服他,我凡事不用操心,更可以放心,事事都有他拿捏,我们等着捷报频传!"

周恩来:"你说的这些,我到中央苏区就看到了,也感受到了……还看到底下的战将都服他!"

朱德:"我们手下有一员主将,也不是好相处的,也很有主见,也不轻易服人……"

"彭德怀,我的同庚!"周恩来说。

朱德:"老彭对老毛,也心悦诚服……他俩在作战上的默契,那才真叫合拍。"

周恩来:"我也感觉到他俩常常是英雄所见略同。远的不说,一个多月前,老毛建议在湘南转入反攻,老彭建议由他率三军团杀向湖南中部……所以,中央红军历次反'围剿'的胜利,与中央红军内部高层的人和,大有关系。"

朱德:"我认为,我们中央红军战争,放大了就是全国红军的战争,老毛能驾驭这个局面,也能驾驭全党全军!"又说:"我们党的革命,已是极其深刻极其残酷的战争,党和红军的生死存亡,完全取决于战争胜负。我们党的领导,必须要有率领党和红军夺取战争胜利的能力。"

"我完全赞成你的意见。"周恩来说,"可是,共产国际没有看到这个问题。"

朱德:"我正要谈这个问题。他们给我们党'钦定'的几个领袖,政治上都奉行俄国十月革命和苏联的经验;军事斗争上,全都是一窍不通者。这不,造成我们党一次接一次的左倾教条主义……现在,简直是到了要毁灭的地步!"

周恩来:"但麻烦的是,是我们党还不能不听共产国际的。"

朱德:"我倒认为现在是个没法听的时机。联系不上,他们没法指示,我们也听不到,倒可以独立自主。"

"对,你说得对!"周恩来附和。

朱德:"共产国际是诚心诚意要帮助我们。问题是他们并不懂得我们的情况,我们的战争特点……只有我们党自己,才能以革命和战争实践中出能人的原则,推举出懂得我们的特点,能坚持从实际出发,使我们走向胜利的领袖!"

清晨,野战军司令部又向前转移。

走出几里地后,周恩来策马与博古同行。

双方的警卫员都知道,两位主要领导有话说,便有意地前后拉到听不到他们谈些什么的距离,给他俩营造谈话的机会。

"我知道,你会找我谈话的。"博古说的是实话。

"我们是应当开诚布公地谈了。"周恩来笑笑,"这些天,我想了很多……"

"我也在检讨。"博古深深一叹,"所有的不利因素都让我摊上了。我到中央苏区时,中央苏区的人力财力已经枯竭,已经不足以支持红军的长期战争;又碰上蒋介石50万重兵'围剿'。人力财力不足,严重地敌强我弱,我们怎么能够打破敌人的'围剿'?"

周恩来:"博古同志,恕我直言,你还是没有看到问题的根本所在。"

"你是说这一系列失利,是我造成的?"博古很敏感。

周恩来:"如果你冷静下来好好想想,应当能够认识到失利的确与我们的决策不当相关,应当由我们负责。"

博古一时无语。

周恩来:"长期的战争,的确会造成中央苏区的人力物力资源受重大消耗。但是,5次反'围剿'长达一年之久的消耗战,是不是把中央苏区中心区域最后的那一点人力物力资源耗光了……"

博古:"面对着强大的敌人的围攻,不这样打下去,又能怎么办?"

"我记得毛泽东、彭德怀都提出过我们要把主力跳到外线去,把敌人的'围剿'进攻战,变成我们在敌占区上的运动战!我们听人家的建议了吗?"周恩来说。

博古:"可我们不能不听共产国际给我派来的顾问的意见……"

周恩来:"当然要听,正确的意见是必须照着去做,但那些不符合我们红军战争特点的意见,当然可以不听。因为听了,就会造成红军战争失利!"

博古:"但我们怎么能断定他的意见哪些是对的,哪些是不符合我们特点的呢?"

"这就是我们作为领导者的知识问题了。"周恩来说,"实践已经一再检验了,你我的智慧、能力,都不足以主政我们党,驾驭革命战争,但你我都是中央政治局委员,还是常务委员,我们有责任把有智慧有能力的同志,推到党和红军的领袖岗位上!"

博古更敏感:"你是说要改组中央领导?!"又说:"可这是要请示共产国际的,听他们的意见……"

"可是,我们的党中央和中央红军,正处在严重的危难时期,容不得我们再走错一步!"周恩来说,"我们已经与共产国际失去联系了,想请示报告和听取他们的意见,都不可能了!"

博古:"我知道,有人要抓住这次反'围剿'的失败,甚至抓住这次湘江战役的惨重损失之机,取代我……"

"难道第五次反'围剿'失败不是事实?这次的湘江战役损失惨重不是事实?"周恩来说,"我再提醒你一次,博古同志,我们的党中央和中央红军不可以再走错一步棋。再错一步,就会是彻底的覆灭,你不愿意看到这样的结果吧?!"

博古:"早已有人提醒过我,要我注意毛泽东……"

周恩来有些气愤:"毛泽东'逼宫'啦?提出要取而代你?!"

博古:"我也知道,打从我们离开中央苏区战略转移以来,毛泽东、张闻天、王稼祥三人就凑在一起。你知道人家对他们的行为是怎么说的吗?"

周恩来:"说什么?"

"中央小'三人团'。"博古说。

"你爱人说的吧?"周恩来说,"邓颖超也告诉过我这事。我说这是自由主义,实质是挑动党内的宗派斗争!"

博古:"但他们凑在一起是事实吧!"

周恩来:"毛泽东、张闻天是中央政治局委员,王稼祥是中央政治局候补委员,我们'三人团'把他们排除出领导之外,不许人家参与党和红军战争决策,反倒把他们有权利和义务议论党和红军战争大事看成是小团体活动,是不对的。这岂不是只许州官放火,不许百姓点灯。"

博古:"言重了吧!"

周恩来:"我认为,只要事出公心,从党和红军的前途着想,就是正确的,符合组织原则的,无可非议的。"

"我们的认识有差距……"博古嘀咕着。

周恩来:"可以再认识……只要坚持立党为公,抛开个人的东西,我想你会认识到的,你也应当认识到!"又说:"我们可以暂时谈到这里,但有一点我提请你注意,李德只是顾问,不能再作为全权指挥,他的意见,对的听,不对的或冒险的,不能再支持他!我也不会同意。"说着,策马向前头走去。

这天晚上,桂林最豪华的宾馆套房里,李宗仁、李济深在深谈。

李济深是今天下午到桂林的,晚上李宗仁、白崇禧为他接风。这是宴会前,李宗仁拜会李济深。话题自然从这次湘江战役说起。

李济深:"恕我直言,健生老弟这次出手重了,把共产党红军打得太重了……有点不江湖,乘人之危。"

李宗仁:"健生老弟,军事上'小诸葛',政治上差了些。"

李济深:"这两年赋闲后,我也研究了共产党的基本主义,与中山先生的'三民主义'有许多相同的地方。中山先生在世时,就说过两党的政治主张实质上是相同的话。共产党的确主张消灭私有制,也不无道理。不消灭人性的贪婪,社会越来越成了富的极富、贫的极贫,总有一天会造成富逼贫反。当然,这也只是个远大的政治目标而已,也不是一个国家单独可以实现的,起码,我们这一代实现不了。所以,没有必要把共产党当成洪水猛兽。老蒋所以那样害怕,非置人家于死地,是因为他料定,当今的中国,唯有共产党才能推翻他的独裁统治。可为什么只有共产党才有这个可能,是因为当今的中国大多数人拥护他,不然他怎能星星之火可以燎原。"

李宗仁:"任潮兄说的这些的确有道理。"

李济深:"好,再站在我们自身的利益上考虑,当下的中国是群雄竞争,留下共产党的势力,对我们这些国民党地方势力来说是有利的,起码是在蒋介石要铲除我们这些地方势力的情况下是有利的。伯南就明白这个道理。"

李宗仁:"你说得对。这些年,因为共党势力居于赣南、闽西,老蒋才对广东采取容忍态度……"

白崇禧一派春风得意地进来。

李济深、李宗仁起身。

白崇禧："任潮兄远道而来，健生没能出城远迎，失礼了。"

"回老家走走，当然也不能忘了过来祝贺健生老弟凯旋。"李济深是广西梧州人，说回老家走走，倒也是实话；他算得上是当时国民党中的名人，回广西老家走走，也算耀祖光宗。况且，他们三人早有深交。

白崇禧算得上是那种把用兵当成能力展示、把取胜当成个人荣耀的军人。让李济深这么一捧，有些飘飘然："同贺，同贺！"

李宗仁："都是自家兄弟，还客套呀，坐下，坐下说。"

李济深："刚才德邻说了，你原本是想放共产党红军过江的，让他们去给湖南的何键添乱……"

"都怪'共匪'的统领太笨，害得我没看好戏，还让何键在老蒋那里告了我一状，告我放走'共匪'。"白崇禧又说，"既然'共匪'行动迟缓，让湖南的刘建绪堵住，那我也就不客气了！"

"何键告你不也白搭，老蒋敢说什么？"李济深说。

白崇禧："他老蒋好意思说？能说什么？打从'剿匪'以来，他老蒋的中央军，他何键的湘军，有过像我们桂军一样，一出手就旗开得胜，打死打伤近两万人不说，仅抓活的，就达 7000 多人？"

李济深："所以，你健生在 7000 多战俘上要大做文章，要借道广东，转湘南送交何键！"

白崇禧："谁叫老蒋让我把抓的人交给何键？交给他可以，我得先出出何键的丑，让党国的人都知道，是我们帮何键抓共党！"

李宗仁："好啦，不谈这些事！"又对白崇禧说："任潮兄受伯南之托，过来和我们协商下一步怎样对付老蒋的事。"

白崇禧："伯南和任潮兄都认为'共匪'的下一步会转进贵州？"

李济深："何键这回必倾尽全力堵住湘西，而老蒋又让薛岳带 10 万中央军助他。共产党会傻到去和他们硬拼……都说柿子拣软的捏，共产党历来也是拣弱敌打，这西南最弱的是王家烈，他不转进贵州，而去湘西,岂不是拿鸡蛋去碰石头!"

白崇禧:"这战场要是转到贵州,对我们可是不利。我们的财路成问题了。"

李济深:"所以,伯南赞成两广联合起来,向老蒋要求出兵……贵州。"

白崇禧:"老蒋正想独吞贵州,会让我们割他一块?"

李宗仁:"那也得一争。"

李济深:"权当给老蒋出道难题吧! 何况,他不敢完全拒绝。"

黄昏,山寨一大屋里。

毛泽东坐在大厅的小凳上卷烟。

张闻天正从他的住房出来,周恩来找来了。

毛泽东站了起来:"恩来呀,你怎么找到这里来?!"

周恩来:"这深山老林中有几个大村,还不好找? 我们和你们驻邻村,一打听,能查不到?"又说:"想听听你们对下一步行动方针的意见。"

王稼祥听到动静,拄着棍子也来到大厅。

张闻天:"你们'三人团'的意见呢?"

周恩来:"博古和李德的意见,是按原定方针,出通道后北上,尽快到湘西与贺龙、任弼时二、六军团会合。"

毛泽东:"恩来,你想过没有,我们过湘江后,何键和薛岳的部队都没有追上来,这不是说他们放弃了对我们的'追剿',而恰恰说明他们抄近路,在前头等着我们。"

王稼祥:"我们要到湘西会合二、六军团的计划,早在20多天前蒋介石就判断到了,这阵子他正让他的20万大军赶在我们前头,在我们北上湘西的路上,张网以待,我们还要傻到找死去?!"

毛泽东:"恩来,你们必须考虑到当前我们部队的实际情况,各部伤亡严重,还没有来得及补充训练,弹药也消耗得差不多了,根本没有与强大的敌人决战的能力!"

张闻天:"无论如何不能按原计划走……我们中央政治局的每个成

员都要对党中央和中央红军的前途命运负责,不能由你们'三人团'说了算,更不能由博古、李德说了算!"

周恩来:"可这是中央决定的,由我们三人负责!"

张闻天:"可你们'三人团'的一系列决定都错了,给党和红军造成严重损失了;事实说明中央把处置权交给你们三人是错误的。是错误就得改!"

王稼祥:"得取消这个决定,恢复中央政治局集体领导。"

毛泽东:"我的意见是,下一步的行动方针和计划,必须由中央政治局作一个谨慎的议决。"

周恩来:"这样吧,我这就和博古商量一下,到通道后我们开个会,集体讨论决定下一步的行动方向和计划。"

毛泽东:"如果博古不同意开会,或者开会了又不同意多数人的意见呢?"

张闻天:"他必须遵重党内民主决策原则,必须遵从党委会的少数服从多数的组织原则!"

周恩来:"我去说服他,我想他应当能接受的!"

毛泽东:"我们战略转移至今算是第一步。这一步是从危难走进更严重的危难,我希望我们这一步的艰辛和悲壮、失误和惨烈,能成为我们走出危难的起点!"

尾　声

湘江战役的 11 天后,也就是 12 月 12 日,中共中央在湖南西南部通道城召开会议,接受毛泽东提出的向敌人来不及设防的贵州东南部进军建议。自此,中共中央恢复了民主决策。

12 月 18 日,中央政治局在黔东南黎平召开会议,彻底放弃此前"三人团"确定的转移到湘西的计划,决定中央红军北渡乌江,进入以遵义为中心的黔北地区,争取创建新苏区,以求落脚结束战略转移。

其间,党中央和中央红军高层领导在酝酿改组中央领导和中央红军指挥,并且取得共识,积极准备召开中央政治局扩大会议,并在组织上落实。

1935 年 1 月 7 日,中央红军先头部队占领遵义。15 日,中央政治局在遵义城召开扩大会议,总结第五次反"围剿"以来的经验教训,纠正了博古、李德指挥上的错误,把毛泽东推进中央政治、军事决策权力圈。会议根据贵州北部不宜建立新苏区的实情,决定中央红军北渡长江进入川西,会同川陕苏区的红四方面军,争取"四川赤化"。

然而,遵义会议后,中央红军陷于国民党 40 万"追剿"军的围追堵截之中。为了摆脱新的危难,周恩来辅佐毛泽东,率领党中央和中央红军继续历尽万水千山进行战略转移,后被称为"万里长征"。

党中央和中央红军万里长征的第一步,成为党中央和中央红军乃至全党与主力红军走出危难、开创发展新局面的起点。

后　记

写作是件苦差事。70 多岁的老夫长时间写作尤为自讨苦吃。朋友笑我是贱骨头玩老命,学生说我是"老夫聊发少年狂"。

可不,我这是"如鱼饮水,冷暖自知"。尽管我有 40 多年的红军史研究基础,长征历史大概了然于胸,用不着再作熟悉相关历史的准备;长征的许多圣地也到过,能唤起、触动形象思维的灵感。但这毕竟是百万字之作,百六十余章回,一字一字地写,很是费时费事;况且历史纷繁复杂,内斗外斗皆是谋略智慧,全凭主观推测;还有必须虚构在那个环境下可能发生的故事,以彰显长征的艰难、人性的无奈,以增强阅读的趣味性,这就不免要穷尽脑汁,挖空心思,弄得常常梦里也在编故事。其间最怕的是身体不给力,突然倒下,造成壮志未酬。还好,总算一切都过去了,终于玩了一把,狂了一回,写完了,很开心。

开心过后,我也冷静地想到,我虽然编写了迄今没有过的长征最详细的故事,但由于功力不足,时间不许可,书中定有许多不尽人意之处。但我已是心有余而力不足,时也不多。处于生命末程的我,未必有时日能作纠正补充,敬请读者见谅。

应当感谢江苏人民出版社给我机会出版这套书,尤其应当感谢责任编辑汪意云同志和她的同事,为我这套书的出版付出的辛劳。感谢我旧时的同事曲爱国、王建强给我的鼓励并提供资料。感谢我家老太婆给我做饭,叫我吃饭。

是军事科学院把我培养成为我军历史研究者,这套书就算再加一份对它的回报!

作　者

2018 年 10 月 1 日